O Gosto da Tentação

Obras da autora publicadas pela Editora Record

Trilogia dos Príncipes
O Príncipe Corvo
O Príncipe Leopardo
O Príncipe Serpente

Série A Lenda dos Quatro Soldados
O gosto da tentação
O sabor do pecado
As garras do desejo
O fogo da perdição

ELIZABETH HOYT

A LENDA DOS QUATRO SOLDADOS

O Gosto da Tentação

LIVRO UM

Tradução de
Silvia Caldiron Rezende

5ª edição

EDITORA RECORD
RIO DE JANEIRO • SÃO PAULO
2024

CIP-BRASIL. CATALOGAÇÃO NA PUBLICAÇÃO
SINDICATO NACIONAL DOS EDITORES DE LIVROS, RJ

H849g Hoyt, Elizabeth, 1970-
5ª ed.   O gosto da tentação / Elizabeth Hoyt; tradução de Silvia Caldiron Rezende. – 5ª ed. – Rio de Janeiro: Record, 2024.

Tradução de: To Taste Temptation
ISBN 978-85-01-11378-8

1. Romance americano. I. Rezende, Silvia Caldiron. II. Título.

18-49875

CDD: 813
CDU: 82-31(73)

Título em inglês:
To Taste Temptation

Copyright © 2008 by Nancy M. Finney

Texto revisado segundo o novo Acordo Ortográfico da Língua Portuguesa.

Todos os direitos reservados. Proibida a reprodução, no todo ou em parte, através de quaisquer meios. Os direitos morais da autora foram assegurados.

Direitos exclusivos de publicação em língua portuguesa somente para o Brasil adquiridos pela
EDITORA RECORD LTDA.
Rua Argentina, 171 – Rio de Janeiro, RJ – 20921-380 – Tel.: (21) 2585-2000, que se reserva a propriedade literária desta tradução.

Impresso no Brasil

ISBN 978-85-01-11378-8

Seja um leitor preferencial Record.
Cadastre-se no site www.record.com.br e receba informações sobre nossos lançamentos e nossas promoções.

Atendimento e venda direta ao leitor:
sac@record.com.br

Para minha agente, SUSANNAH TAYLOR, que sabe quando elogiar, quando criticar delicadamente e quando enviar chocolates com urgência.

Agradecimentos

Agradeço à minha editora fabulosa, MELANIE MURRAY; à minha agente sensacional, SUSANNAH TAYLOR; à equipe cheia de energia da Grand Central Publicity, em especial a TANISHA CHRISTIE, MELISSA BULLOCK e RENEE SUPRIANO; ao pessoal criativo do departamento de arte da Grand Central Publishing, em especial a DIANE LUGER; e finalmente — e, talvez, mais importante — à minha revisora incrivelmente perfeccionista, CARRIE ANDREWS, que não deixou passar nenhum dos meus criativos erros gramaticais.

Prólogo

Era uma vez, em uma época muito distante, quatro soldados que voltavam para casa após anos em guerra. Tum, tá! Tum, tá! Tum, tá! faziam suas botas enquanto marchavam lado a lado, de cabeça erguida, sem olhar nem para a esquerda nem para a direita. Pois era assim que tinham aprendido a marchar, e não é fácil esquecer um ritual de vários anos. As guerras e as batalhas haviam chegado ao fim, mas não sei ao certo se nossos soldados venceram ou perderam, e talvez isso não faça muita diferença. Suas roupas estavam esfarrapadas, as botas tinham mais furos do que couro, e nenhum deles voltava para casa como o homem que fora ao partir.

Até que, finalmente, os quatro se depararam com uma encruzilhada e, então, pararam para avaliar suas opções. Uma estrada seguia para o oeste, numa trilha reta e bem pavimentada. A outra dava para o leste, rumo a uma escura e misteriosa floresta. E a terceira, que rumava para o norte, era coberta por sombras de montanhas solitárias.

— Então, camaradas, devemos tirar a sorte numa moeda? — perguntou o soldado mais alto, por fim, tirando o chapéu e coçando a cabeça.

— Não — falou o homem à sua direita. — Aquele é o meu caminho.

Então, ele se despediu dos companheiros e marchou rumo ao leste, sem olhar para trás uma vez sequer enquanto desaparecia na mata escura.

— Estou pensando em seguir por ali — disse o soldado à esquerda, apontando para as montanhas que se erguiam a distância.

— Quanto a mim — bradou o soldado alto, rindo —, vou pegar esse caminho mais fácil, pois essa sempre foi a minha opção. Mas e você? — perguntou ele para o quarto soldado. — Por qual estrada vai seguir?

— Ah, eu — suspirou o último homem. — Acho que tem uma pedra na minha bota. Vou me sentar aqui para tirá-la, pois está me atormentando a quilômetros. — Dito isso, ele avistou um rochedo ali perto e foi se sentar.

O soldado mais alto recolocou o chapéu na cabeça.

— Então está decidido.

Os homens que restavam trocaram cordiais apertos de mãos e seguiram seu rumo. Mas não sei dizer que aventuras encontraram ou se conseguiram voltar para casa em segurança, pois esta não é a história deles. Esta é a história daquele primeiro soldado, o que seguiu para a floresta sombria.

Seu nome era Coração de Ferro...

— Coração de Ferro

Capítulo Um

Coração de Ferro ganhou este nome devido a um fato muito estranho. Apesar de seus membros, sua face e, de fato, todo o restante de seu corpo serem exatamente iguais aos dos demais homens criados por Deus, esse não era o caso de seu coração. Ele era feito de ferro e batia em seu peito, forte, resoluto e inabalável...

— Coração de Ferro

**LONDRES, INGLATERRA
SETEMBRO DE 1764**

— Dizem que ele fugiu. — A Sra. Conrad se inclinou para compartilhar a fofoca.

Lady Emeline Gordon tomou um gole de chá e olhou de relance por cima da borda da xícara para o cavalheiro em questão. Ele parecia tão deslocado quanto uma onça-pintada em uma sala cheia de gatinhos malhados: selvagem, ameaçador e nada domesticado. Definitivamente não era um homem a quem associaria um ato de covardia. Ela se perguntou qual seria seu nome enquanto agradecia a Deus sua aparição. O evento da Sra. Conrad estava extremamente chato até a chegada *dele*.

— Fugiu do massacre do vigésimo oitavo regimento nas colônias, em 1758 — continuou a Sra. Conrad, esbaforida. — Uma vergonha, não acha?

Emeline voltou-se para a anfitriã, encarou-a com uma sobrancelha erguida e viu o momento exato em que a tola mulher se deu conta. A tez normalmente rosada da Sra. Conrad ficou vermelha como um pimentão, o que não lhe caiu nada bem.

— Quer dizer... eu... eu... — gaguejou ela.

Era esse tipo de coisa que acontecia quando se aceitava o convite de uma dama que desejava circular na alta sociedade, mas não conseguia se adequar muito bem a ela. A culpa era da própria Emeline, na verdade. Ela soltou um suspiro e se apiedou.

— Ele é militar, então?

A Sra. Conrad aceitou a deixa, grata.

— Ah, não. Não mais. Pelo menos, *acredito* que não.

— Ah... — disse Emeline, e tentou pensar em outro assunto.

O salão era grande e ostentava uma decoração de luxo. No teto, havia uma pintura de Hades perseguindo Perséfone. A deusa parecia especialmente fútil e sorria de forma simpática para todos abaixo. Ela não tinha a menor chance contra o deus do submundo, apesar de ele ter bochechas rosadas nesta representação.

A atual protegida de Emeline, Jane Greenglove, estava sentada em um canapé próximo, conversando com o jovem Lorde Simmons, uma excelente escolha. Emeline assentiu com a cabeça em sinal de aprovação. Lorde Simmons tinha uma renda anual de mais de oito mil libras e uma casa encantadora perto de Oxford. Aquela união seria extremamente conveniente, e, uma vez que a irmã mais velha de Jane, Eliza, já havia aceitado o pedido de casamento do Sr. Hampton, as coisas estavam se encaixando perfeitamente. É claro que tudo corria bem quando Emeline concordava em orientar uma jovem na sociedade, mas, ainda assim, era sempre um prazer poder satisfazer as expectativas de alguém.

Ou deveria ser. Ela começou a retorcer uma faixa de renda em sua cintura e, quando se deu conta do que fazia, a alisou de novo. Na verdade, estava se sentindo um pouco desnorteada, o que era ridículo. Seu mundo era perfeito. Completamente perfeito.

Emeline deu uma olhadela casual na direção do estranho e viu que ele a encarava. Os cantos de seus olhos escuros estavam ligeiramente enrugados, como se achasse graça de alguma coisa — dela, possivelmente. No mesmo instante, Emeline desviou o olhar. Que homem terrível. Ele obviamente estava ciente de que todas as mulheres presentes haviam notado sua presença.

Ao lado dela, a Sra. Conrad tagarelava, em uma clara tentativa de compensar sua gafe.

— Ele tem uma empresa de importação nas colônias. Creio que esteja em Londres a trabalho; pelo menos foi o que o Sr. Conrad disse. E é tão rico quanto Creso, embora ninguém imagine isso pelas roupas que veste.

Foi impossível não olhar novamente para o homem depois dessa informação. Da cintura para cima, suas roupas eram mesmo bem simples — paletó preto e colete marrom e preto. Em suma, um traje conservador antes de se olhar para as pernas. Ele usava um tipo de perneiras indígenas. Eram feitas de um couro curtido estranho, muito opaco, e amarradas logo abaixo dos joelhos com tiras listradas de vermelho, branco e preto. As perneiras se abriam na frente, logo acima do sapato, em duas abas ricamente bordadas que caíam para cada lado dos pés. E o sapato era o mais estranho de tudo, pois não tinha salto. Parecia uma espécie de sapatilha confeccionada no mesmo couro macio e opaco, com o que podiam ser miçangas ou um bordado que ia do tornozelo até a ponta do dedão. Ainda assim, mesmo sem salto, o homem era bem alto. Tinha cabelos castanhos, e, pelo que ela conseguia enxergar do outro extremo do salão, olhos escuros. Com certeza não eram azuis nem verdes. Suas pálpebras eram pesadas, e seu olhar exalava inteligência. Ela se esforçou para não estremecer. Era muito difícil lidar com homens inteligentes.

Ele mantinha os braços cruzados, um ombro escorado na parede, e parecia estar interessado no que via. Como se as pessoas ali fossem as exóticas, não ele. Seu nariz era longo, com uma saliência no meio, e a pele, morena, como se tivesse acabado de sair de uma praia paradisíaca. Os ossos da face eram marcantes e proeminentes: as bochechas, o nariz e o queixo se destacavam de um modo másculo e agressivo, mas, ainda assim, ele era atraente de uma maneira quase irracional. Em contrapartida, a boca era grande e parecia macia, com um sensual vinco invertido no lábio inferior. Era a boca de um homem que gostava de saborear. De experimentar e apreciar. Uma boca perigosa.

Emeline desviou o olhar novamente.

— Quem é ele?

A Sra. Conrad a fitou.

— Você não sabe?

— Não.

A anfitriã ficou maravilhada.

— Ora, minha querida, é o Sr. Samuel Hartley! Não se fala de outra coisa, embora ele só tenha chegado a Londres há cerca de uma semana. Ele não é muito respeitado, por causa da... — O olhar da Sra. Conrad cruzou com o de Emeline, e ela se interrompeu no mesmo instante. — *Enfim*. Apesar de toda a sua riqueza, nem todos querem conhecê-lo.

Emeline congelou ao sentir um arrepio na nuca.

A Sra. Conrad prosseguiu, distraída:

— Eu realmente não deveria tê-lo convidado, mas não resisti. Aquele físico, minha querida. Simplesmente delicioso! Ora, sem o convite, eu jamais teria... — Sua verborragia se encerrou com um gritinho de susto, pois um homem pigarreou logo atrás delas.

Emeline não estava prestando atenção, portanto não viu quando ele se moveu, mas sabia, por instinto, quem era o homem atrás delas. Ela virou a cabeça devagar.

Olhos de um tom castanho como café e ares zombeteiros encontraram os dela.

— Sra. Conrad, eu ficaria grato se nos apresentasse. — Sua voz tinha um sotaque americano e um tom categórico.

A anfitriã respirou fundo diante daquela ordem direta, mas a curiosidade prevaleceu sobre a indignação.

— Lady Emeline, gostaria de lhe apresentar o Sr. Samuel Hartley. Sr. Hartley, Lady Emeline Gordon.

Emeline se abaixou numa reverência e, ao se erguer, deparou-se com a mão grande e bronzeada dele estendida em sua direção. Ela a encarou por um momento, aturdida. O homem não seria tão deselegante a esse ponto, seria? A risadinha abafada da Sra. Conrad decidiu a questão. Com todo o cuidado, Emeline tocou a mão de leve, usando apenas a ponta dos dedos.

Mas foi tudo em vão. O Sr. Hartley a segurou firme com as duas mãos, envolvendo os dedos dela com um calor intenso. As narinas dele se dilataram ligeiramente quando Emeline foi puxada para a frente pelo aperto de mão. Ele a estava *cheirando*?

— Como vai? — perguntou ele.

— Bem — respondeu Emeline. Ela tentou se desvencilhar do aperto de mão, mas não conseguiu, apesar de o Sr. Hartley não parecer estar fazendo uso de muita força. — Será que o senhor poderia devolver minha mão?

Aquela boca se contraiu novamente. Ele costumava rir de todo mundo ou só dela?

— Claro, milady.

Emeline abriu a boca para dar uma desculpa — qualquer desculpa — para se afastar daquele homem pavoroso, porém ele foi mais rápido.

— Posso acompanhá-la até o jardim?

Aquilo não era um convite de verdade; ele já estava com o braço erguido, obviamente esperando que aceitasse. E o pior de tudo foi que Emeline aceitou. Em silêncio, ela pousou as pontas dos dedos sobre a manga do paletó dele. Ele meneou a cabeça para a Sra. Conrad e conduziu Emeline para fora em questão de minutos, agindo com extrema habilidade para um homem tão deselegante. Ela o encarou com desconfiança.

O Sr. Hartley virou a cabeça e flagrou seu olhar. Os olhos dele se contraíram nos cantos, rindo de Emeline, apesar de a boca demonstrar perfeita seriedade.

— Somos vizinhos, sabia?
— Como assim?
— Aluguei a casa ao lado da sua.

Emeline percebeu que o encarava. Mais uma vez, tinha sido pega de surpresa — uma sensação desagradável, tão rara quanto indesejada. Ela conhecia os moradores da casa à direita da sua, mas a propriedade da esquerda havia sido desocupada recentemente. Na semana anterior, durante um dia inteiro, homens entraram e saíram pelas portas abertas, suando, gritando e xingando. E eles tinham carregado...

Ela franziu as sobrancelhas.

— O canapé verde-ervilha.

Os lábios dele se curvaram em um canto.

— O quê?
— O senhor é o dono daquele canapé verde-ervilha abominável, não é?

Ele inclinou a cabeça, em uma reverência.

— Confesso que sim.
— E pelo visto não tem nenhuma vergonha de admitir isso. — Emeline apertou os lábios em sinal de desaprovação. — Ele tem mesmo corujas douradas entalhadas nos pés?
— Não reparei.
— *Eu* reparei.
— Então não vou discutir.
— Humpf! — Emeline desviou o olhar.
— Gostaria de lhe pedir um favor, senhora. — Sua voz retumbou acima da cabeça de Emeline.

Ele a conduzira para uma das trilhas de cascalho do jardim da casa dos Conrad, que, por pura falta de imaginação, contava com roseiras e cercas-vivas baixas e podadas. Infelizmente, a maioria das rosas já havia desabrochado, então, o jardim estava sem graça e parecia abandonado.

— Eu gostaria de contratá-la.

— O senhor quer me *contratar*?

Emeline respirou fundo e parou de caminhar, forçando-o a se deter também e a fitá-la. Será que aquele homem estranho achava que ela era uma cortesã ou algo assim? Que insulto! Perplexa, ela se pegou analisando o perfil dele, passando pelos ombros largos, o abdome liso, e por fim descendo para uma parte inapropriada de sua anatomia, que, agora que prestava atenção, se destacava na calça de lã preta que ele usava por baixo das perneiras. Emeline respirou novamente, quase sem fôlego, e subiu o olhar. Mas ou o homem não havia notado a indiscrição ou era mais educado do que suas roupas e seus modos levavam a crer.

Ele continuou:

— Preciso de uma tutora para minha irmã, Rebecca. Alguém que possa acompanhá-la às festas e aos bailes.

Emeline inclinou a cabeça ao perceber que ele queria uma dama de companhia. Ora, por que o tolo não tinha dito isso antes e a poupado daquela situação embaraçosa?

— Sinto dizer que não será possível.

— Por que não? — As palavras saíram suaves, mas havia um tom autoritário por trás delas.

Emeline enrijeceu.

— Só aceito damas da alta sociedade. Não creio que sua irmã atenda aos meus requisitos. Sinto muito.

Ele a observou por um momento e então desviou o olhar. Apesar de seus olhos estarem fixos em um banco ao final da trilha, Emeline duvidava que o estivesse vendo de verdade.

— Talvez, então, eu possa apelar para que a senhora nos aceite por outro motivo.

Ela congelou.

— E qual seria?

Os olhos do Sr. Hartley a fitaram novamente, e agora não havia nenhum resquício de diversão neles.

— Eu conhecia Reynaud.

A batida do coração de Emeline soava muito alta em seus ouvidos. Porque, é claro, Reynaud era seu irmão. Seu irmão que havia morrido no massacre do vigésimo oitavo regimento.

ELA CHEIRAVA A bálsamo de limão. Sam inalou a fragrância familiar enquanto esperava a resposta de Lady Emeline, ciente de que o perfume atrapalhava sua concentração. Era perigoso se distrair ao negociar com um oponente inteligente. Mas era estranho descobrir que aquela mulher sofisticada usava um aroma tão caseiro. A mãe de Sam costumava cultivar limão na horta de casa, nos confins da Pensilvânia, e o cheiro o fez voltar no tempo. Ele se lembrava de se sentar à mesa de madeira rústica quando era garoto, observando a mãe despejar água fervente sobre as folhas verdes; do cheiro refrescante que emanava com o vapor da caneca de cerâmica. Bálsamo de limão. Bálsamo da alma, como dizia a mãe.

— Reynaud está morto — disse Lady Emeline de súbito. — Por que acha que eu lhe faria esse favor só porque o senhor diz que o conheceu?

Sam analisou seu rosto enquanto ela falava. Sem dúvida era uma mulher bonita. Tinha cabelos e olhos muito escuros, e lábios fartos e vermelhos. Mas sua beleza era complicada. Muitos homens poderiam se sentir desencorajados pela inteligência naqueles olhos escuros e pelo modo desconfiado com que retorcia aqueles lábios vermelhos.

— Porque a senhora o amava. — Sam observava os olhos dela enquanto falava e percebeu um breve lampejo. Sua suposição estava correta; Lady Emeline tinha sido próxima do irmão. Se ele fosse uma pessoa boa, jamais se aproveitaria da dor dela. Mas bondade nunca fora seu forte, tanto nos negócios como na vida pessoal. — Achei que o faria pela memória dele.

— Humpf! — Ela não parecia muito convencida.

Mas Sam sabia que não era o caso. Uma das primeiras coisas que aprendera no mundo da importação fora reconhecer o momento exato em que o oponente fraquejava e que a negociação pendia a seu favor. O próximo passo seria fortalecer sua posição. Ele ofereceu o braço novamente, e Lady Emeline o encarou por um instante antes de pousar a ponta dos dedos enluvados sobre a manga de seu paletó. Ele se sentiu empolgado com o consentimento dela, mas teve o cuidado de não deixar a reação transparecer.

Em vez disso, continuou a guiá-la pela trilha do jardim.

— Minha irmã e eu ficaremos em Londres por apenas três meses. Não espero que faça um milagre.

— Por que se dar ao trabalho de pedir minha ajuda, então?

Sam inclinou a cabeça na direção do sol de fim de tarde, feliz por estar ao ar livre, longe das pessoas no salão.

— Rebecca só tem 19 anos. Vivo ocupado com meus negócios e gostaria que ela se divertisse, que conhecesse outras moças da sua idade, talvez. — O que era verdade, ainda que não fosse toda a verdade.

— Não há nenhuma parente que possa acompanhá-la?

Sam baixou os olhos para ela, achando graça na pergunta direta. Lady Emeline era uma mulher pequena; sua cabeça batia apenas no ombro dele. Sua estatura poderia passar uma ideia de fragilidade, mas ele sabia que a dama não era nenhuma bonequinha de porcelana. Ele a observara por uns vinte minutos na maldita salinha de estar antes de se aproximar. Durante esse tempo, o olhar dela não havia parado por um minuto sequer. Mesmo enquanto conversava com a Sra. Conrad, ela observava as moças que acompanhava e a movimentação dos outros convidados. Sam apostaria que a mulher estava ciente de todas as conversas no cômodo, de quem falara com quem, de como o tema se desenrolara e quando dispersaram. No mundinho dela, Lady Emeline era tão bem-sucedida quanto Sam.

O que a tornava a pessoa ideal para ajudá-lo a entrar na sociedade londrina.

— Não, minha irmã e eu não temos nenhuma parente viva — foi a resposta dele. — Nossa mãe morreu dando à luz Rebecca, e papai partiu meses depois. Felizmente, nosso tio paterno tinha negócios em Boston. Ele e a esposa acolheram Rebecca e a criaram. Mas os dois já faleceram.

— E o senhor?

Sam se virou para encará-la.

— O que tem eu?

Ela franziu a testa, impaciente.

— O que aconteceu com o senhor depois que seus pais morreram?

— Fui enviado para um internato — disse ele simplesmente. Não mencionou o choque que sentira ao trocar uma cabana na floresta pelo mundo de livros e disciplina rígida.

Os dois chegaram a um muro, que marcava o final da trilha. Lady Emeline parou de repente e o encarou.

— Preciso conhecer sua irmã antes de tomar uma decisão.

— Claro — murmurou ele, certo de que atingira seu objetivo.

Ela sacudiu as saias de um jeito brusco, com os olhos castanhos semicerrados e os lábios vermelhos pressionados enquanto pensava. Uma imagem do irmão falecido de Emeline de repente invadiu a mente de Sam: os olhos castanho-escuros de Reynaud estavam semicerrados do mesmo jeito que os dela, e ele passava um sermão num soldado. Por um segundo, o rosto masculino sobrepôs o rosto menor, feminino, da irmã. As sobrancelhas espessas e escuras de Reynaud se juntaram, e os olhos escuros como a noite o encaravam em reprovação. Sam estremeceu e afastou a imagem do fantasma, concentrando-se no que a mulher viva dizia.

— O senhor e sua irmã podem me fazer uma visita amanhã. Depois disso, darei minha resposta. Para um chá, talvez? O senhor toma chá, não toma?

— Sim.

— Excelente. Duas horas está bom?

Ele sentiu vontade de sorrir com aquela ordem.

— É muita gentileza sua, milady.

Ela o encarou com desconfiança por um momento, então se virou e voltou pelo mesmo caminho, deixando-o para trás. Sam a acompanhou lentamente, observando aquelas costas elegantes e o movimento das saias. E, enquanto a seguia, deu uma batidinha sobre o bolso, ouvindo o estalo conhecido de um papel, e se perguntou: qual seria a melhor forma de usar Lady Emeline?

— NÃO COMPREENDO — declarou *tante* Cristelle durante o jantar naquele mesmo dia. — Se o cavalheiro faz tanta questão de ter a honra do seu patronato, por que não a procurou pelas vias normais? Ele deveria ter pedido a um amigo que o apresentasse.

Tante Cristelle era a irmã caçula da mãe de Emeline, uma dama alta, de cabelos grisalhos, costas eretas demais e olhos azuis da cor do céu que deveriam ter um ar bondoso, mas não tinham. Nunca se casara, e, no fundo, Emeline desconfiava de que todos os homens da idade da tia deviam morrer de medo dela. A senhora morava com a sobrinha e o sobrinho-neto, Daniel, havia cinco anos, desde a morte do pai do menino.

— Talvez ele não saiba como essas coisas funcionam — disse Emeline enquanto escolhia um pedaço de carne na travessa. — Ou talvez não quisesse perder tempo com os costumes habituais. Afinal, ele mencionou que ficarão em Londres por pouco tempo. — Ela apontou para o pedaço que havia escolhido e sorriu em agradecimento enquanto o criado a servia.

— *Mon Dieu*, se o homem é tão deselegante e grosseiro, então nem devia se dar ao trabalho de tentar transitar pelos labirintos da sociedade. — A tia tomou um gole do vinho e então fez um biquinho, como se a bebida estivesse azeda.

Emeline emitiu um som evasivo. A análise que *tante* Cristelle fizera do Sr. Hartley estava parcialmente correta — o homem de fato passava a impressão de ser grosseiro. O problema era que seus olhos diziam o contrário. Ele quase parecia estar rindo dela, como se *ela* fosse a desavisada.

— E o que você vai fazer, eu lhe pergunto, se a moça for igual ao irmão? — *Tante* Cristelle ergueu as sobrancelhas numa expressão exagerada de pavor. — E se ela usar tranças que descem pelas costas? E se rir muito alto? E se andar descalça, e os pés forem encardidos?

Esse pensamento desagradável pelo visto foi demais para a senhora. Ela fez sinal para que o criado servisse mais vinho enquanto Emeline mordia o lábio para conter um sorriso.

— Ele tem muito dinheiro. Perguntei discretamente para outras damas presentes sobre suas condições. Todas confirmaram que o Sr. Hartley é mesmo um dos homens mais ricos de Boston. Pelo visto, circula pela alta sociedade de lá.

— Pff! — A tia desdenhava da sociedade de Boston.

Emeline cortou a carne com tranquilidade.

— E mesmo que sejam grosseiros, *tante*, certamente não podemos julgar a moça pela falta de uma educação adequada, não acha?

— *Non!* — exclamou *tante* Cristelle, assustando o criado parado atrás dela, que quase derrubou a garrafa de vinho. — E repito, *non!* Esse preceito é a base da sociedade. Como vamos discernir os bem-nascidos da ralé senão pelos bons modos?

— Talvez a senhora esteja certa.

— Sim, claro que estou certa — retrucou a tia.

— Hmm. — Emeline espetou a carne no prato. Por algum motivo, tinha perdido a vontade de comer. — *Tante*, a senhora se lembra daquele livro que a babá costumava ler para mim e para o Reynaud quando éramos crianças?

— Livro? Que livro? Do que você está falando?

Emeline puxou uma ponta de fita presa em sua manga.

— Era um livro de fábulas, e nós gostávamos muito das histórias. Pensei nele hoje, não sei por quê.

Ela encarou o prato, pensativa, recordando a infância. A babá com frequência lia para os dois irmãos do lado de fora, depois de um piquenique à tarde. Reynaud e Emeline ficavam sentados sobre a toalha aberta no chão enquanto a mulher virava as páginas do livro. Mas, à medida que a história avançava, Reynaud chegava cada vez mais perto da babá sem perceber, atraído pela emoção da história, até quase subir no colo dela, ouvindo atentamente cada palavra, com os olhinhos escuros brilhando.

Ele foi uma pessoa tão animada, tão vivaz, mesmo quando menino. Emeline engoliu em seco, alisando com cuidado a fita emaranhada em sua cintura.

— Só estava me perguntando onde poderia estar. Será que está guardado no sótão?

— Quem sabe? — A tia deu de ombros de forma muito eloquente e tipicamente francesa, sem dar muita importância ao velho livro de fábulas e às lembranças que Emeline guardava do irmão. E então se inclinou para a frente e exclamou: — Mas repito, por quê? Por que você sequer está pensando em aceitar esse homem e sua irmã descalça?

Ela achou por bem não mencionar que, na verdade, as duas não sabiam nada sobre os calçados da Srta. Hartley. De fato, o único Hartley que Emeline conhecia era o irmão. Por um momento, a imagem do homem de rosto bronzeado e olhos castanhos como café invadiu sua mente. Ela balançou a cabeça lentamente.

— Não sei explicar muito bem. Tudo que sei é que ele obviamente precisa da minha ajuda.

— Ah, mas se você aceitasse todos que precisam da sua ajuda, não iríamos dar conta de tantos pedidos.

— Ele disse... — Emeline hesitou, observando a luz que se refletia na taça de vinho. — Ele disse que conhecia Reynaud.

Tante Cristelle pousou a taça de vinho com todo cuidado.

— Mas por que você acredita nisso?

— Não sei. Apenas acredito. — Ela olhou para a outra mulher com desamparo. — A senhora deve achar que sou uma tola.

Tante Cristelle suspirou, os lábios pendendo para baixo nos cantos, enfatizando as marcas do tempo.

— Não, *ma petite*. Só acho que você amava muito seu irmão.

Emeline assentiu com a cabeça, observando os dedos girarem a taça de vinho, sem olhar para a tia. Ela amara Reynaud. Ainda amava. O amor não acabava só porque o ser amado havia morrido. Mas havia outro motivo pelo qual estava considerando aceitar a garota Hartley. Por alguma razão, Emeline desconfiava de que Samuel Hartley não havia lhe contado toda a verdade quando pedira sua ajuda. Ele queria algo. Algo que envolvia Reynaud.

E isso significava que ele deveria ser observado de perto.

Capítulo Dois

Coração de Ferro andou por vários dias pela floresta escura e, durante esse tempo, não encontrou nem ser humano nem animal. No sétimo dia, a muralha de árvores se abriu, e o soldado saiu da floresta. À frente dele se estendia uma cidade brilhante. Coração de Ferro ficou olhando. Nunca, em todas as suas andanças, tinha visto uma cidade tão magnífica. Mas logo seu estômago roncou, despertando-o de seu deslumbramento. Ele precisava comprar comida, mas, para comprar comida, precisava arrumar um emprego. Então, lá seguiu ele para a cidade.

Porém, apesar de perguntar em todos os lugares, não havia nenhum trabalho decente para um soldado que tinha acabado de voltar da guerra. E creio que isso aconteça com muita frequência, pois, ainda que todos fiquem felizes em ver um soldado em tempos de guerra, depois de passado o perigo, olham para o mesmo homem com desconfiança e desprezo.

Assim, Coração de Ferro se viu forçado a aceitar um emprego como varredor de ruas. Trabalho que aceitou com gratidão...

— Coração de Ferro

— Acho que ouvi você chegando ontem. Já era tarde — comentou Rebecca enquanto servia ovos pochés no próprio prato na manhã seguinte. — Passava de meia-noite?

— É mesmo? — respondeu Samuel vagamente. Ele estava sentado à mesa do café da manhã atrás dela. — Desculpe se acordei você.

— Ah! Ah, não. Você não me incomodou de forma alguma. Não foi isso que eu quis dizer. — Rebecca suspirou e ocupou o assento de frente para o irmão. Estava morrendo de vontade de perguntar por onde ele andara na noite passada (e na noite anterior), mas a timidez e certa hesitação a impediram. Ela se serviu de um pouco de chá e tentou puxar assunto, o que era sempre um pouco difícil pela manhã. — Quais são seus planos para hoje? Vai tratar de negócios com o Sr. Kitcher? Eu... eu pensei que, se você não for, talvez pudéssemos passear por Londres. Ouvi dizer que a Catedral de St. Paul...

— Droga! — Samuel pousou a faca com um estalo. — Eu me esqueci de avisar.

Rebecca sentiu o estômago se revirar. Ela sabia que seria difícil — o irmão vivia ocupado —, mas, mesmo assim, desejara que pudessem passar um tempo juntos naquela tarde.

— Avisar o quê?

— Nossa vizinha, Lady Emeline Gordon, nos convidou para um chá.

— O quê? — Rebecca lançou um olhar involuntário em direção à propriedade que ficava à direita. Ela já vira a dama de relance uma ou duas vezes e ficara impressionada com a sofisticação da vizinha. — Mas... mas quando foi isso? Não vi nenhum convite nas correspondências desta manhã.

— Eu a conheci no evento a que fui ontem.

— Céus! — exclamou Rebecca, surpresa. — Ela deve ser uma dama muito gentil para nos convidar tão rápido. — Que vestido deveria usar para conhecer uma mulher da aristocracia?

Samuel brincou com a faca, e, se Rebecca não o conhecesse bem, diria que o irmão mais velho estava constrangido.

— Na verdade, perguntei se ela poderia acompanhá-la a alguns eventos.

— É mesmo? Pensei que você não gostasse de bailes e eventos sociais.

É claro que Rebecca estava feliz com o fato de o irmão ter pensado nela, mas o súbito interesse dele em sua vida social parecia estranho.

— Sim, mas agora que estamos em Londres... — Samuel deixou a frase solta no ar enquanto tomava um gole de café. — Achei que gostaria de sair. Ver a cidade, conhecer algumas pessoas. Você tem só 19 anos. Deve estar morrendo de tédio, zanzando pela casa, só com a minha companhia.

Bem, isso não era totalmente verdade, refletiu Rebecca enquanto tentava pensar em uma resposta. Na verdade, ela estava cercada de pessoas... os criados. Parecia haver um batalhão deles na casa que Samuel alugara em Londres. Quando ela achava que já havia conhecido todos, aparecia uma criada nova ou um engraxate que nunca tinha visto antes. Neste exato momento, dois deles estavam parados perto da parede, só esperando para servi-los. Ela achava que um deles se chamava Travers, e o outro... puxa vida! Tinha esquecido o nome do outro, apesar de estar certa de que já o vira antes. Ele tinha cabelos bem pretos e olhos de um verde incrível. Não que estivesse prestando atenção na cor dos olhos de um criado, é claro.

Rebecca remexeu os ovos frios no prato. Na casa de Boston, onde morava com Samuel, estava acostumada a contar apenas com a cozinheira e Elsie. Durante sua infância, tinha o hábito de fazer as refeições na companhia das duas até passar a ser considerada uma moça e, então, obrigada a se sentar à mesa de jantar com tio Thomas. O tio era uma pessoa muito querida, e Rebecca o amava, mas jantar com ele sempre fora um desafio. As conversas que tinham durante as refeições eram sempre tão monótonas se comparadas às fofocas noturnas que costumava compartilhar com a cozinheira e a criada idosa. Os assuntos ficaram um pouco mais animados depois que Samuel foi morar com ela, após a morte do tio Thomas, mas não tanto. O irmão sabia ser engraçado quando queria, mas normalmente parecia distraído, com a mente focada nos negócios.

— Você se importa? — A pergunta de Samuel interrompeu seu fluxo de pensamentos.

— Perdão?

O irmão a encarava com a testa franzida, e Rebecca teve a sensação de que o desapontara de algum modo.

— Você se importa de eu ter pedido a ajuda de Lady Emeline?

— Não, de forma alguma. — Ela abriu um sorriso largo. É claro, seria melhor se pudesse passar seu tempo com o irmão, mas ele estava em Londres a negócios, afinal de contas. — Fico feliz por você ter pensado em mim.

Mas essa resposta o fez pousar a xícara de café.

— Você fala como se eu a considerasse um fardo.

Rebecca baixou os olhos. Na verdade, para ela, era exatamente assim que ele a enxergava. Como um fardo. De que outra forma seria? Ela era muito nova e fora criada na cidade. Samuel, ao contrário, vivera até os 14 anos no interior selvagem do país. Às vezes, Rebecca tinha a impressão de que o abismo que os separava era muito maior do que um oceano.

— Sei que não queria que eu tivesse vindo junto com você nessa viagem.

— Já discutimos isso. Fiquei feliz em trazê-la quando soube que queria vir.

— Sim, e lhe sou muito grata.

Rebecca arrumou os talheres sobre o prato com todo cuidado, ciente de que a resposta não era exatamente a ideal, e lançou uma olhadela para ele.

Samuel estava com a testa franzida de novo.

— Rebecca, eu...

Mas o mordomo o interrompeu.

— O Sr. Kitcher acaba de chegar, senhor — disse ele, anunciando o advogado do irmão.

— Obrigado — murmurou Samuel. Ele se levantou e se inclinou para dar um beijo na testa da irmã. — Kitcher e eu vamos agendar uma visita ao depósito de Wedgwood. Voltarei depois do almoço. Devemos estar às duas na casa de milady.

— Tudo bem — respondeu Rebecca, mas Samuel já estava à porta. Ele saiu sem dizer mais nada, deixando-a sozinha com seus ovos. Salvo, é claro, pelos criados.

O CAVALHEIRO DA COLÔNIA parecia ainda mais imponente parado em sua pequena sala de estar. Esse foi o primeiro pensamento de Emeline naquela tarde ao se virar para cumprimentar os visitantes. Era gritante o contraste entre o belo cômodo — elegante, sofisticado e muito civilizado — e o homem imóvel no centro dele. Ele deveria se sentir intimidado por tanto dourado e cetim, deveria parecer simplório e um pouco grosseiro em suas roupas de lã simples.
Em vez disso, ele dominava o ambiente.
— Boa tarde, Sr. Hartley.
Emeline estendeu a mão, lembrando-se tarde demais do aperto que trocaram no dia anterior. Ela prendeu a respiração enquanto esperava para ver se ele repetiria o gesto nada ortodoxo. Mas o Sr. Hartley apenas tomou sua mão e beijou o ar, um centímetro acima dos nós dos dedos dela, como era apropriado. Por um momento, pareceu hesitar na posição, com as narinas dilatadas, mas então se empertigou. Ao perceber o brilho de divertimento nos olhos dele, Emeline semicerrou os dela. Que canalha! No dia anterior, ele sabia que o adequado seria beijar sua mão.
— Gostaria de lhe apresentar minha irmã, Rebecca Hartley — disse Sr. Hartley, e Emeline foi forçada a se concentrar.
A jovem que avançou era graciosamente atraente. Os cabelos eram escuros como os do irmão, mas, enquanto os olhos dele tinham um tom quente de castanho, os dela eram de um verde brilhante e ligeiramente amarelado. Uma cor muito incomum, mas bonita mesmo assim. A moça usava um vestido simples de fustão, com decote quadrado e rendas aplicadas nas mangas e no corpete. As vestimentas certamente poderiam ser melhoradas, notou Emeline.
— Como vai? — perguntou ela enquanto a jovem executava uma reverência razoável.

— Ah, senhora... quer dizer, milady... é um prazer conhecê-la — arfou a Srta. Hartley. Seus modos eram charmosos, apesar de nada refinados.

Emeline assentiu com a cabeça.

— Esta é minha tia, *mademoiselle* Molyneux.

Tante Cristelle estava sentada à sua esquerda, tão na beirada da cadeira que vários centímetros separavam suas costas eretas do encosto. A mulher mais velha inclinou a cabeça. Seus lábios faziam biquinho, mas os olhos encaravam a barra do vestido da Srta. Hartley.

O Sr. Hartley sorriu, os lábios se curvando de modo um tanto libertino enquanto ele se inclinava sobre a mão da tia.

— Como vai a senhora?

— Muito bem, obrigada, *monsieur* — respondeu ela num tom seco.

Ele e a Srta. Hartley se sentaram. A moça, no canapé adamascado amarelo e branco, e o irmão, na poltrona laranja. Emeline se acomodou em seu assento e fez sinal para Crabs, o mordomo, que desapareceu no mesmo instante para pedir o chá.

— O senhor mencionou ontem que veio a Londres a negócios, Sr. Hartley. Que tipo de negócios? — perguntou ela ao convidado.

O homem jogou para o lado a barra do paletó marrom e apoiou o tornozelo sobre o joelho da perna oposta.

— Trabalho com importação e exportação em Boston.

— É mesmo? — comentou Emeline quase num murmúrio.

O Sr. Hartley não parecia nem um pouco inibido em admitir seu envolvimento com o comércio. Mas o que se poderia esperar de um colono que usa perneiras de couro? Os olhos de Emeline baixaram até as pernas cruzadas dele. O couro macio se ajustava à panturrilha, marcando sua esplêndida forma física. Ela desviou o olhar.

— Espero conseguir uma reunião com o Sr. Josiah Wedgwood — continuou ele. — Talvez a senhora o conheça. Ele é dono de uma nova fábrica de louça maravilhosa.

— Louça. — *Tante* Cristelle ergueu seu lornhão: uma afetação à qual recorria quando queria intimidar alguém. Primeiro, fitou o convidado, em seguida voltou o olhar fixamente para a barra da saia da Srta. Hartley.

O homem não se deixou intimidar. Ele sorriu para a tia de Emeline e depois para ela.

— Louça. É impressionante o quanto usamos louça nas colônias. Venho importando talheres e afins, mas acredito que exista mercado para artigos mais finos. Coisas que uma dama elegante queira ter à mesa. O Sr. Wedgwood desenvolveu o processo perfeito para a confecção da faiança mais delicada que já vi. Espero conseguir convencê-lo de que a Importações Hartley é a melhor companhia para levar as mercadorias dele para as colônias.

De um jeito quase involuntário, Emeline ergueu as sobrancelhas, intrigada.

— O senhor pretende comercializar a louça em nome dele?

— Não. O negócio será aos moldes costumeiros. Eu compro as mercadorias dele e depois revendo do outro lado do Atlântico. No entanto, pretendo garantir o direito de exclusividade para vender as mercadorias nas colônias.

— Quanta ambição, Sr. Hartley — comentou *tante* Cristelle num tom que não soava nada aprovador.

O convidado inclinou a cabeça em resposta. Ele não parecia incomodado com a desaprovação da senhora. Emeline se viu admirando sua autoconfiança, ainda que com relutância. O Sr. Hartley era diferente, mas isso nada tinha a ver com sua nacionalidade. Os cavalheiros que ela conhecia não lidavam com comércio, muito menos falavam sobre o assunto tão abertamente com uma dama. Era interessante se ver diante de um homem que a tratava como se fossem intelectualmente iguais. Ao mesmo tempo, ela sabia que ele jamais seria aceito pelo seu mundo.

A Srta. Hartley pigarreou.

— Meu irmão me contou que a senhora muito gentilmente concordou em ser a minha dama de companhia.

A entrada de três criadas trazendo as bandejas de chá impediu Emeline de dar uma resposta adequada — uma que atingiria o irmão, e não a moça. Ele já dava como certo que sua proposta seria aceita, não é? Ela notou, enquanto as criadas serviam a comida, que o Sr. Hartley a observava de forma bem óbvia e ergueu uma sobrancelha de maneira desafiadora, mas ele apenas imitou seu gesto como resposta. Aquele homem estava flertando com ela? Será que não percebia que ela estava muito, mas muito fora de seu alcance?

Assim que a mesa do chá foi posta, Emeline começou a servir a bebida com as costas tão eretas que fariam vergonha até a postura da tia.

— Ainda estou considerando a possibilidade de acompanhá-la, Srta. Hartley. — Ela sorriu para atenuar as palavras duras. — Se puder me dizer por que gostaria...?

Sua frase foi interrompida por um tufão. A porta da sala bateu com um baque contra a parede, chacoalhando os batentes de madeira e tirando mais uma lasquinha da pintura. Uma confusão de braços e pernas compridas foi para cima dela.

Emeline afastou o bule de água quente com uma agilidade adquirida com a prática.

— *Maman! Maman!* — berrava o pestinha. Os cachos dourados passavam a falsa impressão de um ar angelical. — A cozinheira disse que fez pãezinhos de groselha. Posso comer um?

Ela pousou o bule e respirou fundo para repreendê-lo. A tia, porém, foi mais rápida.

— *Mais oui, mon chou!* Venha, pegue um prato, e *tante* Cristelle vai escolher os maiores pãezinhos para você.

Emeline pigarreou, e tanto o menino como a tia a encararam com ar de culpa. Ela abriu um sorriso cheio de significado para o filho.

— Daniel, faça a gentileza de soltar o pão que está segurando e cumprimentar as visitas?

Ele renunciou ao seu tesouro um tanto esmagado e, em seguida, para desgosto da mãe, limpou a mão na calça. Emeline respirou fundo, mas não disse nada. Uma bronca de cada vez.

Ela voltou-se para os Hartley.

— Gostaria de lhes apresentar meu filho, Daniel Gordon, o barão de Eddings.

O menino sapeca se curvou numa reverência perfeita — linda o suficiente para inflar o peito dela de orgulho maternal. Não, é claro, que Emeline tenha demonstrado sua satisfação; afinal, não seria adequado deixar o garoto convencido. O Sr. Hartley ofereceu a mão do mesmo modo que fizera com ela no dia anterior. Seu filho abriu um sorriso radiante. Adultos não costumavam trocar apertos de mão com meninos de 8 anos, independentemente da posição social. Com muita seriedade, Daniel segurou a mão enorme e a apertou.

— É um prazer conhecê-lo, milorde — disse o Sr. Hartley.

Daniel fez uma mesura para a moça, e então Emeline lhe entregou um pãozinho embrulhado em um guardanapo.

— Agora vá, querido. Eu tenho...

— Não há motivo para que seu filho não possa ficar conosco, senhora — interrompeu o Sr. Hartley.

Emeline se empertigou. Como ele ousava interromper a conversa dela com o filho? Estava prestes a lhe passar um sermão quando seus olhares se cruzaram. Os olhos do Sr. Hartley estavam enrugados nas extremidades, mas, ao invés de divertimento, pareciam refletir tristeza. Ele nem conhecia o filho dela. Por que sentiria pena do garoto?

— Por favor, *maman*? — implorou Daniel.

Emeline devia ter ficado mais indignada — afinal, o menino sabia muito bem que não devia implorar depois de receber uma ordem —, mas, mesmo assim, algo amoleceu dentro dela.

— Ah, está bem.

Ela sabia que soara como uma velha rabugenta, mas Daniel sorriu e ocupou o lugar vago ao lado do convidado, arrastando-se até o encosto da cadeira grande demais. E o Sr. Hartley sorriu para ela com seus olhos castanho-escuros. A visão a deixou sem ar, o que era uma reação ridícula para uma mulher madura e experiente.

— Ora, mas que agradável — comentou *tante* Cristelle. Ela piscou para Daniel, que ficou se contorcendo no assento até perceber o olhar da mãe. — Porém, agora, creio que devamos discutir os trajes de *mademoiselle* Hartley.

A Srta. Hartley, que tinha acabado de tomar um gole de chá, pareceu engasgar.

— Como assim, senhora?

Tante Cristelle meneou a cabeça uma vez.

— São terríveis.

O Sr. Hartley pousou a xícara com todo cuidado.

— *Mademoiselle* Molyneux, creio que...

A senhora se virou para ele.

— O senhor quer que sua irmã seja motivo de chacota? Quer que a moça seja alvo de fofoca das outras jovens? Que os rapazes se recusem a dançar com ela? É isso que deseja?

— Não, é claro que não — respondeu o Sr. Hartley. — Mas o que há de errado com o vestido de Rebecca?

— Nada. — Emeline pousou o pires. — Nada, se a Srta. Hartley só pretende visitar os parques e alguns pontos turísticos de Londres. Tenho certeza de que seus trajes são adequados até para a elegante Boston, nas colônias. Mas, para a alta sociedade de Londres...

— Ela precisa de vestidos muito elegantes! — exclamou *tante* Cristelle. — E de luvas e xales e chapéus e sapatos. — Ela se inclinou para a frente para bater com a bengala no chão. — Os sapatos são de suma importância.

A Srta. Hartley olhou alarmada para as próprias sapatilhas, enquanto o Sr. Hartley parecia estar apenas se divertindo.

— Entendo.

Tante Cristelle o encarou com perspicácia.

— E todas essas coisas vão custar caro, *non*?

Ela não mencionou que ele teria de custear novas vestimentas para Emeline também. Afinal, todos na sociedade londrina sabiam que essa era a recompensa por seus serviços como dama de companhia.

Emeline aguardou por algum protesto do Sr. Hartley. Evidentemente, ele não imaginara quão dispendioso era apresentar uma jovem à sociedade. A maioria das famílias guardava dinheiro por anos para o evento; algumas chegavam a se endividar para vestir a filha de acordo. Ele podia ser um homem muito rico em Boston, mas será que isso significava a mesma coisa em Londres? Será que teria condições de arcar com esses gastos inesperados? Foi estranho, mas ela ficou decepcionada só de pensar na possibilidade de ele abandonar a empreitada.

No entanto, o Sr. Hartley apenas deu uma mordida em um pãozinho. Foi a irmã quem protestou:

— Ah, Samuel, isso já é demais! Não preciso de um vestuário novo, de verdade.

Um discurso muito bonito. Dava ao irmão uma fuga honrada. Emeline voltou-se para o Sr. Hartley com as sobrancelhas arqueadas. De soslaio, viu Daniel se aproveitar da distração dos adultos para surrupiar outro pãozinho.

O Sr. Hartley tomou um bom gole de chá antes de se manifestar.

— Pelo visto, você precisa, sim, de um novo vestuário, Rebecca. Esse foi o conselho de Lady Emeline, e devemos confiar na opinião dela.

— Mas os custos! — A moça parecia muito nervosa.

O irmão, não.

— Fique tranquila. Isso não será problema. — Ele se voltou para Emeline. — Quando iremos às compras, milady?

— O senhor não precisa nos acompanhar — respondeu Emeline. — Basta nos dar uma carta de crédito...

— Mas eu adoraria acompanhá-las — interrompeu o colono num tom despreocupado. — Tenho certeza de que a senhora não me negaria um prazer tão pequeno.

Emeline comprimiu os lábios. Sabia que o homem seria uma distração, mas não havia um modo educado de dissuadi-lo. O sorriso que esboçou não demonstrava qualquer alegria.

— Claro, vamos adorar a sua companhia.

Ela teve a impressão de que ele sorria e, apesar de não haver alteração em sua fisionomia, as linhas dos cantos de sua boca se tornaram ainda mais marcadas. Que homem extraordinário!

— Então repito, quando iremos às compras?

— Amanhã — respondeu Emeline em tom seco.

Os lábios sensuais dele se curvaram discretamente.

— Excelente.

Então, ela semicerrou os olhos. Ou o Sr. Hartley era um tolo, ou era mais rico do que o próprio rei Midas.

SAM ACORDOU NO meio da madrugada, encharcado de suor por causa do pesadelo. Permaneceu imóvel, tentando enxergar na escuridão enquanto esperava a agitação acalmar dentro do peito. Droga, o fogo na lareira se extinguira, e o quarto estava gelado. Ele já havia mandado as criadas empilharem bem as toras, mas elas nunca faziam direito. Toda manhã, só restavam brasas. Nesta noite, o fogo tinha se apagado por completo.

Ele jogou as pernas para fora da cama, e os pés descalços tocaram o tapete. Em seguida, foi cambaleando na penumbra até a janela e abriu as pesadas cortinas. A lua se destacava acima dos telhados da cidade, sua luz fria e opaca. Ele aproveitou a iluminação fraca para se trocar, arrancando o camisolão encharcado e vestindo a calça, a camisa, o colete, as perneiras e os mocassins.

Sam saiu do quarto, o barulho de seus passos praticamente inaudível, abafado pelos mocassins macios. Ele desceu a grande escada de mármore até o andar de baixo. Ali, ouviu o som de passos vindo em sua direção e se escondeu nas sombras. A luz de uma vela bruxuleou ali perto, e ele viu o mordomo trajando um camisolão, segurando uma garrafa em uma das mãos e o castiçal na outra. O homem passou direto, a apenas centímetros de seu esconderijo, e Sam sentiu cheiro de uísque. Ele sorriu no escuro. O criado ficaria horrorizado se descobrisse que o patrão estava espreitando nas sombras! Pensaria que ele era louco.

Sam esperou até que a luz da vela do mordomo desaparecesse e o barulho de passos cessasse por completo. Prestou atenção por mais um minuto, mas tudo estava silencioso. Então abandonou o esconderijo, cruzou a cozinha vazia e seguiu para a porta dos fundos. A chave ficava em cima da cornija da grande lareira, mas ele tinha uma cópia. Abriu a porta e saiu. O trinco fechou com um estalo às suas costas. Fazia um frio agradável do lado de fora, e ele conteve um estremecimento. Por um momento, ficou parado nas sombras da casa, ouvindo, observando e sentindo cheiros. Tudo o que captou foi um rato correndo entre os arbustos e o miado de um gato. Não havia nenhum ser humano por perto. Sam atravessou a horta, roçando em pés de hortelã e salsinha e outras ervas cujos odores não sabia identificar. Até que chegou aos estábulos, e mais uma vez verificou à sua volta por um minuto.

Por fim, Sam começou a correr. Seus passos eram tão silenciosos quanto os de um gato, mas ele se manteve sob a proteção das sombras próximas aos estábulos. Odiava ser descoberto quando saía na calada da noite. Talvez fosse por isso que não se dava ao trabalho de contratar um camareiro.

Ele passou por um portal, e o fedor de urina invadiu suas narinas, fazendo-o desviar. A primeira vez que vira uma cidade — era uma vila, na verdade — foi aos 10 anos de idade. Vinte e três anos depois, ainda era capaz de se lembrar do choque que teve ao sentir o cheiro. A terrível fedentina de centenas de pessoas vivendo tão próximas sem um lugar adequado para descartar seu mijo e sua merda. Quando garoto, quase vomitara ao descobrir que a água escura que corria no meio da rua de paralelepípedos era um esgoto a céu aberto. Uma das primeiras coisas que o pai lhe ensinara em sua infância fora a esconder seus dejetos. Os animais eram espertos. Se sentiam cheio de gente, não se aproximavam. Se não houvesse animais, não havia comida. As coisas eram simples assim nas floretas da Pensilvânia.

Mas, ali, onde as pessoas viviam grudadas e deixavam seus dejetos empilhados nas esquinas, onde o fedor dos homens pairava no ar como se fosse um nevoeiro que precisava ser atravessado com dificuldade; ali na cidade, as coisas eram bem mais complicadas. Ainda havia predadores e presas, mas suas formas estavam distorcidas, e, às vezes, era impossível distinguir uns dos outros. Aquela cidade era muito mais perigosa do que qualquer interior com animais selvagens e índios guerreiros.

Seus pés o levaram até o final dos estábulos, para um cruzamento. Ele atravessou a rua e continuou correndo. Um rapaz entrava pelo portão de uma casa — um criado retornando de uma missão? Sam passou bem perto, mas o jovem nem se virou. Mesmo assim, dava para sentir o odor de cerveja e tabaco exalando dele.

Lady Emeline cheirava a bálsamo de limão. Ele sentira o aroma novamente quando se curvou sobre sua mão alva naquela tarde. Aquilo não estava certo. Uma mulher tão sofisticada deveria usar patchuli ou almíscar. Ele costumava se sentir sufocado com o cheiro — o fedor — das damas da sociedade. Seus perfumes pairavam ao redor delas como uma fumaça, e tudo o que ele mais queria era tampar o nariz até ficar sem ar. Mas Lady Emeline usava bálsamo de limão, o cheiro do jardim de sua mãe. Essa dicotomia o intrigava.

Ele passou pela entrada de um beco e pulou uma poça suja. Havia alguém escondido ali — ou para se abrigar ou para uma emboscada —, mas Sam já tinha passado antes que o vulto tivesse tempo de reagir. Ele olhou para trás e viu alguém à espreita. Sam sorriu enquanto apressava o passo, seus mocassins deslizando silenciosamente pelos paralelepípedos. Aquela era a única hora em que ele quase gostava da cidade — quando as ruas estavam desertas e era possível se locomover sem receio de esbarrar com outra pessoa. Quando havia *espaço*. Ele sentiu os músculos das pernas começarem a esquentar por causa do exercício.

Quando decidiu ir para Londres, Sam alugou a casa vizinha à de Lady Emeline de propósito. Ele sentia necessidade de descobrir como a irmã de Reynaud estava se arranjando. Era o mínimo que podia fazer pelo soldado com quem tinha falhado. Ao descobrir que a dama gostava de introduzir moças à sociedade, pareceu natural pedir a ela que ajudasse Rebecca. Claro que não revelara o verdadeiro motivo pelo qual estava interessado na sociedade londrina, mas aquilo não o incomodava. Pelo menos, não até realmente conhecê-la.

Pois Lady Emeline não era como Sam esperava. Por algum motivo, inconscientemente, ele a imaginara alta como o irmão e com o mesmo ar aristocrático. O ar aristocrático de fato estava lá, mas era difícil não sorrir quando a dama tentava lançar a ele um olhar superior. Afinal, ela media pouco mais de um metro e meio. Tinha um corpo graciosamente arredondado, do tipo que fazia um homem querer tocar aquela bunda só para sentir o calor feminino. Os cabelos eram pretos, e os olhos, do mesmo tom escuro. Com aquelas bochechas rosadas e o jeito irritadiço de falar, a mulher poderia muito bem se passar por uma criada irlandesa atrevida, sempre pronta para um flerte.

Só que ela não era nada disso.

Sam praguejou baixinho, parou e apoiou as mãos espalmadas nos joelhos enquanto ofegava, tentando recuperar o fôlego. Lady Emeline podia até parecer uma criada irlandesa, mas, em seus trajes elegantes e com o sotaque cortante como gelo, ninguém em sã consciência poderia confundi-la com uma. Nem mesmo um homem rude e rústico dos confins do Novo Mundo. O dinheiro de Sam podia comprar muitas coisas, mas uma mulher da alta aristocracia inglesa não era uma delas.

O dia já estava quase amanhecendo. Era hora de voltar para casa. Ele olhou ao redor. Pequenas lojas, todas com mais de um andar, ladeavam a rua estreita. Sam nunca estivera nesta área de Londres antes, mas isso não o impediria de encontrar o caminho para casa. Ele retomou a corrida a passos lentos. A volta era sempre mais difícil, depois que o frescor inicial e a energia já tinham se esgotado. Agora, seus pulmões lutavam para respirar, e os músculos começavam a doer por conta do esforço contínuo. E então as áreas de antigos ferimentos se manifestaram, latejando enquanto ele corria. *Não esqueça*, murmuravam as cicatrizes, *não esqueça onde a machadinha cortou a sua carne, onde a bala foi se alojar perto do osso. Não esqueça que você estará para sempre marcado, o sobrevivente, aquele que está vivo, aquele que restou para contar a história.*

Sam disparou, apesar das dores e das lembranças. Aquele era o ponto que separava os que eram capazes de continuar dos que tombavam ao longo do caminho. O segredo era reconhecer a dor. Aceitá-la. A dor o mantém desperto. A dor significa que você ainda está vivo.

Não sabia dizer por quanto tempo correu, mas, quando chegou aos estábulos nos fundos de sua casa alugada, a lua já não estava mais no céu. Seu cansaço era tamanho que quase não percebeu que alguém o espionava. Um homem grande e robusto espreitava atrás dos estábulos. O fato de quase ter passado correndo por ele mostrava o quanto estava cansado. Mas Sam o avistou a tempo. Ele parou e se escondeu nas sombras dos estábulos vizinhos para examiná-lo. O homem tinha o formato de um barril e vestia um casaco vermelho e um tricórnio velho, com as abas puídas. Não era a primeira vez que via o sujeito. Naquele dia mesmo, vira o homem parado do outro lado da rua quando saíra com Rebecca da casa de Lady Emeline e, no dia anterior, quando entrava em sua carruagem alugada. O porte e o jeito do homem eram os mesmos. Estava sendo seguido por ele.

Sam esperou alguns segundos até recuperar o fôlego antes de tirar duas bolas de chumbo do bolso do colete. Eram pequenas, não muito maiores do que seu polegar, mas úteis para um homem que gostava de correr à noite pelas ruas de Londres. Ele cerrou o punho direito ao redor delas.

Em silêncio, Sam disparou na direção de Casaco Vermelho, puxando os cabelos do homenzarrão com a mão esquerda e desferindo um soco na cabeça dele.

— Quem o mandou?

Casaco Vermelho era ágil para um homem de seu tamanho. Ele girou e tentou acertar uma cotovelada na barriga de Sam, que reagiu com outro soco, e depois outro, acertando o rosto do homem todas as vezes.

— Merda! — arfou Casaco Vermelho, com um sotaque londrino tão carregado que Sam mal conseguiu entender.

O homem tentou revidar o soco, mas Sam se desvencilhou, e o golpe passou raspando por seu queixo. Ele reagiu acertando a axila exposta do homem. Casaco Vermelho gemeu, curvando-se para o lado atingido. Mas, quando se endireitou, tinha um punhal na mão. Sam o contornou, os punhos prontos, em busca de outra chance. Casaco Vermelho tentou golpeá-lo com o punhal, mas Sam empurrou seu braço para longe. A arma girou pelo ar e caiu, a luz do luar refletindo no que parecia ser um cabo branco de osso. Sam simulou um movimento para a esquerda, e, quando o outro avançou, ele o pegou pelo braço direito e o puxou.

— Para quem você trabalha? — sibilou enquanto torcia o braço do sujeito.

O homem girou violentamente e acertou Sam no queixo outra vez. Ele cambaleou, e Casaco Vermelho saiu correndo pelos estábulos. Ao passar pelo punhal, o homem se abaixou para pegá-lo.

Por instinto, Sam começou a persegui-lo — o predador sempre vai atrás da presa em fuga —, mas, então, parou antes de chegar ao final dos estábulos. Havia corrido por horas; seu fôlego não era mais o mesmo. Se pegasse Casaco Vermelho, não estaria em condições de obrigá-lo a confessar. Sam suspirou, guardou as bolas de chumbo no bolso e voltou para casa.

O dia já estava raiando.

Capítulo Três

Um dia, enquanto Coração de Ferro varria a rua, um cortejo passou por ele. Era composto de três criados em uniformes dourados, uma escolta montada a cavalos de guerra brancos como a neve, e, finalmente, uma carruagem dourada com dois criados em pé na traseira. Coração de Ferro ficou boquiaberto ao vê-la se aproximar.

Quando a carruagem chegou ao seu lado, a cortina se abriu e ele viu o rosto da moça que estava lá dentro. Que rosto! Ela era perfeita, tinha a tez tão alva e macia que parecia de marfim. Coração de Ferro a encarou. Ao seu lado, uma voz rouca indagou:

— Você achou a princesa Consolação bonita?

Coração de Ferro se virou e encontrou um ancião parado onde antes não havia ninguém. Ele franziu o cenho, mas foi obrigado a admitir que a princesa era encantadora.

— Então — disse o velho, aproximando-se tanto que Coração de Ferro conseguiu sentir o fedor do seu hálito —, você gostaria de se casar com ela?

— Coração de Ferro

Emeline saiu para a tarde ensolarada e soltou um suspiro de satisfação.
— Adorei nossas compras.
— Mas será que eu preciso mesmo de todos aqueles vestidos? — ofegou a Srta. Hartley logo atrás dela. — Um ou dois vestidos de baile não bastariam?

— Ora, Srta. Hartley...

— Ah, por favor, me chame de Rebecca.

Emeline suavizou o tom. A garota era tão doce.

— Sim, claro. Rebecca, então. É imprescindível que você se vista de maneira adequada...

— Banhada a ouro, se possível — disse uma voz masculina.

— Ah, Samuel! — exclamou Rebecca. — Seu queixo está ainda pior do que hoje cedo.

Emeline se virou, tomando o cuidado de não manter a testa franzida. Não queria que o Sr. Hartley notasse sua irritação por ter sido interrompida nem a estranha agitação que sentia no ventre. Francamente, tanto nervosismo não era adequado a uma mulher de sua idade.

O queixo do Sr. Hartley de fato parecia ter ficado mais escuro desde a última vez que ela o vira. Pelo que dissera, ele havia batido com o rosto numa porta no meio da noite. Um acidente estranho para um homem tão gracioso. Agora, estava apoiado em um poste, com um dos pés abotinados cruzado com o outro na altura dos tornozelos, como se já estivesse parado ali fazia séculos. E de fato estava, caso tenha permanecido ali pelas três horas que elas passaram dentro da loja. Aquele homem não podia ter passado esse tempo todo lá fora, podia?

Emeline sentiu uma pontada de culpa.

— Sr. Hartley, sabe que não precisa nos acompanhar enquanto terminamos de fazer nossas compras, não sabe?

O homem arqueou as sobrancelhas, e a expressão sarcástica em seus olhos sugeriu que ele sabia muito bem os detalhes que envolviam o mundo das compras femininas.

— Eu não sonharia em abandoná-la, milady. Peço desculpas se a minha presença a incomoda.

Tante Cristelle estalou a língua ao lado da sobrinha.

— Que discurso bajulador, *monsieur*. Não acho que combine com o senhor.

O Sr. Hartley sorriu e meneou a cabeça para *tante* Cristelle, sem parecer de forma alguma desconcertado.

— Levarei sua reprimenda em consideração, senhora.

— Sim, pois bem — interferiu Emeline. — Acho que a próxima tarefa é comprar as luvas. Logo adiante há uma loja maravilhosa...

— As senhoras não querem tomar algo primeiro? — perguntou o Sr. Hartley. — Jamais me perdoarei se desmaiarem de cansaço.

Emeline estava elaborando uma recusa adequada quando *tante* Cristelle interveio.

— Um chá cairia muito bem.

Depois disso, seria impossível recusar o convite sem parecer grosseria, e o maldito sabia disso. O cantinho da boca dele se curvou enquanto ele a encarava com aqueles olhos castanho-escuros.

Emeline contraiu os lábios.

— Obrigada, Sr. Hartley. É muita gentileza sua.

Ele inclinou a cabeça, afastou-se do poste e ofereceu-lhe o braço.

— Vamos?

Por que o homem só se lembrava das normas de etiqueta quando lhe convinha? Emeline abriu um sorriso forçado e apoiou as pontas dos dedos enluvados sobre a manga do paletó dele, consciente do músculo por baixo do tecido. O Sr. Hartley encarou a mão dela e depois ergueu o olhar para o rosto de Emeline, arqueando uma sobrancelha. Ela levantou o queixo e saiu andando ao lado dele, seguida por *tante* Cristelle e Rebecca. A tia parecia estar discursando sobre a importância dos sapatos para a moça.

Ao redor do grupo, os elegantes transeuntes de Mayfair iam e vinham. Jovens rapazes se amontoavam nas portas das lojas, conversando e observando as damas em suas roupas luxuosas. Um almofadinha passeava com uma peruca cor-de-rosa empoada, carregando uma bengala de modo afetado. Emeline ouviu *tante* Cristelle soltar uma risada. E cumprimentou as Srtas. Steven com um aceno de cabeça quando as duas passaram. A mais velha respondeu de acordo com as regras de etiqueta. A mais nova, uma ruivinha boba que estava rindo, cobriu a boca, com a mão enluvada.

Emeline franziu as sobrancelhas em sinal de reprovação.

— O que está achando da nossa capital, Sr. Hartley?

— Muito tumultuada. — Ele inclinou a cabeça para mais perto da dela enquanto falava. Emeline sentiu um aroma agradável em seu hálito, mas não conseguiu identificar exatamente o que era.

— O senhor está acostumado com cidades menores?

Ela ergueu a barra da saia quando os dois se aproximaram de uma poça meio nojenta. O Sr. Hartley puxou-a mais para perto quando desviaram da água suja, e, por um momento, ela sentiu o calor do seu corpo através da lã e do linho.

— Boston é menor do que Londres — respondeu ele. Os dois se separaram, e Emeline ficou envergonhada ao se dar conta de que sentia falta daquele calor. — Mas é tumultuada da mesma forma. Nunca me acostumei às cidades.

— O senhor foi criado no campo?

— Eu diria que estava mais para uma selva.

Surpresa com a resposta, Emeline se virou para o Sr. Hartley no mesmo instante em que ele se inclinara na direção dela outra vez. De repente, seus rostos estavam a poucos centímetros de distância um do outro. Linhas finas circundavam os olhos castanho-escuros, ficando ainda mais profundas quando ele abriu um sorriso. Ela notou uma cicatriz fina e clara sob o olho esquerdo.

Em seguida, ela desviou o olhar.

— Foi criado por lobos, então, Sr. Hartley?

— Não exatamente. — Seu tom soava divertido, apesar das palavras duras dela. — Meu pai era caçador no interior da Pensilvânia. Morávamos em uma cabana que ele mesmo construiu. As toras ainda tinham casca.

Aquilo parecia muito primitivo. Na verdade, Emeline não conseguia nem imaginar a casa, tão distante era da realidade que ela conhecia.

— Como foi sua educação antes de o senhor ir para o internato?

— Minha mãe me ensinou a ler e a escrever — respondeu o Sr. Hartley. — Aprendi a rastrear, caçar e a viver na floresta com meu pai. Ele era um excelente caçador.

Os dois passaram por uma livraria com uma placa vermelha tão baixa que o tricórnio do Sr. Hartley quase esbarrou nela. Emeline pigarreou.

— Compreendo.

— Compreende mesmo? — indagou ele, baixinho. — Meu mundo naquela época era muito diferente deste — disse, apontando para a rua movimentada de Londres. — A senhora consegue imaginar uma floresta tão silenciosa que se consegue ouvir as folhas caindo? Árvores tão grossas que um homem adulto não consegue abraçá-las?

Ela fez que não com a cabeça.

— É difícil imaginar. A sua floresta soa muito estranha para mim. Mas o senhor abandonou tudo isso, não é mesmo?

Ele observava a movimentação das pessoas ao redor enquanto os dois andavam, e, então, baixou o olhar para ela. Emeline prendeu a respiração, fitando aqueles olhos escuros.

— Deve ter sido uma mudança e tanto, trocar a liberdade da floresta por uma escola.

Um canto da boca dele se ergueu, e o Sr. Hartley desviou o olhar.

— Foi, mas meninos se adaptam com facilidade. Aprendi a seguir as regras e sabia de quais garotos me manter afastado. Além do mais, eu já era bem alto. Isso ajudou muito.

Emeline estremeceu.

— Tenho a impressão de que internatos são lugares cruéis.

— Meninos são ferinhas cruéis, em geral.

— E quanto aos professores?

O Sr. Hartley deu de ombros.

— A maioria é competente. Alguns são homens infelizes que detestam meninos. Mas alguns realmente amam a profissão e se importam com as crianças.

Emeline uniu as sobrancelhas.

— Que infância diferente o senhor e a sua irmã devem ter tido. O senhor disse que ela cresceu em Boston?

— Sim. — Pela primeira vez, a voz dele soou um pouco abalada. — Às vezes, acho que nossas infâncias foram diferentes demais.

— Ah, é?

Emeline observou o rosto dele. As expressões que exibia eram tão sutis, tão fugazes, que ela se sentia como uma vidente quando as percebia.

Ele assentiu com a cabeça, os olhos semicerrados.

— Eu me preocupo em não estar dando tudo de que ela precisa.

Emeline desviou o olhar enquanto tentava pensar em uma resposta. Será que os homens que conhecia se preocupavam dessa maneira com as mulheres em suas vidas? Será que seu irmão havia se preocupado com as necessidades dela? Ela achava que não.

Mas o Sr. Hartley respirou fundo e continuou falando:

— Seu filho é um menino muito animado.

Emeline franziu o nariz.

— Algumas pessoas diriam que ele é animado até demais.

— Quantos anos ele tem?

— Vai completar 8 neste verão.

— Ele tem um tutor?

— O Sr. Smythe-Jones. Ele vem todos os dias. — Ela hesitou e então disse, de forma impulsiva: — Mas *tante* Cristelle acha que eu deveria colocá-lo em uma escola como a que o senhor frequentou.

O Sr. Hartley a fitou.

— Ele me parece muito jovem para sair de casa.

— Ah, mas várias famílias distintas mandam os filhos para estudar fora, e muitos são bem mais novos que Daniel. — Ela percebeu que torcia a ponta da fita ao redor do pescoço com a mão livre, então parou e alisou o pedaço de seda com cuidado. — Minha tia tem medo de que eu o mantenha sob as minhas asas. Ou que ele não aprenda como se tornar um homem numa casa cheia de mulheres. — Por que estava revelando detalhes tão íntimos para alguém que era praticamente um estranho? O Sr. Hartley deveria estar achando que ela era uma tola.

Mas ele apenas assentiu com a cabeça, pensativo.

— Seu marido faleceu?

— Sim. Daniel morreu há cinco anos. Meu filho foi batizado em homenagem a ele.

— Ainda assim, a senhora não se casou de novo.

Ele se inclinou para mais perto, e ela finalmente reconheceu o aroma em seu hálito. Salsinha. Que estranho um odor tão caseiro parecer tão exótico nele.

O Sr. Hartley falou baixinho:

— Não entendo por que uma dama tão atraente ficaria sozinha por tantos anos.

Emeline franziu o cenho.

— Na verdade...

— Eis uma casa de chá — anunciou *tante* Cristelle, atrás deles. — Meu corpo está doendo de tanto andar. Vamos parar aqui?

O Sr. Hartley se virou.

— Sinto muito, senhora. Sim, podemos fazer uma parada aqui.

— *Bon!* — exclamou *tante* Cristelle. — Vamos nos recompor, então.

Ele abriu a bela porta de madeira e vidro, e o grupo adentrou a pequena casa de chá. Havia mesinhas redondas espalhadas pelo salão, e as damas se acomodaram enquanto o Sr. Hartley foi comprar o chá.

Tante Cristelle se inclinou para a frente e tocou o joelho de Rebecca.

— Seu irmão é muito atencioso. Sinta-se grata, pois nem todos os homens são assim. E aqueles que são não costumam durar muito.

A moça franziu o cenho ao ouvir o último comentário da senhora, mas optou por responder ao primeiro.

— Ah, mas sou tão grata, sim. Samuel sempre foi muito bom para mim quando nos víamos.

Emeline ajeitou uma prega na saia.

— O Sr. Hartley disse que você foi criada por um tio.

Rebecca baixou os olhos.

— Sim. Eu costumava ver o Samuel apenas uma ou duas vezes por ano, durante suas visitas. Ele sempre parecia tão grande, mesmo quando era mais novo do que sou agora. Depois, é claro, se alistou e passou a usar um uniforme de soldado bem bonito. Fiquei encantada. Nenhum outro homem que conheço anda como ele, que caminha com tanta facilidade, como se pudesse seguir no mesmo ritmo por dias a fio. — A moça ergueu os olhos e abriu um sorriso envergonhado. — Não foi uma boa descrição.

Porém, por mais estranho que parecesse, Emeline tinha entendido exatamente o que Rebecca queria dizer. O Sr. Hartley se movia com uma confiança graciosa, que dava a impressão de que conhecia o próprio corpo e como ele funcionava melhor do que os outros homens. Ela se virou para observá-lo. Ele aguardava sua vez de pedir o chá. Em sua frente na fila, um cavalheiro mais velho franzia a testa e batia o pé, com impaciência. Havia outros clientes também, alguns batendo o pé, outros se mexendo, inquietos. Apenas o Sr. Hartley permanecia parado. Não parecia impaciente nem aborrecido, como se fosse capaz de ficar ali, com uma perna dobrada, de braços cruzados, por horas. Ele percebeu que estava sendo observado, ergueu as sobrancelhas lentamente e se virou para Emeline; se o gesto era uma pergunta ou um desafio, ela não sabia dizer. Emeline sentiu o rosto corar e desviou o olhar.

— Você e seu irmão parecem ser muito ligados — comentou ela com Rebecca. — Apesar de não terem crescido juntos.

A moça sorriu, mas seus olhos demonstravam incerteza.

— Espero que sim. Acho que somos. Eu admiro muito meu irmão.

Emeline analisou a jovem. Com certeza o sentimento era sincero, mas suas palavras soaram quase como uma pergunta.

— Milady — chamou o Sr. Hartley, surgindo de repente ao lado dela.

Emeline se assustou e olhou irritada para o homem. Será que ele tinha se aproximado em silêncio de propósito?

Ele abriu aquele sorriso irritantemente enigmático e estendeu um prato com doces cor-de-rosa cobertos de açúcar. Logo atrás, uma moça trazia a bandeja com o chá e as xícaras. Os olhos castanho-escuros do Sr. Hartley pareciam criticar Emeline por sua grosseria.

Ela respirou fundo.

— Obrigada, Sr. Hartley.

O homem inclinou a cabeça.

— Foi um prazer, Lady Emeline.

Humpf! Ela provou um doce e descobriu que o sabor era adocicado e azedo ao mesmo tempo. Na medida certa, para falar a verdade. Então olhou de soslaio para a tia. A senhora estava focada em Rebecca, concentrada no que dizia.

— Espero que minha tia não esteja passando um sermão na sua irmã — comentou ela enquanto servia o chá.

O Sr. Hartley olhou para Rebecca.

— Ela é muito mais forte do que parece. Creio que vai sobreviver às lições da sua tia, por mais duras que sejam.

Ele estava recostado na parede, relaxado, a não mais do que meio metro de distância, pois todas as cadeiras estavam ocupadas. Emeline bebeu um gole de chá enquanto seus olhos baixavam para aqueles estranhos calçados.

Impulsivamente, ela deu voz aos próprios pensamentos:

— Que tipo de sapato é esse que o senhor usa?

O Sr. Hartley esticou uma perna, mantendo os braços cruzados sobre o peito.

— São mocassins. São produzidos com pele de cervo pelas mulheres da tribo dos moicanos.

As ocupantes da mesa ao lado se levantaram e foram embora, mas ele continuou de pé. A sineta acima da porta tocou quando outras pessoas entraram.

Emeline franziu o cenho, olhando para os mocassins e para as perneiras do Sr. Hartley. Ele tinha amarrado o couro macio logo abaixo dos joelhos com uma tira bordada e deixado o restante do material solto perna abaixo.

— Todos os homens brancos andam assim nas colônias?

— Não, nem todos. — Ele cruzou as pernas novamente. — A maioria usa os mesmos sapatos ou botas que os cavalheiros daqui.

— Então por que o senhor usa um calçado tão estranho?

Ela sabia que estava sendo grosseira, mas a insistência dele em se trajar de um modo nada convencional era irritante. Por que fazer algo assim? Se o Sr. Hartley usasse sapatos com fivelas e meias igual a todos os outros homens de Londres, ninguém iria notá-lo. Com sua fortuna, ele poderia muito bem se tornar um cavalheiro inglês e ser aceito pela sociedade. Seria um homem respeitado.

O Sr. Hartley deu de ombros, obviamente alheio aos pensamentos dela.

— Os caçadores costumam usá-los nas florestas americanas. Eles são muito confortáveis e bem mais práticos do que os sapatos ingleses. As perneiras protegem de espinhos e galhos. Já estou acostumado a me vestir assim.

Ele a encarou, e ficou claro, com aquele olhar, que sabia que Emeline desejava que fosse convencional e mais parecido com um cavalheiro inglês. E essa compreensão o entristecia. Ela fitou os olhos castanho--escuros sem saber o que fazer. Havia algo ali, uma troca entre os dois, mas ela não entendia muito bem as sutilezas daquela interação.

Então, uma voz masculina falou às suas costas.

— Cabo Hartley! O que está fazendo em Londres?

SAM FICOU TENSO. O homem que o cumprimentava era esbelto e de estatura mediana, talvez um pouco mais baixo. Trajava um paletó verde-escuro e um colete marrom, roupas perfeitamente apresentáveis e comum. Na verdade, seria igual a centenas de outros cavalheiros ingleses não fosse pelo cabelo. Os fios tinham um tom brilhante, ruivo-alaranjado, e estavam presos para trás. Sam tentou se lembrar do estranho, mas não conseguia. Havia muitos ruivos no regimento.

O homem sorriu e estendeu-lhe a mão.

— Thornton. Dick Thornton. Não o vejo há quantos anos mesmo? Seis, no mínimo. O que está fazendo em Londres?

Sam aceitou a mão estendida e a apertou. Claro. Ele lembrava agora. Thornton fazia parte do vigésimo oitavo regimento.

— Vim a negócios, Sr. Thornton.

— É mesmo? Londres deve ser uma mudança e tanto para um caçador dos confins das colônias. — Thornton sorriu como se tentasse abrandar o teor ofensivo de suas palavras.

Sam deu de ombros com tranquilidade.

— Meu tio morreu em 1760. Pedi baixa do Exército e assumi o negócio de importação dele, em Boston.

— Ah! — Thornton se balançou sobre os calcanhares e lançou um olhar inquisitivo para Lady Emeline.

Sam sentiu uma estranha relutância em fazer a apresentação, mas ignorou a sensação.

— Milady, gostaria de lhe apresentar o Sr. Richard Thornton, um velho companheiro de armas. Thornton, essa é Lady Emeline Gordon, irmã do capitão St. Aubyn. E aquelas são minha irmã, Rebecca Hartley, e a tia de Lady Emeline, *mademoiselle* Molyneux.

Thornton se curvou numa reverência exagerada.

— Senhoras.

Lady Emeline estendeu-lhe a mão.

— Como vai, Sr. Thornton?

A fisionomia do homem assumiu um ar sério quando ele se inclinou sobre a mão da dama.

— É uma honra conhecê-la, milady. Gostaria de dizer que lamentamos muito quando soubemos da morte do seu irmão.

O rosto de Lady Emeline não demostrou sinal de tristeza, mas Sam a sentiu enrijecer, apesar da distância que os separava. Ele não sabia como isso era possível, mas era como se o ar entre os dois tivesse mudado.

— Obrigada — agradeceu-lhe ela. — O senhor conheceu Reynaud?

— Claro. Todos nós conhecemos o capitão St. Aubyn e gostávamos dele. — Thornton voltou-se para Sam como se procurasse uma confirmação. — Um cavalheiro muito valente e um grande líder, não era, Hartley? Sempre tinha uma palavra gentil a oferecer, sempre nos encorajava enquanto marchávamos por aquelas florestas infernais. E, no final, quando os selvagens nos atacaram... a senhora teria ficado orgulhosa pela maneira como ele se manteve firme. Alguns sentiam medo. Outros decidiram abandonar as fileiras e fugir... — Thornton parou de falar de repente e tossiu, lançando um olhar acusador para Sam.

Sam o encarou com frieza. Muitos pensaram que ele havia fugido do massacre de Spinner's Falls. Na época, não tinha se dado ao trabalho de se explicar, e não seria agora que iria começar. Ele sabia que Lady Emeline o fitava, mas se recusou a olhar para ela. Se ela quisesse condená-lo da mesma forma que os outros faziam, paciência.

— Suas lembranças do meu sobrinho são muito bem-vindas, Sr. Thornton — disse *mademoiselle* Molyneux, quebrando o silêncio constrangedor.

— Bem. — Thornton ajeitou o colete. — Isso foi há muito tempo. O capitão St. Aubyn morreu como um herói. É disso que a senhora deveria se lembrar.

— Sabe se há mais veteranos do vigésimo oitavo em Londres? — perguntou Sam baixinho.

Thornton bufou enquanto pensava.

— Não muitos, não muitos. É claro, foram poucos os que sobreviveram. Tem o tenente Horn e o capitão Renshaw... Ele é Lorde Vale agora. Mas não frequento os mesmos círculos que os dois. — Thornton sorriu para Lady Emeline como se numa deferência à classe social dela. — Tem Wimbley e Ford, e o sargento Allen, pobre coitado. Foi terrível o que aconteceu. Ele nunca se recuperou depois que perdeu a perna.

Sam já tinha conversado com Wimbley e Ford. Mas estava sendo mais difícil encontrar o sargento Allen. Mentalmente, ele colocou o nome no topo da lista de pessoas com quem precisava falar.

— E quanto aos seus companheiros de regimento? — perguntou Sam. — Lembro que eram cinco ou seis, e vocês costumavam compartilhar a mesma fogueira. E tinham um líder, outro ruivo, o soldado...

— MacDonald. Andy MacDonald. Sim, as pessoas costumavam nos confundir. Por causa do cabelo, sabe? Engraçado, essa é a única coisa que algumas pessoas lembram a meu respeito. — Thornton balançou a cabeça. — MacDonald levou uma bala na cabeça em Spinner's Falls. Caiu bem ao meu lado, o pobre homem.

Sam manteve o olhar firme, apesar de sentir uma gota de suor escorrendo pelas costas. Ele não gostava de se lembrar daquele dia, e as ruas movimentadas de Londres haviam intensificado seu nervosismo.

— E os outros?

— Mortos, todos mortos, creio eu. A maioria se foi em Spinner's Falls, apesar de Ridley ainda ter sobrevivido por alguns meses... antes da gangrena levá-lo. — Ele abriu um sorriso pesaroso e deu uma piscadela.

Sam franziu o cenho.

— O senhor...

— Sr. Hartley, acredito que ainda tenhamos que visitar a loja de sapatos — interrompeu *mademoiselle* Molyneux.

Sam desviou os olhos de Thornton e encarou as damas. Rebecca o observava com um ar confuso, o rosto de Lady Emeline estava inexpressivo, e sua tia parecia apenas impaciente.

— Peço desculpas, senhoras. Não era minha intenção entediá-las com lembranças de um passado distante.

— Também peço desculpas. — Thornton fez outra mesura elegante. — Foi um prazer conhecê-las...

— Poderia me dar seu endereço? — interrompeu Sam, rápido. — Gostaria de conversar com o senhor novamente. São poucos os que se lembram do que aconteceu naquele dia.

Thornton abriu um sorriso radiante.

— Sim, é claro. Também gosto de relembrar. O senhor poderá me encontrar na minha loja. Não fica muito longe daqui. Basta seguir pela Piccadilly até a Dover Street e irá encontrá-la. É a George Thornton e filho, fabricante de botas. Foi fundada pelo meu pai.

— Obrigado.

Sam trocou outro aperto de mão com o homem e ficou observando-o enquanto se despedia das damas e ia embora. Levou um tempo até que não pudessem mais discernir os cabelos ruivos em meio à multidão.

Ele se voltou para Lady Emeline e ofereceu um braço.

— Vamos?

E então cometeu o erro de olhar em seus olhos. Era impossível que ela não tivesse entendido tudo. Lady Emeline era uma mulher inteligente e tinha escutado toda a conversa. Mas ele ainda sentiu um aperto no peito.

Ela sabia.

O SR. HARTLEY ESTAVA em Londres por causa do massacre de Spinner's Falls. As perguntas que fizera ao Sr. Thornton tinham sido específicas demais, e sua atenção às respostas, intensa demais. Algo sobre o massacre do vigésimo oitavo regimento o incomodava.

E Reynaud tinha morrido em Spinner's Falls.

Emeline apoiou a ponta dos dedos sobre o braço dele, mas então não conseguiu se controlar. Apertou-lhe o músculo do braço.

— Por que não me disse nada?

Os dois tinham começado a andar, lado a lado, e Emeline podia ver seu rosto de perfil. Um músculo da face dele se contraiu.

— Sobre o que, senhora?

— Não! — sibilou Emeline. *Tante* Cristelle e Rebecca vinham logo atrás, e ela não queria que as duas ouvissem. — Não finja que não entendeu. Não sou boba.

O Sr. Hartley finalmente a encarou.

— Eu jamais pensaria isso da senhora.

— Então não me trate como se eu fosse. O senhor serviu no mesmo regimento de Reynaud. Conhecia meu irmão. O que está investigando?

— Eu... — Ele hesitou. O que estava pensando? O que tentava esconder dela? — Não quero trazer à tona lembranças desagradáveis. Não quero que se lembre...

— Que eu me *lembre*! *Mon Dieu*, por acaso o senhor acha que eu me esqueci da morte do meu único irmão? Que preciso de uma palavra sua para pensar nele? Reynaud está comigo todos os dias. *Todos* os dias, eu lhe garanto. — Emeline se interrompeu, pois estava ofegante, e sua voz começava a ficar trêmula. Como os homens eram idiotas!

— Desculpe-me — disse o Sr. Hartley, baixinho. — Não tive intenção de menosprezar a sua perda... — Ela soltou uma risada irônica. Ele prosseguiu, apesar da interrupção: — Mas entenda que eu estava tentando respeitar seus sentimentos. Não sabia como falar com a senhora sobre o seu irmão. Sobre aquele dia. Meu erro foi ter agido como um tolo, mas não fiz nada por maldade. Perdoe-me, por favor.

Que belo discurso.

Emeline mordeu o lábio e observou dois jovens aristocratas que passavam, trajando roupas da última moda. Saíam rendas dos punhos de seus paletós de veludo, e suas perucas eram exageradamente cacheadas. Não pareciam ter completado nem 20 anos ainda e já andavam com toda a arrogância que o dinheiro e o privilégio traziam, cientes do lugar que ocupavam na sociedade, seguros de que jamais seriam afetados pelos sofrimentos das classes inferiores. Reynaud fora assim um dia.

Ela desviou o olhar, lembrando-se daqueles olhos escuros, risonhos.

— Ele escreveu sobre você.

O Sr. Hartley a encarou com as sobrancelhas arqueadas.

— Reynaud — esclareceu Emeline, apesar de ser óbvio a quem se referia. — Nas cartas que escrevia para mim, ele falava sobre você.

O Sr. Hartley olhou para a frente. Ela viu seu pomo de adão descendo enquanto ele engolia em seco.

— E o que ele dizia?

Emeline deu de ombros, fingindo estar interessada na vitrine de uma loja pela qual passavam. Fazia anos desde a última vez que relera as cartas de Reynaud, mas ainda sabia o conteúdo de cor.

— Ele contou que um cabo americano tinha sido designado para o regimento, e que admirava sua habilidade para rastrear. Disse também que confiava no senhor mais do que em todos os outros rastreadores, inclusive os índios. E que o senhor o ensinou a diferenciar uma tribo da outra. Que os moicanos usavam um topete e que os wy... wy...

— Wyandot — completou ele, baixinho.

— Que os wyandot gostavam de vermelho e preto e costumam usar um pano puído comprido na frente e atrás...

— Uma tanga.

— Isso mesmo. — Ela baixou os olhos. — Ele disse que gostava do senhor.

Emeline sentiu o movimento do peito dele contra as costas de sua mão enquanto o Sr. Hartley inalava.

— Obrigado.

Ela assentiu com a cabeça. Não era preciso perguntar o motivo do agradecimento.

— Quanto tempo vocês passaram juntos?

— Não muito — respondeu ele. — Depois da batalha de Quebec, fui informalmente anexado ao vigésimo oitavo regimento. Minha tarefa era só acompanhá-los até o forte Edward. Passei dois meses com seu irmão, talvez um pouco mais. E então, é claro, chegamos a Spinner's Falls.

Não era preciso dizer mais nada. Spinner's Falls foi o local onde todos morreram, pegos no fogo cruzado entre dois grupos da tribo wyandot. Ela lera os relatos publicados nos jornais. Foram poucos os sobreviventes que quiseram falar a respeito. Menos ainda estavam dispostos a falar sobre o ocorrido com uma mulher.

Emeline respirou fundo.

— O senhor o viu morrer?

Ela percebeu quando o Sr. Hartley se virou para encará-la.

— Milady...

Emeline retorceu um babado na sua cintura até sentir a seda esgarçar.

— O senhor o viu morrer?

Ele bufou, e, quando falou, sua voz parecia embargada.

— Não.

Ela soltou o tecido. Seria alívio aquilo que sentia?

— Por que a pergunta? Certamente não serviria de nada ouvir...

— Porque eu quero... Não, *preciso* saber como foram os últimos momentos dele. — Emeline observou o rosto do Sr. Hartley e notou, pela ruga entre suas sobrancelhas, que ele estava intrigado. Ela olhou para a frente, para o nada, enquanto procurava as palavras certas para explicar o que estava pensando. — Se eu puder entender, quem sabe sentir, só um pouco do que Reynaud passou, talvez consiga me sentir mais próxima dele.

O Sr. Hartley franziu ainda mais a testa.

— Ele está morto. Duvido que seu irmão iria gostar que a senhora ficasse pensando em sua morte.

Ela riu, mas o som saiu como uma baforada seca de ar.

— Mas, como o senhor disse, ele está morto. Seus desejos não fazem mais diferença.

Ah, agora ela o chocara. Os homens sempre tinham tanta certeza de que as mulheres deviam ser protegidas da dura realidade da vida. Coitados, como eram ingênuos. Será que pensavam que dar à luz era fácil?

Mas o Sr. Hartley, aquele colono estranho, se recuperou rápido.

— Explique-me, por favor.

— Estou fazendo isso por mim, não por Reynaud. — Ela bufou. Por que estava se dando ao trabalho? Ele jamais entenderia. — Meu irmão era muito jovem quando morreu, tinha apenas 28 anos, e deixou de viver muita coisa. Tenho poucas lembranças dele. Nunca mais poderei ter outras.

Emeline parou, o olhar ainda perdido na rua adiante. O Sr. Hartley permaneceu em silêncio. Aquele era um assunto pessoal. Ela não deveria falar sobre essas coisas com um estranho. Mas ele estivera naquele lugar distante onde o irmão morrera. De certo modo, o Sr. Hartley era parte de Reynaud.

Ela soltou um suspiro.

— Havia um livro de fábulas que gostávamos de ler quando éramos crianças. Reynaud adorava as histórias. Não consigo lembrar direito sobre o que eram, mas gostaria tanto de poder relê-las... — De repente, Emeline se deu conta de que estava divagando e olhou para ele.

O Sr. Hartley a encarou com um ar interessado, a cabeça inclinada em sua direção. Ela agitou a mão num gesto impaciente.

— Mas o livro não tem importância. Se eu descobrisse como foram as últimas horas de vida dele, então Reynaud poderia viver um pouco mais nas minhas lembranças. Não importa se foram momentos horríveis, entende? Foram os momentos de Reynaud, e por isso os considero preciosos. Eles nos tornam mais próximos.

O Sr. Hartley meneou a cabeça, franzindo o cenho.

— Acho que entendo.

— Entende? Entende mesmo?

Se aquilo fosse verdade, ele seria a primeira pessoa a compreendê-la. Nem mesmo *tante* Cristelle conseguia assimilar essa necessidade de descobrir tudo o que tinha acontecido com Reynaud em seus últimos dias. Emeline o encarou com surpresa e uma crescente percepção de que talvez ele realmente fosse diferente dos outros homens. Que estranho...

O olhar do Sr. Hartley encontrou o dela. Aquele lábio inferior sensual se curvou.

— A senhora é uma mulher assustadora.

E, para seu assombro, Emeline percebeu que poderia acabar gostando de Samuel Hartley. Gostando até demais. Então tratou de olhar para a frente e respirou fundo.

— Conte-me.

Ele parou de fingir que não sabia sobre o que ela estava falando.

— Estou tentando descobrir o que aconteceu em Spinner's Falls. Os wyandot não encontraram nosso regimento por acaso. — Então, ele se virou para fitá-la, e Emeline reparou que o olhar dele era duro como ferro: forte, determinado e decidido. — Acho que alguém nos traiu.

Capítulo Quatro

O ancião estava vestindo trapos encardidos. Parecia improvável, Coração de Ferro pensou, que uma pessoa como aquela fosse capaz de fazê-lo se casar com uma princesa. Mas, quando ele começou a se afastar, o ancião o segurou pelo braço.

— Escute bem! Você vai viver em um castelo de mármore, e a princesa Consolação será sua esposa. Você terá roupas de seda e criados para servi-lo. Tudo o que precisa fazer é seguir minhas instruções.

— E quais são as suas instruções? — perguntou Coração de Ferro.

O velho feiticeiro sorriu — pois ele só podia ser um feiticeiro para saber tanto.

— Você não deverá falar por sete anos.

Coração de Ferro o encarou.

— E se eu não conseguir?

— Se disser uma palavra, se emitir um som sequer, então voltará para a pobreza, e a princesa Consolação morrerá.

Ora, o leitor pode achar que essa não é a melhor das barganhas, e eu concordo, mas lembre-se de que Coração de Ferro estava trabalhando como varredor de ruas. Ele olhou para os próprios pés, calçados em sapatos de couro desgastado, então para a sarjeta onde dormiria naquela noite e, no fim, tomou a única decisão possível.

Concordou com a condição do feiticeiro...

— Coração de Ferro

Naquela noite, a lua estava encoberta pelas nuvens. Sam parou ao lado de uma passagem escura e olhou para o céu. De qualquer forma, mesmo quando saía de trás das nuvens, sua luz era tênue; a lua estava minguante, afinal. E ele ficou feliz pela escuridão. Era uma noite perfeita para caçar.

Sam entrou numa ruela, passando rapidamente por um ser enrolado em um cobertor e encostado contra a parede. O embrulho não se mexeu, mas uma gata sentada ao lado interrompeu seu banho para observar o visitante com olhos brilhantes. Adiante, estendia-se uma fileira de estábulos elegantes, quase o dobro do tamanho dos localizados nos fundos da sua casa alugada. Sam bufou. Por que um homem precisaria de tantos animais?

Uma luz brilhou em uma das portas dos estábulos, e um homem atarracado surgiu, segurando uma lamparina. Sam congelou e se escondeu nas sombras. O homem colocou a lamparina nos paralelepípedos da rua enquanto enfiava a mão no bolso, de onde tirou um cachimbo de cerâmica e o acendeu na chama ao chão. Fumando, satisfeito, ele pegou a lamparina e desapareceu ao fazer uma curva.

Sam sorriu e esperou um pouco antes de seguir o rastro do homem. Havia um muro com um portão, separando os estábulos do quintal da casa, que era seu alvo. Ele passou direto pelo portão. A entrada parecia desprotegida demais, um indício de que haveria um guarda ou um criado cochilando ali perto. Ele seguiu até a sombra de uma árvore cuja copa ultrapassava o muro. Encarando os tijolos, recuou um passo e então pulou. O muro devia ter cerca de dois metros e meio de altura, mas Sam conseguiu alcançar o topo. Rapidamente, ergueu o corpo, rolou por cima da barreira e caiu agachado do outro lado. Sem parar, aproveitou o impulso e continuou correndo pela extensão do muro antes de se esconder embaixo de um arbusto mais adiante. Ali, ficou jogado de barriga para baixo, atento, observando o quintal escuro.

Era um jardim grande e retangular, decorado com arvorezinhas ornamentais e arbustos perfeitamente podados em formas geométricas. Uma trilha de cascalho seguia do muro dos estábulos até os fundos da casa, onde sem dúvida haveria uma entrada para os criados e outra para os patrões. No momento, nada se movia ali fora.

Sam se levantou e percorreu o caminho até os fundos da casa, evitando a trilha de cascalho para não fazer barulho. Quando se aproximou, viu que a entrada dos empregados ficava parcialmente abaixo do nível do térreo; ali, havia um fosso com degraus que levavam até a porta. Acima, um tipo de sacada ou terraço com uma mureta entalhada dava para portas francesas duplas. Uma luz bruxuleava atrás delas. Sam seguiu com cuidado até a escada de granito em caracol, perto das portas de vidro. O homem lá dentro não tinha se dado ao trabalho de fechar as cortinas, e parecia estar num palco de tão iluminado.

Jasper Renshaw, o visconde de Vale, estava meio sentado, meio deitado sobre uma imensa poltrona de veludo vermelho. Com uma perna comprida balançando distraidamente sobre o braço, ele virava uma página do imenso livro que tinha sobre o colo. Um sapato grande de fivela jazia virado no chão; o pé balançante vestia apenas meia.

Sam riu baixinho e se agachou ao lado da porta, achando graça; o homem nem sonhava que estava sendo observado. Vale comandara a infantaria do vigésimo oitavo. Enquanto os outros soldados com quem Sam conversara tinham envelhecido e mudado ao longo de seis anos, Renshaw — agora visconde de Vale — parecia o mesmo. Seu rosto era longo e comprido, com duas linhas delineando uma boca larga e um nariz exageradamente grande. Não era um homem bonito, mas, ainda assim, tinha uma aparência interessante. Os olhos eram caídos nos cantos, como os de um cão de caça, deixando-o com um aspecto tristonho, mesmo quando estava de bom humor. O restante de Vale parecia nunca ter superado a magreza da adolescência. As pernas e os braços eram compridos e finos; as mãos e os pés, desproporcionalmente grandes, como se ainda esperassem os membros encorparem. Mas os dois homens tinham a mesma idade. Enquanto Sam observava, Vale lambeu o indicador e virou outra página do livro; então, pegou uma taça de cristal com um líquido vermelho e tomou um gole.

Sam se lembrava de Vale como um bom oficial, apesar de não ser tão imponente quanto Reynaud. O homem era frouxo demais para se preocupar em impor respeito a seus soldados. Pelo contrário, era aquele que os outros procuravam para falar de problemas e desavenças. Vale era tão capaz de jogar dados com os soldados rasos quanto jantar com os oficiais. Estava sempre de bom humor, pronto para contar uma piada ou pregar uma peça em seus companheiros. Isso o transformara num dos favoritos das tropas. Não era o tipo de homem que alguém desconfiaria ser capaz de trair um regimento inteiro.

Mesmo assim, se a informação que Sam recebera estivesse correta, alguém os traíra. Ele deu um tapinha no bolso, sentindo o papel. Alguém alertara os franceses e seus aliados da tribo wyandot e contara exatamente onde o vigésimo oitavo regimento estaria. Alguém conspirara para massacrar o regimento inteiro em Spinner's Falls. Fora isso que levara Sam para a Inglaterra. Ele precisava descobrir a verdade. Descobrir se havia um motivo para tantos homens terem morrido naquele dia, seis anos antes. E, quando encontrasse o responsável, talvez fosse capaz de recuperar a própria alma, a vida que tinha perdido em Spinner's Falls.

Seria Vale o homem certo? O visconde tinha dívidas com Clemmons, e Clemmons morrera no massacre. Mas Vale havia lutado com bravura, com *distinção*, em Spinner's Falls. Será que um oficial tão corajoso assassinaria um regimento inteiro só para se livrar de um homem? Será que não ficaria marcado pela sua atitude? Será que não carregaria no rosto as cicatrizes da sua traição? Ou será que, seis anos depois, estaria lendo um livro em sua biblioteca, relaxado?

Sam balançou a cabeça. O oficial que pensava ter conhecido seis anos antes nunca faria tal coisa. Mas ele só passara dois meses com o vigésimo oitavo regimento. Talvez nunca tivesse conhecido Vale de verdade. Seus instintos lhe mandavam confrontar o homem, ali mesmo, naquele momento, mas seria impossível descobrir alguma coisa dessa maneira. A melhor opção era se aproximar discretamente em um evento social. Fora por isso que buscara os serviços de Lady Emeline. Ao pensar na dama, Sam recuou e voltou para o jardim escuro. O que ela pensaria se descobrisse o verdadeiro motivo que o levara a pedir sua ajuda? Ela ainda sofria pela perda do irmão, mas será que estava disposta a arriscar sua posição social para acusar um aristocrata? Sam fez uma careta enquanto pulava o muro que dava para os estábulos.

Por algum motivo, desconfiava de que Lady Emeline não ficaria nada feliz se descobrisse as intenções dele.

— NÃO! NÃO! NÃO! — exclamou Emeline na manhã seguinte.

Rebecca congelou com um pé meio erguido e uma expressão apavorada no rosto. Elas estavam no salão de baile da casa de Emeline, que tentava ensinar à jovem americana alguns passos novos de dança. *Tante* Cristelle ajudava tocando espineta, que fora especialmente levada para a sala por dois criados fortes. O assoalho do salão era de parquete, que brilhava com a cera, e uma das paredes estava coberta por espelhos. A imagem de Rebecca com o pé levantado e pavor no rosto estava refletida em vários cantos. Emeline respirou fundo e tentou atenuar a própria expressão, forçando um sorriso.

Rebecca não pareceu reconfortada.

Emeline suspirou.

— Você tem que se movimentar com leveza. Com graça. Não como... como... — Ela buscou uma expressão que não envolvesse a palavra *elefante*.

— Um marinheiro bêbado. — A voz de Samuel Hartley ecoou pelo salão, soando divertida.

Rebecca colocou o pé no chão com um baque e olhou para o irmão com uma cara feia.

— Muito obrigada!

O Sr. Hartley deu de ombros e caminhou pelo cômodo. Seus trajes marrons e pretos eram elegantes, mas o hematoma no queixo agora tinha um tom verde-amarelado, e ele estava com olheiras escuras e profundas.

Emeline estreitou os olhos. Que atividades mantinham o colono acordado durante a noite?

— Está precisando de alguma coisa, Sr. Hartley?

— Estou — respondeu ele. — Senti uma grande necessidade de vir supervisionar a aula de dança da minha irmã.

Rebecca bufou ao ouvir aquilo, mas abriu um sorriso tímido. A moça obviamente estava satisfeita com a atenção do irmão.

O mesmo não podia ser dito sobre Emeline. A simples presença do homem em seu salão de baile foi o suficiente para atrapalhar sua concentração.

— Estamos muito ocupadas, Sr. Hartley. Só faltam dois dias para o primeiro baile da Rebecca.

— Ah. — Ele fez uma mesura com precisão irônica. — Compreendo a gravidade da situação.

— Compreende mesmo?

— Hum, hum! — *Tante* Cristelle pigarreou fazendo um barulho horrível. Emeline e o Sr. Hartley voltaram-se para ela. — A menina e eu precisamos descansar um pouco. Vamos dar uma volta no jardim. Venha, *ma petite*, vou lhe ensinar como conversar com elegância enquanto se passeia em um jardim monótono. — E estendeu a mão para Rebecca.

— Ah, obrigada, senhora — agradeceu-lhe Rebecca, desanimada, seguindo *tante* Cristelle.

Emeline esperou, batendo o pé, enquanto a tia e Rebecca caminhavam na direção da porta e deixavam o salão. Então, virou-se para o Sr. Hartley.

— O senhor interrompeu nossa aula. O que veio fazer aqui?

Ele arqueou as sobrancelhas e avançou um passo, ficando tão perto de Emeline que ela sentiu a respiração dele em sua bochecha.

— Por que está preocupada?

— Preocupada? — Emeline abriu a boca, fechou-a, e então a abriu outra vez. — Não é questão de estar *preocupada*, apenas...

— A senhora está de mau humor. — Ele torceu os lábios e inclinou a cabeça como se estivesse examinando uma fruta estragada. — A senhora vive de mau humor.

— Isso não é verdade.

— A senhora estava de mau humor ontem.

— Mas...

— Estava de mau humor quando a conheci no evento da Sra. Conrad.

— Eu *não* estava...

— E, ainda que não estivesse exatamente *ruim* quando viemos tomar chá aqui, com certeza seu humor não era dos *melhores* naquele dia. — O Sr. Hartley abriu um sorriso gentil. — Mas talvez eu tenha entendido errado. Talvez a senhora seja uma mulher alegre, mas minha presença a deixe azeda.

Emeline ficou boquiaberta — boquiaberta de verdade, como uma debutante. Como ele ousava? Ninguém falava com ela daquele jeito! Ele tinha se virado agora e dedilhava a espineta de um jeito muito irritante. Ela notou que ele a observava de soslaio, com a boca se curvando em um canto; logo depois, voltou a fitar os dedos que maltratavam o instrumento.

Emeline respirou fundo e ajeitou a saia. Afinal, não era à toa que ela tinha sido a moça mais requisitada de inúmeros bailes.

— Não percebi que meu tom era tão duro, Sr. Hartley — disse, enquanto se aproximava dele. Manteve os olhos baixos e tentou parecer arrependida, uma expressão nada comum para ela. — Se eu soubesse que minha impertinência indecorosa lhe causaria aborrecimento, teria preferido a morte a agir do modo como agi. Por favor, aceite as minhas desculpas.

Ela esperou. Era a vez dele. Agora, o homem morreria de vergonha por ter feito uma dama se humilhar dessa maneira. Talvez até gaguejasse. Emeline se controlou para não sorrir.

Mas tudo que ouviu foi o silêncio. Os dedos longos continuaram brincando com as teclas sem nenhuma habilidade musical. Se ele continuasse com aquilo, ela ia enlouquecer.

Finalmente, Emeline ergueu os olhos.

O Sr. Hartley não estava nem prestando atenção nas próprias mãos. Em vez disso, a observava com uma leve expressão de divertimento no rosto.

— Quando foi a última vez que a senhora pediu desculpas a um homem?

Ah! Que sujeito impertinente!

— Não sei — respondeu Emeline, triste. — Há anos, talvez. — Ela avançou um passo e pousou a mão sobre as teclas, ao lado da dele. Então o encarou e deixou os lábios se curvarem lentamente num sorriso. — Mas tenho certeza de que ele ficou bastante satisfeito com o meu pedido de desculpas.

As mãos do Sr. Hartley pararam de se mover, o salão caiu num silêncio repentino. Ele a encarava intensamente de um modo quase assustador. Mas Emeline não conseguia desviar o olhar por nada neste mundo. Acompanhou enquanto os olhos dele percorriam seu rosto, descendo até parar na boca. Sem pensar, os lábios dela se entreabriram. Ele estreitou os olhos e avançou um passo, diminuindo o espaço que os separava antes de erguer os braços...

A porta do salão se abriu.

— Estamos prontas agora — anunciou *tante* Cristelle. — Mais uma hora, creio, não mais do que isso. Minhas mãos vão ficar aleijadas se eu tiver de tocar muito.

— Sim, é claro — arfou Emeline.

Seu rosto devia estar vermelho como um pimentão. Pelo canto dos olhos, ela percebeu que o Sr. Hartley tinha passado, sabe-se lá como, para o outro lado da espineta, a uma distância bem mais respeitável. Quando isso acontecera? Ela nem o vira se mover.

— Está tudo bem, Lady Emeline? — perguntou a jovem, inocentemente. — A senhora parece estar com calor.

Ah, esses colonos terríveis e seus modos grosseiros! Emeline viu o sorriso debochado daquele homem desagradável, apesar de duvidar que alguém mais o tivesse percebido.

— Sim. — Emeline puxou a manga esquerda para a frente. — É melhor recomeçarmos os passos da dança. Sr. Hartley, isso sem dúvida vai entediá-lo demais. Vamos entender se quiser se retirar para cuidar dos seus compromissos.

— Eu iria, Lady Emeline, se tivesse algum. — O Sr. Hartley se acomodou em uma cadeira e cruzou as pernas na altura dos tornozelos, como se estivesse disposto a passar a noite ali. — Tenho a tarde toda livre, receio eu.

Nenhuma pessoa em sã consciência poderia esperar que ela reagisse à notícia com um sorriso.

— Ah. Então, nesse caso, vamos adorar a sua companhia — respondeu ela de modo seco.

Tante Cristelle a encarou com um olhar penetrante, arqueando as sobrancelhas em indagação ou censura; era difícil dizer qual das duas coisas. Repreendida, Emeline tratou de atenuar a expressão de contrariedade, e a tia voltou a tocar. Ela observou Rebecca ensaiando os passos por quase um segundo antes de a interação embaraçosa que teve com o Sr. Hartley voltar a dominar seus pensamentos.

O que tinha acontecido com ela? Todos sabiam que os cavalheiros gostavam de ouvir as mulheres falando de modo gentil e delicado. Não era essa a principal lição a ser incutida na cabeça das meninas desde o berço? Bem, essa e a noção de que se deve preservar a virgindade para o casamento, mas a última dificilmente se aplicava ao seu caso. Ela não podia nem dar a desculpa de estar passando mal por causa do vinho servido no almoço. A bebida estava terrivelmente aguada, como *tante* Cristelle fizera questão de observar.

E as palavras ardilosas e sugestivas que tinha dito ao Sr. Hartley! Emeline se ruborizou outra vez só de se lembrar daquilo. Mas talvez ele não tivesse entendido o duplo sentido... Ela olhou para o Sr. Hartley. Ele a encarava com os olhos semicerrados e um sorrisinho nos lábios. Quando percebeu que estava sendo observado, arqueou uma sobrancelha. Emeline imediatamente desviou o olhar. Era óbvio que ele *tinha* entendido.

— Ah, eu não consigo! — Rebecca parou de repente no meio de um giro. — Esses passos são muito lentos. Tenho a impressão de que vou perder o equilíbrio e cair.

— Talvez você precise de um parceiro — sugeriu o Sr. Hartley, levantando-se e fazendo uma mesura encantadora para a irmã. — Posso?

A garota se ruborizou de um modo adorável.

— Você não se importa?

— Só se você pisar no meu pé. — Ele sorriu para Rebecca.

Emeline piscou. O Sr. Hartley ficava muito bonito quando sorria. Por que não notara isso antes?

— O único problema — continuou ele — é que também vou precisar de algumas orientações. — Ele olhou de forma esperançosa para Emeline.

Que homem diabólico. Emeline assentiu com a cabeça rispidamente e se adiantou, de modo que ela e Rebecca ladeassem o Sr. Hartley. Então ofereceu sua mão. Ele a segurou pelas pontas dos dedos, como mandava a etiqueta, mas sua pele estava quente sobre a dela.

Emeline pigarreou. Ela ergueu as mãos unidas até a altura dos ombros e olhou para a frente.

— Muito bem. — E fez uma ponta com o pé direito. — Começamos em três. Um, dois e *três*.

Durante os quinze minutos seguintes, os três praticaram vários passos de dança. O Sr. Hartley às vezes fazia par com a irmã, às vezes com Emeline, que, apesar de não admitir isso nem sob tortura, se divertiu bastante. Era surpreendente que um homem com o porte dele tivesse tanta leveza e graça nos pés.

E então, de repente, de alguma forma, Rebecca pisou em falso e acabou se enroscando no irmão. Ele a segurou pela cintura enquanto Emeline desviava rapidamente da confusão.

— Cuidado, Becca, desse jeito vai acabar derrubando seu parceiro de dança.

— Ah, sou péssima nisso! — exclamou a jovem. — Não é justo! Você nunca dançou desse jeito quando era garoto, e mesmo assim já aprendeu os passos.

Os olhos de Emeline passaram do irmão para a irmã.

— E como o Sr. Hartley dançava quando era garoto?

— Muito mal — disse ele, ao mesmo tempo que a irmã declarava:

— Ele dançava a giga.

— A giga? — Emeline tentou imaginar o Sr. Hartley, com toda a sua altura, pulando para cima e para baixo numa quadrilha interiorana.

— Os camponeses que moravam ao redor do *château* onde cresci dançavam assim — observou a tia.

— Eu adoraria ver o senhor dançar uma giga — provocou Emeline.

O Sr. Hartley lhe lançou um olhar irônico. Ela sorriu em resposta. Por um momento, seus olhares se encontraram, e era impossível discernir o que aqueles olhos castanhos insinuavam.

— Ele era incrivelmente rápido — retomou Rebecca, animada com o assunto. — Mas então ficou velho e rígido, e não consegue mais dançar.

O Sr. Hartley interrompeu a troca de olhares com Emeline e voltou-se para a irmã com a testa franzida de forma zombeteira.

— Parece que isso foi um desafio.

Ele tirou o paletó e, de camisa e colete, se empertigou numa pose, com as mãos no quadril e a cabeça erguida.

— Você vai mesmo fazer isso? — indagou Rebecca, que agora ria abertamente.

O Sr. Hartley suspirou de um modo teatral.

— Marque o tempo.

A moça começou a bater palma, e o Sr. Hartley pulou. Emeline já tinha visto homens dançando a giga antes — camponeses celebrando ou marinheiros em terra firme, após deixarem seus navios. Normalmente, a dança era caracterizada por movimentos desajeitados, com pernas e pés chutando para todos os lados, cabelos e roupas sacudindo no ar como os de uma marionete. Porém, quando o Sr. Hartley dançava, era diferente: para início de conversa, ele era contido, seus movimentos precisos e calculados. E ele era gracioso. Aquilo era extraordinário. O homem pulava pelo salão, os mocassins batendo no chão de parquete, mas, mesmo assim, ele conseguia ser elegante e rápido. Ele sorriu para ela com um ar divertido, os dentes brancos e fortes brilhando em contraste com a pele bronzeada. Emeline batia palmas no ritmo cadenciado com as outras mulheres, incluindo *tante* Cristelle.

O Sr. Hartley avançou e puxou Rebecca para sua dança selvagem, girando-a em círculos até a moça se afastar cambaleando, sem fôlego e rindo. Em seguida, pegou Emeline. Ela se viu girando naquelas mãos fortes e seguras. As paredes espelhadas e os rostos de Rebecca e de *tante* passavam voando, e ela sentiu o coração batendo tão acelerado que parecia que ia sair pela boca. O Sr. Hartley a segurou pela cintura e a ergueu acima de seu rosto sorridente. Antes que pudesse perceber, Emeline estava rindo também.

Rindo de alegria.

NAQUELA NOITE, SAM vestia preto, a cor perfeita para se esconder nas sombras entre as construções. Já passava da meia-noite, e a lua estava alta, lançando um brilho pálido sobre a terra abaixo. Ele voltava para casa, depois de ter conversado com Ned Allen — ou o que restava do homem. O ex-sargento estava incoerente de tão bêbado. Sam não conseguira arrancar nenhuma informação do homem; teria de tentar de novo em outro momento, mais cedo, talvez. Tinha sido uma perda de tempo tentar interrogar Allen, mas, ainda assim, andar oculto pelas sombras era muito revigorante.

Ele observava a rua com atenção. Uma carruagem se aproximava, trepidante, mas não havia outro sinal de vida. A visita à casa de Ned o fez se lembrar de Casaco Vermelho. Será que seu perseguidor tinha desistido? Nunca mais vira o grandalhão. Que estranho. O que será que o homem...

— Sr. Hartley!

Sam fechou os olhos por um momento. Ele conhecia aquela voz.

— Ora, Sr. Hartley! O que está fazendo?

Ele tinha sido o melhor rastreador das colônias durante a guerra. Não era presunção sua dizer isso; era o testemunho de seus superiores. Uma vez, se embrenhara por um acampamento cheio de guerreiros wyandot adormecidos e ninguém notara sua presença. Ainda assim, uma mulher pequena conseguia achá-lo. Será que ela conseguia enxergar no escuro?

— Sr. Hartley...

— Sim, sim — sibilou ele, saindo do canto escuro onde estava escondido.

Sam se aproximou da carruagem imensa que havia parado no meio da rua, com os cavalos bufando impacientes. A cabeça de Lady Emeline surgiu entre as cortinas escuras que cobriam as janelas.

Ele fez uma mesura.

— Boa noite, Lady Emeline. Que coincidência encontrá-la aqui.

— Suba — disse ela, impaciente. — Não consigo imaginar o que está fazendo sozinho na rua, a esta hora da noite. O senhor não sabe o quanto Londres é perigosa para um homem sozinho? Talvez esteja acostumado com as ruas mais tranquilas de Boston.

— Sim, provavelmente — respondeu Sam, irônico, enquanto entrava na luxuosa carruagem. — E posso perguntar o que a senhora está fazendo na rua a esta hora da noite, milady? — Ele bateu no teto antes de se sentar de frente para ela.

— Estou voltando de uma festa, é claro — respondeu Lady Emeline.

Ela ajeitou o xale que cobria seus joelhos. A carruagem deu uma guinada para a frente quando voltou a seguir o trajeto.

Estava escuro lá dentro; a única luz era a de uma lamparina próxima ao rosto dela, mas Sam podia ver que Lady Emeline estava elegante. Usava um vestido vermelho como o fogo com estampa amarela e uma anágua amarela e verde, à mostra por baixo da saia, que tinha sido afastada para o lado. Acima, o decote era quadrado e bem acentuado, deixando os seios tão erguidos que formavam duas elevações arredondadas e alvas, que praticamente brilhavam sob a luz tênue. Seu corpo parecia irradiar calor, aquecendo os ossos dele.

— Foi um evento muito tedioso, por isso estou voltando mais cedo — prosseguiu a dama. — É inacreditável, mas o ponche acabou às dez, e não serviram quase nada na ceia, apenas tortinhas de carne e frutas. Um horror. Não sei onde a Sra. Turner estava com a cabeça, servindo um cardápio tão escasso para tanta gente importante. Mas a mulher sempre foi sovina. Só vou às suas festas porque tenho esperança de encontrar o irmão dela, Lorde Downing. *Ele* é um tremendo fofoqueiro.

Lady Emeline parou, provavelmente porque tinha ficado sem fôlego. Sam a encarou, tentando entender o motivo de seu falatório desenfreado. Será que havia bebido na festa? Ou será que...? Ele sentiu um sorriso se formando e tratou de contê-lo. Não, não podia ser. Lady Emeline estava nervosa? Ele nunca imaginou que veria a sofisticada viúva tão agitada.

— Mas o que o senhor estava fazendo na rua tão tarde? — perguntou ela. Suas mãos, que até então brincavam distraídas com a renda do decote, ficaram imóveis. — Talvez não seja da minha conta.

Apesar da luz fraca, Sam percebeu o rubor nas bochechas dela.

— Não, não é da sua conta — respondeu ele. — Mas não pelo motivo que está imaginando.

Se ela fosse uma galinha, suas penas estariam alvoroçadas.

— Não sei o que quis dizer com isso, Sr. Hartley. Mas eu lhe asseguro...

— A senhora acha que eu estava com uma prostituta. — Ele sorriu e deslizou ligeiramente pelo assento, jogando as pernas para o lado para poder cruzá-las. E então enfiou os dedos nos bolsos do colete, se divertindo com a situação. — Admita.

— É claro que não!

— Mas esse rubor no seu rosto está dizendo o contrário.

— Eu... eu...

Sam estalou a língua em desaprovação.

— A senhora tem pensamentos muito obscenos. Estou chocado, milady, muito chocado.

Por um momento, tudo que Lady Emeline conseguiu fazer foi gaguejar. Mas então seus olhos se estreitaram à medida que ela se recuperava. Sam se preparou. Céus, como gostava de provocar aquela mulher.

— Eu não dou a mínima para o que o senhor faz depois que escurece — disse ela, muito séria. — A sua vida particular não me interessa.

A declaração tinha sido muito apropriada e deixava claro que a dama sentia-se desconfortável. Se ele fosse um cavalheiro, deixaria para lá, a pouparia da situação, mudaria de assunto, falaria sobre algo trivial e educado, como o clima. O problema era que, depois que a presa caía em suas garras, era muito difícil largar.

Sem contar que conversas educadas sempre o deixavam entediado.

— A minha vida particular não deveria lhe interessar, mas interessa, não é?

As sobrancelhas de Lady Emeline se juntaram enquanto ela abria a boca.

— Ah, ah! — Ele ergueu um dedo para impedi-la de negar. — Já passa da meia-noite, e estamos sozinhos dentro de uma carruagem escura. O que for dito aqui jamais será repetido à luz do dia. Vamos, milady, seja sincera.

Ela respirou fundo e se endireitou no assento, o rosto totalmente oculto pela escuridão agora.

— Que diferença faz se tenho ou não interesse na sua vida particular, Sr. Hartley?

Ele abriu um sorriso irônico.

— *Touché*, milady. Tenho certeza de que um cavalheiro sofisticado da sua sociedade iria negar até a morte que se sente comovido pelo seu interesse, mas eu sou uma pessoa simples.

— É mesmo? — As palavras foram sussurradas na escuridão.

Sam assentiu com a cabeça lentamente.

— Tanto que lhe digo: fico comovido com o seu interesse. E também me sinto interessado pela senhora.

— O senhor é muito sincero.

— A senhora consegue admitir o mesmo?

Lady Emeline arfou, e, por um momento, ele achou que tinha ido longe demais e que ela cortaria aquele joguinho perigoso. Afinal, a mulher era uma dama da alta sociedade, e havia regras e limites a serem respeitados em seu mundo.

Mas ela se inclinou para a frente lentamente, seu rosto surgindo sob o pequeno foco de luz que penetrava pela janela. Ela o encarou e arqueou uma das sobrancelhas escuras.

— E se eu admitir?

Ao ver que a dama aceitara o desafio, Sam sentiu algo se agitar em seu peito — algo parecido com alegria. E sorriu para ela.

— Nesse caso, milady, temos algo em comum que deverá render futuras discussões.

— Talvez. — Ela voltou a se recostar no banco de veludo vermelho.

— O que o senhor estava fazendo na rua tão tarde da noite?

Sam balançou a cabeça com um leve sorriso no rosto.

— O senhor não vai me contar. — A carruagem estava parando.

— Não. — Sam olhou pela janela. Tinham chegado à casa dela. A fachada estava iluminada pela luz das lamparinas. Ele voltou a encará-la. — Mas eu não estava com uma mulher; você tem a minha palavra.

— Isso não devia fazer diferença para mim.

— Mas faz, não é?

— Acho que isso é muita presunção da sua parte, Sr. Hartley.

— Eu discordo.

Um lacaio abriu a porta da carruagem. Sam saiu e se virou para oferecer a mão. Lady Emeline hesitou por um momento, como se estivesse refletindo se aceitaria a ajuda ou não. A dama estava oculta pelo interior escuro da carruagem, com o rosto pálido e o colo brilhando, como se pegassem fogo por dentro. Ela apoiou a mão enluvada na dele, e Sam a segurou firme enquanto a puxava para a calçada iluminada.

— Obrigada — agradeceu-lhe ela, e puxou a mão.

Ele a encarou, ciente de que não queria deixá-la ir. Mas, no fim, abriu a mão e a deixou escapar. Não havia outra opção.

Ele fez uma mesura.

— Boa noite, milady.

E então saiu andando na escuridão.

Capítulo Cinco

O feiticeiro piscou uma vez, e Coração de Ferro se viu dentro do castelo, vestido de guarda do rei. E ali, a poucos passos de distância, estava o rei em pessoa, sentado em seu trono dourado! Ora, dá para imaginar quanto ele ficou surpreso. Mas, ao abrir a boca para falar, se lembrou das palavras do feiticeiro. Se ele dissesse alguma coisa, voltaria para a pobreza e a princesa morreria. Assim, Coração de Ferro ficou calado e prometeu a si mesmo que nenhum som escaparia de seus lábios. Não demorou muito para sua promessa ser colocada à prova, pois, no instante seguinte, sete bandidos invadiram a sala do trono com a intenção de matar o rei.

Coração de Ferro entrou na batalha, bradando a espada de um lado para o outro. Os outros guardas gritaram, mas, quando finalmente sacaram as espadas, os sete assassinos já estavam mortos no chão...

— Coração de Ferro

— Samuel Hartley é o homem mais irritante que conheço — declarou Emeline na manhã seguinte, na salinha de estar onde estava com Melisande Fleming.

Aquele era um de seus cômodos favoritos. As paredes eram revestidas de um papel amarelo com listras brancas e uma listra vermelha fininha que se repetia vez ou outra. Os móveis não eram tão novos quanto os da sala de visitas, mas eram forrados com belos tecidos adamascados e de veludo, todos em exuberantes tons de vermelho e laranja. O ambiente fazia com que ela se sentisse como um gato ali, como se a sala convidasse a pessoa a se espreguiçar sobre aqueles tecidos maravilhosos e ronronar. Não que ela fosse se expor de tal maneira, é claro. Na verdade, Emeline e Melisande estavam adequadamente sentadas próximas às janelas. Ou melhor, Melisande estava sentada, tomando seu chá com tranquilidade, enquanto a amiga andava de um lado para o outro.

— Irritante — murmurou Emeline e ajeitou uma almofada de franja sobre a poltrona.

— Você já disse isso — respondeu Melisande. — Quatro vezes desde que cheguei.

— É mesmo? — indagou Emeline, distraída. — Bem, mas é verdade. Parece que ele não tem a menor noção das regras de etiqueta: outro dia, dançou uma *giga* aqui dentro! E está sempre com um sorrisinho no rosto, e seus sapatos não têm salto.

— Que insulto.

Emeline lançou um olhar irritado para Melisande. A amizade delas era tão antiga que mal conseguia se lembrar como começou, e a mulher sempre tinha sido ótima amiga para ela. Agora, como de costume, Melisande estava sentada com as costas eretas e empertigadas, os braços quase grudados nas laterais do corpo, as mãos cruzadas sobre o colo — quando não estava tomando chá — e os pés juntinhos, um ao lado do outro, sobre o tapete. Era como se quisesse ocupar o mínimo de espaço possível. Provavelmente ela nunca tivera vontade de se jogar sobre as convidativas almofadas espalhadas pelo sofá vermelho. Além disso — e este sempre fora um motivo de desavença entre as amigas —, Melisande sempre se vestia de marrom. Às vezes, a bem da verdade, ela trocava o marrom pelo cinza, mas isso dificilmente poderia ser considerado um progresso, não é? Hoje, por exemplo, usava um vestido solto com corte impecável, num tom horrível de marrom-terra.

— Por que motivo você mandaria fazer esse vestido num tecido dessa cor? — perguntou Emeline.

Se ela fosse qualquer outra mulher, teria olhado para a própria roupa, mas Melisande simplesmente apanhou o bule e se serviu de um pouco mais de chá, sem se abalar.

— Porque disfarça a poeira.

— Porque ele é da mesma cor da poeira.

— Pois então.

Emeline encarou a amiga com um olhar de censura.

— Com esse seu cabelo louro lindo...

— Meu cabelo também é da cor da poeira — resmungou Melisande de forma irônica.

— Não é verdade. O tom do seu cabelo só é muito sutil.

— Meu cabelo tem cor de poeira, meus olhos têm cor de poeira, a minha pele tem cor de poeira...

— A sua pele não tem cor de poeira — retrucou Emeline, então fez uma careta ao perceber a gafe. Não era sua intenção insinuar que as outras partes do corpo da amiga eram de fato da cor de poeira.

Melisande lançou-lhe um olhar irônico.

— E se você usasse cores mais vibrantes? — sugeriu Emeline, rápido. — Um belo roxo, por exemplo. Ou carmim. Queria tanto vê-la de carmim.

— Então, espere sentada — disse a amiga. — Mas continue contando sobre o seu novo vizinho.

— Ele é muito irritante.

— Acho que você já falou isso.

Emeline ignorou o comentário.

— E não sei o que ele faz à noite.

Uma das sobrancelhas de Melisande se ergueu de forma quase imperceptível.

— Não foi isso o que quis dizer! — exclamou, afofando uma almofada com uma força exagerada.

— Fico aliviada — respondeu Melisande. — Mas estou curiosa para saber o que Lorde Vale acha desse colono.

Emeline a encarou.

— Isso não tem nada a ver com Jasper.

— Tem certeza? Será que ele aprovaria sua amizade com esse homem?

Ela torceu o nariz.

— Não quero falar sobre Jasper.

— Pois devo dizer que estou ultrajada em nome de Lorde Vale — declarou Melisande, tranquila, enquanto colocava uma colher de açúcar no chá.

— Tenho certeza de que Jasper ficaria lisonjeado se soubesse. — Emeline se sentou na beirada de uma bela poltrona de veludo dourado. Sua mente logo voltou ao assunto anterior. — É que cruzei com o Sr. Hartley na noite passada, bem tarde. Eu estava voltando da festa de Emily Turner. E você estava certa, não devia ter ido...

— Eu avisei.

— Sim, foi o que *acabei* de dizer. — Emeline se remexeu no assento. Às vezes Melisande era tão moralista! — Enfim, lá estava ele, escondido de modo muito suspeito em um beco escuro.

— Talvez ele ganhe a vida como assaltante — sugeriu Melisande, analisando a bandeja de doces que a criada havia deixado para elas.

Emeline franziu a testa. Às vezes era difícil saber quando a amiga estava brincando ou quando falava sério.

— Eu *acho* que não.

— Que reconfortante. — Melisande pegou um bolinho amarelo-claro da bandeja.

— Apesar de que ele realmente parece se mover de forma bem silenciosa. Isso deve ser muito útil para um assaltante.

Melisande havia enfiado o bolinho na boca, e então apenas ergueu as sobrancelhas.

— Mas, não. Não. — Emeline balançou a cabeça, decidida. — O Sr. Hartley não é um assaltante. Mas a pergunta é: o que ele estava fazendo na rua tão tarde da noite?

Melisande engoliu o bolinho.

— A resposta mais óbvia é que ele estava em um encontro.

— Não.

— Não?

— Não. — Emeline não sabia explicar por que a sugestão da amiga a irritava tanto, afinal, aquela era mesmo a primeira conclusão à qual qualquer um chegaria. Emeline respirou fundo para se acalmar. — Eu perguntei, e ele disse de uma forma bem explícita que não estava com uma mulher.

Melisande tossiu.

— Você perguntou a um cavalheiro se ele estava voltando de um encontro amoroso com uma mulher?

Emeline ficou ruborizada.

— Você sempre faz as coisas parecerem tão piores.

— Eu só repeti as suas palavras.

— Não foi assim. Fiz uma pergunta; ele respondeu com toda educação.

— Mas, minha querida, você não acha que ele negaria isso de qualquer maneira?

— Ele não mentiu para mim. — Emeline sabia que falava com veemência. Seu rosto e pescoço estavam quentes. — Ele não mentiu.

Melisande fitou-a com olhos que de repente pareciam cansados. Aquele era um assunto delicado para a amiga. Melisande tinha quase 28 anos e nunca havia se casado, apesar de possuir um dote respeitável. Tinha ficado noiva uma vez, havia quase dez anos, de um jovem aristocrata de quem Emeline nunca gostara muito — e seu desafeto se mostrara bem fundamentado. O sujeito trocara Melisande por uma bela viúva nobre, deixando-a com uma opinião exageradamente ruim a respeito dos homens em geral.

Ainda assim, apesar de suas próprias convicções, Melisande meneou a cabeça diante da ingenuidade da amiga de acreditar que um cavalheiro que ela mal conhecia iria lhe fazer confidências sobre um assunto tão particular.

Emeline sorriu agradecida. Independentemente das cores que vestia, Melisande era a melhor amiga do mundo.

— Se ele não estava voltando de um encontro amoroso, então devia estar numa casa de apostas — falou Melisande, pensativa. — Você perguntou de onde ele estava vindo?

— Ele não quis me contar, mas não acho que fosse algo tão corriqueiro quanto uma casa de apostas.

— Interessante. — Melisande olhou pela janela. A salinha de estar ficava nos fundos da casa e tinha vista para o jardim. — O que a sua tia acha dele?

— Você conhece *tante*. — Emeline torceu o nariz. — Ela está com medo de que a irmã dele comece a andar descalça.

— Ela *anda* descalça?

— Claro que não.

— Que alívio — murmurou Melisande. — Mas, me diga, o seu Sr. Hartley é um homem alto com lindos cabelos castanhos presos para trás?

— Sim. — Emeline se levantou e foi até a janela. — Por que a pergunta?

— Porque acredito que ele esteja fazendo algo muito viril no quintal. — Melisande apontou com a cabeça na direção da janela.

Emeline acompanhou o olhar dela e sentiu um estranho nervosismo ao vislumbrar o Sr. Hartley por cima do muro que separava o quintal dos dois. Ele segurava uma arma de cano muito comprido.

Naquele exato momento, uma forma pequena chamou sua atenção para a trilha de seu próprio jardim, seguida mais lentamente por um homem baixinho e magro. Daniel havia saído para seu passeio matinal.

— O que você acha que ele vai fazer com aquela arma enorme? — indagou Melisande, sem se abalar.

O Sr. Hartley tinha abaixado a arma novamente e agora estava espiando dentro do cano — uma posição que parecia muito perigosa.

— Só Deus sabe — murmurou Emeline, sentindo um enorme desejo de abandonar a amiga e arrumar uma desculpa para ir até o quintal. Droga! — Algo bem viril, sem dúvida.

— Hmm. E Daniel está lá fora, tão perto dele. — Melisande olhou por cima da xícara de chá, achando tudo muito engraçado. — Uma mãe zelosa deveria ir lá ver o que o vizinho está fazendo.

SAM SENTIRA A presença do menino muito antes de vê-lo. O muro de tijolos que separava os dois quintais tinha quase dois metros de altura, mas era fácil distinguir os barulhos que um garotinho fazia — uma corridinha sobre folhas secas, um gritinho ofegante de "vamos ver!", e, finalmente, as botas se arrastando no tronco da árvore em que ele subia. Houve um silêncio em seguida, quebrado apenas pelo barulho da respiração ofegante do menino enquanto o observava.

Sam sentou-se em um banco de mármore encostado no muro, com o rifle Kentucky sobre os joelhos. Em seguida, tirou um arame do bolso e o encaixou no buraco do cano, esfregando-o para cima e para baixo para remover qualquer sinal de corrosão. Então, soprou no buraquinho e espiou lá dentro.

O menino não se conteve.

— O que o senhor está fazendo?

— Limpando a minha arma.

Sam não ergueu o olhar. Às vezes, um animal fica mais valente quando pensa que o caçador não está interessado.

— Eu tenho uma arma.

Ouviu-se o som de folhas farfalhando enquanto o garoto se ajeitava.

— Ah, é?

— Era do meu tio Reynaud.

— Hmm.

Sam se levantou e segurou a arma pela coronha. Em seguida, puxou a vareta de dentro do cano.

— *Maman* diz que não posso tocar nela.

— Ah.

— Posso ajudá-lo a limpar a sua arma?

Sam parou ao ouvir isso e fitou o garoto com olhos apertados. Daniel estava deitado sobre um tronco, meio metro acima da cabeça dele, com os braços e as pernas balançando no ar. Uma de suas bochechas estava arranhada, e a camisa branca tinha uma mancha de sujeira. Os cabelos louros caíam sobre a testa, e os olhos azuis brilhavam de empolgação.

Ele suspirou.

— Sua mãe vai se importar se eu permitir que me ajude?

— Ah, não — respondeu o garoto na mesma hora. E começou a descer pelo galho, escorregando para o lado do vizinho.

— Ei, espere aí. — Sam deixou o rifle de lado e se posicionou embaixo do garoto, caso ele caísse. — E o seu tutor?

Daniel esticou o pescoço, espiando o próprio quintal.

— Está sentado embaixo do caramanchão. Ele sempre cai no sono quando saímos para dar uma volta. — O menino avançou mais um pouco.

— Pare aí — disse Sam.

O garoto congelou, arregalando os olhos.

— O galho não vai aguentar o seu peso se vier mais para a frente. Jogue as pernas para baixo, e vou ajudá-lo.

Aliviado, Daniel sorriu, jogou as pernas para um lado do galho e se segurou nele apenas pelos braços. Sam pegou o menino pela cintura e o colocou no chão.

Na mesma hora, Daniel correu na direção da arma. Sam o observou, atento, mas o menino não ousou tocá-la; ficou apenas analisando-a. E, então, assobiou entre os dentes.

— Puxa, essa é a arma mais comprida que eu já vi.

Sam sorriu e agachou ao lado do menino.

— É um rifle Kentucky. Os colonizadores no interior da Pensilvânia, nas colônias, usam armas iguais a essa.

Daniel olhou de soslaio para ele.

— Por que é tão comprida? Isso não atrapalha na hora de carregá-la?

— Nem tanto. Ela não é muito pesada. — Sam pegou a arma e espiou dentro do cano novamente. — Mira melhor. Atira melhor. Aqui, dê uma olhada.

O menino se aproximou cheio de ansiedade enquanto Sam erguia o rifle.

— Uau! — exclamou ele, espiando dentro do cano, com um olho fechado, respirando pela boca. — Posso atirar?

— Aqui, não — respondeu Sam, abaixando a arma. — Suba no banco para me ajudar.

Prontamente, Daniel subiu no banco.

— Segure isto. — Sam lhe passou um pedaço de tecido grosso. — Agora, segure a arma com firmeza e não a deixe cair. Vou despejar água quente no cano, então tenha cuidado. Pronto?

O garoto segurou o cano do rifle com as duas mãos, mantendo o tecido por baixo para não se queimar. Suas sobrancelhas estavam cerradas em concentração.

— Pronto.

Sam pegou uma chaleira cheia de água fervente do chão e foi despejando cuidadosamente a água pelo cano. Uma água escura borbulhante começou a escorrer pela culatra.

— Caramba! — exclamou Daniel, num sussurro.

Sam deu uma olhada para ele e sorriu.

— Mantenha a posição por um minuto. — Sam colocou a chaleira no chão, pegou a vareta e enrolou um pano na ponta. Em seguida, a inseriu dentro cano e empurrou até a metade. — Quer fazer isso?

— Puxa! Posso?

O garoto sorriu, e Sam percebeu que, apesar de ele provavelmente ter puxado a cor de pele do pai, o sorriso era da mãe.

— Vá em frente. — Ele segurou o cano enquanto o menino mexia a vareta. — Muito bem. Empurre para cima e para baixo. Precisamos tirar todos os resquícios de pólvora.

— Por quê? — O menino franziu a testa enquanto empurrava a vareta.

— Uma arma suja é perigosa. — Sam ficou observando, mas Daniel estava fazendo um bom trabalho. — Pode não disparar. Ou o tiro pode sair pela culatra e explodir o nariz de quem está atirando. Um homem sempre deve manter sua arma limpa.

— Hmm — resmungou o menino. — O que o senhor costuma caçar com ela? Águias?

— Não, ela é grande demais para pássaros, até mesmo para pássaros tão grandes quanto uma águia. Caçadores costumam usá-la para pegar cervos, mas ela também é muito útil quando um homem se depara com um urso ou um puma.

— O senhor já viu um puma?

— Só uma vez. Fiz uma curva na trilha e lá estava ele bem no meu caminho. Era enorme.

Daniel parou de movimentar a vareta.

— O que o senhor fez? Atirou nele?

Sam negou com um aceno de cabeça.

— Não deu tempo. Aquele gato gigante olhou para mim na mesma hora e fugiu.

— Hmm. — Daniel parecia um pouco decepcionado com a resposta.

— Já está bom — disse Sam, apontando para o rifle. — Agora vamos colocar mais água.

Daniel meneou a cabeça, sem tirar os olhos da arma, demonstrando seriedade.

Sam retirou a vareta com o pano agora preto na ponta e pegou a chaleira novamente.

— Preparado?

— Sim.

Dessa vez, a água borbulhante saiu cinza.

— Quantas vezes vamos ter que fazer isso? — perguntou Daniel.

— Até a água sair limpa. — Sam estendeu a vareta com um pano limpo para o menino. — Lembre-se também de sempre usar água fervente, para o cano secar bem e não enferrujar.

Daniel assentiu com a cabeça enquanto enfiava a vareta pelo cano da arma.

Sam quase sorriu. O que, para ele, era uma tarefa fácil exigia bastante esforço do garoto, mas Daniel não reclamou nem uma vez. Simplesmente se empenhava em empurrar e puxar a vareta. Sam percebeu um farfalhar próximo ao muro. O perfume de bálsamo de limão pairou no ar. Ele não olhou para cima, mas, de repente, todo o seu corpo estava em estado de alerta, esperando o momento em que a mulher anunciaria sua presença.

— Quando devo parar? — perguntou Daniel.

— Já está bom. — Sam o ajudou a retirar a vareta.

O menino ficou observando enquanto ele lidava com a arma.

— O senhor já lutou em uma guerra?

Sam hesitou por um momento e então voltou a desenrolar o trapo sujo da vareta.

— Sim. Lutei contra os franceses nas colônias. Preparado?

O menino assentiu.

— Meu tio Reynaud também lutou nessa guerra.

— Eu sei. — Sam se calou enquanto despejava a água quente no cano.

— O senhor matou alguém na guerra?

Ele olhou para o menino, que observava a água saindo pela culatra. Daniel provavelmente só tinha perguntado por curiosidade.

— Sim.

— A água está limpa — avisou o menino.

— Ótimo. — Sam enrolou um pano seco ao redor da ponta da vareta e a passou para Daniel, que voltou ao trabalho.

— O senhor matou com esta arma?

O farfalhar do outro lado do muro tinha cessado havia um tempo. Talvez ela tivesse ido embora, mas Sam duvidava. Ele tinha a sensação de que Lady Emeline esperava escondida, prendendo a respiração, para ouvir sua resposta.

Ele suspirou.

— Sim. Na batalha de Quebec, quando sitiamos a cidade. Um soldado francês veio correndo na minha direção, com uma baioneta presa na ponta da arma. Ela já estava suja de sangue. — O corpinho de Daniel congelou. Ele encarou Sam, que sustentou seu olhar. — Então, eu atirei.

— Ah — sussurrou o menino.

— Tire a vareta, agora vamos passar óleo no cano.

— Daniel. — A voz de Lady Emeline ressoou do outro lado do muro.

Sam tomou cuidado para não derramar o óleo que estava despejando no pano limpo. O que será que ela achara de sua história? Afinal, não era o relato glorioso que todos esperavam quando ouviam histórias de guerra. Além disso, ela devia ter ouvido os boatos sobre ele. Será que o considerava um covarde por causa de Spinner's Falls?

Daniel virou-se para trás.

— Venha ver, *maman*! O Sr. Hartley tem a arma mais comprida do mundo, e eu estou ajudando a limpar.

— Estou vendo.

A cabeça de Lady Emeline apareceu por cima do muro. Ela devia estar em cima de um banco do outro lado. Seus olhos não ousaram fitá-lo.

Sam esfregou um pano limpo nas mãos.

— Senhora — cumprimentou. Talvez ela estivesse com nojo dele.

Lady Emeline pigarreou.

— Não tenho como chegar mais perto para ver essa bela arma. Não tem nenhum portão aqui.

— Então pule o muro — sugeriu Daniel. — Eu ajudo.

— Hmm. — Lady Emeline olhou primeiro para o filho e depois para o muro. — Acho que não...

— Posso? — perguntou Sam, com seriedade, pedindo permissão a Daniel.

O garoto assentiu.

Ele então se voltou para Lady Emeline, que o encarava com uma expressão indecifrável.

— A senhora consegue subir um pouco mais?

— Claro.

Ela olhou para baixo, do seu lado do muro, e subiu em algo, ficando visível da cintura para cima.

Sam ergueu as sobrancelhas. Ele subiu no banco do seu lado e espiou por cima do muro. Lady Emeline se equilibrava primorosamente no galho de uma árvore. Ele conteve um sorriso e se inclinou para a frente para alcançá-la. Os olhos dela se arregalaram quando ele colocou as mãos ao redor de sua cintura, e Sam sentiu a própria respiração falhar.

— A senhora me permite?

Ela assentiu, desconcertada.

Sam a ergueu por cima do muro. O velho ferimento na lateral do corpo doeu com o esforço que fez para segurar o peso da dama. Mas ele não deixou o desconforto transparecer no rosto enquanto a conduzia lentamente até o chão, fazendo-a deslizar rente ao seu peito. É claro que Sam estava se aproveitando da situação, mas gostava de sentir o calor do corpo dela, do cheiro de bálsamo de limão. Os dois trocaram um olhar enquanto ele a mantinha, por uma fração de segundo, com o rosto na altura do seu. Os olhos escuros de Lady Emeline estavam semicerrados, sua pele, corada. Sam sentiu a respiração acelerada dela contra os lábios. E então a colocou no chão.

Lady Emeline baixou a cabeça enquanto ajeitava as saias.

— Obrigada, Sr. Hartley. — Sua voz soava rouca.

— Foi um prazer, senhora.

Ainda bem que ele se manteve inexpressivo, porque ela o encarou de repente. E então corou e mordeu o lábio inferior. Sam a observava, imaginando como seria sentir aqueles dentes afiados na sua pele nua. Lady Emeline era uma criatura teimosa. Ele podia apostar que a mulher mordia.

— Venha ver, *maman* — repetiu Daniel, impaciente.

Lady Emeline avançou e deu uma olhada na arma.

— Muito interessante, de fato.

— A senhora gostaria de nos ajudar a passar o óleo? — perguntou Sam, de modo inocente.

Ela lhe lançou um olhar ameaçador.

— Acho que vou ficar apenas observando.

— Ah. — Sam pegou o pano embebido em óleo e o enrolou ao redor da ponta da vareta. — Enfie até o fundo do cano, Danny. Cada centímetro deve ficar lubrificado.

— Sim, senhor. — Então, o menino pegou a vareta e seguiu as instruções com as sobrancelhas contraídas e muito compenetrado.

Sam embebeu de óleo outro pano e começou a passá-lo na parte externa do cano.

— Minha irmã me disse que a senhora vai nos acompanhar a um baile amanhã à noite, milady.

Pelo canto do olho, ele a viu assentir.

— Ao baile dos Westerton. Geralmente é um evento bem pomposo. Deu um pouco de trabalho conseguir um convite para vocês dois. Nossa sorte é que o senhor é novidade, Sr. Hartley. Para muitas anfitriãs, só isso já é o suficiente para se interessarem.

Sam ignorou a última frase.

— A senhora acha que Rebecca está pronta para ir a esse baile?

— Claro que sim. — Ela se inclinou um pouco mais perto, parecendo espiar dentro do cano. Daniel ainda mexia a vareta. — Mas certamente seria mais fácil introduzi-la à sociedade londrina num evento menor.

Sam permaneceu em silêncio. Ele se concentrou na placa de latão no cabo do rifle e tentou ignorar a pontada de culpa que sentia.

— Rebecca mencionou que foi o senhor quem insistiu neste baile específico. — A saia dela roçou o joelho de Sam. — Fiquei curiosa para saber o motivo.

EMELINE OBSERVOU O corpo do Sr. Hartley enrijecer. Ele estava ajoelhado aos pés dela, de cabeça baixa, passando um pano delicadamente sobre sua arma extraordinária. O rifle era comprido e parecia estranhamente leve, com um cano muito fino. A bela madeira era clara, os veios formando círculos ao longo da coronha. Ela comprimiu os lábios. Apenas um homem seria capaz de fazer uma arma tão encantadora. O apoio para o rosto era de latão, com acabamento arredondado e bem polido. As mãos do Sr. Hartley eram grandes e morenas em contraste com o pano branco, mas se moviam com delicadeza, num ritmo quase carinhoso.

Ela desviou o olhar. A sensação de irritação — uma sensação quase física, como uma comichão — surgira assim que ouvira a voz dele. E a irritação só aumentara quando o vira por cima do muro. O homem havia tirado o paletó e o colete — o que era muito inapropriado, até mesmo na privacidade de seu próprio quintal. Um cavalheiro nunca, *jamais*, tiraria uma peça de roupa, a não ser nas circunstâncias mais extremas. Emeline se recusava a acreditar que as regras pudessem ser muito diferentes mesmo nas terras selvagens da América.

Então, agora o homem trabalhava só de camisa. O linho liso e engomado parecia ainda mais branco sobre sua pele bronzeada. Ele tinha dobrado as mangas, deixando à mostra os pelos escuros dos braços, e, apesar de Emeline saber que estava sendo ridiculamente sensível, estava muito consciente daqueles braços nus. Ansiava por tocá-los, deslizar os dedos sobre aqueles músculos e sentir o roçar dos pelos pretos.

Maldito!

— Existe algum motivo em particular para que tenha escolhido o baile dos Westerton? — questionou ela num tom de voz que soou ríspido até mesmo para os próprios ouvidos.

— Não.

O Sr. Hartley continuou sem olhá-la. Seu rabicho passou por cima do ombro conforme ele se mexia para esfregar uma parte diferente da arma. Isso também era irritante. A luz do sol refletia sobre alguns fios castanhos mais claros de seus cabelos escuros.

Emeline estreitou os olhos. O homem não havia demonstrado nenhum sinal de que estava mentindo, mas ela sabia que ele estava.

— Já chega — anunciou ele, e, por um momento, Emeline achou que havia se dirigido a ela.

Mas Daniel se endireitou e sorriu.

— Já está limpa?

— Limpíssima.

O colono ficou de pé, levantando-se tão perto dela que os dois quase se encostaram.

Emeline sentiu um súbito desejo de recuar. Ele era tão alto. Era quase grosseiro de sua parte se agigantar sobre ela daquela maneira.

— Agora posso atirar? — perguntou Daniel.

Ela abriu a boca para dizer um sonoro *Não!*, mas o Sr. Hartley foi mais rápido.

— Aqui não é o melhor lugar para atirar. Pense em todas as coisas, em todas as pessoas que poderíamos acertar sem querer.

O garoto fez bico.

— Mas...

— Daniel — repreendeu-o Emeline. — Não importune o Sr. Hartley, principalmente depois de ele ter sido tão gentil e permitido que você o ajudasse a limpar a arma.

O Sr. Hartley franziu o cenho, como se ela tivesse acabado de dizer algo errado.

— Foi um prazer ter a ajuda de Danny...

— O nome dele é Daniel. — As palavras escaparam antes que ela percebesse. O tom também foi brusco demais.

Ele a encarou, comprimindo os lábios.

Ela sustentou seu olhar, erguendo o queixo.

— Daniel trabalhou muito bem hoje — disse o Sr. Hartley lentamente. — Não foi incômodo algum.

O menino abriu um sorriso radiante, como se tivesse ganhado o maior dos elogios. Ela deveria se sentir grata pela gentileza do vizinho, por ele saber o que dizer a um garotinho. Mas, em vez disso, se sentia levemente incomodada.

O Sr. Hartley sorriu para Daniel e então se abaixou para recolher os panos e o óleo.

— A senhora provavelmente estará muito ocupada amanhã cedo, se preparando para o baile.

Emeline piscou, surpresa com a súbita mudança de assunto.

— Ora, é claro que não. São muitos os preparativos para um baile quando se é o anfitrião, mas como não passamos de convidados...

— Ótimo. — Ele a encarou com os olhos castanhos cheios de humor, e, de repente, Emeline se deu conta de que tinha caído em uma armadilha. — Então poderá me acompanhar na visita ao depósito de louça do Sr. Wedgwood. Gostaria de uma opinião feminina sobre o que comprar.

Ela abriu a boca para dizer algo de que, sem dúvida, iria se arrepender depois, mas foi salva pela voz do Sr. Smythe-Jones.

— Milorde? Lorde Eddings?

Daniel encolheu os ombros e sussurrou:

— Não conte para ele que estou aqui.

Emeline franziu o cenho.

— Que bobagem. Vá logo com o seu tutor, Daniel.

— Mas...

— É melhor obedecer à sua mãe — sugeriu o Sr. Hartley baixinho.

E, por um milagre, o menino parou de reclamar.

— Sim, senhor. — Daniel se aproximou do muro. — Estou aqui.

Os três ouviram a voz fina do tutor dizer:

— O que o senhor está fazendo aí? Volte já para cá, Lorde Eddings!

— Eu...

Com um pulo, o Sr. Hartley subiu no banco de mármore que ficava encostado ao muro. Para um homem tão alto, ele era bem ágil.

— Danny estava me fazendo uma visita, Sr. Smythe-Jones. Espero que não se importe.

Ouviu-se um murmúrio de surpresa do outro lado do muro.

— Vamos lá, Danny. — O Sr. Hartley fez um apoio com as mãos cruzadas. — Vou lhe dar uma ajuda.

— Obrigado!

Daniel subiu nas mãos imensas, e o Sr. Hartley o levantou com cuidado. O menino se arrastou por cima do muro e passou para o galho da macieira que ficava logo adiante. Um segundo depois, desapareceu do outro lado.

Emeline olhou para os próprios pés enquanto ouvia o tutor dando uma bronca no filho, sua voz ficando cada vez mais distante à medida que os dois voltavam para casa. Ela torceu uma fita da saia. Então, ergueu o olhar.

O Sr. Hartley a observava do alto do banco. Ele pulou para o chão, aterrissando próximo demais dela, seus olhos castanho-escuros atentos.

— Por que não quer que eu chame seu filho de Danny?

Ela apertou os lábios.

— O nome dele é Daniel.

— E Danny é apelido de Daniel.

— Ele é um barão. Um dia, irá ocupar um assento na Casa dos Lordes. — A fita afundava nas pontas macias de seus dedos. — Ele não precisa de um apelido.

— De fato, não *precisa*. — O Sr. Hartley se aproximou um pouco mais, e ela foi forçada a levantar a cabeça para olhá-lo. — Mas que mal há no fato de um garoto ter um apelido?

Emeline respirou fundo, percebendo nesse momento que podia sentir o cheiro dele, uma mistura de pólvora, goma e óleo. O aroma devia ser repulsivo, mas ela o achava estranhamente íntimo. E a intimidade era excitante. Que coisa terrível.

— Era o nome do pai dele — disse ela num rompante. A fita arrebentou.

O Sr. Hartley ficou paralisado, seu corpo imenso parecendo estar em posição de ataque.

— Seu marido?

— Sim.

— O apelido a faz se lembrar dele?

— Sim. Não. — Emeline fez um gesto com a mão como se quisesse afastar a ideia. — Não sei.

Lentamente, o Sr. Hartley começou a circundá-la.

— A senhora sente falta dele, do seu marido.

Ela deu de ombros, lutando contra a vontade de se virar e encará-lo.

— Fomos casados por seis anos. Seria muito estranho se eu não sentisse.

— Mesmo assim, isso não quer dizer que deveria sentir saudade.

O Sr. Hartley estava atrás dela agora, falando por cima de seu ombro. Ela imaginou como seria sentir a respiração quente dele atrás de sua orelha.

— Como assim?

— A senhora o amava?

— O amor não vem ao caso em um casamento da sociedade. — Ela mordeu o lábio.

— Não? Então a senhora não sente falta dele.

Emeline fechou os olhos e se lembrou daqueles olhos azuis alegres e implicantes. Das mãos macias e alvas, que um dia foram extremante carinhosas. Da voz grossa de tenor que falava incansavelmente sobre cachorros, cavalos e carruagens. E então se lembrou do rosto pálido, estranho e sério, deitado sobre o cetim preto de um caixão. Ela não queria aquelas lembranças. Eram dolorosas demais.

— Não. — Ela se virou na direção da casa, querendo escapar do quintal sufocante e do homem que a perseguia. — Não, não sinto falta do meu marido.

Capítulo Seis

Pois bem! O rei ficou imensamente agradecido ao guarda que salvou sua vida sem contar com qualquer ajuda. Todos saudaram Coração de Ferro como um herói, e ele foi imediatamente nomeado capitão da guarda do rei. Mas, apesar de todos perguntarem o nome do valente capitão, ele não dizia uma palavra sequer. Essa teimosia em não falar incomodou o rei, que era um homem acostumado a ter tudo o que queria. No entanto, mesmo esse pequeno aborrecimento foi esquecido no dia em que o rei estava cavalgando e um ogro terrível resolveu que iria almoçá-lo. Pof! Pá! Coração de Ferro avançou e logo decepou a cabeça do ogro...

— Coração de Ferro

Emeline despertou com as cortinas do dossel sendo abertas. Ela olhou sonolenta para o rosto de Harris, sua criada pessoal. Harris era uma mulher inexpressiva que tinha no mínimo uns 50 anos e um nariz de batata que se destacava, ofuscando os traços mais delicados de seu rosto. Emeline conhecia várias mulheres que reclamavam de suas criadas por passarem tempo demais flertando e fofocando com os lacaios.

Esse não era o caso de Harris.

— Um tal de Sr. Hartley está esperando lá embaixo pela senhora, milady — disse a mulher num tom monótono.

Com a visão embaçada, Emeline deu uma olhada na direção da janela do quarto. A luz do dia ainda era fraca.

— O quê?

— Ele afirma que tem um compromisso com a senhora e que não sairá daqui sem vê-la.

Ela se sentou.

— Que horas são?

Harris apertou os lábios.

— Quinze para as oito, milady.

— Minha nossa. O que será que ele quer? — Emeline afastou as cobertas e procurou os chinelos. — O homem só pode estar louco. Ninguém faz visitas às oito da manhã.

— Sim, milady. — Harris se abaixou para ajudá-la com o calçado.

— Nem às nove — resmungou Emeline, enfiando os braços no penhoar que a criada segurava para ela. — Francamente, qualquer horário antes das onze é inadequado, e eu jamais ousaria aparecer antes das duas. Que loucura.

— Sim, milady.

Foi então que Emeline ouviu um assovio desafinado.

— Que barulho é esse?

— O Sr. Hartley está assoviando no vestíbulo, milady — respondeu Harris.

Por um momento ela encarou a criada, em choque. O assovio se elevou a um tom particularmente horrível. Apressada, Emeline deixou o quarto e saiu pisando firme pelo corredor até o balaústre que dava para a entrada. O Sr. Hartley estava parado com as mãos para trás, segurando seu tricórnio. Ela o observou enquanto ele se balançava distraído sobre os calcanhares e assoviava entre os dentes.

— Silêncio! — Emeline se debruçou sobre o corrimão.

O Sr. Hartley girou e olhou para cima.

— Bom dia, milady! — Em seguida, fez uma mesura.

O homem parecia descansado e assustadoramente disposto para aquele horário.

— O senhor perdeu completamente o juízo? — interpelou Emeline. — O que está fazendo na minha casa a uma hora dessas?

— Vim buscá-la para irmos ao depósito de Wedgwood escolher as louças.

Ela fez uma careta.

— Eu nunca...

— A senhora vai precisar se arrumar. — O olhar dele passeou pelo busto dela. — Não que eu me importe com a roupa que está usando nesse momento.

Emeline espalmou uma mão sobre o peito.

— Como ousa...

— Vou esperar aqui, está bem? — E então, voltou a assoviar daquela forma irritante, agora ainda mais alto.

Emeline abriu a boca, mas, ao perceber que ele não ia escutar nada com aquela barulheira, desistiu. Ergueu a barra da camisola e voltou para o quarto pisando firme. Harris tinha separado um vestido de seda vermelho como o fogo, e, em pouquíssimo tempo, Emeline já estava vestida e penteada. Mesmo assim, o Sr. Hartley olhava para o relógio do vestíbulo quando ela desceu a escadaria.

Ele a fitou rapidamente.

— Que demora. Vamos, não quero me atrasar para o encontro com o sócio do Sr. Wedgwood, o Sr. Bentley.

Emeline franziu o cenho enquanto ele a conduzia porta afora.

— Que horas marcou com ele?

— Às nove.

O Sr. Hartley a ajudou a entrar na carruagem.

Ela o encarou com os olhos semicerrados quando ele se sentou no banco à sua frente.

— Mas o senhor veio me buscar antes das oito.

— Imaginei que a senhora fosse demorar um pouco para se arrumar. — O Sr. Hartley sorriu, e os cantinhos dos olhos castanho--escuros enrugaram. — E estava certo, não estava? — Ele bateu no teto.

— O senhor é presunçoso demais — disse Emeline friamente.

— Só com a senhora, milady. Só com a senhora. — A voz dele soou baixa, suave e com uma intimidade desconcertante.

Emeline voltou-se para a janela para não ter de encarar os olhos do colono.

— Por quê?

A pergunta foi seguida pelo silêncio, e, por um momento, ela achou que ele não iria responder.

— Não sei por que a senhora me afeta assim — disse o Sr. Hartley, por fim. — Acho que me perguntar por que a sua presença me deixa agitado seria o mesmo que perguntar a um puma por que ele corre atrás de um cervo em fuga.

Emeline se voltou para ele. O homem a observava com um olhar puramente masculino, sincero e avaliador. Tamanho escrutínio deveria ter despertado medo nela. Em vez disso, era excitante.

— Então o senhor admite.

Ele deu de ombros.

— E por que não admitiria? É apenas instinto, eu lhe asseguro.

Emeline torceu uma fita na frente do vestido.

— O senhor deve estar com algum problema se os seus *instintos* o fazem agir assim sempre que se aproxima de uma mulher.

— Eu já expliquei, lembra? — Ele se inclinou para a frente e segurou a mão dela, interrompendo a movimentação nervosa de seus dedos. — Isso só acontece com a senhora.

Emeline baixou os olhos para as mãos deles. Ela devia lhe passar um sermão, colocá-lo no seu devido lugar e mostrar que tinha ido longe demais com aquela intimidade. Mas a visão da mão morena envolvendo seus dedos brancos, pequenos e delicados, de alguma forma era fascinante. A carruagem deu um solavanco ao fazer uma curva, e ele recolheu a mão.

Emeline alisou a fita do vestido.

— O senhor não tem um empregado para cuidar dos seus negócios?

— Sim, o Sr. Kitcher. Mas ele é um velho rabugento. Achei que a sua companhia seria melhor.

Ela bufou baixinho.

— Onde fica esse lugar?

— Não muito longe — respondeu o Sr. Hartley. — Eles alugaram parte de um armazém.

As mãos dela estavam trêmulas, então Emeline as uniu sobre o colo para disfarçar.

— O Sr. Wedgwood e o Sr. Bentley não têm uma loja?

— Não. São relativamente novos no mercado. Em parte, é por isso que espero conseguir barganhar com eles.

— Hmm. — Emeline o encarou com curiosidade. Os olhos do Sr. Hartley estavam apertados e atentos, como se estivesse se preparando para a batalha. — O senhor gosta disso.

Ele arqueou as sobrancelhas.

— Do quê?

Ela fez um gesto vago com a mão.

— Do comércio. De negociar. De ser um caçador atrás de uma boa barganha.

Aqueles lábios sensuais se curvaram.

— Claro. Mas espero que a senhora não revele meu segredo a Bentley.

Nesse momento, a carruagem parou perto de um depósito. O Sr. Hartley desceu assim que os degraus foram armados e virou-se para estender a mão para Emeline.

Ela olhou desconfiada para o prédio simples de tijolos e madeira.

— O que quer que eu faça?

— Apenas dê a sua opinião.

Ele colocou a mão dela sobre seu braço enquanto um cavalheiro de peruca cacheada e paletó cor de ferrugem surgia na porta de um dos armazéns.

— Sr. Hartley? — exclamou o homem com um sotaque do norte. — É uma honra, senhor, uma honra conhecê-lo. Sou Thomas Bentley.

O Sr. Hartley trocou um aperto de mão com o anfitrião. Olhando de perto, Emeline percebeu que o Sr. Bentley era mais jovem do que ela imaginara — provavelmente tinha pouco mais de 30 anos. Tinha o rosto rosado, e porte levemente robusto. O Sr. Hartley apresentou Lady Emeline ao Sr. Bentley, e o comerciante arregalou os olhos ao ouvir seu título.

— *Lady* Emeline. Ora, é uma honra recebê-la, senhora; uma grande honra. Aceitaria um chá? Acabei de comprar um muito especial da Índia.

Emeline sorriu para o homem, murmurando seu consentimento, e o Sr. Bentley os conduziu para dentro do armazém. Era uma construção com pé-direito alto, escura e fria, e cheirava a poeira e umidade. Metade do espaço estava ocupada por barris e caixas, mas o Sr. Bentley os levou para uma sala menor. O escritório tinha espaço para abrigar apenas uma mesa, algumas cadeiras e uma pilha de caixas encostadas na parede. Num dos cantos, havia uma pequena lareira com uma chaleira com água que já estava sendo fervida.

— Cá estamos, então — disse ele, animado, enquanto puxava uma cadeira para Emeline. — Vou pegar o chá. Com licença.

— O Sr. Wedgwood também virá? — perguntou o Sr. Hartley, que optara por permanecer de pé.

— Ah, não — respondeu o Sr. Bentley enquanto se concentrava no bule de chá. — O Sr. Wedgwood é o mestre ceramista, e eu cuido das vendas. Ele está na fábrica em Burslem, supervisionando a produção. Pronto, aqui está. — O homem disse esta última parte enquanto depositava o chá sobre a mesa. Para ter espaço, foi obrigado a empilhar vários livros contábeis no chão. Então olhou, nervoso, para o Sr. Hartley.

Mas o americano apenas assentiu com a cabeça e arqueou uma sobrancelha para Emeline, que se inclinou para servir o chá. Ela não sabia ao certo qual era o propósito da reunião e não queria prejudicar o Sr. Hartley. Ao mesmo tempo, estava curiosa para ver como o colono se portaria ali, no mundo dele. Naquele momento, passava a impressão de estar muito controlado, mantendo uma expressão tranquila, mas sem dar qualquer sinal de suas intenções. Já o Sr. Bentley começava a demonstrar certo nervosismo. Emeline conteve um sorriso enquanto servia a bebida, pois tinha a sensação de que o Sr. Hartley estava deixando seu oponente inseguro de propósito.

Ao longo dos minutos seguintes, os dois cavalheiros e Emeline tomaram chá e conversaram sobre amenidades. Ela sabia que o Sr. Hartley devia estar impaciente para ver as louças que tanto almejava comprar, mas ele não deixou sua impaciência transparecer. O colono se encostou numa das extremidades da mesa, tomando seu chá com tanta satisfação que parecia estar visitando uma tia solteirona.

O Sr. Bentley lançou vários olhares preocupados antes de finalmente pousar a xícara de chá.

— Gostaria de ver algumas das nossas peças, senhor?

O Sr. Hartley assentiu e pousou a xícara também. O comerciante de louças foi até uma das caixas de madeira encostadas na parede e abriu a tampa, revelando um amontoado de palha.

Emeline não conseguiu se conter e se inclinou para a frente. Ela nunca se preocupara muito com a louça da casa — contanto que fosse moderna —, mas, agora, isso lhe parecia a coisa mais interessante do mundo. O Sr. Hartley olhou para ela às costas do Sr. Bentley e balançou a cabeça discretamente. Emeline franziu o nariz, sentindo-se como uma criança que acabara de levar uma bronca. Mesmo assim, se recostou de volta na cadeira e assumiu ares de desinteresse. A boca do Sr. Hartley se contorceu como se ele tivesse achado graça do entusiasmo dela, e então lhe deu uma piscadela. Emeline empinou o nariz, virando-se para o outro lado. Teria de colocar o homem em seu devido lugar. Mais tarde.

Enquanto isso, o Sr. Bentley havia retirado com todo cuidado uma camada de palha. Por baixo, havia uma jarra em formato de abacaxi coberta com uma camada de verniz verde-escuro. O Sr. Bentley entregou a jarra ao Sr. Hartley, que a examinou sem dizer nada. Ele então colocou a jarra sobre a mesa e observou Emeline se inclinar para ver a peça mais de perto.

O Sr. Bentley desenterrou mais peças: bules, pires, xícaras, tigelas e terrinas. De fato, logo a mesa estava coberta de louças, a maioria verde-escuro e muitas em formatos de couve-flor ou abacaxi.

O Sr. Hartley arqueou uma sobrancelha e olhou para Emeline enquanto o Sr. Bentley estava de costas. Ela respondeu com outro arquear de sobrancelha. Na verdade, apesar de muito bonitas e bem-feitas, as louças não tinham nada de extraordinário.

O colono meneou a cabeça discretamente e voltou-se para o outro homem.

— O Sr. Wedgwood não teria algumas peças mais novas?

O Sr. Bentley parou, ainda inclinado sobre o caixote.

— Ah, não tenho certeza...

— Ouvi dizer que ele está desenvolvendo uma faiança muito fina. — O Sr. Hartley encarou os olhos do comerciante e sorriu.

— Bem, quanto a isso... — O Sr. Bentley olhou rapidamente para um pequeno caixote num canto do escritório. Em seguida, pigarreou. — O Sr. Wedgwood está, de fato, testando uma faiança, mas ela ainda não está pronta para ser lançada no mercado. Na verdade, ele pretende apresentá-la à rainha primeiro.

Emeline bateu palmas.

— Ora, Sr. Bentley, que emocionante!

O rosto do comerciante ficou ainda mais vermelho.

— Obrigado, senhora. De fato é mesmo.

— Então não poderia nos mostrar essa louça maravilhosa? — Emeline se inclinou um pouco mais para a frente, deixando os seios saltarem sobre o decote quadrado. — Por favor?

O homem ficou roxo, e Emeline quase sorriu. Ela jamais iria admitir, mas estava adorando a negociação. Quem poderia imaginar que o comércio não passava de uma batalha de perspicácia?

— Ah... — O Sr. Bentley pegou um lenço e enxugou o suor da testa, nervoso. Então deu de ombros. — Por que não? Se a senhora quer mesmo ver, milady...

— Ah, eu gostaria muito.

Decidido, o comerciante se aproximou da caixinha no canto e abriu a tampa. De lá, tirou algo com muito cuidado antes de se virar para mostrar. Emeline prendeu a respiração. O bule de chá era muito simples, todo cor de creme, num tom quase amarelado, com linhas clássicas e um bico delicado e pequeno.

Ela estendeu as mãos.

— Posso?

O comerciante entregou-lhe a peça com todo cuidado, e Emeline sentiu sua leveza; a louça era mais fina do que a que ela estava acostumada a usar. Ao virar a peça, encontrou o nome do fabricante estampado no fundo: *Wedgwood*.

— É muito elegante — comentou ela, quase num sussurro.

Então, ergueu os olhos bem a tempo de notar que o Sr. Hartley a observava. Mais uma vez, ela perdeu o fôlego. Os olhos dele estavam semicerrados, os lábios, contraídos, mas o homem exalava um ar quase possessivo. De algum modo, Emeline sabia que ele estava satisfeito por ter compartilhado a descoberta com ela. E o sentimento era mútuo. Os dois formavam uma bela dupla. A ideia a deixou incomodada. Não era certo se divertir com barganhas. Não era certo gostar de saber que ele valorizava sua opinião.

Ela não deveria se importar com essas coisas.

O Sr. Hartley estreitou os olhos. Não havia nenhum sinal de piedade neles. Nenhum traço de compaixão. Foi como se um gatinho de repente virasse o animal selvagem que sempre esteve por trás de sua fachada ronronante. Como se Emeline fosse a presa.

Ele meneou a cabeça e se virou para discutir os termos da negociação com o outro homem. O ar civilizado estava de volta, mas o Sr. Bentley lutava para acompanhar a transação do americano, e as altas quantias em dinheiro que o Sr. Hartley mencionava de forma tão casual eram espantosas até mesmo para Emeline. Ela não tinha dúvida de que aquele era um homem capaz de fazer uma fortuna com os negócios do tio em apenas quatro anos.

Enquanto os homens barganhavam, Emeline examinou o bule, traçando com a ponta do dedo as linhas elegantes e imaginando as damas das colônias servindo chá por aquele bico delicado. E então se perguntou: por que exatamente o Sr. Hartley a levara ali?

O que ele queria lhe mostrar além de um bule bonito?

— Só ESTOU EM dúvida quanto ao decote.

Rebecca olhava seu reflexo e tentava, sem sucesso, puxar o tecido para cima. A sensação que tinha era de que conseguia ver uma grande parte do seu corpo despido refletida no espelho.

— Está ótimo, senhorita. — Sua criada, Evans, nem ergueu o olhar enquanto andava pelo quarto, recolhendo sua bagunça.

Rebecca puxou mais uma vez o decote para cima e desistiu. Evans tinha sido recomendada pessoalmente por Lady Emeline, e, se a criada dizia que ela deveria ir nua ao seu primeiro baile em Londres, sua opinião seria ouvida. Obviamente, ela já havia participado de vários bailes e eventos sociais em Boston, mas Lady Emeline deixara claro que um baile londrino era totalmente diferente.

O fato de estar dando tanto trabalho só servia para fazer com que Rebecca se sentisse culpada. Fora ela que insistira para que Samuel a trouxesse nesta viagem, e, agora, ele parecia se sentir na obrigação de gastar montanhas de dinheiro para fazê-la se divertir em Londres. Não era exatamente isso que a moça tinha em mente quando implorara para acompanhá-lo. Tudo que queria era passar um tempo com ele. Talvez conhecer um pouco melhor o irmão mais velho. Rebecca fez menção de se sentar numa cadeira enquanto pensava.

— *Não* — repreendeu-a a criada.

Ela congelou numa pose nada feminina, meio agachada sobre o assento.

Evans abriu um sorriso falso.

— Não queremos que amasse a sua saia, não é mesmo?

Rebecca se endireitou.

— Mas, quando eu me sentar na carruagem, com certeza...

— Isso não pode ser evitado, pode? — piou a criada. — O que é uma pena, é claro. Não sei por que esses homens tão inteligentes não inventam um jeito para as mulheres irem a um baile de pé.

— Ah, claro... — murmurou Rebecca baixinho.

Evans era uma mulher miúda, de cabelos castanho-escuros e extremamente elegante. Seu saiote era tão armado que ela mal conseguia cumprir as funções de criada. Na verdade, Rebecca morria de medo dela.

Apesar de, aparentemente, a criada estar tentando ser gentil.

— O que acha de descermos para esperar na saleta? *Não* no vestíbulo, é claro. Uma dama nunca deve ser vista esperando a chegada de sua carruagem.

— É claro. — Rebecca voltou-se para a porta com uma sensação de alívio.

— Lembre-se: nós não podemos nos sentar! — cantarolou a criada às suas costas.

— Será que *nós* poderemos usar o banheiro? — resmungou Rebecca baixinho enquanto tentava descer a escada com aquela saia armada.

Ela olhou ao redor com um ar de culpa, verificando se ninguém tinha escutado seu comentário grosseiro. A única pessoa que viu foi um lacaio — o de cabelo preto — parado no vestíbulo, e ele olhava para a frente, aparentemente alheio a tudo que se passava ao seu redor. Rebecca respirou aliviada. Ela continuou descendo a escada sem nenhum incidente até alcançar o último degrau. Lá, conseguiu enroscar o salto na barra do vestido e teve um momento tenso em que cambaleou com deselegância até segurar o corrimão com as duas mãos. Ela congelou, ainda agarrada ao balaústre, e deu uma olhada para o criado, que agora a encarava, com um pé à frente como se estivesse prestes a avançar para socorrê-la. Quando seus olhares se encontraram, ele recuou o pé e retomou a posição de estátua.

Ah, que vergonha! Ela não conseguia nem andar naquele vestido sem cair da escada na frente dos criados. Com todo cuidado, Rebecca pousou um pé de cada vez no vestíbulo de mármore e soltou o corrimão. Parou um momento para arrumar a saia e então saiu andando, determinada, rumo ao cômodo à direita. As portas eram altas e de madeira escura, e as maçanetas, proporcionalmente grandes. Rebecca tocou em uma delas e a girou.

Nada aconteceu.

Gotas de suor brotaram em sua testa. O criado de cabelo preto ia pensar que era uma tonta. Por que o homem tinha de ser tão bonito? Uma coisa era fazer papel de boba na frente de um velho careca, mas era bem diferente...

O lacaio pigarreou às suas costas.

Rebecca soltou um gritinho e se virou. Os lindos olhos verdes do criado estavam arregalados e surpresos, mas tudo que ele disse foi:

— Posso, senhorita? — E esticou a mão para perto dela para abrir a porta.

Rebecca encarou a porta aberta que dava para a biblioteca. Deus do céu!

— Na verdade, mudei de ideia. Prefiro ir para a sala de visitas, por favor. — E apontou para além dele, feito uma criança boba.

Felizmente, ele não parecia achá-la esquisita.

— Sim, madame. — O criado deu meia-volta e abriu a porta no outro extremo do vestíbulo.

Rebecca ergueu a cabeça e cruzou o cômodo, mas, quando se aproximou do homem, percebeu claramente que o olhar dele não estava onde deveria. Ela congelou e espalmou as mãos sobre os seios.

— Está muito ousado, não está? Sabia que não deveria ter dado ouvidos àquela criada. Ela pode não se importar de sair mostrando os seios para todo mundo, mas eu simplesmente não...

Foi então que seu cérebro percebeu o que dizia. Ela tirou as mãos dos seios e levou-as à boca. Era uma boca muito, muito, *muito* terrível, a sua.

E então ficou olhando para o lindo criado de cabelo preto que a encarava. Não havia mesmo mais nada que pudesse fazer, exceto cair morta ali mesmo, no vestíbulo da casa de Londres do irmão, e essa opção, infelizmente, parecia bem pouco provável no momento.

Enfim, o lacaio pigarreou de novo.

— A senhorita é a moça mais linda que eu já vi. Está parecendo uma princesa nesse vestido, de verdade.

Rebecca piscou e lentamente retirou as mãos da boca.

— É mesmo?

— Juro pelo túmulo da minha mãe — garantiu ele com sinceridade.

— Ah, você também perdeu a sua mãe? — Ele assentiu com a cabeça. — É muito triste, não é? Minha mãe morreu quando eu nasci, então não pude nem conhecê-la.

— A minha morreu faz dois anos, no dia de São Miguel — contou ele, quase num murmúrio.

— Sinto muito.

O lacaio apenas deu de ombros.

— Foi depois que minha irmã mais nova nasceu. Sou o mais velho de dez filhos.

Ela sorriu para o rapaz.

— Seu sotaque é diferente do dos outros criados.

— É porque sou irlandês, madame. — Seus olhos verdes pareciam brilhar para ela.

— Então, por quê...

Mas ela foi interrompida pela voz do irmão.

— Está pronta para partirmos, Rebecca?

A moça deu um pulo e se virou pela segunda vez naquela noite. Samuel estava parado três degraus acima, na escada.

— Eu gostaria que você fizesse algum barulho ao andar pela casa — comentou ela.

Samuel arqueou as sobrancelhas, seu olhar se voltando para o criado. Rebecca fez o mesmo e descobriu que o rapaz já tinha retomado seu posto e olhava para a frente. Era como se ele fosse uma criatura encantada que tivesse virado estátua novamente.

— O'Hare, pode abrir a porta? — pediu Samuel, e, por um momento, Rebecca se perguntou com quem ele estava falando.

Então, o criado de cabelo preto adiantou-se.

— Senhor. — O homem abriu a porta e a segurou enquanto os dois saíam.

Rebecca olhou para o rosto dele ao passar, mas a expressão do rapaz estava impassível, e o humor em seus olhos verdes tinha desaparecido por completo. Ela suspirou e apoiou a mão sobre o braço de Samuel, que a conduziu enquanto desciam os degraus até a carruagem. Se não soubesse a verdade, poderia achar que havia imaginado a conversa com O'Hare, o lacaio.

Os irmãos se acomodaram na carruagem, e só então Rebecca notou o traje de Samuel. Ele usava um paletó e uma calça verde-escuros e um colete brocado dourado, adequados à ocasião. Infelizmente, usava as perneiras e os mocassins de sempre também.

— Lady Emeline não vai gostar das perneiras — observou ela.

Ele deu uma olhada nas próprias pernas e sorriu.

— Ela com certeza vai deixar clara a sua opinião.

Rebecca o encarou, e um pensamento engraçado passou pela sua cabeça. Samuel sorria do mesmo modo que O'Hare, o lacaio: com os olhos.

LADY EMELINE SE conteve por um minuto inteiro depois que entrou na carruagem, o que foi um minuto a mais do que Sam havia previsto.

— Onde o senhor estava com a cabeça quando resolveu colocar essas coisas? — esbravejou ela, olhando para as pernas e para os pés de Sam.

— Creio que já expliquei que são confortáveis.

A mulher provavelmente fecharia ainda mais a cara se soubesse quanto ele achava adorável a expressão em seu rosto. Lady Emeline usava um vestido vermelho-claro com um bordado elaborado e uma anágua amarela. As cores eram mais suaves do que as que ela costumava usar, e, apesar de lhe caírem bem, Sam preferia os vermelhos fortes e os alaranjados ousados.

Nesta noite, Lady Emeline era uma dama elegante da sociedade londrina, totalmente diferente da mulher que o acompanhara ao armazém para ver as louças. O que será que havia achado do passeio? Ela parecera interessada nas transações comerciais, mas será que fora apenas por conta da novidade? Ou será que, talvez, ela tenha sentido a mesma sintonia mental que ele sentira?

A dama balançava a cabeça para ele agora, sem fazer a menor ideia do que se passava na mente de Sam. Talvez tivesse reconhecido que era inútil discutir por causa das perneiras. Em vez disso, voltou-se para Rebecca.

— Não se esqueça de que não deve dançar com ninguém que eu não tenha aprovado previamente, tampouco falar com alguém que eu não tenha lhe apresentado. Haverá homens, homens que não posso chamar de cavalheiros, que são famosos por quebrar as regras, mas não dê liberdade para eles.

Sam se perguntou se ela estava pensando nele. Quando a mulher o encarou com um olhar cortante, ele teve certeza. E lançou um sorriso em resposta para ela. Lady Emeline estava sentada ao lado da tia, as duas perfeitamente eretas, apesar de a senhora ser um palmo mais alta que a sobrinha. A carruagem contornou uma esquina, fazendo com que todos chacoalhassem. Rebecca, ao lado do irmão, abraçou o próprio corpo.

Sam se inclinou em sua direção.

— Você está esplêndida. Mal a reconheci quando desci a escada.

A moça mordeu o lábio e lhe lançou um olhar tímido. De repente, ele se lembrou de quando ela era criança. A irmã o fitava daquele mesmo jeito quando a visitava na casa do tio, em Boston. Sam se lembrava dela de touca e avental brancos, parada no vestíbulo escuro do tio Thomas, tímida, esperando sua vez de cumprimentá-lo. Sam nunca sabia o que dizer para ela durante as visitas que costumava fazer a Boston, uma ou duas vezes por ano. A irmãzinha parecia uma criatura de outro mundo, uma menina criada na elegante e civilizada sociedade de Boston. Tudo que ele sabia e conhecia — viver na floresta, caçar e montar armadilhas, e, mais tarde, o Exército — era muito estranho para ela.

Sam despertou de seus devaneios ao se dar conta de que Rebecca tinha acabado de falar com ele.

— O quê?

A moça se aproximou um pouco mais, e seus olhos castanhos pareciam vulneráveis.

— Você acha que alguém vai querer dançar comigo?

— Terei de espantá-los com uma vara.

Ela riu, e, por um momento, a menininha de touca branca reluziu em seus olhos.

Mademoiselle Molyneux pigarreou.

— Estamos quase chegando, *ma petite*. Acalme-se para que possa dar a impressão de ser refinada. — A senhora olhou diretamente para a saia de Rebecca. — Você se lembrou de calçar sapatos, não lembrou?

Rebecca a encarou.

— Sim, senhora.

— *Bon*. Chegamos à mansão.

Sam olhou pela janela e viu uma fileira de carruagens que se estendia até a casa do conde de Westerton. Lady Emeline estava certa: aquele era um baile grandioso demais para ser o primeiro de Rebecca. Mas apresentar a irmã à sociedade era apenas um dos motivos para ele ter escolhido aquele baile em particular. O outro, mais importante, era sua caçada.

Ele esperou pacientemente enquanto a carruagem avançava na fila, apenas parte de sua atenção voltada para a conversa das mulheres lá dentro. Mesmo agora, concentrado de corpo e alma em seu objetivo, Sam sentia a presença de Lady Emeline. Sem virar o rosto, ele acompanhava a cadência de sua fala, as pausas e as variações de tom. Sabia quando ela olhava em sua direção e sentia a curiosidade em seu olhar. A mulher ainda queria saber por que ele escolhera aquele baile em especial. Ele podia revelar o motivo. Afinal, envolvia o irmão dela também. Mas algo o impedia de contar-lhe a verdade.

A porta da carruagem foi aberta por um lacaio desconhecido, e Sam olhou desconfiado para o homem. Essa era mais uma questão sobre a qual precisava ficar atento. Ele percebera quão próximo de sua irmã O'Hare estivera mais cedo, no vestíbulo. Sam encarou o criado, que baixou os olhos na mesma hora, coisa que O'Hare não havia feito. Ele admirava a coragem, mas se perguntou por quanto tempo um homem tão orgulhoso poderia continuar trabalhando como criado.

Sam desceu para a rua de paralelepípedo diante da casa dos Westerton e virou-se para ajudar a irmã e *mademoiselle* Molyneux. Lady Emeline ficou por último. Ela parou na porta da carruagem, observando-o com desconfiança.

Ele sorriu e estendeu-lhe a mão.

— Milady.

Ela apertou os lábios.

— Sr. Hartley.

Então, Emeline aceitou a mão estendida, e Sam teve o prazer de segurar os dedos dela. Lady Emeline desceu os degraus com elegância e tentou recolher a mão, mas ele se inclinou para a frente, roçando os lábios contra a delicada luva de pelica, deixando que o cheiro de bálsamo de limão banhasse seu rosto.

Em seguida, Sam se endireitou.

— Vamos?

Mas a fisionomia dela havia se suavizado no intervalo de tempo em que ele se inclinara para beijar-lhe a mão. Sam ficou paralisado, as pessoas ao redor, a irmã, até mesmo a caçada, tudo desaparecendo enquanto se concentrava em Lady Emeline. Os lábios dela estavam entreabertos, rubros e úmidos, como se ela tivesse acabado de lambê-los, e os olhos pareciam desfocados. Se estivessem sozinhos, ele a teria puxado para seus braços até seus corpos se encostarem, e baixado a cabeça para...

— Samuel?

Ele virou a cabeça com um movimento rápido para a irmã. Rebecca. Céus!

— Sim?

A moça parecia confusa.

— Você está bem?

— Estou. — Sam ofereceu o braço para *mademoiselle* Molyneux, que o aceitou com uma expressão pensativa. Ele se recompôs e se virou para Lady Emeline, a voz engrossando. — Vamos?

A palavra era a mesma dita pouco antes, mas com outro significado. Lady Emeline arregalou os olhos, e ele percebeu os belos seios arfando quando ela respirou fundo.

Então, seus olhos se encontraram, e ela ergueu o queixo.

— Claro.

O que o fez se perguntar, enquanto conduzia as damas pelas escadas, o que exatamente Lady Emeline queria dizer com aquela resposta inocente.

Para além das imensas portas duplas, a casa dos Westerton estava brilhando com centenas, talvez milhares, de velas. Até o vestíbulo estava abafado, dando uma amostra desagradável do calor que devia se estender por todo o salão de baile. Por que as pessoas iam a eventos como este por vontade própria era um verdadeiro mistério para ele. O suor começou a brotar na base de sua coluna. Sam odiava multidões. Sempre odiara, mas, depois de Spinner's Falls... Ele tratou de se livrar do pensamento, concentrando-se no motivo pelo qual estava ali.

As damas entregaram suas capas a um criado, e as peças desapareceram num piscar de olhos. Então, o grupo se viu na entrada do salão de baile. Um lacaio com uma peruca magnífica anunciou seus nomes. O salão era imenso, mas isso não ajudou em nada a abrandar o calor, pois o lugar estava lotado. Eles estavam literalmente encostados uns nos outros, esperando a abertura de uma brecha para seguirem em frente.

Sam sentiu os braços estremecerem e teve de se controlar. Aquela era sua ideia de inferno. O calor, os corpos roçando uns nos outros, o barulho de inúmeras vozes rindo, falando, reclamando. Ele sentiu uma gota de suor escorrendo pelas costas. *Mademoiselle* Molyneux já havia encontrado uma amiga e desaparecido em meio à multidão com ela. Alguém esbarrou em Lady Emeline, que ainda se apoiava em seu braço direito, e Sam se viu mostrando os dentes para o homem. O sujeito olhou assustado para ele, com o rosto vermelho, e em seguida desapareceu também. Sam fechou os olhos por um momento, tentando controlar a sensação de pânico que crescia em seu peito. Com os olhos fechados, porém, o pior daquela situação se intensificou e quase fez Sam desmaiar.

O *cheiro*.

Céus, o cheiro de cera derretida, mau hálito e corpos suados. Suor de homem. Aquele fedor forte e acre, aquela fedentina rançosa, aquele odor de axila podre. Eles o empurravam, tentando abrir caminho, tentando fugir. Alguns tinham idade para serem avôs, outros eram tão jovens que nem tinham barba, todos temendo pelas próprias vidas, todos querendo apenas sobreviver a mais um dia. Era este o cheiro que sentia: o pavor da morte. Sam arfou, mas parecia que todo o ar já havia sido sugado para seus pulmões ofegantes, e as únicas coisas que conseguiu inalar foram o medo da batalha e o cheiro de suor e sangue.

— Sr. Hartley. *Samuel*.

A voz dela estava próxima, e Sam sentiu uma mão fria tocando seu rosto. Com muito esforço, ele abriu os olhos.

Os olhos escuros de Lady Emeline encaravam os seus, e ele tentou se concentrar apenas nela.

— Você está bem? — perguntou Lady Emeline.

Sam abriu a boca e formou a palavra com dificuldade; dizer a verdade era tudo que podia fazer naquele momento.

— Não.

Ela desviou o olhar por um momento, e ele se apoiou em seu ombro para manter o equilíbrio.

— O que ele tem, você sabe? — perguntou ela para Rebecca.

— Não sei. Nunca o vi assim.

Sam ficou aliviado quando os olhos escuros voltaram-se para ele novamente.

— Venha comigo — ordenou Emeline.

Ele assentiu, tentando puxar o ar, e foi atrás dela, trôpego como um bêbado. O avanço era lento, e Sam sabia que o suor escorria pelo seu rosto. Manteve-se focado em Lady Emeline, sua guia para a sanidade.

Então, de repente, surgiram portas, e o grupo saiu para o ar fresco, em uma varanda com um gradil baixo. Ele correu até uma das extremidades e vomitou nos arbustos, por cima da grade.

— Ele está passando mal. — Sam ouviu Rebecca dizer enquanto ele inalava uma grande quantidade de ar. — Talvez tenha comido algo estragado. Acho melhor chamarmos um médico.

— Não — disse Sam, com a voz rouca e sufocada. Ele pigarreou, lutando para parecer melhor. — Nada de médico.

Às suas costas, Rebecca bufou, contrariada. Ele queria poder encarar a irmã e mostrar-lhe que estava tudo bem.

— Sr. Hartley — murmurou Lady Emeline, bem próxima a ele, colocando a mão sobre seu ombro. Ele se encolheu. Era vergonhoso que alguma mulher o visse naquela situação, principalmente *ela*. — O senhor está passando mal. Por favor, atenda a vontade da sua irmã e nos permita chamar um médico.

Sam fechou os olhos, desejando que o corpo parasse de tremer, parasse de traí-lo com medos fantasmas.

— Não.

Lady Emeline retirou a mão.

— Rebecca, fique aqui com o seu irmão enquanto pego uma taça de vinho. Talvez isso o ajude a se sentir melhor.

— Sim, claro — respondeu a moça.

E então Lady Emeline se virou, decidida a pegar a bebida. Sam ouviu um gemido abafado e teve uma vaga noção de que aquele som estava vindo de seu próprio corpo, mas não conseguiu evitá-lo, assim como não conseguia conter a urgente necessidade de mantê-la ao seu lado. Ele se virou com intenção de segurá-la, mas se deteve com o que viu.

Lorde Vale estava parado na porta para o salão.

JASPER FECHOU AS portas às suas costas, abriu aquele sorriso descontraído e encantador de sempre e disse:

— Emmie! Minha nossa, não esperava encontrá-la aqui.

Tudo que Emeline conseguiu pensar foi: *Como vou me livrar dele?* Um sentimento nada gentil de se nutrir por um homem que conhecia desde sempre, mas paciência. Era fundamental tirar Samuel dali antes que Jasper o visse. De algum modo, ela sabia que o colono iria odiar que outro homem o visse naquele estado.

Tudo tinha acontecido tão rápido no salão. Ela o sentira enrijecer assim que os quatro entraram na casa, mas não se preocupara. Era comum as pessoas ficarem nervosas diante de tanta gente reunida. Mas ele diminuíra o passo à medida que avançavam pelo salão. Mesmo considerando a dificuldade de se mover entre a multidão, Samuel estava andando de um jeito estranho. Até que ela finalmente olhara para o rosto dele e vira sua agonia. Era difícil dizer se o sofrimento era físico ou mental, mas tudo nele, dos olhos fechados à palidez e às gotículas de suor em seu rosto, até o modo como ele de repente começou a apertar sua mão, indicavam muita dor. Ela quase ficou sem ação ao ver aquele homem forte sofrendo. Era como se Emeline também sentisse aquela dor profunda. Então o tirara do salão de baile o mais rápido possível, o tempo todo ciente de sua agonia silenciosa.

E, agora, teria de lidar com Jasper.

Emeline levantou os ombros e colocou no rosto sua expressão mais arrogante — a que tinha aprendido desde pequena, sendo criada como filha de um conde. Mas, no fim das contas, foi desnecessário. Jasper nem olhava para ela. Encarava algo às suas costas, provavelmente Samuel.

— Hartley? Ora, é você, cabo Hartley? — perguntou Jasper.

— Sim. — A palavra soou ríspida atrás dela.

Emeline se virou e viu que Samuel estava empertigado agora, e não mais inclinado sobre a grade, apesar de o rosto continuar pálido e brilhando de suor. Ele estava imóvel, como se esperasse algo acontecer. Ao seu lado, Rebecca parecia hesitante, olhando de um homem para o outro com uma expressão confusa no rosto.

Jasper avançou um passo.

— Não o vejo desde... — Sua voz foi sumindo, como se ele não conseguisse dizer o nome.

— Desde Spinner's Falls.

— Sim.

Aquela alegria que Jasper sempre demonstrava desapareceu de seu rosto, e, sem ela, Emeline viu as linhas profundas que desciam das laterais do nariz comprido até a boca larga demais.

— Você sabia que fomos traídos? — perguntou Samuel, baixinho.

A pergunta assustou Jasper. Ele franziu as sobrancelhas grossas.

— O quê?

— Alguém traiu o regimento. Você sabia disso?

— Como saberia?

Samuel deu de ombros.

— Você tinha dívidas com Clemmons.

— Como é?

— Tinha uma dívida enorme. Todos os veteranos com quem falei desde que cheguei à Inglaterra se lembram disso muito claramente. Você estava correndo o risco de ser expulso do Exército, de perder a patente, de sujar seu nome.

Jasper inclinou a cabeça para trás como se tivesse acabado de levar um tapa.

— Isso é...

— Você não precisou pagar a dívida graças ao massacre de Spinner's Falls.

Jasper flexionou os dedos lentamente. A hostilidade no ar provocou um arrepio na nuca de Emeline.

— O que você está querendo insinuar, Hartley?

— Você tinha um motivo para nos trair — afirmou Samuel com toda a calma.

— Você acha que vendi meus companheiros para os franceses? — O tom de Jasper era quase descontraído, mas sua fisionomia era dura.

— Talvez. — A voz de Samuel soava tão baixa que quase parecia um sussurro. Ele oscilou levemente, mostrando que ainda não estava tão recuperado quanto queria que pensassem. — Ou para os índios wyandot. Tanto faz. Eles sabiam que estaríamos em Spinner's Falls. Sabiam e esperaram, e, quando chegamos, mataram todos...

Jasper ergueu o punho cerrado e avançou um passo na direção de Samuel.

Emeline sabia que precisava interferir antes que os dois homens começassem a brigar.

— Pare com isso, Samuel! Pare de dizer essas coisas.

— Por quê? — perguntou ele, sem tirar os olhos do outro homem.

— Por favor, Samuel, afaste-se de Jasper.

— Por quê? — Ele finalmente desviou o olhar, fitando-a rapidamente antes de voltar a encarar o homem. — O que ele é seu?

Emeline mordeu o lábio.

— Um amigo. Ele é...

Mas Jasper a interrompeu.

— Sou o noivo dela.

Capítulo Sete

Todos elogiaram o capitão da guarda por sua coragem, força e lealdade, apesar de muitos não entenderem por que um homem como ele teimaria tanto em não dizer uma palavra sequer. Mas o que realmente transformou Coração de Ferro em um herói foi ter salvado a vida do rei pela terceira vez. O castelo foi atacado por um dragão cuspidor de fogo, e Coração de Ferro conseguiu afugentar a fera nojenta com sua habilidade com a espada. Depois disso, o rei anunciou que só havia um prêmio digno para um homem tão corajoso. Daquele dia em diante, ele deveria cuidar do bem mais precioso do rei — a princesa...

— Coração de Ferro

— *Noivo?* — Sam teve a sensação de que havia acabado de levar um soco no estômago.

Seus pulmões murcharam, o ar abandonando seu corpo com um zunido, enquanto ele lentamente virava a cabeça e encarava os encantadores olhos escuros de Lady Emeline.

— Ainda não fizemos o anúncio oficial, mas concordamos com isso há tempos — sussurrou ela.

Como aquela mulher poderia estar noiva de outro homem sem ele saber? Foi como se de repente tivesse perdido algo que nem sabia que queria. O que era loucura. Ela era uma aristocrata, era filha, irmã, mãe e viúva de aristocratas. Ela fazia parte de um mundo muito diferente do seu. É como se ele fosse uma criança tentando pegar a lua.

Era impossível.

Mas ele não podia perder tempo pensando em Lady Emeline. Ali não era lugar, de toda forma. Se não tivesse passado mal por causa do odor dos corpos de outros homens, se não tivesse se deixado dominar pela lembrança avassaladora do massacre, jamais teria acusado Vale ali. Mas estava feito, e não havia sentido se arrepender agora.

— Eu não traí o regimento — declarou Vale. Ele mantinha uma postura relaxada, ainda que parecesse pronto para o ataque.

Sam ficou tenso.

Nesse momento, Rebecca tocou seu ombro.

— Vamos, Samuel. Por favor, vamos.

E ele notou que a irmã se esforçava para não chorar. Céus, o que ele havia feito?

— Você não parecia maluco há seis anos, quando nos conhecemos — comentou Vale num tom casual. — O que o faz pensar que fomos traídos?

Sam o encarou. Vale era o tipo de homem que inspirava confiança à primeira vista, com seu semblante alegre, sincero e sempre sorridente. Mas Sam já havia conhecido vários homens que matavam com um sorriso estampado no rosto.

— Você tinha dívidas com o tenente Clemmons. Todos sabiam disso.

— E daí?

— E daí que Clemmons morreu no massacre, e isso foi conveniente para você, porque anulou a sua dívida.

Vale riu, como se não pudesse acreditar no que tinha acabado de ouvir.

— Você acha que matei duzentos e quarenta e seis homens só para não ter que pagar a Clemmons? Você está *mesmo* louco.

Talvez estivesse. Rebecca chorava atrás de Sam, e Lady Emeline o observava com um ar preocupado, como se achasse que ele de repente fosse começar a subir pelas paredes. Mas Vale o encarava sem medo nos olhos.

Sam se lembrava do visconde naquele dia, montado em seu cavalo, tentando alcançar o coronel Darby em meio à confusão da luta. O animal acabara levando um tiro, e Sam o vira pular da montaria em meio à queda. Vale tinha se levantado e aberto a boca para soltar um grito de guerra que ele não conseguira escutar, agitando a espada feito um louco e observando, desesperado, quando tiraram Darby de seu cavalo e o mataram. E, então, Vale continuara lutando, mesmo quando a batalha já estava claramente perdida.

Sam deveria pedir desculpas e ir embora. Aquele homem não podia ser um traidor. Mas uma voz sussurrava em sua mente: *um homem corajoso não é necessariamente um homem honesto*. MacDonald também fora um soldado corajoso antes de ser preso. No fundo, Sam sabia que precisava descobrir toda a verdade sobre Spinner's Falls.

Lady Emeline se recompôs, despertando, como se estivesse saindo de um transe, e foi andando em direção às portas, com as costas bem eretas. Havia um lacaio parado ali, observando a movimentação, e ela apontou para ele.

— Você. Traga vinho e alguns biscoitos, por favor. Obrigada. — Depois, fechou as portas na cara do homem.

— Esse é seu único argumento? — perguntou Vale. — Por causa das minhas dívidas de aposta, você acha que traí o nosso regimento, deixei Reynaud morrer e me deixei ser capturado pelos índios?

Lady Emeline estremeceu. Vale pareceu não notar.

Sam não queria falar sobre aquilo na frente dela, mas, agora, não tinha como voltar atrás.

— Havia uma carta detalhando nossos planos de marchar para o forte Edward. Junto a ela, estava um mapa com desenhos que os índios poderiam decodificar.

Vale se recostou na grade.

— Como você sabe sobre essa carta?

— Ela está comigo.

— É por isso que você queria que eu viesse a este baile, não é? — perguntou Rebecca, pensativa. Ela já não chorava mais. — O motivo não tinha nada a ver comigo. *Você* queria se encontrar com Lorde Vale.

Droga. Sam olhou para a irmã mais nova.

— Eu...

— Por que não me contou?

— Ou para mim — interveio Lady Emeline. Apesar da calma em sua voz, Sam sabia que isso não significava que ela não estava com raiva. — Reynaud morreu naquela batalha. Você não achou que eu tivesse o direito de saber?

Sam fechou a cara. Sua cabeça doía, sentia um gosto ácido na boca, e ele não queria ter de lidar com as mulheres em sua vida. Aquele era um assunto de homens, ainda que não fosse tão tolo a ponto de dizer isso em voz alta.

Pelo jeito, Vale não compartilhava de seus receios.

— Emmie, não lhe fará bem ficar remexendo feridas antigas. Por que você e a senhorita... — Ele olhou confuso para Rebecca.

— Esta é a Srta. Hartley — disse Lady Emeline friamente. — Irmã do Sr. Hartley.

— Srta. Hartley. — Vale assentiu, galanteador mesmo enquanto era acusado de traição. — Por que vocês duas não voltam para o salão e aproveitam o baile?

Sam quase deixou escapar um gemido de frustração. Será que Vale não entendia nada sobre as mulheres?

Lady Emeline abriu um sorriso forçado, os lábios comprimidos numa linha reta.

— Não. Creio que seja melhor eu ficar aqui.

Vale abriu a boca outra vez; era um tolo.

— Eu também — afirmou Rebecca antes que o visconde tivesse tempo de responder.

Todos voltaram-se na direção dela. Rebecca ficou vermelha, mas manteve o queixo erguido em desafio.

Lady Emeline pigarreou.

— Vamos ficar sentadas aqui.

Ela marchou até um banco de mármore recostado ao gradil, seguida por Rebecca. As duas se sentaram, cruzaram os braços e assumiram ares praticamente idênticos de expectativa. Em outras circunstâncias, aquilo teria sido até engraçado. *Droga.* Sam olhou para Vale com uma sobrancelha arqueada.

E Vale deu de ombros, sem saber o que fazer. Só Deus sabia como o homem tinha conquistado a fama de mulherengo.

O lacaio voltou carregando uma bandeja com uma taça de vinho. Samuel a pegou e a provou. Ele cuspiu o primeiro gole por cima do gradil antes de beber o restante do vinho. Isso o fez se sentir um pouco melhor.

Vale pigarreou assim que o criado se retirou.

— Sim, pois bem. De onde veio essa tal carta? Como podemos ter certeza de que não é falsa?

— Não é falsa — afirmou Sam. Apesar de não poder vê-la, sentiu que Lady Emeline estava com os lábios apertados. Como ela ousava julgá-lo? — Eu a recebi de um índio lenape, que é inglês por parte de mãe. O homem é meu amigo há muitos anos.

— Aquele índio esquisito que foi visitar você no escritório, na primavera passada! — exclamou Rebecca. — Agora eu me lembro. Ele estava na sua sala quando fui levar seu almoço.

Sam assentiu. Seu escritório ficava próximo ao porto de Boston, um local que a irmã não costumava visitar com frequência. Mas, naquele dia, Samuel havia se esquecido de levar a cesta com o almoço que a cozinheira preparara, e Rebecca a levara para ele.

— Você ficou tão distraído depois disso — murmurou Rebecca. Ela o fitou como se o estivesse vendo pela primeira vez. Como se ele fosse um estranho. — E irritado. Ficou de mau humor por dias. Agora sei por quê.

Sam franziu a testa, mas não poderia lidar com a preocupação da irmã naquele momento. Ele voltou-se para Vale.

— Coshocton, o índio, conseguiu a carta com um mercador francês que estava vivendo com os wyandot. Foram eles que nos atacaram.

— Sei disso — retorquiu Vale. — Mas como pode ter certeza de que foi alguém do nosso lado que escreveu a maldita carta? Poderia ter sido um francês ou...

— Não. — Sam fez que não com a cabeça. — Estava em inglês. E, além do mais, o autor da carta sabia demais. Você deve se lembrar de que a marcha para o forte Edward era um segredo. Apenas os oficiais e outros poucos rastreadores sabiam que iríamos a pé, em vez de descer de canoa pelo lago Champlain.

Vale o encarou.

— O caminho pelo lago era o mais fácil, eu lembro.

Sam concordou com a cabeça.

— Qualquer um que soubesse para onde estávamos indo teria presumido que nosso caminho seria pela água, não por terra.

Vale contorceu os lábios, então pareceu tomar uma decisão.

— Veja bem, Hartley. A minha dívida era alta, não nego, mas eu tinha condições de pagá-la.

Sam semicerrou os olhos.

— Tinha?

— Sim. Inclusive, foi o que eu fiz.

Sam o encarou.

— O quê?

— Paguei o que devia em segredo, para a propriedade dos Clemmons. — Vale desviou o olhar como se estivesse envergonhado. Sua voz saiu rouca. — Era o mínimo que eu podia fazer diante das circunstâncias. Duvido que qualquer um dos homens com quem falou soubesse disso, mas você pode entrar em contato com meus advogados se desejar. Tenho papéis que comprovam o que estou dizendo.

Sam fechou os olhos. Sua cabeça latejava, e ele se sentia um idiota.

— Quem mais teria motivos para trair o regimento além de Jasper? — perguntou Lady Emeline, baixinho. — Pois conheço Jasper a vida inteira e não acredito que ele seria conivente com algo que poderia resultar na morte de Reynaud.

O visconde de Vale sorriu.

— Obrigado, Emeline, ainda que não tenha me absolvido da suspeita de traição — disse Vale, e a dama simplesmente deu de ombros. — Mas ela tem razão — retomou o visconde. — Não traí o regimento, Hartley.

Sam encarou o aristocrata. Ele não queria acreditar no outro homem; afinal, tinha ido até a Inglaterra em busca de respostas. Esperava que Vale fosse a chave de tudo. Que finalmente pudesse colocar um ponto final na história de Spinner's Falls. Mas quaisquer motivos que Vale tivesse para trair o regimento pareciam ter se dissipado. Além do mais, agora ele sabia, lá no fundo, que o visconde não era o traidor. E como se não bastasse sua intuição sobre a inocência de Vale, ainda havia a palavra de Lady Emeline. Ela confiava no maldito homem.

A dama se levantou e ajeitou as saias.

— Creio que isso significa que outro homem seja o traidor, não é mesmo?

— VOCÊ DEVERIA VOLTAR para o baile — disse Emeline para Jasper. — Rebecca e eu estamos mais do que prontas para ir embora.

Ainda que Samuel estivesse no topo de suas preocupações, ela preferiu não mencionar seu nome. O corpo dele parecia mais estável agora, mas ainda estava pálido e brilhando de suor. Emeline fez questão de não olhar para ele enquanto se dirigia a Jasper, pois sabia que Samuel não iria gostar de sua demonstração de preocupação na frente de outro homem.

— É melhor não voltarmos para o salão de baile. A noite já foi agitada o suficiente para Rebecca. Vou mandar avisar *tante* Cristelle para nos encontrar na frente da casa, e podemos ir andando até os estábulos — falou Emeline.

— *Non.*

Emeline teve um sobressalto e se virou ao ouvir a única palavra. Estava com os nervos muito mais aflorados do que imaginara.

Tante Cristelle saiu das sombras próximas às portas.

— Estão comentando lá dentro sobre uma discussão entre dois cavalheiros. — A repreenda foi dirigida aos dois homens em questão, mas apenas Jasper teve o bom senso de se mostrar envergonhado. — Sendo assim, é melhor eu ficar para colocar um ponto-final nos comentários. Vou pedir a um criado que chame a carruagem.

— Mas como a senhora vai voltar para casa? — perguntou Emeline.

Tante Cristelle deu de ombros de modo expressivo.

— Tenho muitos amigos, esqueceu? Não será difícil encontrar alguém que possa me deixar em casa. — Ela deu uma olhada para Rebecca, que parecia começar a fraquejar. — Vá para casa e descanse, *ma petite*.

Sentindo-se cansada, Emeline sorriu em agradecimento para a senhora.

— Obrigada, *tante*.

Tante Cristelle bufou.

— Isso não é nada. A parte mais difícil ficou sob sua responsabilidade, tendo de lidar com esses dois ogros. — E, com isso, ela assentiu e voltou para o salão.

Emeline endireitou os ombros e voltou-se para seus *ogros*.

— Vou acompanhá-las até a carruagem. — Jasper já oferecia um braço, que ela aceitou, dizendo a si mesma para não se sentir magoada por Samuel não ter feito o mesmo.

Emeline seguiu calada enquanto era guiada pelo jardim dos Westerton até os estábulos, ciente de que Samuel vinha logo atrás com a irmã. Quando eles se aproximaram de um poste de iluminação na rua, ela olhou para Jasper.

— Obrigada. Não fique até muito tarde na rua.

— Sim, senhora. — Ele sorriu. — Prometo que estarei na cama antes da meia-noite. Não quero virar abóbora.

Emeline torceu o nariz, irritada, para a resposta bem-humorada de Jasper. O que só fez com que o sorriso dele se alargasse. A carruagem se aproximou, fazendo barulho.

Ela disse, apressada:

— Gostaria que você e os Hartley fossem à minha casa, amanhã, para um chá, para conversarmos melhor sobre tudo isso. — Não era um convite dos mais elegantes; ela nem olhou para Samuel ou Rebecca, apesar de os dois muito provavelmente terem ouvido.

Jasper arqueou uma sobrancelha. Ele até podia bancar o engraçadinho vez ou outra, mas isso não queria dizer que acatasse suas ordens. Por um momento, ela prendeu a respiração.

Então ele sorriu de novo.

— Claro. Durma bem, querida.

Ele se inclinou e lhe deu um beijo na testa. Jasper já a beijara assim dezenas, talvez centenas de vezes nos anos em que se conheciam. Mas, dessa vez, Emeline estava ciente da presença de Samuel logo atrás deles, observando-os. E isso a deixou estranhamente desconcertada, o que era bobagem. Ela não devia nenhuma satisfação ao colono — menos do que isso até, já que, ao que parecia, Jasper tinha sido alvo dele desde o começo.

— Boa noite, Jasper.

Ele assentiu e voltou-se para Samuel.

— Até amanhã, então?

Samuel não sorriu, mas inclinou a cabeça.

— Até amanhã.

Jasper bateu continência de maneira irônica antes de sair andando pela rua. Apesar do conselho dela para voltar ao baile, ele parecia ter outros planos. Mas isso não lhe dizia respeito. Emeline deu de ombros e se virou, encontrando Samuel muito mais perto do que havia calculado.

Ela contraiu os lábios.

— Podemos ir embora, então?

— Como desejar.

Ele deu um passo para o lado e apontou para os degraus da carruagem.

Emeline foi forçada a encostar nele para subir os degraus. O que, sem dúvida, fazia parte de seu plano. Os homens podiam ser tão óbvios quando queriam se mostrar superiores. Quando ela subiu o primeiro degrau, sentiu Samuel segurando-a pelo cotovelo. Seu corpo estava logo atrás do dela, tão perto que beirava à indecência. Ela o encarou, e os lábios dele se curvaram.

Que homem terrível!

Emeline se acomodou na carruagem e ficou observando enquanto ele batia no teto e ocupava o assento ao lado da irmã.

Pensativa, ela observou os hematomas no maxilar dele que estavam quase sumindo.

— Você se envolveu em uma briga.

Samuel apenas arqueou as sobrancelhas.

Emeline apontou com o queixo.

— Essas marcas no seu maxilar. Alguém lhe bateu.

— É verdade, Samuel? — Rebecca também encarava o irmão agora.

— Não foi nada — disse ele.

— Você esconde tantas coisas de mim, não é? — sussurrou Rebecca.

— A maioria das coisas, na verdade.

As sobrancelhas dele se contraíram.

— Becca...

— Nem comece. — Ela virou o rosto para a janela. — Estou cansada demais para discutir.

— Desculpe.

Rebecca soltou um longo suspiro, como se carregasse todo o peso do mundo nas costas.

— Nem tive chance de dançar.

Samuel olhou para Emeline como se pedisse sua ajuda, mas ela também não sentia nenhuma pena dele. Então, desviou o olhar para a janela escura, vendo o próprio reflexo, e notou que, esta noite, estava com uma aparência especialmente velha devido às pequenas linhas ao redor de sua boca.

Os três seguiram em silêncio pelo restante do trajeto, a carruagem chacoalhando e trepidando pelas ruas de Londres. Quando finalmente pararam diante da casa dela, Emeline sentia-se enrijecida e dolorida, e ficaria feliz se nunca mais tivesse de ir a um baile pelo resto da vida. A porta da carruagem se abriu, e o lacaio baixou a escada de metal. Samuel saiu e ajudou a irmã a descer, mas Rebecca nem esperou por ele; subiu correndo os degraus da casa do irmão e entrou. Samuel ficou observando, com o cenho franzido, mas não a seguiu. Então, estendeu a mão para Emeline.

Ela respirou fundo e, com cuidado, pousou a ponta dos dedos sobre a mão estendida. Apesar de sua cautela, Samuel a puxou para mais perto quando Emeline desceu.

— Convide-me para entrar — murmurou, assim que ela passou por ele.

Que ousadia! Emeline se virou na direção de sua própria casa e tentou se desvencilhar, mas o homem não soltava sua mão. Ela ergueu a cabeça e o encarou. Os olhos dele estavam semicerrados, a boca, fechada numa linha determinada.

— Sr. Hartley — disse ela com frieza. — Quer entrar por um momento? Gostaria de pedir sua opinião sobre um quadro na minha sala.

Ele assentiu e soltou-lhe a mão. Mesmo assim, Samuel a seguiu de perto enquanto subiam os degraus da casa, como se desconfiasse de que ela pudesse tentar algum truque.

Lá dentro, Emeline entregou sua capa para Crabs.

— Prepare a sala de estar, por favor.

Crabs estava com ela desde antes de seu casamento, e, ao longo de todos esses anos, Emeline nunca o vira surpreso. Esta noite não fora diferente.

— Pois não, milady.

O mordomo estalou os dedos, e dois criados surgiram apressados para acender as velas e a lareira.

Emeline passou por eles e cruzou a sala escura até parar perto da janela, fingindo olhar lá para fora, apesar de só conseguir ver o próprio reflexo fantasmagórico no vidro. Depois de um tempo, a movimentação às suas costas cessou, e ela ouviu o som da porta sendo fechada. Só então se virou.

— Por que escolheu Vale? — Samuel seguia em sua direção, o rosto bastante soturno à luz das velas.

— O quê?

Ele continuou avançando, os passos tão silenciosos sobre o tapete da sala que era até desconcertante.

— Vale. Por que vai se casar com ele?

Emeline apertou o tecido da saia com a mão direita e ergueu o queixo.

— Por que não casaria? Eu o conheço desde criança.

Samuel, enfim, parou à frente dela. O maldito estava tão, mas tão perto que ela foi forçada a inclinar a cabeça para trás para conseguir encará-lo nos olhos.

Naqueles olhos furiosos.

— Você o ama?

— Como ousa? — indagou ela num sussurro.

As narinas dele dilataram, mas essa foi sua única reação.

— Você o ama?

Ela engoliu em seco.

— Claro que amo. Jasper é como um irmão para mim...

Samuel soltou uma risada desagradável.

— Você faria amor com o seu irmão?

Emeline respondeu com um tapa. O som ecoou pela sala, e sua mão ardeu. Ela recuou, chocada com a própria violência, mas, antes que pudesse dizer qualquer coisa — antes que conseguisse *pensar* em alguma coisa —, Samuel a segurou.

Ele aproximou ainda mais seu corpo do dela e baixou a cabeça até que Emeline sentisse o hálito quente roçando sua bochecha.

— Ele a beija como um irmão. Como se você fosse tão importante quanto a criada que serve seu chá todas as manhãs. É isso o que você quer num casamento?

— Sim. — Emeline o encarou; a proximidade deles era íntima demais. Suas mãos não tinham outro lugar para parar senão nos ombros dele, então teve de apoiar neles como se os dois estivessem abraçados.

Como se fossem amantes. — Sim, é isso que eu quero. Um homem civilizado. Um inglês que conheça as etiquetas da sociedade, um aristocrata que me ajude a criar meu filho e a cuidar das minhas terras. Formamos o par perfeito, Jasper e eu. Somos iguais.

Ela viu a mágoa nos olhos dele. Era sutil, e poucas pessoas, talvez ninguém mais, seriam capazes de percebê-la, mas Emeline viu e compreendeu. Estava lhe causando dor.

Então, deu o golpe final.

— Vamos nos casar em breve, e eu serei muito, muito feliz...

— Vá para o inferno — rosnou Samuel, e então a beijou.

A boca de Samuel encontrou a sua, e Emeline sentiu o gosto do próprio sangue quando os lábios e dentes dela se chocaram. Tentou se desvencilhar, mas ele a segurou com mais força ainda e a ergueu do chão, deixando-a sem opção. Ela arqueou a cabeça para trás, e Samuel a seguiu, andando até fazer as costas dela tocarem a parede. Não havia mais escapatória. Ela devia ter desistido então — sabia que ele jamais a machucaria —, mas algo lá no fundo se recusava a admitir a derrota. Emeline abriu a boca e, quando ele hesitou por uma fração de segundo, aproveitou a oportunidade.

E o *mordeu*.

Samuel afastou o rosto e sorriu, seu lindo lábio inferior sangrando.

— Arisca.

Ela teria lhe dado outro tapa se ele não estivesse segurando seus braços.

E então já era tarde demais. Ele inclinou a cabeça sobre a dela, mas, dessa vez, os lábios se tocaram com gentileza, roçando delicadamente, de leve. Samuel tentava provocá-la, como se tivesse todo o tempo do mundo. Emeline empurrou a cabeça para a frente, para aumentar o contato, mas ele virou o rosto. Talvez estivesse com medo de levar outra mordida. Talvez só estivesse brincando com ela. Emeline já não conseguia raciocinar mais, e isso não parecia importar, de qualquer forma. Samuel voltou a se aproximar, encostando os lábios com calma, com doçura, como se ela fosse de cristal, uma criatura frágil e delicada, e não uma pessoa arisca como afirmara há pouco.

No fim das contas, Emeline não conseguiu se conter. Abriu os lábios, tão tímida quanto uma virgem, como se nunca tivesse sido beijada antes. Talvez não tivesse mesmo, não daquele modo. A ponta da língua dele invadiu sua boca e saiu novamente, mas ela foi atrás. Samuel sugou sua língua levemente — ah, tão levemente —, dando pequenas mordidas nela. Emeline sentia o peso do corpo dele pressionando o seu, prendendo-a contra a parede, e tudo que queria era que não houvesse tantas camadas de roupas entre os dois. Que pudesse sentir aquela rigidez — que pudesse senti-lo. Ela deixou escapar um gemido, um sussurro, um som baixo, muito diferente de todos os sons que costumava emitir, e Samuel congelou.

Ele a colocou no chão devagar, então afastou o rosto, as mãos e o corpo do dela. Emeline o encarou, sem palavras.

Samuel fez uma mesura.

— Boa noite.

E deixou a sala.

As pernas de Emeline estavam trêmulas, e, por um momento, ela apenas ficou recostada contra a parede da sala, sem nem tentar caminhar até a poltrona mais próxima, com medo de que suas pernas desmoronassem. Parada ali, lambeu os lábios e sentiu o gosto de sangue.

Se era seu ou dele, não tinha como saber.

UM HOMEM CIVILIZADO. Sam abriu caminho entre os lacaios e deixou a casa de Emeline. *Um homem civilizado.* Ele desceu os degraus apressado e seguiu correndo, reconfortando-se com a sensação familiar dos músculos se alongando e se aquecendo.

Um homem civilizado.

De todas as palavras que podiam ser usadas para descrevê-lo, *civilizado* era a última que qualquer um escolheria. Ele virou numa esquina e teve de desviar de um grupo de baderneiros bêbados. Os homens se afastaram, surpresos com a súbita aparição. Sam já estava longe quando começaram a reagir com gritos de insultos. Ele seguiu pela rua, entrando em um beco escuro num ímpeto. Seus pés batiam ritmados sobre os paralelepípedos, cada passada um golpe silencioso contra seu corpo. Passo a passo, seu corpo foi se soltando mais, desenferrujando, chegando ao ponto em que corria automaticamente, quase sem esforço. Ganhou impulso até parecer que ele estava voando. Poderia correr assim por quilômetros, horas, *dias*, se fosse preciso.

Não fazia sentido desejar uma mulher que não o queria. Em Boston, Sam era uma pessoa respeitada, um líder da área comercial graças aos negócios do tio e à fortuna que ele havia acumulado desde que herdara tudo. Só no último ano, fora abordado por dois pais ansiosos, que fizeram questão de deixar claro que adorariam ter Sam como genro. As tais moças eram muito agradáveis, mas lhes faltava algo. Não havia nada que as tornasse especiais. Ele chegou a desconfiar de que tivesse padrões muito elevados. Que um homem em sua posição deveria se conformar que uma boa família e um rostinho bonito dariam um casamento adequado e satisfatório.

Sam xingou e acelerou o passo, pulando uma pilha de lixo. E, agora, sentia um desejo idiota e desesperado por uma mulher que jamais poderia ser sua. Uma mulher que queria um homem *civilizado*. Por que ela? Por que aquela aristocrata afetada que nem gostava dele?

Ele parou, apoiando as mãos na lombar para se espreguiçar. Devia ser uma brincadeira do universo — só podia ser — para tudo ter acontecido ao mesmo tempo naquela noite. Seus pesadelos sobre o massacre se tornando realidade, aquela cena no salão de baile. O confronto com Vale. A terrível revelação de que *ela* estava noiva daquele aristocrata arrogante. Sam jogou a cabeça para trás e riu para a noite e o céu escuro e para seu mundo que ameaçava desmoronar. Um gato se assustou e fugiu para as sombras, miando, irritado.

E, então, Sam saiu correndo novamente.

Emeline tocou com um dedo a capa de tecido verde do livro. Uma fina camada de poeira caiu sobre o tampo da mesa. Havia encontrado o livro de fábulas que Reynaud e ela costumavam passar horas folheando quando crianças. Fora necessária uma busca intensa pelo sótão durante a manhã toda, acompanhada de muitos espirros e sujeira, e Emeline ainda teve de tomar um banho quente depois, mas tinha finalmente encontrado. Agora, o livro estava sobre uma mesinha da sala de estar enquanto ela admirava o achado.

O que Emeline não esperava era que fosse encontrá-lo em condições tão precárias. Em sua lembrança, o livro era novinho em folha, e os dedos finos e longos de Reynaud viravam as páginas com facilidade. Mas, na verdade, era óbvio que várias traças haviam se refestelado ali. A capa estava torta; as páginas, amareladas e soltas. Várias tinham manchas de umidade e mofo. Emeline franziu o cenho enquanto deslizava o dedo sobre o relevo num canto da capa, que representava uma lança ou um bastão apoiado na bolsa velha de um soldado, como se o homem tivesse acabado de voltar da guerra e deixado suas coisas do lado de fora de casa.

Emeline suspirou e analisou a capa novamente. Então, encontrou outra surpresa infeliz: o livro estava escrito em alemão — algo de que se esquecera completamente. Emeline mal sabia ler na época em que Reynaud e ela se depararam com o livro, então passava a maior parte do tempo apenas olhando as ilustrações.

Pelo menos achava que fosse alemão. O título estampava a folha de rosto em letras rebuscadas, quase ilegíveis, e embaixo se encontrava uma xilogravura de quatro soldados de chapéus e botinas, marchando lado a lado. A babá era uma emigrante da Prússia, que cruzara o Canal da Mancha quando criança. O livro devia pertencer a ela. Será que a mulher contava as histórias de cabeça ou ia traduzindo para o inglês conforme virava as páginas?

De repente, Emeline ouviu vozes vindas do corredor. Ela se levantou e se afastou da mesa. Por um algum motivo, ainda não estava pronta para compartilhar seu achado com os visitantes.

Então, Crabs abriu a porta.

— Lorde Vale e o Sr. Hartley estão aqui, milady.

Emeline assentiu.

— Mande-os entrar.

Foi difícil esconder a surpresa. Ela convidara os dois para o chá esta manhã, mas nunca lhe ocorrera, depois do desentendimento da noite anterior, que pudessem chegar juntos. Ainda assim, lá estavam eles. Jasper entrou na frente, vestindo um elegante paletó vermelho debruado de amarelo e um colete azul-cobalto que combinava com a cor dos olhos dele. Os cabelos castanhos muito escuros estavam presos para trás num rabicho não empoado que, sem dúvida, estivera bem aprumado quando ele se despedira de seu camareiro pela manhã. Agora, no entanto, alguns cachos rebeldes caíam sobre sua testa. Emeline conhecia algumas moças que dariam tudo para ter um cabelo como o de Jasper.

— Olá, minha querida.

Jasper se aproximou e, de maneira imprudente, lhe deu um beijo em algum ponto perto da orelha esquerda. Emeline, olhando por cima do ombro dele, se deparou com o olhar enigmático de Samuel. O colono estava de marrom novamente, e, embora fosse mais bonito, perto de Jasper parecia um corvo à sombra de um pavão. O visconde recuou e se jogou em uma das poltronas alaranjadas.

— Hartley e eu viemos de chapéu nas mãos como pedintes diante de uma rainha. O que pretende fazer conosco? Planeja negociar um tratado de paz?

— Talvez. — Emeline deu um sorriso rápido para Jasper e então se voltou para Samuel, preparando-se para o contato. — Sua irmã não vem?

— Não. — Samuel pousou os longos dedos sobre o encosto de uma poltrona. — Ela está com enxaqueca e me pediu que transmitisse suas desculpas.

— Que pena. — Emeline apontou para uma poltrona. — Por favor. Por que não se senta, Sr. Hartley?

Ele inclinou a cabeça e se sentou. Havia prendido os cabelos em uma trança bem firme ao estilo militar, sem nenhum fio fora do lugar. A visão despertou nela uma vontade perversa de bagunçar tudo. De deixar aqueles cabelos caírem sobre os ombros dele e passar os dedos entre os fios até puxá-los no couro cabeludo.

As criadas entraram com o chá, e Emeline ficou feliz por ter a oportunidade de se recompor. Ela se sentou e supervisionou a arrumação, mantendo os olhos baixos, longe da parede e longe *dele*. Na noite anterior, Samuel a beijara naquela mesma sala. Pressionara-a contra a parede perto da janela, traçara seus lábios com a ponta da língua, e Emeline o mordera. Ela sentira o gosto do sangue dele.

A colher de chá tilintou quando a mão de Emeline tremeu. Ao erguer os olhos, se deparou com o olhar sombrio de Samuel. Seu rosto parecia duro como pedra.

Ela pigarreou e virou o rosto.

— Aceita chá, Jasper?

— Sim, por favor — respondeu ele, animado.

Será que Jasper não percebera o clima entre ela e Samuel? Ou talvez tivesse percebido e optara por ignorá-lo. Afinal, os dois tinham um acordo muito civilizado. Ela não esperava que o noivo vivesse como um monge antes do casamento — talvez nem mesmo depois, se fosse necessário —, e podia ser que ele fosse igualmente tolerante.

Ela entregou a xícara de chá para Jasper e perguntou, sem encará-lo:

— Sr. Hartley, o que deseja?

Não houve resposta.

Jasper misturou o açúcar no seu chá de maneira ruidosa — ele tinha um fraco por coisas doces — e tomou um gole.

— Aceita chá, Sr. Hartley?

Emeline fitou a própria mão agarrada à alça do bule até não aguentar mais. Jasper já devia ter percebido que havia algo errado. Ela ergueu os olhos.

Samuel ainda a observava.

— Sim, quero chá. — Mas não foi isso que sua voz grave insinuava.

Ela estremeceu, sentindo o tremor percorrer cada parte de seu corpo, e sabia que estava vergonhosamente vermelha. O bule trepidou contra a xícara enquanto ela servia a bebida. Que homem detestável! Será que ele queria humilhá-la?

Enquanto isso, Jasper equilibrava o pires sobre um dos joelhos. Ele parecia ter se esquecido da bebida após alguns goles, e agora a xícara estava lá, apenas esperando por um movimento brusco para cair no chão e se espatifar.

— Sam disse algo mais cedo sobre um tal de Dick Thornton, Emmie — comentou ele. — Mas não consigo me lembrar de nenhum Thornton. Claro que, num regimento com mais de quatrocentos homens, é impossível conhecer todos pelo nome. Conheço a maioria de vista, mas não pelo nome.

Samuel tinha pousado sua xícara sobre uma mesinha ao lado da poltrona onde estava sentado.

— Depois de Quebec, restaram menos ainda.

Emeline pigarreou.

— O Sr. Thornton não tinha uma patente importante? Jamais teria imaginado isso quando o conheci no outro dia. Ele fala muito bem.

— Thornton era um soldado raso quando nos conhecemos no período da guerra — explicou Samuel. — Era muito amigo de outro soldado, MacDonald...

— Os gêmeos ruivos! — exclamou Jasper. — Estavam sempre juntos, sempre prontos para pregar uma peça.

Samuel meneou a cabeça.

— Isso mesmo.

Emeline olhou de um homem para o outro. Eles pareciam ter feito algum tipo de acordo sem precisar de sua ajuda.

— Você conhece esse MacDonald também? — perguntou ela.

Jasper inclinou o corpo para a frente, quase derrubando a xícara.

— Maldição, agora lembrei. Foi uma situação terrível, aquela. MacDonald e aquele amigo dele, o Brown, foram acusados de assassinato e... *ahem!* — Ele interrompeu o que ia dizer com uma tosse e um olhar envergonhado para Emeline.

Emeline arqueou as sobrancelhas. Pelo olhar que os cavalheiros trocaram, seja lá qual fosse a *situação terrível,* deve ter sido algo muito desagradável para que os dois decidissem poupar seus ouvidos. Ela suspirou, frustrada. Às vezes, os homens eram tão bobos.

— MacDonald sobreviveu ao massacre? — perguntou Jasper.

Samuel negou com um aceno de cabeça.

— Não. Thornton disse que viu MacDonald morrer, e Brown deve ter morrido no ataque também. Teríamos ouvido sobre o julgamento se ele tivesse sobrevivido.

— Mas não temos certeza sobre Brown.

— Não.

— Nós deveríamos perguntar para Thornton, ver se ele sabe de alguma coisa — refletiu Jasper.

Samuel arqueou as sobrancelhas.

— *Nós?*

O visconde reagiu como um garotinho envergonhado — tinha no rosto uma expressão que Emeline conhecia desde a infância. Era a mesma que ele costumava usar para conseguir algo que queria.

— Pensei que eu pudesse ajudá-lo na sua investigação, já que não sou o traidor.

— Que bom que você decidiu se inocentar — disse Samuel, um tanto ríspido. — Porém, não estou disposto a...

— Ah, pare com isso, Samuel! — interrompeu-o Emeline. — Você sabe que Jasper não é o traidor. Admita.

Emeline o encarou e só então se deu conta de que tinha se dirigido a ele pelo primeiro nome.

Samuel fez uma bela e espalhafatosa mesura para ela.

— Como desejar, milady. — Ele se virou para Jasper. — Admito a sua inocência, ainda que seja apenas para agradar à *sua* noiva.

— É muita gentileza sua. — Jasper sorriu, mostrando os dentes.

Samuel mostrou os dele também.

Emeline se empertigou de modo determinado.

— Então está decidido. Vocês dois vão investigar o massacre e suas consequências. Juntos.

Jasper ergueu as sobrancelhas e olhou para Samuel.

E Samuel assentiu com a cabeça, sério.

— Juntos.

Capítulo Oito

Dia após dia, noite após noite, Coração de Ferro protegeu a vida da princesa Consolação. Ele ficava de guarda durante as refeições. Acompanhava-a em passeios pelos jardins reais. Cavalgava ao seu lado quando ela saía para caçar com seus falcões. E a escutava com o semblante sério enquanto ela compartilhava seus pensamentos, seus sentimentos e os segredos mais profundos que escondia no fundo de seu coração. Pode parecer estranho, mas é verdade: é possível que uma mulher se apaixone por um homem sem ouvi-lo dizer uma palavra sequer...

— Coração de Ferro

Rebecca abriu uma fresta na porta do quarto e deu uma espiada. O corredor parecia deserto. Em silêncio, a jovem saiu na ponta dos pés e fechou a porta. Supostamente, ela estava deitada, com dor de cabeça. Evans lhe dera uma toalhinha com essência e instruções para mantê-la sobre a testa por meia hora. Mas, como a dor de cabeça era apenas uma desculpa, Rebecca não se sentia culpada por desobedecer às ordens. O que sentia, na verdade, era um medo mortal da criada. Por isso, os movimentos furtivos. Ela desceu a escada sorrateiramente e seguiu para os fundos da casa, para a porta que dava para o jardim.

O mal-estar de Samuel na noite anterior havia sido assustador para Rebecca. O irmão mais velho sempre parecera tão resistente, tão forte e no controle de tudo. A imagem dele trêmulo e pálido a deixara apavorada. Samuel era seu porto seguro. Sem ele, quem a apoiaria?

Rebecca ouviu vozes lá de cima e parou. Quando reconheceu serem de duas criadas discutindo por causa da limpeza das telas da lareira, ela relaxou. O corredor dos fundos estava escuro, mas a porta ficava logo adiante.

Quando Samuel revelara o verdadeiro motivo que o trouxera à Inglaterra, Rebecca se sentira traída — o que era até ridículo depois do medo que havia sentido pelo irmão no baile. Afinal, fora ela quem insistira em vir junto. Ela ficara tão feliz — *tão agradecida* — quando ele concordara. Mas, agora, sua decepção era proporcional à euforia que a dominara antes da viagem.

Rebecca abriu a porta que dava para o jardim dos fundos e correu para a luz do dia. Talvez por ser uma casa alugada, seu jardim tinha um deprimente ar de abandono. Não havia flores nele — pelo menos nenhuma desabrochando. Em vez disso, havia trilhas de cascalho ladeadas por sebes na altura dos ombros. Espalhadas pelo terreno, viam-se algumas árvores ornamentais, e, em certos pontos, as sebes se abriam para revelar um espaço com arbustos em miniatura podados em formatos intrincados. Bancos surgiam em intervalos regulares ao longo do caminho, para o caso de o visitante se cansar do cenário monótono.

Rebecca caminhou por uma das trilhas, distraidamente passando uma das mãos pelas sebes espinhosas. Ela sabia que suas emoções sobre a situação com Samuel eram exageradas. Mas se sentia como uma criança, sempre implorando pela atenção dele, em vez de uma mulher adulta. Por que se sentia assim ela não sabia ao certo. Talvez...

— Boa tarde.

Rebecca levou um susto ao ouvir a voz e girou nos calcanhares. À sua direita, havia um daqueles espaços na sebe, e um homem se levantou do banco lá dentro. Ele era ruivo, e, por um momento, ela não o reconheceu. O sujeito chegou mais perto, e então Rebecca lembrou que era o amigo de Samuel do Exército, aquele com quem haviam se encontrado na rua. Mas não conseguia se lembrar do nome dele.

— Ah! Não tinha visto o senhor aí.

O homem sorriu, revelando dentes brancos e muito bonitos.

— Desculpe, não era minha intenção assustá-la.

— Tudo bem. — Rebecca fez uma pausa e deu uma olhada ao redor do jardim deserto. — Hum... por que...?

— A senhorita deve estar se perguntando o que estou fazendo em seu lindo jardim.

Ela assentiu, agradecida.

— Bem, na verdade, vim falar com o seu irmão — revelou ele com um sorriso torto, como se contasse um segredo. — Mas ele não se encontra, então decidi esperar aqui. Estava esperando que pudéssemos conversar um pouquinho, seu irmão e eu. É difícil encontrar um companheiro de regimento. A maioria morreu no massacre, e os sobreviventes foram transferidos para outros regimentos logo depois.

— Spinner's Falls — sussurrou ela.

O nome da batalha agora estava gravado em sua mente. Samuel nunca o mencionara antes, então Rebecca não fazia a menor ideia do significado do evento para ele até o baile da noite anterior.

Num impulso, ela se inclinou em direção ao homem.

— O senhor poderia me contar sobre Spinner's Falls? O que aconteceu lá? Samuel não costuma falar sobre isso.

O sujeito arqueou as sobrancelhas, mas concordou com a cabeça.

— Claro, claro. Sei exatamente como é.

Ele cruzou as mãos atrás das costas e se pôs a andar, o queixo encostado ao peito enquanto pensava.

— O regimento estava voltando de Quebec — começou ele. — Foi depois de termos tomado o forte dos franceses. Quebec era bem-guardada, e o cerco foi longo, durou o verão inteiro... mas fomos vitoriosos. Então veio o outono, e os líderes decidiram que seria melhor nos retirarmos antes do inverno rigoroso. Começamos a marcha rumo ao sul, a caminho do forte Edward. Só os oficiais sabiam a rota. Os índios espreitavam nas florestas ao redor. Nosso comandante, o coronel Darby, queria chegar ao forte sem chamar atenção dos selvagens para nossa presença.

— Mas não foi isso o que aconteceu — disse Rebecca quase num sussurro.

— Não. — Ele soltou um suspiro. — Não foi. O regimento foi atacado na segunda semana. Estávamos marchando em dupla e não tínhamos percorrido nem oitocentos metros quando sofremos a emboscada. — O homem parou de falar.

Rebecca esperou, mas ele não prosseguiu. Os dois haviam chegado ao fim do jardim, perto do portão que dava para os estábulos. Ela parou e olhou para o amigo de Samuel. Como ele se chamava? Por que ela tinha tanta dificuldade em guardar nomes?

— O que aconteceu então?

O homem ergueu a cabeça para o céu e semicerrou os olhos, em seguida, a fitou de soslaio.

— Eles atacaram dos dois lados, e a maioria de nós morreu. A senhorita sabia que os selvagens gostam de cortar os escalpos das suas vítimas com machadinhas, como uma espécie de troféu de guerra? — Com pesar, ele bateu na cabeleira ruiva. — Imagine o meu desespero quando ouvi um sujeito gritando para outro que queria o meu escalpo porque tinha uma cor bonita.

Rebecca olhou para os sapatos, sem saber ou não se estava satisfeita por finalmente ter ouvido um pouco sobre o que o irmão havia enfrentado. Talvez tivesse sido melhor continuar sem saber.

O amigo de Samuel continuou:

— Já MacDonald não teve a mesma sorte.

Rebecca piscou e ergueu os olhos.

— O quê?

Ele deu um sorriso simpático e bateu nos cabelos novamente.

— MacDonald. Outro soldado, um amigo meu. Ele também era ruivo. Os índios escalpelaram o pobre coitado.

— Você nunca contou a ela como St. Aubyn morreu, não é? — perguntou Sam naquela tarde.

Os dois seguiam na carruagem de Vale, rumo à região leste de Londres. Como não encontraram Thornton em sua loja, resolveram ir atrás de Ned Allen, o sargento sobrevivente. Sam esperava que o homem estivesse sóbrio.

Vale desviou o olhar da janela.

— Para Emmie?

Sam assentiu.

— Não. Claro que não contei que o amado irmão dela foi crucificado e depois queimado vivo. — Vale abriu um sorriso triste. — Você contaria?

— Não.

Os dois se encararam, e Sam sentiu uma gratidão relutante por Vale ter se mantido firme contra o que provavelmente fora um ataque inclemente de Lady Emeline em busca de informações. Ele já a conhecia. Quando colocava uma coisa na cabeça, apenas alguém muito forte seria capaz de resistir à sua insistência. Vale obviamente era esse tipo de homem. Maldito.

O visconde resmungou e meneou a cabeça.

— Então não temos um problema.

— Podemos ter.

Vale arqueou as sobrancelhas.

A carruagem virou uma esquina, e Sam segurou a tira de couro que pendia do teto, acima de sua cabeça.

— Ela quer saber o que aconteceu. Como Reynaud morreu.

— Jesus Cristo. — Vale fechou os olhos, como se sentisse dor.

Sam desviou o olhar. Agora, ele percebia que uma parte dele tinha uma expectativa covarde de que Vale não se importasse com Lady Emeline. Que o noivado não passasse de uma conveniência. Obviamente, esse não era o caso.

— Você não pode contar a ela — dizia Vale. — Ela não precisa viver com essa imagem na cabeça.

— Sei disso — resmungou Sam.
— Então estamos de acordo.
Sam assentiu novamente com a cabeça.
Vale olhou para ele, mas, quando abriu a boca para dizer algo, a carruagem parou. Então, em vez disso, o homem olhou pela janela.
— A que bela parte de Londres você me trouxe.
Os dois estavam exatamente no burburinho do East End. As construções decadentes ficavam tão próximas umas das outras que, em determinados pontos, eram separadas apenas por uma passagem da largura de um homem. Eles teriam de seguir o restante do caminho a pé.
Sam arqueou as sobrancelhas educadamente.
— Você pode ficar na carruagem se estiver com medo.
O outro bufou.
A porta se abriu, e um lacaio baixou a escadinha. Ele ficou observando com as sobrancelhas franzidas enquanto os dois desciam.
— Devo ir junto, milorde? Essa área não é muito segura.
— Não se preocupe. — Vale deu um tapinha no ombro do lacaio. — Fique aqui e cuide da carruagem até voltarmos.
— Sim, senhor.
Sam seguiu na frente por uma viela escura.
— Ele está certo — comentou Vale, logo atrás. — Precisamos mesmo visitar Ned Allen?
Sam deu de ombros.
— Não restaram tantos sobreviventes a quem interrogar. Muitos morreram, como você sabe. E Allen era um oficial.
— Não restou quase *nenhum* sobrevivente — murmurou Vale.
Em seguida, ouviram o barulho de alguém pisando numa poça, e o visconde xingou.
Sam conteve um sorriso.
— O que aconteceu com o seu tenente? O nome dele era Horn, não era?
— Matthew Horn. Ele estava viajando pelo continente na última vez que tive notícias.

— E o naturalista?

— Munroe? — A voz de Vale parecia despreocupada, mas Sam sabia que, de alguma forma, havia conquistado sua atenção.

Os dois entraram em um pátio pequeno, e Sam deu uma olhada ao redor. As construções ali pareciam ter sido erguidas às pressas logo após o grande incêndio e já estavam em processo de decadência. Os prédios se inclinavam de uma maneira ameaçadora sobre o pequeno pátio, que, a julgar pelo odor, também era usado como latrina local.

— O homem que sobreviveu com você — disse Sam.

Havia um naturalista civil que acompanhava o vigésimo oitavo, um escocês calado que esteve entre os homens capturados pelos wyandot.

— Alistair Munroe está na Escócia, pelo que sei. É proprietário de um castelo imenso e frio e não costuma sair muito.

— Por causa dos ferimentos? — indagou Sam baixinho.

Os dois entraram na ruela que levava à casa onde Allen alugava um quarto. Como Vale não respondeu, Sam olhou para trás. Os olhos do visconde exibiam seus demônios, e Sam teve a desagradável sensação de que também refletiam os seus próprios.

— Você viu o que aqueles selvagens fizeram com ele. Quem iria querer sair de casa com todas aquelas cicatrizes?

Sam virou o rosto. O esquadrão de resgate havia demorado quase duas semanas para conseguir encontrar o acampamento dos índios wyandot, e, nesse tempo, os soldados capturados foram torturados. Os ferimentos de Munroe eram os mais terríveis. Suas mãos... Sam afastou a lembrança e continuou andando, observando atentamente as portas e sombras à medida que avançavam.

— Tem razão.

Vale assentiu.

— Não o vejo há anos.

— Mesmo assim — disse Sam. — Acho que deveríamos lhe enviar uma carta.

— Já fiz isso. Ele nunca respondeu. — O visconde acelerou o passo até grudar nas costas de Sam. — Quem você está esperando que apareça?

Ele olhou para Vale.

— Fui seguido no outro dia.

— Sério? — O outro homem pareceu achar aquilo divertido. — Por quê?

— Não sei. — E isso o incomodava.

— Você deve ter chegado perto demais, incomodado alguém. Com quem já tinha falado?

Sam parou diante de uma porta baixa.

— É aqui que Ned Allen mora.

Vale apenas olhou para ele e arqueou as sobrancelhas grossas.

— Tinha falado com três soldados — respondeu Sam, impaciente. — Barrows e Douglas...

— Não me lembro deles.

— Imaginei que não fosse lembrar. Eles eram soldados rasos e é bem provável que tenham passado a maior parte do massacre escondidos embaixo de uma das carroças de suprimentos. Não pareciam saber de nada. O terceiro era um sapador...

— Um dos que iam cortando árvores e abrindo caminho para o batalhão.

— Isso mesmo. — Sam fez uma careta. — Ele contou em detalhes como usou seu machado para decapitar um dos índios que nos atacaram. Pareceu bem orgulhoso. Mas não tinha muito mais a dizer. Tentei falar com Allen, mas ele estava bêbado demais quando consegui encontrá-lo. Duvido que ele ou o sapador tenham mandado alguém me seguir.

Vale sorriu.

— Interessante.

— Se você diz...

Sam baixou a cabeça para entrar no prédio. O interior era frio e escuro. Ele seguiu em frente pelo caminho certo principalmente por instinto e memória.

Às suas costas, Vale xingou.

— Está tudo bem aí atrás? — resmungou Sam.

— Tudo certo. Estou apreciando o cenário pitoresco — retorquiu o visconde.

Sam sorriu. Os dois subiram vários lances de escada e então seguiram para o quarto de Allen. O lugar permanecia igual à primeira vez que Sam o visitara — fedido e apertado. Ned Allen jazia num canto, reduzido a uma pilha de trapos.

Sam suspirou e se aproximou do homem. À medida que chegava mais perto, mais forte se tornava o cheiro.

— Meu Deus — murmurou Vale enquanto o seguia. Ele cutucou Allen com o pé. — Bêbado fedorento.

— Acho que não. — Sam agachou ao lado do homem de bruços e o virou de frente. O corpo rolou duro, como se fosse de madeira. Havia uma faca enfiada em seu peito, o cabo feito de osso branco. — Ele está morto.

Vale agachou ao lado e ficou olhando.

— Maldição.

— Pois é. — Sam se levantou rapidamente e limpou as mãos na calça.

De repente, o lugar parecia pequeno demais, apertado demais, fedido demais. Ele se virou, cambaleante, e praticamente saiu correndo. Desceu as escadas aos tropeços, rumo à luz do dia. Até aquele pátio imundo era melhor do que o quarto da morte lá em cima. Sam respirou fundo, tentando afastar a sensação de náusea. Estava ciente de que Vale o seguia enquanto retornava pela viela apertada.

— Ele pode ter sido morto por qualquer um, morando naquela espelunca — arfou o visconde.

— Talvez. — Sam sentiu uma relutante gratidão por Vale não comentar sobre sua saída vergonhosa. — Ou talvez alguém tenha me seguido até aqui da outra vez. O homem que me perseguiu tinha uma faca com cabo de osso.

Vale suspirou.

— Então o sargento Allen devia saber de alguma coisa.
— Jesus Cristo. — Sam parou. — Eu deveria ter voltado antes.

Vale o encarou por um momento e, então, inclinou a cabeça para trás, observando a nesga azul de céu que aparecia ao alto.

— Havia tantos...

Sam o fitou.

— O quê?

— Você se lembra de Tommy Pace?

Uma lembrança de um rapaz — jovem demais para que tenha revelado sua idade verdadeira — passou pela sua cabeça. Bochechas sardentas, cabelos escuros, corpo franzino.

— Ele fingia que fazia barba — comentou Vale de um jeito pensativo. — Você sabia disso? O garoto não devia ter mais do que três pelos no queixo, mas se barbeava todas as manhãs, cheio de orgulho.

— Ele ganhou a navalha de Ted Barnes.

— Não. — Vale olhou para ele. — Eu não sabia disso.

Sam assentiu.

— Num jogo de baralho. Era um dos motivos que fazia Tommy usar a navalha com tanto orgulho

O visconde riu.

— E Barnes tinha uma barba tão cheia. Que ironia.

Eles ficaram em silêncio enquanto contemplavam a antiga lembrança. Um rato passou correndo, sumindo nas sombras perto de uma porta.

— E agora os dois não passam de pó, assim como todos os outros — disse Vale, baixinho.

Não havia mais nada a dizer, então Sam deu meia-volta e seguiu rumo à carruagem. Vale foi logo atrás, pois a viela era tão estreita que não dava para dois homens andarem lado a lado.

— Se eles foram traídos, vamos vingá-los. Todos eles — afirmou Vale num tom despreocupado.

Sam assentiu, olhando para a frente.

— Quem vamos visitar agora? — perguntou o visconde.

— Dick Thornton. Talvez ele já tenha voltado para a loja. Precisamos fazer-lhe algumas perguntas.

— Que bom que estamos de acordo. — O visconde assoviou algumas notas animadas e, então, se interrompeu. — Por falar nisso, você viu o corpo de MacDonald?

— Não. — Eles contornaram uma esquina, e então já conseguiam ver a carruagem, com o criado e o cocheiro parados diante dela, parecendo nervosos. — Eu não voltei. Estava ocupado demais correndo para o forte Edward e depois guiando o destacamento de resgate. Mas essa era uma das coisas que eu queria perguntar a Allen: quem sobreviveu?

Vale assentiu, provavelmente perdido em suas terríveis recordações enquanto os dois seguiam para o local onde a carruagem os aguardava.

Os criados se mostraram aliviados quando eles apareceram. Vale cumprimentou os homens com um aceno de cabeça, e Sam entrou na carruagem e ocupou o assento de frente para o visconde. Logo em seguida, o veículo se pôs em movimento.

— Alguma vez eu já lhe agradeci? — indagou Vale, que olhava pela da janela, aparentemente concentrado na decadência do bairro.

— Sim — mentiu Sam.

Na verdade, quando o destacamento de regaste conseguira libertar os oficiais sobreviventes das mãos dos índios wyandot, Vale estava em estado de choque. Todos os homens capturados tiveram de passar por um corredor da morte: uma fileira dupla de homens e mulheres que batiam nos prisioneiros enquanto eles passavam correndo. Depois, pelo que Sam tinha ouvido falar, Vale fora obrigado a assistir à morte de St. Aubyn e à tortura de Munroe e dos outros. O homem não estava em condições de agradecer a ninguém quando fora finalmente resgatado.

Vale estava com o cenho franzido.

— Então só temos a palavra de Thornton sobre a morte de MacDonald.

Sam o encarou.

— Sim.

— Veja bem, se alguém tinha motivo para impedir que o regimento chegasse ao forte Edward, esse alguém era MacDonald. — Ele inclinou o corpo para a frente. — O homem estava acorrentado durante a marcha.

— Ele seria enforcado no forte — completou Sam. — Por estupro e assassinato. O julgamento seria rápido, assim como a aplicação da sentença.

MacDonald fora um sujeito deplorável. Ele e outro soldado, Brown, tinham saqueado a cabana de um colono francês, e ainda haviam estuprado e matado a esposa do homem quando ela os apanhou em flagrante. Para o azar de MacDonald e de seu companheiro, acabaram descobrindo que a mulher era inglesa — e irmã de um coronel britânico. Saque e estupro eram crimes punidos com enforcamento, mas os oficiais costumavam fazer vista grossa, contanto que os casos não fossem recorrentes. Mas, por se tratar de uma inglesa, aquilo não podia ser varrido para baixo do tapete. Houvera uma investigação no Exército inglês, e não demorou muito para os soldados se apresentarem com a informação de que Brown tinha se gabado do crime quando estava bêbado. Assim que foi preso, ele logo entregou MacDonald, e os dois estavam acorrentados quando o vigésimo oitavo regimento foi atacado.

Sam fez uma careta com a lembrança.

— Brown também poderia ser o traidor.

Vale concordou com a cabeça.

— MacDonald parecia ser o líder daquele grupinho, mas você está certo; Brown tinha tantos motivos para nos impedir de seguir quanto MacDonald.

— Ou eles podiam estar trabalhando juntos. — Sam balançou a cabeça. — Mas, de qualquer maneira, como ficaram sabendo que rota seria seguida?

Vale deu de ombros.

— Brown não era amigo de Allen?

— Sim. Eles costumavam compartilhar uma fogueira.

— E, sendo um oficial, Allen saberia a rota.

— Podem tê-lo subornado para que ele entregasse a mensagem.

— Mas será que ele a teria entregado para um francês? — Vale arqueou as sobrancelhas.

— Não. Mas tudo que eles precisavam era de um intermediário que pudesse levar a mensagem para um índio neutro, e, como você sabe, havia vários que mudavam de lado ou negociavam tanto com franceses como com ingleses.

— Se Allen contou para alguém sobre a rota que o regimento iria seguir, isso certamente seria motivo para mandarem matá-lo.

Sam pensou no patético saco de ossos que tinham acabado de encontrar e fez uma careta.

— Sim, seria.

Vale balançou a cabeça.

— Há alguns furos nessa teoria, mas, de qualquer maneira, precisamos falar com Thornton outra vez e ver o que ele lembra.

Sam franziu o cenho. Thornton o deixara inquieto desde o começo.

— Você acha prudente envolver Thornton nisso? Pelo que sabemos, ele pode ser o traidor.

— Mais um motivo para envolvê-lo. Se ele pensar que tem nossa confiança, pode acabar deixando escapar alguma coisa. — Vale tocou os lábios com um dedo comprido e fino. Então, sorriu de forma quase gentil. — Mantenha seus amigos próximos, e os inimigos mais perto ainda.

EMELINE PAROU ASSIM que pisou no jardim da casa de Samuel. O que Rebecca estava fazendo com o Sr. Thornton? E ainda por cima sozinha?

— Pode ir — disse ela, distraída, ao mordomo que a acompanhara pela casa.

Decidira fazer uma visita a Rebecca para saber se ela estava melhor. Talvez as duas pudessem sair à caça de um par de sapatos para dançar. Sapatos novos sempre deixavam Emeline animada, e ela achava que a pobre moça podia estar precisando de alguma alegria depois dos acontecimentos da noite anterior.

Mas, pelo visto, Rebecca já tinha se recuperado.

Emeline se empertigou.

— Boa tarde.

A moça se sobressaltou, pulando para longe do Sr. Thornton, e olhou para Emeline com um ar de culpa. O homem, no entanto, se virou devagar.

— Lady Emeline, é um prazer vê-la novamente.

Ela estreitou os olhos. Ainda que o Sr. Thornton já tivesse sido apresentado a Rebecca, isso não justificava um encontro a sós com uma donzela desacompanhada. Além disso, de qualquer maneira, era estranho encontrá-lo no jardim com Rebecca logo depois de ter falado sobre o homem com Samuel e Jasper. Muito estranho.

— Sr. Thornton. — Emeline inclinou a cabeça. — Que... *surpresa* encontrá-lo aqui. Tem negócios a tratar com o Sr. Hartley?

O sorriso dele se alargou ainda mais diante da pergunta direta.

— Sim, mas parece que o Sr. Hartley não se encontra. Eu estava esperando aqui no jardim quando a Srta. Hartley se juntou a mim e tornou minha espera mais agradável. — Ele finalizou o belo discurso com uma mesura para Rebecca.

Humpf. Emeline entrelaçou o braço ao de Rebecca e começou a andar.

— Se me recordo, o senhor disse que é comerciante, Sr. Thornton.

O homem as acompanhou, forçado a seguir atrás das damas devido à estreita trilha do jardim.

— Sim, faço botas.

— Botas. Ah, claro. — Emeline não se deu ao trabalho de olhar para trás. O jardim era decadente, mas ela seguiu andando devagar, como se realmente estivesse interessada nas plantas murchas.

— Botas são muito importantes, creio eu — comentou Rebecca, saindo em defesa do Sr. Thornton, o que era exatamente o contrário do que Emeline queria.

— Eu as forneço para o exército de Sua Majestade — retorquiu ele às suas costas.

— Puxa.

Ocorreu a ela que o Sr. Thornton talvez fosse rico. Emeline pouco sabia sobre o funcionamento do Exército, mas podia imaginar a imensa quantidade de botas que eram encomendadas da loja dele.

— Elas são fabricadas aqui em Londres? — perguntou Rebecca, esticando o pescoço um pouco para tentar vê-lo.

— Ah, sim. Tenho uma fábrica na Dover Street, com trinta e dois funcionários.

— Então o senhor não faz as botas com as próprias mãos? — perguntou Emeline num tom gentil.

Rebecca arfou, mas o Sr. Thornton respondeu, contente:

— Não, milady. Acho que eu nem saberia por onde começar. Meu pai costumava fazê-las, é claro, quando começou o negócio, mas não demorou muito para contratar outras pessoas para trabalhar para ele. Eu deveria ter aprendido quando era mais novo, mas tivemos um desentendimento...

— Foi por isso que o senhor entrou para o Exército? — interrompeu-o Rebecca. Ela parou e se voltou para o Sr. Thornton, forçando Emeline a parar também.

O homem sorriu, e Emeline percebeu que ele tinha lá seu charme. Não era o tipo de homem que se destacaria em uma multidão, e talvez isso o tornasse ainda mais perigoso.

— Sim, admito que fiz isso por impulso. Num momento de raiva, fui imaturo. Deixei meu pai e a minha esposa...

— O senhor é casado? — perguntou Emeline.

— Não. — A expressão do Sr. Thornton se tornou séria. — A pobre Marie morreu logo depois que voltei para casa.

— Ah! Sinto muito — murmurou Rebecca.

Emeline olhou para o início da trilha. Alguém se aproximava.

— Foi um duro golpe — disse o Sr. Thornton. — Ela...

— Emmie! Ah, finalmente a encontrei. — Jasper vinha andando pela trilha, seu rosto comprido e de traços fortes sorridente.

O Sr. Thornton parou e se virou ao ouvir aquela voz, e seu rosto ficou curiosamente inexpressivo. Mas não era Jasper que Emeline esperava. Uma onda de confusão e decepção acometeu seu corpo, e então ela o viu. Samuel vinha atrás de Jasper, os olhos semicerrados, a expressão séria.

Emeline estendeu as mãos.

— Ora, Jasper, pensei que vocês só voltariam depois de anoitecer, talvez até mais tarde do que isso. Conseguiram descobrir alguma coisa?

O visconde tomou as mãos dela e se inclinou, beijando as juntas dos dedos.

— Quem dera! Perdemos a nossa pista e depois fomos atrás do Sr. Thornton. Não o encontramos na loja e voltamos para cá, derrotados. E quem encontramos aqui com você senão o próprio.

A essa altura, Samuel já havia alcançado o grupo.

— Lady Emeline, Rebecca. — Ele cumprimentou as duas damas com um aceno de cabeça e estendeu a mão para o visitante. — Sr. Thornton, que bom ver você. Mas confesso que estou surpreso por encontrá-lo aqui, em minha casa.

O Sr. Thornton segurou a mão de Samuel entre as suas.

— Garanto que não está mais surpreso do que eu, Sr. Hartley. Não era minha intenção abusar da sua hospitalidade, mas eu estava na região, e meus pés acabaram me trazendo para a sua casa sem querer.

— É mesmo? — Samuel inclinou a cabeça para o lado, observando o outro homem.

— Sim. Talvez tenha sido por causa da nossa conversa sobre a guerra no outro dia. Eu... — Thornton hesitou por um momento, baixando os olhos antes de erguê-los para fitar Samuel de maneira sincera. — O senhor vai pensar que posso estar imaginando coisas, mas, quando conversamos, tive a sensação de que o senhor não acreditava que o que aconteceu em Spinner's Falls foi por acaso.

Um momento de silêncio se seguiu enquanto os dois homens se encaravam. Samuel era um palmo mais alto do que o Sr. Thornton, mas havia algumas semelhanças impossíveis de passarem despercebidas. Os dois eram homens que tinham enriquecido com o suor do próprio trabalho e lidavam com comércio. Ambos eram dotados de certa ousadia franca e de uma habilidade de olhar nos olhos de um aristocrata e desafiá-lo a fazer qualquer comentário. E Emeline imaginava que, para chegarem aonde tinham chegado, os dois deveriam ter sido ousados. Eles eram homens capazes de enxergar uma oportunidade e agarrá-la, cientes de que as consequências poderiam até ser perigosas.

Samuel olhou de soslaio para Emeline e para Rebecca. Em seguida, ele pigarreou.

— Se as damas nos derem licença, acho melhor seguirmos para o meu escritório, onde poderemos discutir esse assunto em particular.

Emeline arqueou uma sobrancelha. Será que ele realmente achava que ela poderia ser dispensada com tanta facilidade?

— Ah, mas estou muito interessada em participar da conversa com o Sr. Thornton. Por favor, continue.

— Ora, Emmie — começou Jasper, um pouco nervoso.

Ela não prestou atenção ao noivo; seus olhos estavam fixos nos de Samuel.

— É o mínimo que pode fazer, não acha?

Emeline viu um músculo pulsar no rosto de Samuel. Era evidente que ele não estava nada feliz, mas, ainda assim, assentiu antes de voltar-se para o Sr. Thornton.

— Fomos traídos.

Ela sentiu uma pontada de satisfação. Samuel a tratava como uma igual, e essa demonstração de confiança era curiosamente excitante.

Então o Sr. Thornton suspirou.

— Eu sabia.

— É mesmo? — indagou Samuel, tranquilo.

— Na época, não. — O Sr. Thornton parecia triste agora. — Mas foram muitas coincidências: o fato de sermos atacados naquele lugar e de serem tantos índios... — Ele balançou a cabeça. — Aquilo só podia ter sido planejado por alguém.

— É o que parece — falou Jasper, finalmente. — Pretendíamos lhe perguntar se você tem certeza de que MacDonald e Brown morreram.

— MacDonald? — Por um momento o Sr. Thornton pareceu confuso; então olhou rapidamente na direção das damas e assentiu com a cabeça. — Ah, é claro. Percebo aonde quer chegar, mas tenho certeza de que os dois estão bem mortos. Eu mesmo ajudei a enterrá-los.

Emeline contraiu os lábios, perguntando-se por um momento o que os homens escondiam sobre MacDonald. Ela teria de perguntar para Samuel depois, em particular.

— Maldição! — exclamou Jasper, num murmúrio. — Se tivesse sido MacDonald, a coisa toda se encaixaria perfeitamente. De qualquer forma, ainda temos algumas perguntas para lhe fazer.

— Talvez fosse melhor entrarmos — sugeriu Samuel, estendendo o braço para a irmã. No entanto, Rebecca o ignorou e aceitou o do Sr. Thornton. O colono cerrou os lábios.

Emeline detestou vê-lo magoado. Ela pousou a mão sobre a manga do paletó dele.

— Mas que ótima ideia. Eu adoraria uma xícara de chá.

O olhar de Samuel foi dos olhos dela para a mão, e depois voltou a encará-la. Ele ergueu as sobrancelhas de forma quase imperceptível, e Emeline empinou o queixo em resposta. Mas os outros já seguiam em direção a casa.

— Não sei se poderei ajudar em alguma coisa — dizia o Sr. Thornton à frente. — Acho que deviam falar com o cabo Craddock.

— Por quê? — perguntou Samuel.

O Sr. Thornton deu uma olhada para trás.

— Ele ajudou a socorrer os feridos após Spinner's Falls, depois que o senhor... Bem, depois que correu para a floresta. Acho que podemos dizer que ele era o oficial encarregado.

Emeline sentiu o braço de Samuel enrijecendo sob seus dedos, mas ele não disse nada. Jasper não pareceu notar que o Sr. Thornton praticamente chamara o colono de covarde em sua cara.

— Ele se encontra na cidade? — perguntou Jasper.

— Não. Creio que se mudou para o interior depois da guerra. Ouvimos de tudo por aí, então não tenho muita certeza. Mas acho que está em Sussex, perto de Portsmouth.

Emeline achou que tivesse conseguido disfarçar, mas Samuel deve ter notado sua agitação.

— O que foi? — murmurou ele sem tirar os olhos do caminho adiante.

Ela hesitou. Naquela manhã, havia organizado a pilha de convites que recebera, tentando decidir a quais eventos sociais seria melhor comparecer no mês seguinte.

Samuel a fitou com a testa franzida.

— Diga.

Que escolha tinha ela? Era quase como se o destino tivesse armado uma armadilha, e Emeline fosse a lebre azarada que caíra nela. De que adiantaria lutar?

— Fomos convidados para uma festa na propriedade dos Hasselthorpe, em Sussex.

— Como é? — Jasper tinha parado e se virado para ela.

— Lorde e Lady Hasselthorpe, querido. Lembra? Eles nos convidaram há semanas, e a propriedade não fica muito longe de Portsmouth.

— Ora, você tem razão. — Os vincos ao lado do nariz e da boca de Jasper arquearam quando ele sorriu. — Que golpe de sorte! Podemos ir todos juntos para a festa e, de lá, faremos uma visita a Craddock. Quer dizer... — Ele olhou sem jeito para o Sr. Thornton. Rebecca e Samuel poderiam ser facilmente incluídos no convite, como amigos de Emeline, mas um fabricante de sapatos, mesmo sendo rico, já era outra história.

Mas o Sr. Thornton sorriu e deu uma piscadela.

— Não se preocupem, posso dar seguimento às nossas investigações aqui em Londres enquanto os senhores falam com Craddock.

E, num piscar de olhos, tudo estava decidido. O ar parecia faltar a Emeline, como se seu peito estivesse sendo comprimido. Ah, eles ainda teriam de discutir e debater os detalhes até chegarem a um acordo, e ela precisaria pedir permissão a Lady Hasselthorpe para levar os Hartley, mas, no fim, tudo daria certo. Ela iria a uma festa em uma casa de campo com Samuel.

Emeline ergueu o olhar, ciente de que Samuel a observava. Quando encontrou os olhos castanho-escuros do colono, ela se perguntou: será que ele sabia o que costumava acontecer nas festas em casas de campo?

Capítulo Nove

Veja bem, de todas as coisas que o rei amava no mundo, sua filha era a mais importante. Sua afeição por ela era tamanha que, sempre que a moça pedia por algo, ele não media esforços para atendê-la. Foi por isso que, quando a princesa Consolação implorou ao rei permissão para se casar com seu guarda, em vez de ficar furioso, como a maioria dos pais da realeza ficaria, ele apenas suspirou e assentiu. E foi assim que Coração de Ferro acabou se casando com a mais bela donzela do reino, que ainda por cima era uma princesa...

— Coração de Ferro

— Você vai ficar fora por *muito* tempo? — perguntou Daniel uma semana depois.

Ele estava deitado na cama de Emeline, com a cabeça para fora do colchão e as duas pernas para o alto, bem no caminho de Harris, que fazia as malas.

— Umas duas semanas — respondeu Emeline rapidamente, sentada à sua linda penteadeira, enquanto tentava decidir quais joias levar para a festa dos Hasselthorpe.

— Duas semanas são catorze dias. Isso é muito, muito tempo. — Daniel deu um chute para o alto e acabou enroscando o pé na cortina do dossel.

— Lorde Eddings! — exclamou Harris.

Sinceramente, não era certo sentir falta da própria prole. Ela sabia disso. Muitas mães de sua classe social mal viam os filhos. Ainda assim, ela odiava deixá-lo. Partia seu coração ter de dizer adeus.

— Está dispensada — disse Emeline à criada.

— Mas, milady, ainda não estou nem na metade.

— Eu sei. — Ela sorriu para Harris. — Mas você já trabalhou muito e merece um descanso. Por que não vai à cozinha tomar um chá?

Harris franziu os lábios, mas sabia que não devia contradizer a patroa. A mulher colocou a pilha de roupas que segurava em cima da cama e saiu do quarto, fechando as portas às suas costas.

Emeline se levantou, foi até a cama e empurrou para o lado o amontado de saiotes empilhados para abrir espaço. Então, se sentou com as costas apoiadas na imensa cabeceira de carvalho e as pernas esticadas sobre o colchão.

— Venha aqui.

Daniel foi engatinhando até ela, como um cachorrinho ansioso.

— Não quero que você viaje.

Ele se aninhou ao corpo da mãe, os joelhos ossudos pressionando o quadril dela. Emeline acariciou os cachos louros, sentindo aquele cheiro de criança suada que emanava dele.

— Eu sei, meu querido. Mas não vou demorar muito e escreverei para você todos os dias.

O menino se contorceu um pouco mais, escondendo o rosto no colo da mãe.

— *Tante* Cristelle estará aqui para lhe fazer companhia — sussurrou Emeline. — Mas acho que você não vai ganhar nenhum pãozinho de groselha nem doces grudentos, muito menos tortas enquanto eu estiver fora. Vai ficar tão magrinho que eu não vou nem reconhecê-lo quando voltar.

Daniel deixou escapar uma risadinha, que foi abafada pela lateral do corpo dela, e então ergueu os olhinhos azuis novamente.

— Boba. *Tante* vai me dar um montão de doces.

Emeline fingiu ficar chocada.

— Você acha mesmo? Ela é muito severa comigo.

— Estarei gordo quando você voltar. — Daniel inflou as bochechas para demonstrar, e Emeline soltou uma risada. — Poderei conversar com o Sr. Hartley também.

Surpresa com o comentário, ela o encarou.

— Sinto muito, querido, mas o Sr. Hartley e a irmã também irão à festa. — O menino fez beicinho. — Você tem conversado muito com o Sr. Hartley?

Daniel lhe lançou um olhar rápido.

— Falo com ele por cima do muro, e às vezes o visito no jardim dele. Mas não atrapalho, juro que não.

Emeline não acreditou muito na última parte. Mas, neste momento, estava mais preocupada com o fato de que Daniel e Samuel pareciam ter formado um laço de amizade sem seu conhecimento. E ela não sabia ao certo o que pensar disso.

Seus pensamentos foram interrompidos pelo pestinha que não parava se mexer ao seu lado.

— Cante a minha música? — pediu ele, baixinho.

Então, ela acariciou os cabelos do filho e começou a cantar "Billy Boy", mudando o nome para Danny, como costumava fazer desde que ele era bebê. Isso tornava a música sua.

> *Ah, onde você esteve,*
> *Pequeno Danny, pequeno Danny?*
> *Ah, onde você esteve,*
> *Belo Danny?*

E, enquanto cantava, Emeline tentou imaginar o que as próximas duas semanas lhe reservavam.

A CARRUAGEM ALUGADA não contava com um sistema de amortecimento tão bom quanto a de Lady Emeline, e Sam começava a se sentir arrependido da decisão de acompanhar Rebecca lá dentro em vez de ter alugado um cavalo para si mesmo. Mas os dois mal tinham se falado desde o desastroso baile dos Westerton, e ele esperava que o tempo que seriam forçados a passar juntos pudesse ajudá-los a se entenderam.

Até aquele momento, isso ainda não tinha acontecido.

Rebecca estava sentada à sua frente e olhava pela janela, como se a vista da vegetação e dos campos lá fora fosse a coisa mais fascinante do mundo. Apesar de não ter uma beleza clássica, aos olhos do irmão, ela era linda. Às vezes, quando olhava para Rebecca de soslaio, Sam via a semelhança. A moça lembrava um pouco a mãe deles.

Sam pigarreou.

— Imagino que haverá um baile.

Becca virou-se para ele e franziu o cenho.

— O quê?

— Eu disse que acho que terá um baile. Na propriedade.

— Ah, é? — A moça não parecia muito interessada.

Ele esperava que a irmã estivesse mais animada.

— Desculpe por ter estragado o último.

Rebecca bufou, como se estivesse aborrecida.

— Por que não me contou, Samuel?

Sam a encarou por um momento, tentando entender o que ela queria dizer. Então sentiu um embrulho terrível no estômago. Ela não podia estar falando de...

— Contei o quê?

— Você sabe. — Becca apertou os lábios, frustrada. — Você nunca conversa comigo. Você nunca...

— Estamos conversando agora.

— Mas você não está dizendo nada! — As palavras foram ditas num volume alto demais, e Sam podia ver a decepção no rosto da irmã. — Você nunca diz nada, nem mesmo quando as pessoas fazem acusações terríveis contra a sua pessoa. O Sr. Thornton praticamente o chamou de covarde no jardim, na semana passada, e você nem retrucou. Por que não pode pelo menos se defender?

Ele sentiu seus lábios se curvarem.

— Pessoas como Thornton não merecem que eu perca meu tempo me justificando.

— Então você prefere permanecer calado e permitir que o condenem? — perguntou ela, e Sam balançou a cabeça. Não havia como explicar seus atos para a irmã. — Samuel, eu não sou uma dessas pessoas. Você pode até não querer se justificar para elas, mas *precisa* falar comigo. Somos a única família que temos. Tio Thomas morreu, e papai e mamãe se foram antes mesmo que eu pudesse conhecê-los direito. É tão errado assim eu querer me aproximar de você? Querer saber o que meu irmão sofreu na guerra?

Agora, foi a vez de Sam olhar pela janela. Ele engoliu a bile; sentia um cheiro de suor masculino dentro da carruagem, mas sabia que era sua imaginação pregando uma peça de mau gosto.

— Não é fácil falar sobre a guerra.

— Mas, ainda assim, já ouvi outros homens contando suas histórias — disse ela, baixinho. — Oficiais da cavalaria se gabando das suas conquistas, e marinheiros falando sobre batalhas ao mar.

Ele franziu o cenho, impaciente.

— Eles não...

— Não o quê? — Ela se inclinou sobre os joelhos como se quisesse arrancar as palavras da boca dele. — Diga, Samuel.

Sam a encarou, apesar de isso lhe causar uma dor física.

— Os soldados que lutaram de verdade, os soldados que sentiram o último suspiro de outro homem antes de acabarem com a vida dele... — Sam fechou os olhos. — Esses soldados quase nunca falam sobre a guerra. Não é algo de que queiram se lembrar. É doloroso.

Becca ficou em silêncio por um momento antes de sussurrar:

— Então sobre o que você pode falar? Deve haver alguma coisa.

Seus olhares se cruzaram, e Sam abriu um sorriso triste diante de uma lembrança.

— A chuva.

— O quê?

— Quando chove durante uma marcha, não há onde se esconder. Os soldados, os uniformes, os suprimentos, tudo fica molhado. O chão vira lama, e os homens começam a escorregar. E, quando um cai, parece ser regra que pelo menos meia dúzia caia junto, e suas roupas e seus cabelos ficam cobertos de lama.

— Mas vocês não podem montar barracas para passar a noite e esperar a chuva passar?

— Sim, mas as barracas também ficam encharcadas, e a terra embaixo delas é um mar de lama. No fim, a gente acaba se perguntando se não seria melhor apenas ficar ao relento.

Rebecca sorriu, e o coração dele se alegrou com essa visão.

— Pobre Samuel! Nunca imaginei que tivesse passado tanto tempo na lama quando era soldado. Sempre o imaginei executando atos heroicos.

— A maioria dos meus atos heroicos envolvia um caldeirão.

— Um caldeirão?

Ele assentiu, só então relaxando no assento da carruagem.

— Depois de um dia inteiro marchando na chuva, nossas provisões acabavam ficando molhadas, incluindo as ervilhas secas e o fubá.

Ela torceu o nariz.

— Fubá molhado?

— Molhado e grudento. E, às vezes, precisávamos que ele durasse por mais de uma semana, estivesse molhado ou seco.

— Não mofava?

— Com frequência. No fim da semana, o fubá geralmente ficava quase todo verde.

— Ah! — Rebecca tampou o nariz como se pudesse sentir o cheiro de fubá podre. — O que você fazia?

Ele se inclinou para a frente e sussurrou:

— Ah, esse era o meu segredo. Vários soldados queriam saber o que eu fazia com meu caldeirãozinho.

— Agora você está zombando de mim. Conte o que fazia de tão heroico com um caldeirão.

Sam deu de ombros, modesto.

— Tudo o que fiz foi alimentar meu batalhão inteiro com comida podre. Descobri que, se lavasse o fubá três vezes e depois o jogasse num caldeirão cheio de água, dava uma bela sopa. Claro que ficava melhor nos dias que eu conseguia pegar um coelho ou um esquilo.

— Que nojento! — exclamou a irmã.

— Foi você que perguntou.

Sam sorriu. Os dois estavam conversando, e ele seria capaz de cansá-la com histórias bobas dos seus tempos de Exército se isso a deixasse feliz.

— Samuel...

— O que foi, minha querida? — Ele sentiu um aperto no peito ao ver a carinha de dúvida da irmã. Rebecca tinha razão; os dois eram mesmo a única família que tinham. Era importante que não se distanciassem. — Diga-me.

A moça mordeu o lábio inferior, fazendo o irmão se lembrar de quão jovem ela era.

— Você acha que elas vão conversar comigo, aquelas damas inglesas?

Nesse momento, Sam desejou ter o poder de facilitar tudo para ela, de poder garantir que a irmã nunca se decepcionasse. Mas tudo que podia fazer era dizer a verdade.

— Acredito que a maioria vai, sim. Com certeza haverá uma ou duas garotas de nariz empinado, mas não vale a pena conversar com esse tipo de gente, de toda forma.

— Ah, eu sei. É que estou tão nervosa. Nunca sei o que fazer com as mãos e sempre fico em dúvida se meu cabelo está bem arrumado.

— Você tem aquela criada que Lady Emeline lhe enviou. E eu estarei lá, e Lady Emeline também. Ela não vai permitir que você se apresente com o cabelo desarrumado. Mas, para mim, você estará linda de qualquer jeito.

As bochechas de Rebecca ganharam um suave tom rosado.

— Você acha mesmo?

— Sim.

— Bom, então vou manter em mente que meu irmão era o melhor cozinheiro de sopa de fubá podre do Exército de Sua Majestade e andarei de cabeça erguida.

Ele riu, e ela sorriu para ele. A carruagem sacudiu ao passar por cima de algo na estrada. Sam olhou pela janela e viu que eles estavam cruzando uma ponte estreita de pedra, e que as laterais da carruagem quase esbarravam nas muretas.

O olhar de Rebecca acompanhou o dele.

— Estamos chegando a uma cidade?

Sam abriu a cortina para ver melhor.

— Não. — Então soltou o pano e olhou para a irmã. — Mas acho que não vai demorar.

— Ainda bem. Estou toda dolorida. — Ela se remexeu no assento. — É uma pena que o pobre Sr. Thornton não possa vir.

— Acho que ele não se importou.

— Mas... — Ela franziu as sobrancelhas. — Isso não lhe parece um tanto hipócrita? Quero dizer, o fato de ele não ter sido convidado só porque fabrica botas? Você também é comerciante.

— É verdade.

— Nas colônias, não creio que faríamos tal distinção. — Rebecca baixou os olhos para as próprias mãos.

Sam ficou em silêncio. A verdade era que esse tipo de distinção de classe o incomodava também.

— Parece ser bem mais difícil um homem se destacar por mérito próprio aqui na Inglaterra. — Rebecca mordiscava o lábio, com os olhos ainda voltados para as mãos. — Até mesmo para o Sr. Thornton, que herdou o negócio do pai, por menor que fosse no início. Será que um homem que não tem nem isso, que trabalha como criado, por exemplo, poderia alcançar uma posição de respeito?

Sam estreitou os olhos, desconfiado. Estaria ela pensando em um criado específico?

— Talvez. Com um pouco de sorte e...

— Mas é pouco provável, não é? — Rebecca ergueu os olhos.

— Sim — respondeu ele. — É bem pouco provável que um homem que trabalhe como criado venha se tornar alguém importante na Inglaterra. A maioria vive e morre trabalhando como criado.

Os lábios de Rebecca se entreabriram, como se fosse dizer algo. Então ela voltou a fechá-los com determinação e optou por olhar pela janela. Os dois ficaram calados novamente, porém, dessa vez, o silêncio era amigável. Sam fechou os olhos e recostou a cabeça no encosto do assento. Sonolento, ele se questionou se as perguntas da irmã tinham a ver com O'Hare, o lacaio.

Sam cochilou um pouco, e, quando acordou algum tempo depois, a carruagem estava entrando em uma alameda larga.

— É muito grande, não é? — comentou Rebecca, baixinho.

Sam foi obrigado a concordar com a irmã. O lar dos Hasselthorpe era uma verdadeira mansão. A casa ocupava um lugar imponente ao final da alameda de cascalho, no centro de um amplo gramado verde, para melhor enaltecer sua glória. Sem dúvida, várias gerações haviam deixado sua marca na estrutura de pedra cinza. Havia janelas góticas ali, chaminés no estilo Tudor acolá; os estilos diferentes indicavam que a família ocupava a propriedade havia séculos. À frente da casa, a alameda dava uma volta, formando uma área circular, e quatro carruagens já estavam paradas ali, de onde saíam cavalheiros e damas da alta sociedade.

Samuel se empertigou e lançou um sorriso tranquilizador para Rebecca.

— Chegamos.

ERA UM DIA PERFEITO para um piquenique ao ar livre, pensou Emeline na manhã seguinte. O sol brilhava, e o céu era de um azul radiante, com nuvens fofas como algodão. Havia uma brisa agradável o suficiente para tremular as fitas dos chapéus das damas, mas não forte o bastante a ponto de fazer com que eles saíssem voando. Os cavalheiros estavam elegantes e viris. As mulheres, belas e delicadas. O gramado permanecia verde, e a paisagem, encantadora: colinas ondulantes com algumas ovelhas que pareciam enfeites. Era impossível querer mais do que aquilo.

Ou melhor, *deveria* ser impossível querer mais do que aquilo. Porém, infelizmente, Lady Hasselthorpe havia se esquecido do vinho. Na verdade, a falta da bebida tecnicamente era culpa da governanta, mas todas as damas sabiam que a criadagem era sempre um reflexo da patroa. Uma boa castelã contratava uma governanta competente. Uma castelã displicente tinha uma governanta que se esquecia de empacotar o vinho.

Emeline suspirou. Era engraçado ver como as pessoas tendiam a sentir sede quando descobriam que não havia nada para beber. O primeiro lacaio já enviara alguns de seus colegas para buscar o vinho, mas, como o grupo havia caminhado mais de meia hora até encontrar aquele local encantador, a bebida ainda levaria algum tempo para chegar.

Lady Hasselthorpe transitava entre os convidados com as bochechas coradas, agitando as mãos, sem saber o que fazer. Era uma mulher muito bonita, de cabelos dourados, testa larga e sem rugas, e tinha uma boca pequena e delicada; era uma pena que sua inteligência nem chegasse aos pés de sua aparência. Uma vez, Emeline passara vinte torturantes minutos em sua companhia num baile, tentando conversar, até chegar à conclusão de que sua companheira era incapaz de seguir uma linha de raciocínio.

Como ela queria que Melisande estivesse ali, mas a amiga só chegaria no dia seguinte. Uma gargalhada chamou sua atenção. Jasper estava com um grupo de cavalheiros, e, enquanto ela observava, ele fez outro comentário que provocou uma nova onda de risadas. Já Lorde Hasselthorpe estava numa conversa muito séria com seu convidado mais ilustre, o duque de Lister. Tanto Hasselthorpe como Lister eram membros importantes do parlamento, e Emeline desconfiava de que o anfitrião tinha grandes ambições políticas. Ela viu o duque lançar um olhar irritado para Jasper, mas seu noivo nem percebeu. O homem imponente era alto, careca, já estava na meia-idade e era famoso por seu mau humor.

— Quer dar uma volta comigo? — A voz grossa de Samuel ressoou às suas costas.

Emeline se virou, nada surpresa. Ela percebera quando o colono começara a caminhar em sua direção. Era estranho, mas ela parecia estar sempre ciente dos movimentos dele.

— Achei que estivesse irritado comigo, Sr. Hartley.

Qualquer outro homem teria desconversado, mas Samuel foi direto:

— Irritado nem tanto. Só desapontado por saber que pretende se casar por conveniência, e não por amor.

— Então não entendo por que iria querer dar uma volta comigo, se está tão ultrajado com minha escolha.

Era a primeira vez que os dois se falavam a sós desde a conversa com Jasper, mais de uma semana atrás, e daquele beijo desastroso. Ela deu uma olhada na direção de Jasper. Seu noivo estava no meio de alguma história, o rosto comprido animado, e nem olhava na direção deles.

Samuel aproximou a cabeça da dela.

— Não? Acho que a senhora é inteligente o bastante para entender os meus motivos.

— Mesmo assim, não gosto da ideia de passear com um cavalheiro incapaz de controlar seus impulsos.

Ele se aproximou ainda mais, os olhos analisando os dela. Apesar de haver um sorriso estampado em seu rosto para exibir aos outros convidados, Emeline sabia que Samuel não estava achando graça.

— Pare de tentar começar uma briga e venha comigo.

Lady Hasselthorpe se virou na direção deles naquele momento. Por algum motivo, a anfitriã optara por vestir anquinhas excessivamente largas sob uma saia de cetim alaranjado e lilás para um passeio no campo. Agora, a barra da saia vistosa balançava de forma estranha, arrastando na grama.

— Ah, Lady Emeline, não diga que está desapontada comigo! Não sei o que aconteceu com o vinho. Vou demitir a Sra. Leaping assim que voltarmos. O problema é que... — Ela retorceu as mãos na altura da cintura de um jeito engraçadinho, desconcertante e completamente hesitante. — Não sei onde vou encontrar outra governanta. Elas são tão raras por aqui.

— É sempre difícil encontrar uma boa governanta — murmurou Emeline.

— E, veja, *aquela* mulher está sozinha. — Lady Hasselthorpe apontou para uma loura lindíssima, num vestido verde que destacava seus belos seios. — Ela é uma *amiga especial* do duque. Ele insistiu que a convidássemos, e, naturalmente, nenhuma dama quer falar com ela. — Lady Hasselthorpe franziu as sobrancelhas, nervosa. — E ainda por cima não temos vinho! O que vou fazer?

— A senhora gostaria que fôssemos verificar se o vinho já está chegando? — perguntou Samuel muito sério, antes que Emeline tivesse tempo de dizer qualquer coisa.

— Ah, poderiam fazer isso, Sr. Hartley, Lady Emeline? Ficarei eternamente grata. — Lady Hasselthorpe olhou ao redor, meio perdida. — Acho que serei obrigada a falar com a Sra. Fitzwilliam. Não vai ser uma ousadia?

— De fato, milady. — Samuel se curvou numa reverência. — Enquanto isso, vamos atrás do vinho. Lady Emeline? — Ele ofereceu o braço.

O que tornou impossível uma recusa.

— É claro.

Emeline sorriu e pousou os dedos sobre o braço do homem diabólico, ciente demais do calor que emanava do corpo dele. Ela esperava que aquilo não estivesse refletido em seu rosto.

Enquanto seguiam pelo terreno sinuoso, Samuel ajustou seu ritmo para acompanhar os passos mais rápidos dela, e não demorou muito para deixarem os companheiros de piquenique para trás. Agora que o colono havia conseguido o que queria e os dois estavam dando uma volta juntos, Emeline esperava que ele imediatamente iniciasse uma conversa, mas não foi o que aconteceu. Ela o observou pelo canto do olho. A testa de Samuel estava levemente franzida enquanto ele olhava para o caminho à frente. No que estaria pensando? E por que ela se importava com isso?

Emeline bufou e voltou a olhar para a frente. Afinal, o dia estava lindo. Por que permitir que uma companhia desagradável estragasse...

— Quem é aquele rapaz que está conversando com a Rebecca e com as outras moças? — A voz de Samuel interrompeu seus pensamentos.

Ela sentiu uma ligeira decepção por ele ter iniciado a conversa falando sobre a irmã. Mas que bobagem a dela! Será que ele havia se esquecido completamente do beijo da semana passada? Talvez. Bem, nesse caso, ela também deveria esquecer.

— Qual?

Samuel gesticulou, impaciente.

— Aquele que tem uma risada idiota.

Emeline sorriu. Infelizmente, aquela era a descrição perfeita do jovem.

— É o Sr. Theodore Green. Ele tem uma renda anual muito boa e uma propriedade em Oxford.

— A senhora sabe mais alguma coisa sobre ele?

Ela deu de ombros, sentindo-se contrariada.

— O que mais é preciso saber? Acho que ele não gosta de jogos de azar.

Sam a encarou, e Emeline pôde ver algo parecido com decepção em seus olhos.

— É só por isso que julga um homem? Pela sua renda?

— E o título também — retorquiu ela.

— Claro.

— Ele é sobrinho de um barão. Seria um ótimo partido para Rebecca, se ela não se importar com a risada idiota — falou Emeline, como se estivesse considerando a possibilidade. Havia dentro dela um desejo imenso de provocá-lo. — Francamente, não acho que devemos esperar alguém com um título superior. Seu dinheiro colonial só pode pagar a entrada dela em certos níveis sociais, e nada além. Sinto informar que sua família não tem muita influência.

Os lábios dele se curvaram.

— A senhora não é tão superficial quanto finge ser.

— Não sei do que está falando.

Ainda bem que Emeline olhava para a frente, pois ela não estava certa se conseguiria controlar a expressão em seu rosto. O vento ergueu a barra de sua saia, e ela a segurou, puxando-a para baixo.

— Toda essa conversa sobre dinheiro e títulos. Como se um homem se resumisse a isso.

— Estamos discutindo as chances de sua irmã arrumar um bom marido, não estamos? De que outra forma eu avaliaria um cavalheiro?

— Pelo caráter, inteligência, sua maneira de tratar os outros com gentileza — enumerou ele rapidamente, com um tom grave e intenso.

Os dois haviam chegado ao topo de uma pequena colina, onde campos dourados demarcados por cercas-vivas e murinhos de pedra se estendiam adiante.

— E como cumpre seu dever e cuida daqueles que dependem dele — continuou Samuel. — Existem várias características que eu consideraria antes da renda do homem com quem gostaria que Rebecca se casasse.

Emeline franziu os lábios.

— Então, se eu encontrasse um mendigo inteligente e bonzinho na rua, o senhor apresentaria um contrato de casamento na hora?

— Não se faça de boba. — O braço dele era duro como pedra sob os dedos dela. — Não lhe cai bem, e a senhora sabe exatamente o que eu quis dizer.

— Sei? — Emeline deixou escapar uma risadinha. — Desculpe, mas talvez eu *seja* boba. Aqui na Inglaterra, gostamos de casar nossas filhas e irmãs com cavalheiros que poderão prover uma casa de forma adequada...

— Mesmo que o homem seja um libertino ou um idiota, ou...

— Sim! — Samuel andava tão rápido agora que ela mal conseguia acompanhá-lo. — Só pensamos em dinheiro e títulos, pois somos muito gananciosas. Ora, se eu encontrasse um conde com uma renda de vinte mil por ano, casaria com ele mesmo se o homem estivesse coberto de perebas e completamente doido!

Samuel parou de repente e a segurou pelos braços, o que foi providencial, pois, caso contrário, Emeline teria caído. Quando ela ergueu os olhos e encarou o rosto dele, sabia que deveria sentir medo. O colono estava pálido de raiva, os lábios se contraíam numa careta. Medo, no entanto, era a última coisa que ela sentia.

— Arisca — sibilou ele, e então a ergueu até quase tirá-la do chão, aproximando os lábios dos dois.

A palavra *beijo* não era capaz de descrever exatamente o enlace. A boca de Samuel se chocou contra a dela, forçando-a a abrir os lábios, forçando-a a aceitar sua língua. E Emeline se regozijou. Ela enfrentou a raiva de Samuel com sua própria fúria, agarrando seus ombros, cravando as unhas no tecido do paletó. Se conseguisse tocar em sua pele nua, teria arranhado o corpo dele, marcando-o com seu desespero, e ficaria feliz. Ela arfava, quase chorava, a boca se movendo contra a dele, seus dentes trombando de um modo deselegante. Não havia refinamento nem afetuosas carícias no beijo. Era uma demonstração de luxúria e raiva.

Emeline sentia o cheiro da pele dele. Samuel não usava pó nem pomadas, muitas menos perfume; aquele era o seu cheiro natural, e o aroma estava deixando-a louca. Sua vontade era de arrancar o paletó, rasgar a camisa, tirar a gravata e enterrar o nariz naquele pescoço nu. Um desejo animalesco e quase descontrolado, e foi isso que a fez parar. Ela afastou a cabeça e viu que Samuel a analisava de forma quase analítica. Os olhos dele estavam bem mais calmos do que os dela.

Maldito! Como ousava não estar tão abalado quanto ela?

Ele deve ter visto a raiva nos olhos de Emeline, pois seus lábios se curvaram, apesar de não formarem um sorriso.

— Você faz isso de propósito.

— O quê? — indagou ela, confusa.

Samuel analisou o rosto dela.

— Discute comigo e me deixa furioso até eu não aguentar mais e beijá-la.

— Você fala como se eu tivesse planejado tudo.

Emeline tentou se desvencilhar, mas ele não a soltava.

— E não planejou?

— Claro que não.

— Acho que planejou, sim — sussurrou ele. — Acho que você acredita que só pode aceitar meu toque quando é forçada.

— Isso não é verdade!

— Então prove — murmurou ele enquanto baixava a cabeça novamente. — Guarde suas garras e me beije.

Sam roçou os lábios nos dela, numa carícia quase reverente. Emeline arfou, entreabrindo a boca, e ele a beijou de língua. De forma sensual, gentil. Ela poderia se perder num beijo assim; aquilo era muito mais perigoso do que o ataque de fúria anterior. Um beijo que indicava desejo, *necessidade*. A possibilidade de que aquele homem pudesse desejá-la tanto a fez estremecer. Assim como a noção de que ela sentia o mesmo. Emeline sabia que não deveria, mas, ainda assim, pressionou a boca contra a dele. Ela beijou Samuel, transmitindo todos os seus anseios reprimidos naquela troca. Se pelo menos ela pudesse...

De repente, ele ergueu a cabeça, e Emeline abriu os olhos, atordoada, sentindo a falta de seus lábios.

Ele olhava por cima do ombro dela.

— Os lacaios de Lady Hasselthorpe estão vindo. Você está bem?

— Sim.

Suas mãos estavam trêmulas, mas Emeline as escondeu entre as saias e se virou, exibindo uma expressão entediada no rosto. Os criados de fato subiam a pequena colina, carregando uma cesta cheia de garrafas de vinho. Eles não pareciam muito interessados, então era possível que não tivessem visto o encontro explosivo.

— Aceita meu braço? — perguntou Samuel, oferecendo-o.

Emeline aceitou, tentando acalmar os nervos abalados. Quando havia se transformado numa pessoa tão impulsiva? O efeito que Samuel Hartley exercia sobre ela não era nada agradável. O homem parecia arrancar toda a civilidade dela, deixando-a nua e exposta, transformando-a numa criatura deselegante, que era puramente emoção e nervosismo, agachada aos pés dele sem máscaras, incapaz de controlar suas compulsões mais primitivas. Ela devia ter recusado o braço e saído correndo para longe. Precisava encontrar seu antigo eu e aplacar aqueles sentimentos primitivos com os rituais da sociedade refinada.

Em vez disso, enquanto pousava os dedos sobre o braço estendido, Emeline notou o olhar triunfante que ele lhe lançava, como se ela tivesse acabado de conceder-lhe alguma coisa.

O TOQUE DE LADY EMELINE o acalmou, ainda que tenha sido dado com relutância, e o cheiro de bálsamo de limão o atingiu. Sam fechou os olhos por um segundo, tentando recuperar o controle de seu corpo antes que os lacaios se aproximassem. Ele fora um soldado, enfrentara índios guerreiros furiosos sem sair correndo. Mas bastavam alguns segundos ao lado de Lady Emeline para que começasse a suar frio. Ele sussurrou um palavrão enquanto os criados chegavam mais perto. Aquilo tinha de acabar. Ela era uma aristocrata e estava fora do seu alcance.

Sam relaxou a fisionomia e acenou para os lacaios.

— Pediram que viéssemos atrás de vocês. Posso ajudar a carregar? — E apontou com a cabeça para a cesta cheia de garrafas de vinho.

— Não, senhor. Obrigado, senhor — respondeu o homem mais velho.

O sujeito estava ofegante, e seu colega tinha o rosto vermelho, mas havia um tom de choque em sua voz. Era óbvio que um cavalheiro jamais deveria oferecer ajuda a um criado.

Sam suspirou e se virou, com Lady Emeline ao seu lado, para conduzir o grupo de volta ao piquenique.

— Seu povo venera divisões sociais entre os homens.

Ela o encarou, franzindo levemente o cenho.

— Como é?

Ele apontou para os criados ofegantes, que vinham logo atrás.

— Cada pequeno detalhe da posição social, cada pequena oportunidade para distinguir uma pessoa de outra. Vocês, ingleses, valorizam a menor das diferenças entre os homens.

— Por acaso está dizendo que não existe distinção de classes sociais nas colônias? Porque, se estiver, não vou acreditar.

— Existem diferenças, é claro, mas a posição social não é tão valorizada quanto aqui. Lá, um homem pode sair da condição em que nasceu.

— Assim como fez seu amigo, o Sr. Thornton. — Ela deu um tapinha no braço dele para enfatizar. — Um *inglês*.

— Thornton não foi convidado para esta bela festa no campo, foi? — Ele viu rosto de Lady Emeline corar e conteve um sorriso. Ela odiava perder uma discussão. — Ele pode ter melhorado de vida e ficado mais rico, mas ainda não é considerado bom o suficiente pelos aristocratas da sua sociedade.

— Ora, Sr. Hartley — disse ela rispidamente. — O senhor serviu ao Exército. Não venha me dizer que não notava a distinção de patentes.

— Sim, nós tínhamos patentes — respondeu ele. — E havia grandes idiotas acima de mim que chegaram até a ser promovidos a generais, porque tinham vindo de famílias de berço. A senhora vai precisar arrumar um argumento melhor do que esse se quiser me convencer de que a distinção social é algo bom.

— Meu irmão era um soldado ruim? — indagou ela de modo duro. Ele se xingou pela canalhice. Céus! Como pôde ser tão insensível? Claro que ela iria pensar no irmão primeiro.

— Não. O capitão St. Aubyn foi um dos melhores oficiais que conheci.

Lady Emeline baixou a cabeça e franziu os lábios. Para uma mulher que gostava tanto de discutir, ela conseguia se mostrar muito vulnerável em certos momentos. Era doloroso para ele vê-la assim; era uma dor que crescia em seu peito. Por mais estranho que fosse, a língua ferina da dama o fazia se sentir vivo, fazia com que quisesse abraçá-la e beijá-la até ela gemer em sua boca. Mas, assim que a mulher revelava um raro momento de fraqueza, Sam ficava acabado. Ele rezou para que ela não mostrasse esse lado vulnerável para mais ninguém, pois a ideia de haver outro homem compartilhando esse momento era insuportável. Samuel queria ser o único a proteger essa sensibilidade.

— E Jasper? — perguntou ela. — Ele também foi um bom oficial? Não consigo imaginá-lo como um líder. Jogando cartas e fazendo piadas, sim. Mas não dando ordens.

— Então talvez a senhora não conheça muito bem o seu noivo.

Lady Emeline ergueu a cabeça e fez uma cara feia.

— Conheço Jasper desde antes de eu aprender a andar.

Sam deu de ombros.

— Acredito que só conhecemos mesmo um homem quando o vemos encarando a morte.

Agora, os dois já conseguiam avistar o local do piquenique. Lady Emeline olhou para Jasper, que permanecia no meio da mesma rodinha de homens risonhos. Por algum motivo, ele havia tirado o paletó — o que era muito inapropriado — e gesticulava os seus braços compridos, de colete e camisa, parecendo um imenso ganso. Enquanto observavam, o grupo começou uma nova onda de gargalhadas.

— Lorde Vale foi o homem mais corajoso que já vi em batalha — declarou Sam, pensativo.

Lady Emeline se virou para encará-lo, com as sobrancelhas erguidas. Ele assentiu com a cabeça.

— Eu o vi caindo de um cavalo que tinha acabado de levar um tiro. Eu o vi se levantar ensanguentado e continuar lutando, até mesmo quando todos ao seu redor caíam mortos. Ele encarou a batalha, encarou a morte, como se não tivesse medo. Às vezes, sorria enquanto lutava.

Ela torceu os lábios enquanto observava Jasper fazer gracinhas.

— Talvez ele não tenha sentido medo.

Sam balançou a cabeça lentamente.

— Apenas os tolos não têm medo em uma batalha, e Lorde Vale não é tolo.

— Então é um ótimo ator.

— Talvez.

— Nossos heróis! — Lady Hasselthorpe foi correndo na direção deles, agitando as mãos alvas. — Ah, obrigada, Sr. Hartley e Lady Emeline. Vocês salvaram meu piquenique de ser um desastre.

Sam sorriu e se curvou numa mesura.

— E o senhor? — indagou Lady Emeline enquanto a anfitriã fazia estardalhaço, atrapalhando os lacaios.

Sam olhou para ela de um jeito indagador.

— Como encara a morte? — esclareceu ela, tão baixinho que só os dois conseguiam ouvir.

Ele sentiu o próprio rosto congelar.

— Da melhor maneira que consigo.

Lady Emeline balançou levemente a cabeça.

— Acho que deve ter sido tão heroico na batalha quanto Jasper.

Sam desviou o olhar. Não conseguia encará-la.

— Não existem heróis em um campo de batalha, milady; apenas sobreviventes.

— O senhor está sendo modesto...

— Não. — Sua voz soara intensa demais, Sam sabia. Corria o risco de chamar a atenção dos outros para a conversa dos dois. Mas aquele era um assunto sobre o qual não faria pouco. — Não sou um herói.

— Emmie! — Lorde Vale acenava para eles. — Venham comer um pedaço de torta de pombo antes que acabe. Arrisquei minha vida para guardar um pedaço para vocês. Sinto informar que o frango assado já se foi.

Sam assentiu para Vale, mas se inclinou e sussurrou ao ouvido de Lady Emeline antes de acompanhá-la até o grupo, pois era importante que ela não nutrisse nenhuma ilusão a seu respeito.

— Nunca me confunda com um herói.

Capítulo Dez

Então, todas as coisas que o velho feiticeiro prometera tornaram-se realidade. Coração de Ferro morava em um castelo maravilhoso e se casou com a princesa Consolação. Vestia-se com roupas púrpura e carmesim e contava com vários criados para atenderem às suas necessidades. Ele ainda não podia falar, é claro, pois isso quebraria a promessa que fizera ao feiticeiro, mas Coração de Ferro acabou descobrindo que o silêncio não era algo tão ruim. Afinal, raramente pediam a opinião de um soldado...

— Coração de Ferro

— Você não fica bem emburrada — murmurou Melisande na manhã seguinte.

Emeline tentou relaxar a expressão em seu rosto, mas tinha a sensação de que sua irritação continuava aparente. Afinal, estava observando Samuel.

— Queria tanto que você tivesse chegado ontem em vez de hoje.

Melisande arqueou levemente uma sobrancelha.

— Se soubesse que iria sentir tanto a minha falta, certamente teria vindo mais cedo, minha querida. É por isso que está tão mal-humorada?

Emeline suspirou e cruzou o braço ao da amiga.

— Não. Meu humor não tem nada a ver com você. Na verdade, sua presença me acalma.

As duas se encontravam no vasto gramado atrás da mansão Hasselthorpe. Metade dos convidados estava reunida ali para uma sessão de tiro ao alvo, e a outra havia escolhido visitar os pontos turísticos da cidade vizinha. Telas com alvos pintados estavam sendo instaladas no outro extremo do gramado. Atrás delas havia fardos de palha para ampararem as balas disparadas. Os cavalheiros participantes exibiam suas armas para as damas admiradas, que seriam, é claro, a plateia.

— A arma do Sr. Hartley é tão comprida — comentou Melisande.
— Sem dúvida é por isso que você o encara com tanta intensidade.
— Por que ele precisa se destacar? — resmungou Emeline. Irritada, ela alisou a saia listrada de rosa e verde. — É como se ele fizesse questão de ser diferente dos outros cavalheiros. Aposto que faz isso só para me irritar.
— Sim, provavelmente é a primeira coisa que ele pensa quando acorda. "Como vou irritar Lady Emeline hoje?"

Emeline fitou a amiga, que a encarou com uma expressão inocente em seus olhos castanhos.

— Estou parecendo uma tola, não estou?
— Ora, querida, tola não foi a palavra que usei...
— Não, mas nem precisava dizer. — Emeline suspirou. — Eu trouxe uma coisa que gostaria de lhe mostrar.

Melisande a fitou com as sobrancelhas erguidas.

— É mesmo?
— É um livro de fábulas que minha babá costumava ler para nós. Eu o encontrei há pouco tempo, mas acho que está escrito em alemão. Você poderia traduzir para mim?
— Posso tentar. Mas não prometo nada. Meu alemão não é lá essas coisas, e há muitas palavras que não conheço. É nisso que dá aprender com a minha mãe em vez de com um livro.

Emeline assentiu. A mãe de Melisande era uma prussiana que nunca conseguira aprender bem o inglês, apesar de ter se casado aos 17 anos. A amiga fora criada falando inglês e alemão.

— Obrigada.

Com os alvos devidamente instalados, o último criado começou a se aproximar do grupo de atiradores. Os cavalheiros se juntaram, sérios, evidentemente decidindo a ordem das participações.

— Não sei como ele consegue espantar todos os pensamentos inteligentes da minha cabeça. — Emeline se deu conta de que estava olhando feio para Samuel outra vez.

Ao contrário dos outros cavalheiros, ele não se exibia, apontando com sua arma ou coisas do tipo. Segurava o rifle com a coronha apoiada no chão, distraído, com o peso do corpo sobre uma das pernas. Ele sentiu o olhar dela e assentiu com a cabeça, sem sorrir. Emeline desviou o olhar rapidamente, mas ainda conseguia visualizá-lo, trajando seu colete marrom e as perneiras de couro agora já familiares, e com o vento soprando em seus cabelos. Nada em seus trajes indicava distinção. Mesmo com os outros cavalheiros vestidos para a prática de tiro ao alvo, Samuel passaria por um criado, tão simples eram suas roupas. E, mesmo assim, ela teve de se esforçar para não voltar a olhar para ele.

Emeline puxou a renda em seu pescoço.

— Ele me beijou ontem.

Melisande ficou imóvel.

— O Sr. Hartley?

— Sim.

Emeline sentia que ele a observava mesmo que não tivesse voltado a olhar para o homem.

— E você correspondeu? — indagou a amiga, como se estivesse perguntando o preço de uma fita a um vendedor.

— Céus! — Emeline engasgou com a palavra.

— Imagino que isso tenha sido um sim — murmurou Melisande. — Ele é um homem bonito, de um jeito um tanto selvagem, mas nunca imaginaria que despertasse o seu interesse.

— Ele não desperta o meu interesse.

Mas seu coração sabia que isso era mentira. Aquilo era como uma febre terrível. Sempre que o colono estava por perto, lhe subia um calor.

Emeline não conseguia controlar o próprio corpo — nem a si mesma — quando estava perto daquele homem. Ela nunca se sentira assim, tão descontrolada, nem mesmo com Danny, e esse pensamento a fez morder o lábio. Danny era tão jovem, tão alegre, e ela fora jovial e alegre ao seu lado. Não parecia certo ter sentimentos mais fortes por outro homem agora — um homem que não era nem seu marido.

Melisande lhe lançou um olhar descrente.

— Então você vai evitá-lo de agora em diante.

Emeline virou a cabeça para tirar Samuel de sua linha de visão, focando no lago ornamental atrás dos alvos. Parecia estar cheio de galhos. Lady Hasselthorpe deveria ter mandado limpar o lago antes de receber os convidados. A Sra. Fitzwilliam encontrava-se sozinha na margem, a pobre mulher.

— Não sei o que fazer.

— Uma mulher inteligente procuraria a companhia do noivo, é claro — murmurou Melisande.

Jasper também fazia parte do grupo de atiradores, claro. Ele adorava tudo que envolvesse atividades físicas. Só que, ao contrário de Samuel, ele se movimentava sem parar — uma hora estava agachado por algum motivo, em seguida se juntava aos criados para ajudar a endireitar os alvos. Por um momento, Emeline se lembrou do que Samuel dissera sobre seu noivo: que ele lutara como se não tivesse medo. Esse com certeza não era o homem que ela conhecia. Mas, talvez, uma mulher nunca chegasse a conhecer de verdade os homens de sua vida.

Emeline balançou a cabeça. Nenhuma dessas coisas importava.

— Isso não tem nada a ver com Jasper. Você sabe disso.

— Mas vocês têm um acordo — lembrou-lhe a amiga.

— Sim, temos um acordo. E é exatamente isso. O coração de Jasper não está envolvido.

— Não? — Melisande fitou os pés, torcendo os lábios. — Acho que ele tem certo carinho por você.

— Ele me vê como uma irmã.

Essa pode ser a base de uma união amorosa...

— Ele tem outras mulheres.

Melisande ficou quieta, e Emeline se perguntou se havia falado demais. Esperava-se que um cavalheiro da aristocracia tivesse casos, antes e depois do casamento, mas não era apropriado falar sobre o assunto.

— Você nunca se incomodou com isso — disse Melisande. Os cavalheiros estavam começando a se posicionar na ordem de quem atiraria primeiro. — Venha, vamos assistir à disputa de tiro ao alvo.

As duas seguiram na direção dos atiradores.

— Continuo não me importando com os sentimentos de Jasper por mim — sussurrou Emeline. — Na verdade, acredito que o melhor tipo de sentimento em um casamento seja o carinho entres os cônjuges. É muito melhor do que uma paixão avassaladora.

Ela sentiu o olhar cortante de Melisande, mas a amiga não fez nenhum comentário. Elas estavam próximas do grupo de atiradores agora. O duque de Lister avançou e executou um verdadeiro espetáculo, preparando-se para atirar. Sem dúvida tinha sido escolhido para ser o primeiro em consideração ao seu título.

— Que homem desagradável — murmurou Melisande.

Emeline arqueou as sobrancelhas.

— O duque?

Ela murmurou em concordância.

— Fica arrastando a amante para todos os lugares como se ela fosse um cãozinho na coleira.

— Ela não parece se importar.

Emeline olhou na direção da Sra. Fitzwilliam novamente. A mulher protegia os olhos, tentando enxergar o tiro; seus cabelos dourados brilhavam ao sol. Parecia muito tranquila.

— Se ela quiser manter a posição, não pode demonstrar irritação, não é mesmo? — Melisande a olhou de cara feia, e, de repente, Emeline se sentiu uma tola. — Mesmo assim, deve ser difícil. Nenhuma das mulheres quer falar com ela, mas *ele* é muito respeitado.

O duque apoiou a arma sobre o ombro.

Melisande tampou os ouvidos com as mãos enquanto ele disparava, e franziu o cenho quando o barulho do tiro ecoou pela mansão Hasselthorpe.

— Por que as armas precisam ser tão barulhentas?

— Para impressionar as damas, creio eu — disse Emeline, distraída.

Um criado avançou com toda pompa em direção ao alvo e pintou um círculo preto ao redor do buraco da bala, para que todos pudessem ver onde tinha acertado. O tiro de Lister havia acertado bem perto da borda. Ele fez uma careta, mas as damas presentes bateram palmas, animadas. A Sra. Fitzwilliam avançou alguns passos, como se quisesse parabenizar seu protetor, mas o homem nem notou e se virou para falar com Lorde Hasselthorpe. Emeline ficou observando enquanto a mulher parava, indecisa, antes de sorrir e retornar para a beira do lago. Melisande estava certa. A vida de uma amante com certeza não era fácil.

— Os cavalheiros parecem tão másculos! — Lady Hasselthorpe seguiu na direção das duas. Naquele dia, a anfitriã usava um vestido de fustão de bolinhas cor-de-rosa sobre suas anquinhas exageradas. Várias fitas verdes e cor-de-rosa decoravam a saia ricamente drapejada, e ela trazia um cajado branco em uma das mãos. Pelo jeito, a mulher se sentia uma verdadeira pastora, apesar de Emeline duvidar que pastoras usassem anquinhas enquanto cuidavam das ovelhas. — Adoro assistir aos cavalheiros exibindo seus talentos.

Ela foi interrompida por outro *bum!* ensurdecedor.

Melisande deu um pulo com o barulho.

— Que adorável — comentou ela com um sorriso forçado.

— Ah, o Sr. Hartley é o próximo com a sua arma esquisita. — Lady Hasselthorpe virou-se para os cavalheiros e semicerrou os olhos. Apesar de sua miopia não ser segredo para ninguém, ela se recusava a usar óculos. — Será que ele vai conseguir atirar direito com um cano tão longo? Talvez exploda. Isso seria muito emocionante!

— Bastante — concordou Emeline.

Samuel avançou até a marca e ficou parado por um momento, apenas olhando para o alvo. Emeline franziu o cenho, tentando imaginar o que o colono estava fazendo. Então, quase rápido demais para que seus olhos conseguissem acompanhar, ele ergueu o rifle acima do ombro, mirou e disparou.

Seguiu-se um silêncio chocado da plateia. O lacaio com o pincel seguiu na direção do alvo. Samuel já havia se virado enquanto todos esperavam para ver onde a bala tinha acertado. Solenemente, o criado pintou o círculo preto bem no centro do alvo.

— Meu Deus, ele acertou na mosca — murmurou, por fim, um dos cavalheiros.

As damas bateram palmas, os homens rodearam Samuel para examinar sua arma.

— Senhor, odeio o barulho do disparo de armas — murmurou Melisande enquanto abaixava as mãos.

— Você devia ter trazido tampões de ouvido — comentou Emeline, distraída.

Samuel nem piscara enquanto atirava. Nem quando erguera a arma sobre o ombro, nem ao barulho do tiro, nem quando a fumaça soprara contra seu rosto. Os outros cavalheiros manejavam suas armas com destreza; provavelmente estavam acostumados a caçar e participar de disputas como aquela em outras festas no campo. Mas nenhum mostrava tanta familiaridade quanto Samuel. Emeline podia apostar que ele sabia atirar com aquela arma até mesmo no escuro, enquanto corria, ou enquanto estava sendo atacado. Na verdade, já devia ter passado por todas essas situações.

— Claro — murmurou Melisande. — Eu certamente ficaria muito mais bonita com um par de algodões saindo das minhas orelhas, como se fosse um coelho.

Emeline riu ao imaginar a amiga com orelhas de coelho, e Samuel se virou, como se pudesse ouvi-la. Ela ficou sem ar quando seus olhos se encontraram. Ele a encarou por um momento, seus olhos escuros brilhando de forma intensa mesmo à distância que os separava, mas então desviou o olhar quando Lorde Hasselthorpe lhe disse alguma coisa. Emeline podia sentir o sangue pulsando em suas têmporas.

— O que eu vou fazer? — sussurrou ela.

— Foi um belo tiro, aquele — murmurou Vale às costas de Sam.

— Obrigado.

Ele observou o dono da casa se preparando para atirar. Hasselthorpe estava com os pés juntos demais e corria o risco de cair ou no mínimo perder o equilíbrio quando disparasse.

— Mas, a bem da verdade, você sempre atirou bem — continuou Vale. — Lembra aquela vez que pegou cinco esquilos para o nosso jantar?

Sam deu de ombros.

— Não que tenha adiantado muito. Mal deu para encher o caldeirão. Eram franzinos demais.

Sam estava ciente da presença de Lady Emeline a pouco mais de cinco metros de distância, com a cabeça próxima à da amiga. Estava curioso para saber sobre o que as duas falavam. Lady Emeline evitava seu olhar.

— Franzinos ou não, foi bom ter carne fresca. Ora, eu diria que Hasselthorpe vai acabar caindo, não acha?

— É possível.

Os dois se calaram enquanto o anfitrião mirava o cano, apertava o gatilho e então, inevitavelmente, não conseguia firmar a arma durante o disparo. O tiro passou longe do alvo. A amiga de Lady Emeline tampou os ouvidos e fez uma careta.

— Pelo menos ele não caiu — murmurou Vale. Ele parecia um pouco decepcionado.

Sam virou-se para o outro homem.

— Você já conseguiu descobrir algo sobre o cabo Craddock?

Vale oscilava o peso do corpo sobre os calcanhares.

— Eu trouxe o endereço que Thornton nos passou e descobri onde fica Honey Lane. É onde fica a casa de Craddock.

Sam o encarou por um momento.

— Ótimo. Então não teremos problemas para encontrá-lo amanhã.

— Nenhum — disse Vale, animado. — Lembro que Craddock era um tipo sensível. Se tem alguém que pode ajudar, esse alguém é ele.

Sam assentiu e voltou a olhar para a frente, apesar de nem ter prestado atenção em quem era o próximo atirador. Ele esperava com todas as forças que Vale tivesse razão e Craddock pudesse ajudá-los.

O número de sobreviventes que tinham para interrogar estava diminuindo.

EMELINE AJEITOU A SAIA de seda coral que vestia sobre as anquinhas ao entrar no salão de baile dos Hasselthorpe naquela noite. O salão imenso tinha sido redecorado recentemente, de acordo com o gosto da anfitriã, e a família parecia não ter poupado gastos. As paredes eram de um tom claro de cor-de-rosa, e o teto, as colunas, as janelas, as portas e tudo o mais que os decoradores puderam pensar tinham sido enfeitados com videiras douradas ao estilo barroco. Medalhões espalhados pelas paredes, também contornados com videiras douradas, estampavam cenas pastorais de ninfas e sátiros. O salão parecia um bolo confeitado — excessivamente doce.

Mas, naquele momento, Emeline estava mais preocupada com Samuel do que com o grande salão dos Hasselthorpe. Ela não o via desde a competição de tiro ao alvo naquela tarde. Será que ele iria ao baile, mesmo depois do que havia acontecido no evento dos Westerton? Ou abriria mão da experiência? Ela sabia que era ridículo se preocupar tanto com algo que não era da sua conta, mas Emeline esperava que Samuel resolvesse permanecer no quarto esta noite. Seria terrível se ele sofresse outra crise ali.

— Lady Emeline!

A voz aguda reverberou próxima a ela, e Emeline deu meia-volta, nem um pouco surpresa, para se deparar com a anfitriã vindo em sua direção. Lady Hasselthorpe usava um vestido cor-de-rosa, dourado e verde-maçã com anquinhas tão extravagantes que precisava virar de lado para transitar entre os convidados. O rosa da saia combinava exatamente com o das paredes do salão.

— Lady Emeline! Estou tão feliz em vê-la — bradou Lady Hasselthorpe, como se não a tivesse visto duas horas antes. — O que acha dos pavões?

Emeline piscou.

— São aves muito bonitas.

— Sim, mas e as esculturas de açúcar? — Lady Hasselthorpe finalmente havia conseguido se aproximar, e seus encantadores azuis pareciam muito preocupados. — Quero dizer, o açúcar é todo *branco*, não é? E pavões são o oposto, não são? *Não* brancos. Acho que é isso que os torna tão lindos, todas aquelas penas coloridas. Portanto, um pavão de açúcar não é a mesma coisa que um de verdade, é?

— Não. — Emeline fez um afago no braço da anfitriã. — Mas estou certa de que os pavões de açúcar ficarão lindos mesmo assim.

— Humm. — Lady Hasselthorpe não parecia muito convencida, mas seus olhos já estavam voltados para um grupo de damas atrás de Emeline.

— A senhora viu o Sr. Hartley? — perguntou Emeline antes que a anfitriã tivesse tempo de escapulir.

— Sim. A irmã dele é muito bonita e dança bem. Acho que isso sempre ajuda, não acha? — E, com isso, Lady Hasselthorpe se foi, tagarelando sobre sopa de tartaruga com uma senhora com ar surpreso.

Emeline bufou, frustrada. Podia ver Rebecca agora, de onde estava, dançando em meio a outros convidados, mas onde estaria Samuel? Ela desviou dos dançarinos para chegar ao outro extremo do salão. Passou por Jasper, que sussurrava ao ouvido de uma moça, e o que quer que tenha dito a fez corar. E então, se viu bloqueada por um grupo de homens mais velhos, que estavam de costas para ela.

— Vi o livro de fábulas que você deixou no meu quarto — comentou Melisande às suas costas.

Emeline se virou. Sua amiga usava um vestido num tom de cinza-
-amarronzado que a fazia parecer um corvo empoeirado. Ela ergueu
as sobrancelhas, mas não fez qualquer comentário. Afinal, as duas já
tinham falado sobre isso antes, e Melisande não mudara de opinião.

— Você consegue traduzir?

— Acho que sim. — Melisande abriu o leque e o agitou devagar.
— Dei uma olhada em umas duas páginas, mas consegui decifrar
algumas palavras.

— Ah, que ótimo.

Mas seu tom deve ter soado um tanto distraído, pois Melisande lhe
lançou um olhar perspicaz e perguntou:

— Você o viu?

Infelizmente, não havia necessidade de explicar a quem ela se referia.

— Não.

— Acho que o vi indo para o terraço.

Emeline deu uma olhada na direção das portas de vidro que estavam
abertas para deixar entrar a brisa noturna. Ela tocou o braço da amiga.

— Obrigada.

— Humpf. — Melisande fechou o leque bruscamente. — Tome
cuidado.

— Tomarei — respondeu Emeline, já se virando para abrir caminho
pela multidão.

Ela avançou alguns passos e logo já estava próxima à porta que
dava para o jardim. Emeline saiu, mas só encontrou decepção. Havia
alguns casais ali, passeando pelo terraço, mas ela não viu a silhueta
distinta de Samuel. Olhou ao redor enquanto avançava, e então sentiu
a presença dele.

— A senhora está encantadora esta noite. — O hálito quente de
Samuel roçou seu ombro nu, deixando-a arrepiada.

— Obrigada — murmurou Emeline. Ela tentou olhar para o rosto
dele, mas o colono pegou a mão dela e a colocou sobre seu braço.

— Vamos dar uma volta?

Foi uma pergunta retórica, mas ela assentiu com a cabeça mesmo assim. Era um alívio passear no ar fresco da noite em comparação ao calor no interior do salão. O murmurinho dos convidados foi ficando distante à medida que os dois desciam os amplos degraus que davam para uma trilha de cascalho. Pequenas lanternas penduradas nos galhos das árvores cheias de frutas brilhavam como vaga-lumes em uma noite de outono.

Emeline estremeceu.

A mão dele apertou a sua.

— Se estiver com frio, podemos voltar.

— Não, estou bem. — Ela olhou de soslaio para o rosto dele, encoberto pela sombra da noite. — E o senhor?

Ele soltou um muxoxo.

— Mais ou menos. A senhora deve me achar um idiota.

— Não.

Os dois ficaram em silêncio, seus passos estalando sobre o cascalho. Emeline pensou que ele tentaria tirá-la da trilha e levá-la para um canto escuro, mas continuaram andando pelo caminho apropriado e bem iluminado.

— Está com saudade de Daniel? — perguntou Samuel, e, por um momento, ela ficou confusa, pensando que ele estivesse se referindo ao seu falecido marido.

Mas então compreendeu.

— Sim. Fico com medo de ele ter pesadelos. Às vezes isso acontece, o pai dele tinha o mesmo problema.

Ela sentiu o olhar de Samuel.

— Como era o pai dele?

Emeline fitou o caminho escuro com um olhar perdido.

— Era jovem. Muito jovem. — Ela olhou de soslaio para Samuel. — O senhor deve achar que é uma bobagem dizer algo assim, mas é verdade. Na época, nem percebia isso, porque também era muito jovem. Mas ele não passava de um garoto quando nós nos casamos.

— Mas a senhora o amava — disse ele, baixinho.

— Sim — respondeu ela, num sussurro. — Desesperadamente.

Era quase um alívio admitir quanto amara Danny. Como ficara imobilizada pelo luto após sua morte.

— Ele a amava?

— Ah, sim. — Nem foi preciso pensar para responder. O amor de Danny tinha sido um sentimento fácil e natural, algo que sempre fora óbvio. — Ele dizia que foi amor à primeira vista. Estávamos num baile, igual a este, e *tante* Cristelle nos apresentou. Ela conhecia a mãe de Danny.

Samuel assentiu com a cabeça, sem dizer nada.

— E ele me mandava flores e me levava para passear e fazia tudo que era esperado. Acho que nossas famílias ficaram um pouco surpresas quando anunciamos o noivado. Tinham se esquecido de que ainda não estávamos noivos.

Aqueles dias dourados não passavam de uma vaga lembrança agora. Será mesmo que ela já havia sido tão jovem?

— Ele era um bom marido?

— Sim. — Emeline sorriu. — Às vezes, bebia e fazia apostas, como todos os homens, mas costumava me dar presentes e fazer os elogios mais encantadores.

— Parece ter sido o casamento ideal. — O tom de Samuel era inexpressivo.

— E era. — Será que ele estava com ciúme?

Samuel parou e a encarou, então Emeline percebeu que aquilo que brilhava em seus olhos não era ciúme.

— Então por que, depois de um primeiro casamento perfeito e amoroso, a senhora quer um segundo sem amor?

Emeline arfou, como se tivesse levado um murro. Ela ergueu a mão quase sem perceber, como se fosse se defender ou revidar o golpe, mas Samuel segurou seu punho e o afastou, deixando-a desprotegida.

— Por que, Emeline?

— Isso não lhe diz respeito. — Sua voz tremia, por mais que tentasse controlá-la.

— Acho que diz, sim, milady.

— Alguém pode aparecer — sussurrou ela, em aviso. O local parecia deserto, à exceção dos dois, mas ela sabia que não ficaria assim por muito tempo. — Solte-me.

— Você mentiu para mim. — Ele ignorou o apelo, aproximando o rosto e aqueles olhos analíticos. — Você o amava, sim.

— Sim! Eu o amava, e ele morreu e me abandonou. — As palavras traiçoeiras a deixaram sem ar. — Ele me deixou completamente sozinha.

Samuel ainda a fitava como se pudesse ver o que se passava dentro de sua cabeça, enxergando sua alma.

— Emeline...

— Não — cortou ela antes de se desvencilhar e sair correndo.

Correu pela trilha e para longe de Samuel, como se estivesse fugindo de demônios.

O DIA ESTAVA cinzento quando Sam e Lorde Vale partiram no começo da tarde seguinte. Sam estremeceu em cima do cavalo emprestado, torcendo para que não chovesse durante a viagem de volta. Ele não conseguira falar com Emeline a manhã toda. Sempre que a via, ela fazia questão de estar acompanhada. Sua recusa em conversar sobre o que acontecera o incomodava. Ele sabia que havia tocado num ponto fraco na noite anterior, no jardim. Emeline tinha, sim, amado seu primeiro marido. Na verdade, Sam teve a impressão de que ela era capaz de sentir um amor profundo e inabalável.

E talvez esse fosse o problema. Quantas vezes ela seria capaz de se entregar a esse tipo de amor e perdê-lo sem sentir as consequências? Era como se ela fosse uma chama que se guardava, queimando devagar para conservar suas brasas e não apagar de vez. Apenas um homem determinado seria capaz de acender aquela chama novamente.

O cavalo de Sam chacoalhou a cabeça, balançando as rédeas, trazendo-o de volta à realidade. Ele e Vale seguiam para a cidade de Dryer's Green, próxima dali, onde o cabo Craddock morava. O visconde estava estranhamente calado desde que pegaram os cavalos e partiram pelo longo caminho até a saída.

Quando chegaram diante do portão de ferro forjado da propriedade, Vale falou:

— Sua mira foi impressionante ontem. Acho que você acertou o centro do alvo em todos os tiros.

Sam olhou para o outro homem, curioso com o assunto escolhido. Talvez Vale só estivesse jogando conversa fora.

— Obrigado. Notei que você não atirou.

Um pequeno músculo repuxou no rosto de Vale.

— A guerra me fez ficar cansado de armas e tiros.

Sam assentiu. Era compreensível. Tanto para aristocratas quanto para soldados comuns, a guerra apresentara muitas experiências que não mereciam ser repetidas.

Vale o encarou.

— Imagino que você me ache um covarde agora.

— Longe disso.

— Bondade sua. — O cavalo do visconde se assustou com uma folha, e, por um momento, ele se ateve às rédeas. Então disse: — É estranho; não me incomodo em ouvir tiros ou sentir o cheiro de pólvora. Só não consigo pegar numa arma. O peso e a sensação. Parece que tudo volta, e a guerra se torna real novamente. Real demais.

Sam não respondeu. O que poderia dizer diante de tal comentário? Às vezes, a guerra também se tornava real demais para ele. Talvez a guerra ainda continuasse entranhada em todos os soldados que voltaram para casa — para os mutilados e aqueles que só pareciam inteiros por fora.

Os dois estavam na estrada agora, seguindo por uma trilha delimitada por uma antiga cerca-viva de um lado e por um muro de pedras do outro. Para além dessas barreiras, campos em tons de marrom e dourado se estendiam ao longe. Um grupo de trabalhadores preparava rolos de feno, as mulheres com as saias amarradas na altura dos joelhos e os homens com blusas largas.

— Você sabia que Hasselthorpe também esteve na guerra? — perguntou Vale subitamente.

Sam olhou para o visconde.

— É mesmo? — Hasselthorpe não tinha um porte de militar.

— Foi ajudante de campo de um dos generais. Não me lembro de qual.

— Ele esteve em Quebec?

— Não. Acho que não participou de nenhuma batalha. Pelo que sei, nem ficou no Exército por muito tempo antes de herdar o título.

Sam meneou a cabeça. Muitos aristocratas eram convocados para postos tranquilos no Exército de Sua Majestade. Pouco importava se eram ou não aptos para a vida de soldado.

A conversa encerrou quando se aproximaram dos arredores de Dryer's Green, minutos depois. Era uma cidadezinha movimentada, do tipo que devia ter uma feira agitada toda semana. Os dois passaram por um ferreiro e um sapateiro, e então avistaram uma estalagem.

— Fui informado de que Honey Lane fica logo ali. — Vale apontou para uma ruazinha logo depois da estalagem.

Sam assentiu com a cabeça e virou o cavalo na direção da viela. Havia apenas uma casa ali — um casebre velho, com telhado de palha enegrecido pelo tempo. Ele olhou para Vale com as sobrancelhas arqueadas. O visconde deu de ombros. Os dois desmontaram dos cavalos e prenderam os animais em arbustos baixinhos próximos ao muro de pedra que separava a casa da rua. Vale abriu o portão de madeira, e eles entraram no quintal. O lugar talvez tenha sido bonito um dia; havia resquícios de um jardim, havia muito esquecido, e a casa, apesar de pequena, tinha boas proporções. Pelo visto, Craddock vinha enfrentando algumas dificuldades. Ou então tinha perdido a vontade de cuidar de seu lar.

Com esse pensamento inquietante, Sam bateu à porta baixa.

Ninguém atendeu. Ele aguardou por um momento e bateu novamente, dessa vez com mais força.

— Talvez ele tenha saído — sugeriu Vale.

— Você descobriu onde ele trabalha?

— Não, eu...

A porta foi aberta com um rangido, interrompendo o visconde. Uma mulher de meia-idade espiou por uma fresta do tamanho de um palmo. Ela usava uma touca branca, mas, fora isso, estava toda de preto, com um xale cruzado sobre o colo, as pontas presas na cintura.

— Pois não?

— Desculpe, senhora — disse Sam. — Mas estamos procurando o Sr. Craddock. Fomos informados de que ele mora aqui.

A mulher ofegou baixinho, e Sam ficou tenso.

— Ele morava aqui, sim — confirmou ela. — Não mora mais. Ele morreu. Faz um mês que se enforcou.

Capítulo Onze

Foram seis anos de casamento feliz — pois que homem não seria feliz sendo rico e casado com uma bela mulher que o amava? No sexto ano, a felicidade de Coração de Ferro atingiu um novo patamar, pois a princesa descobriu que esperava um bebê. Que alegria na Cidade Brilhante! As pessoas dançavam nas ruas, e o rei presenteou seus súditos com moedas de ouro na noite em que a princesa deu à luz. Aquele bebezinho era o herdeiro do trono e um dia usaria a coroa de rei na cabeça. Naquela noite, Coração de Ferro sorriu para o filho e para a esposa, ciente de que em breve poderia falar em voz alta os nomes dos dois. Pois aquele era o terceiro dia antes do final dos sete anos de silêncio...

— Coração de Ferro

— Alcaparras — disse Lady Hasselthorpe.

Emeline engoliu um pedaço da carne de ganso e olhou para a anfitriã.

— O que tem elas?

— Quer dizer... — Lady Hasselthorpe olhou para seus convidados ao longo da elegante mesa de jantar, que haviam parado para encará-la. — De onde elas vêm?

— Da cozinha! Rá! — exclamou um jovem cavalheiro. Ninguém lhe deu atenção, a não ser a moça que estava ao seu lado, que riu, achando graça.

Lorde Boodle, um senhor mais velho, de rosto fino e pálido, que usava uma peruca um tanto esfarrapada, pigarreou.

— Creio que são brotos.

— É mesmo? — Lady Hasselthorpe arregalou seus encantadores olhos azuis. — Mas que curioso. Sempre achei que fossem parentes das ervilhas, só que um pouco mais *azedas*, se entende o que quero dizer.

— Claro, claro, querida — resmungou Lorde Hasselthorpe do outro extremo da mesa para a esposa. Era um verdadeiro mistério como ele, um cavalheiro magricela, sorumbático e sem qualquer senso de humor, acabara se casando com Lady Hasselthorpe. O homem pigarreou, tentando se impor. — Como eu estava dizendo...

— Ervilhas muito, *muito* azedas — insistiu a mulher, olhando para o molho ao redor do pedaço de carne de ganso em seu prato, onde nadavam um punhado de alcaparras. — Não sei se gosto dessas coisinhas azedas, na verdade. Elas se escondem no molho e me pegam desprevenida quando mordo uma. O senhor não concorda? — apelou ela para o duque de Lister, que estava à sua direita.

O duque era conhecido por sua habilidade em discursar no parlamento, mas, agora, piscou, sem saber o que dizer.

— Ah...

Emeline resolveu salvar a conversa.

— Gostaria que o lacaio retirasse o seu prato?

— Ah, não! — Lady Hasselthorpe abriu um sorriso encantador. Os olhos azuis combinavam perfeitamente com a cor de seu vestido, e ela usava um colar de pérolas apertado que realçava o pescoço longo e fino. Sua beleza era mesmo extraordinária. — Basta eu tomar cuidado com as alcaparras, não é? — E enfiou um pedaço de carne de ganso na boca.

— Uma mulher corajosa — murmurou o duque.

A anfitriã ficou radiante.

— Eu sou mesmo, não acha? Creio que sou mais corajosa do que Lorde Vale e o Sr. Hartley. Os dois nem voltaram da vila para o jantar. A menos que — ela lançou um olhar indagador para Emeline — estejam escondidos em seus quartos?

Para dizer a verdade, Emeline estava mesmo ficando preocupada com o sumiço dos dois. Aonde Samuel e Jasper tinham ido parar? Os dois saíram logo depois do almoço, horas antes.

Mas ela abriu um sorriso tranquilo para a anfitriã.

— Estou certa de que devem ter parado em alguma taverna da vila ou algo parecido. A senhora sabe como são os homens.. — Lady Hasselthorpe arregalou os olhos, como se não tivesse certeza de que realmente sabia como eram os homens.

Lister pigarreou, inesperadamente.

— Na verdade, creio que Lorde Vale se encontra na estufa.

Lady Hasselthorpe o encarou.

— O que ele está fazendo naquele lugar? Será que não sabe que o jantar não é servido na estufa?

— Acredito que esteja, humm... se sentindo *indisposto*. — O duque ficou vermelho.

— Bobagem — retrucou a anfitriã. — A estufa é um péssimo lugar para ficar quando se está indisposto. Imagino que ele escolheria a biblioteca para algo assim, não acha?

O duque ergueu as sobrancelhas espessas diante do comentário, mas Emeline mal notou. O que Jasper estava fazendo na estufa, *indisposto*? Ele teria de ter voltado há algum tempo para estar nessas condições, porém, ela não o vira. E, mais importante, onde estava Samuel?

— Acaso viu o Sr. Hartley? — perguntou ela ao duque, interrompendo sua elaborada explicação sobre por que um cavalheiro escolheria ficar na estufa quando estava se sentindo indisposto.

— Não, senhora. Sinto muito.

— Bem, os dois vão perder o jantar — comentou Lady Hasselthorpe, bem-humorada. — E vão dormir com fome.

Emeline tentou sorrir para o gracejo, mas não foi muito bem-sucedida. O jantar se estendeu por mais uma hora, e ela não fazia ideia de como conseguira conversar com os outros convidados à mesa. Até que, finalmente, após servirem uma travessa de queijos com pera para a qual ela mal conseguira olhar, a refeição chegou ao fim. Emeline se demorou apenas o suficiente para parecer educada; então saiu apressada, cruzando uma série de cômodos antes de alcançar o piso de ardósia à entrada da estufa. Uma bela porta de vidro e madeira mantinha o calor úmido dentro do cômodo.

Ela abriu a porta.

— Jasper? — Mas tudo que ouviu foi o barulho de água pingando. Ela fez uma careta irritada e fechou a porta às suas costas. — Jasper?

Algo retiniu mais adiante, e então ela ouviu uma voz masculina soltando um palavrão. Com certeza era Jasper. A estufa era uma construção comprida, em formato de fechadura, com as paredes e o teto de vidro. Havia alguns vasos espalhados com plantas verdes pelo lugar, mas a maioria era apenas ornamental. Emeline ergueu a barra das saias para caminhar pelo corredor feito de ardósia. Quase no fim, contornou uma estátua de Vênus e vislumbrou Jasper, jogado num banco. Atrás dele, uma fonte ocupava o centro do espaço circular ao final da estufa.

— Aí está você — disse ela.

— Estou mesmo?

De olhos fechados, Jasper pendia para o lado, com as roupas e os cabelos em desalinho. Para ser sincera, era difícil entender como ainda não caíra do banco. Emeline apoiou a mão sobre o ombro dele e o sacudiu.

— Onde está Samuel?

— Pare com isso. Está me deixando tonto. — Ele tentou dar um tapa no braço dela sem abrir os olhos e errou o alvo, é claro.

Senhor! Ele devia estar completamente bêbado. Emeline franziu o cenho. Sabia que cavalheiros gostavam muito de beber, e Jasper, em específico, tendia a exagerar, mas ela nunca o vira em tal estado. Alegre, sim. Bêbado, não. Muito menos em público. Isso a deixou ainda mais preocupada.

— Jasper! O que aconteceu na vila? Onde está Samuel?

— Ele morreu.

Um calafrio de puro terror percorreu o corpo de Emeline antes de ela perceber que aquilo era impossível. Eles com certeza seriam avisados caso Samuel tivesse sofrido algum acidente ou algo assim, não seriam? A cabeça de Jasper pendeu para a frente, o queixo apoiado no peito. Emeline se ajoelhou, tentando ver o rosto dele.

— Jasper, querido, por favor, conte-me o que aconteceu.

Os olhos dele se abriram de repente, tão azuis e tristes que Emeline se assustou.

— Aquele sujeito. Ele se matou. Ah, Emmie, isso nunca vai acabar, vai?

Emeline tinha uma vaga ideia sobre o que ele estava falando, mas era evidente que algo terrível acontecera na vila.

— E Samuel? Para onde Samuel foi?

Jasper agitou um braço e quase caiu de costas dentro da fonte. Emeline o segurou pela cintura, apesar de ele não parecer ter notado nem sua quase queda nem a ajuda dela.

— Está lá fora, em algum lugar. Foi embora assim que descemos dos cavalos. Saiu correndo. Sam é um grande corredor, um grande corredor. Você já o viu correndo, Emmie?

— Não, nunca. — Seja lá onde Samuel estivesse, pelo menos estava vivo. Emeline suspirou. — Vamos para a cama, querido. Você não deveria estar aqui, sozinho, nesse estado.

— Mas não estou sozinho. — A cara comprida de Jasper se contorceu em confusão. — Estou com você.

— Humm. Mesmo assim, acho que você ficaria bem mais confortável na cama.

Emeline tentou puxá-lo pela cintura, e, para sua surpresa, ele se levantou com facilidade. De pé, Jasper era mais alto do que ela. O homem oscilou um pouco ao seu lado. Senhor amado, ela esperava conseguir dar conta dele sozinha.

— Como quiser — balbuciou Jasper, e apoiou uma das mãos pesadas sobre o ombro dela. — Queria que Sam estivesse aqui. Poderíamos fazer uma festa.

— Isso seria ótimo — disse Emeline ofegante, enquanto o guiava pelo caminho.

Jasper tropeçou e acabou quebrando um galho ao se apoiar numa laranjeira.

— Já falei que ele é um sujeito fantástico?

— Falou, sim.

Os dois chegaram à porta, e, por um instante, Emeline ficou preocupada, tentando descobrir como iria conseguir abri-la sem soltar Jasper. Mas o visconde solucionou o problema ao fazer isso por conta própria.

— Ele me salvou — murmurou Jasper enquanto entravam no corredor. — Trouxe o grupo de resgate justamente quando pensei que os selvagens fossem cortar minhas bolas. Opa! — Ele parou e olhou envergonhado para ela. — Eu não devia ter dito isso na sua frente, Emmie. Acho que estou meio bêbado.

— Puxa, nem percebi — sussurrou Emeline. — Eu não sabia que foi Samuel quem levou ajuda.

— Ele correu por três dias. Correu, correu e correu, apesar do corte que fizeram no lado do corpo dele. É um ótimo corredor, ele. É, sim.

— Você já disse.

Emeline o segurou com mais força quando chegaram à escada. Se Jasper caísse, a levaria junto, e ela não aguentaria o peso dele. Já era um milagre terem chegado tão longe sem encontrar com ninguém.

— Mas ele se machucou — continuou Jasper.

Emeline estava concentrada nos degraus.

— O quê?

— De tanto correr. Seus pés estavam banhados de sangue quando ele conseguiu chegar ao forte.

Ela engoliu em seco ao imaginar a cena assustadora.

— Como agradecer a um homem que fez isso? — indagou Jasper. — Ele correu até os pés ficarem cheios de bolhas. Correu até as bolhas estourarem e sangrarem. E continuou correndo mesmo depois disso tudo.

— Deus do céu — sussurrou Emeline. Ela não fazia a menor ideia disso.

Os dois estavam chegando ao quarto de Jasper, e ela sabia que não seria apropriado entrar, mas não podia simplesmente abandoná-lo no corredor. E se tratava de *Jasper*, pelo amor de Deus. Ele era o mais perto de um irmão que Emeline tinha no mundo.

Ela tocou na maçaneta, mas outra pessoa abriu a porta no mesmo instante. Pynch, o camareiro robusto de Jasper, surgiu à porta, seu rosto inexpressivo.

— Posso ajudá-la, milady?

— Ah, obrigada, Pynch. — Emeline lhe entregou de bom grado o noivo embriagado. — Você pode cuidar dele?

— É claro, milady. — Se Pynch havia demonstrado qualquer expressão, talvez fosse de afronta, mas era impossível saber.

— Obrigada.

Era horrível que se sentisse tão aliviada por deixar Jasper aos cuidados de Pynch, mas então Emeline apenas lançou um sorriso para o criado e saiu correndo na direção da escadaria.

Precisava, a todo custo, encontrar Samuel.

A NOITE CAÍA. O céu ganhara aquela tonalidade platinada que antecede o momento do último traço de luz do dia.

E Sam ainda corria.

Havia horas que estava correndo. O suficiente para já ter ficado exausto. O suficiente para ter ultrapassado a exaustão e recobrado o fôlego. O suficiente para ter perdido esse fôlego e estar simplesmente se esforçando para seguir em frente. Seu corpo se movia no ritmo repetitivo de uma máquina. A diferença era que máquinas não sentem desespero. Não importava a velocidade de sua corrida, ele era incapaz de controlar o turbilhão de pensamentos em sua mente.

Um soldado morto por suicídio. Depois de ter superado todas as batalhas, as marchas, a comida podre, os dias frios de inverno com roupas inadequadas, as doenças que viviam assolando o regimento. Depois de sobreviver a tudo aquilo e permanecer inteiro — o que era quase um milagre — e ser um dos poucos sobreviventes do massacre. Depois de voltar para uma casinha limpa e para uma esposa amorosa. O passado já devia ter sido deixado para trás. O soldado deveria voltar para casa e deixar a guerra a cargo da história e de relatos contados ao redor de uma fogueira. No entanto, Craddock subira num banco, passara uma corda ao redor do pescoço e pulara.

Por quê? Essa era a pergunta que o atormentava. Por que, depois de ter enganado a morte, atirar-se em seus braços de livre e espontânea vontade? Por que agora?

Seu fôlego se esgotou na subida de uma colina, as pernas tremendo de cansaço, os pés latejando de dor a cada passo. A escuridão havia tomado conta dos campos por onde Sam corria, e ele não gostava disso. A cada passada havia um risco real de dar um passo em falso. De pisar no buraco de um coelho ou tropeçar numa pedra e cair. Mas não podia cair. Precisava continuar correndo, pois outros dependiam dele. Se parasse, sua motivação seria falsa. Ele não passaria de um covarde que fugira da luta. Mas Sam não era covarde. Tinha sobrevivido à batalha. Tinha matado vários homens, brancos e índios. Havia superado a guerra e se transformado num cavalheiro, num homem respeitável, de posses. Outros dependiam dele; outros acatavam suas opiniões. Quase ninguém mais o acusava de covardia — pelo menos, não em sua cara.

Sam tropeçou, batendo o pé esquerdo. Mas não foi ao chão. Não caiu. Em vez disso, deu um meio giro, chorando de dor, vendo as estrelas embaçadas.

Continue correndo. Não desista.

Craddock havia desistido. Craddock sucumbira à escuridão que se infiltrava em sua mente em momentos inconvenientes, aos pesadelos que acabavam com seu sono, aos pensamentos que ele não conseguia afastar. Agora, Craddock dormia. Em paz. Sem pesadelos ou receios pela própria alma. Craddock descansava.

Não desista.

EMELINE NÃO SOUBE dizer o que a acordou mais tarde naquela noite. Certamente não fora Samuel, que se movia sem fazer barulho, silencioso e discreto, como um gato voltando para casa depois de caçar. Mesmo assim, ela despertou no momento em que ele entrou no quarto.

Ela se endireitou na poltrona próxima à lareira.

— Onde você estava?

Samuel não parecia surpreso ao vê-la em seu quarto. Seu rosto estava pálido e indecifrável à luz de vela enquanto ele se aproximava, andando um pouco travado. Emeline baixou os olhos. Seus passos deixavam pegadas escuras no carpete. Ela quase o repreendeu por não ter limpado os pés antes de entrar, mas então compreendeu. E só então despertou de verdade.

— Ah, meu Deus, o que você fez? — Ela se levantou, segurou-o pelos braços e o obrigou a se sentar na poltrona que antes ocupava. — Mas que homem tolo! — Então se virou para colocar mais carvão no fogo e pegou uma vela. — O que você fez? No que estava pensando?

Emeline se calou, pois o que viu à luz da vela quase a fez vomitar. Ele tinha destruído seus mocassins de tanto correr. Tudo que restava do calçado eram tiras de couro presas aos pés. E os pés, meu Deus, os *pés*. Eram sangue puro, da mesma forma que Jasper descrevera horas atrás. Mas, agora, aquilo era real, estava ali bem diante de seus olhos. Ela olhou ao redor, desesperada. Havia água, mas não estava quente, e onde poderia arrumar pedaços de pano para usar como ataduras? Emeline se virou na direção da porta, mas a mão dele a segurou num movimento rápido.

— Fique. — Sua voz soava gutural, rouca de cansaço, mas os olhos a encaravam fixamente. — Fique.

Quantos quilômetros será que ele tinha corrido?

— Preciso pegar água e ataduras.

Samuel balançou a cabeça.

— Quero que você fique.

— E eu não quero que você morra de infecção! — exclamou Emeline, desvencilhando-se bruscamente.

Ela o encarava com raiva, mas sabia que o medo transparecia em seus olhos. E, apesar de seu tom ríspido e da expressão desagradável, ele sorriu.

— Então volte para mim.

— Não seja bobo — murmurou ela enquanto seguia em direção à porta. — Claro que voltarei.

Sem esperar por uma resposta, Emeline pegou a vela e saiu às pressas pelo corredor, parando apenas para verificar se não havia alguém por perto; como não viu ninguém, seguiu o mais rápido e o mais silenciosamente possível para a cozinha. Festas em casas de campo eram famosas pelos encontros clandestinos no meio da noite. A maioria dos convidados faria vista grossa se a encontrasse ali àquela hora da noite, mas por que dar chance para comentários maliciosos? Especialmente quando ela era inocente.

A cozinha da mansão Hasselthorpe era imensa e contava com um salão principal de teto abobadado que devia datar da era medieval. Emeline ficou satisfeita ao constatar que a cozinheira era uma mulher competente, pois mantinha o fogo aceso durante a noite. Ela cruzou o espaço até a imensa lareira de pedra e quase tropeçou em um garoto que dormia ali.

Ele se desvencilhou de um ninho de cobertores, parecendo um ratinho.

— Senhora?

— Desculpe — sussurrou Emeline. — Não era minha intenção acordá-lo.

Havia um imenso jarro de barro no canto, e ela tirou a tampa para espiar dentro, então assentiu, satisfeita. O jarro estava cheio de água. Enquanto ela enchia uma chaleira de ferro, ouviu o menino se mexendo às suas costas.

— Posso ajudá-la, senhora?

Ela o fitou enquanto colocava a chaleira no fogo e remexia as brasas. O menino se sentou sobre os cobertores, e Emeline notou que seus cabelos escuros estavam arrepiados. Ele devia ter mais ou menos a idade de Daniel.

— A cozinheira tem algum bálsamo para queimaduras e cortes?

— Tem.

O garoto se levantou, aproximou-se de um armário alto e abriu uma das gavetas. De lá, tirou um frasco e o entregou a Emeline, que retirou a tampa e espiou o interior. O frasco estava cheio até a metade com uma substância escura e gordurosa. Ela cheirou e distinguiu os odores de ervas e mel.

— Sim, isso vai servir. Obrigada — agradeceu-lhe ela, tampando o frasco e sorrindo para o menino. — Agora, volte para a cama.

— Sim, senhora.

Ele se acomodou e ficou observando, sonolento, enquanto ela esperava a água ferver para em seguida despejá-la em uma jarra de metal.

Havia uma pilha de panos limpos e dobrados dentro de uma cesta no armário. Emeline pegou alguns e segurou o cabo do jarro com um deles. Então sorriu para o menino.

— Boa noite.

— Boa noite, senhora.

Seus olhos já estavam fechando quando Emeline deixou a cozinha. Ela saiu apressada e subiu a escada, com o jarro pesado em uma das mãos, o frasco do bálsamo na outra e os panos sobre um dos braços. O castiçal fora deixado para trás. Agora, ela já sabia o caminho, mesmo no escuro.

Quando entrou no quarto, pensou que Samuel estivesse dormindo, mas a cabeça dele virou, alerta, na direção da porta. Ele não disse nada enquanto ela cruzava o aposento. Emeline despejou a água quente em uma bacia, adicionou um pouco de água fria do jarro que havia sobre a cômoda e levou a bacia até ele. Então ajoelhou-se aos seus pés e franziu o cenho.

— Você tem uma faca?

Em resposta, ele tirou uma pequena lâmina do bolso do colete. Ela a pegou e com cuidado cortou o que restava dos mocassins. Alguns pedaços de couro estavam grudados no sangue seco, e, apesar de ela ter sido delicada, a pele foi repuxada e voltou a sangrar. Deve ter doído, mas Samuel não emitiu um som sequer.

Ela dobrou as abas bordadas das perneiras e colocou a bacia sob os pés dele.

— Coloque seus pés aqui dentro.

Samuel lhe obedeceu e resmungou baixinho quando a pele tocou a água quente. Ela ergueu os olhos, mas tudo que viu no rosto dele foi cansaço.

— Por quanto tempo você correu? — perguntou ela.

Emeline quase esperava que ele negasse o que fizera, mas não foi o que aconteceu.

— Não sei.

Ela assentiu com a cabeça e franziu a testa, olhando para a bacia. A água estava ficando rosada com o sangue.

— Vale lhe contou? — perguntou ele.

— Jasper mencionou que o homem que vocês foram visitar havia morrido — murmurou ela, distraída.

Se ele tinha corrido até acabar com as solas dos mocassins, os ferimentos deviam estar sujos de terra. Seria preciso limpá-los bem ou iriam infeccionar. E aquilo seria extremamente doloroso.

— Onde está Vale? — perguntou ele, interrompendo os pensamentos preocupados dela.

Emeline levantou a cabeça.

— No quarto, aos cuidados do camareiro. Ele bebeu tanto que quase perdeu os sentidos.

Samuel assentiu, mas não fez nenhum comentário.

Ela abriu uma toalha sobre o colo e deu uma batidinha na perna esquerda dele.

— Levante.

Samuel lhe obedeceu, erguendo um pé que pingava. Ela o ajudou a pousá-lo em seu colo para examinar a sola do pé. Estava com uma aparência dolorosa, avermelhada e esfolada, mas muito melhor do que imaginara. Havia várias bolhas estouradas, mas apenas um corte. Ela notou também que o pé dele era bastante elegante para um homem, mas esse foi um pensamento bobo. O pé era grande e fino, mas com uma curvatura alta e dedos compridos.

— Ele se enforcou — murmurou Samuel.

Emeline o fitou. Os olhos dele estavam fechados; a cabeça, apoiada no encosto da poltrona. A luz bruxuleante da lareira refletia sobre seu rosto, realçando os traços fortes e o brilho de suor que havia secado. Ele devia estar exausto. Era de se admirar que ainda estivesse acordado.

Ela respirou fundo e voltou a encarar o pé dele.

— O soldado que você e Jasper foram ver?

— Isso. A esposa dele estava em casa. Ela contou que ele pareceu normal por um tempo, depois que voltou da guerra.

— E depois?

Emeline pegou outro pano e o rasgou até que ficasse do tamanho da palma de sua mão. Em seguida, o embebeu no bálsamo e começou a esfregá-lo na sola do pé de Samuel. Ela franziu o cenho. Devia ter pegado uma esponja ou algo parecido na cozinha.

Samuel deixou escapar um suspiro.

— O homem parou de viver.

Emeline ergueu o olhar. Ela esfregava o pé de Samuel com força para conseguir remover toda a sujeira; devia estar sendo doloroso para ele, mas seu rosto permanecia tranquilo e sereno.

— Como assim?

— Craddock passou a sair cada vez menos de casa, até parar completamente. Ele era funcionário da mercearia da vila, mas, a essa altura já havia perdido o emprego fazia muito tempo. Depois disso, parou de falar. A esposa disse que ele ficava sentado diante da lareira, olhando para o nada, como se estivesse hipnotizado.

Emeline apoiou o pé esquerdo sobre um pano limpo que estava ao lado e deu um tapinha no direito.

— Agora este, por favor.

Ela observou enquanto Samuel colocava o pé que pingava sobre seu colo. Emeline não queria ouvir nada daquilo. Não queria saber de soldados que voltavam para casa e não conseguiam tocar a vida normalmente. Será que Reynaud teria feito como o Sr. Craddock caso tivesse sobrevivido? Será que ela seria obrigada a vê-lo se destruindo aos poucos? E Samuel?

Emeline pigarreou e pegou um pano limpo.

— E depois?

— Depois ele parou de dormir.

Ela franziu o cenho e desviou o olhar para ele rapidamente.

— Como isso é possível? Todo mundo precisa dormir; não é algo que se possa controlar.

Sam abriu os olhos e fitou-a com tanta tristeza que ela sentiu vontade de virar o rosto. De sair correndo do quarto e nunca mais ter de pensar em guerras e nos homens que lutaram nelas.

— Ele tinha pesadelos — disse Samuel.

O fogo estalou na lareira às suas costas. Os dois se encararam. Emeline fitou seus olhos, escuros à luz do fogo, e sentiu um aperto no peito ao respirar, quando os pulmões se encheram de ar. Ela não queria saber; não queria mesmo. Alguns acontecimentos eram terríveis demais para imaginar, terríveis demais para guardar na alma pelo resto da vida. Ela ficara bem nestes últimos anos desde a morte de Reynaud. Tinha sofrido e protestado contra o destino, mas, por fim, acabara aceitando, pois não havia outra escolha. Descobrir agora como as coisas tinham acontecido de fato durante a guerra, como era a vida dos que conseguiram voltar vivos, mas não inteiros... Aquilo era demais.

Samuel a encarava. Emeline respirou fundo novamente para criar coragem e perguntou:

— Você tem pesadelos?

— Sim.

— Sobre o que... — Ela precisou parar e pigarrear. — Sobre o que costuma sonhar?

As linhas de expressão ao redor da boca dele ficaram mais fundas, mais tristes.

— Sonho com o fedor do suor dos homens. Com corpos, cadáveres, me esmagando, suas feridas ainda abertas, expelindo um sangue vivo, vermelho, apesar de estarem mortos. Sonho que já estou morto. Que morri há seis anos e nunca percebi. Que só penso que estou vivo, mas, quando olho para baixo, a carne das minhas mãos está apodrecida. Os ossos aparecem.

— Meu Deus. — Era insuportável ouvir sobre o sofrimento dele.

— Isso não é o pior — prosseguiu ele, num sussurro tão baixo que ela mal ouviu.

— O que é pior?

Samuel fechou os olhos como se tentasse se controlar e então disse:

— Sonho que falhei com meus companheiros. Que estou correndo pela floresta na América do Norte, mas não para buscar ajuda. Estou apenas fugindo. Que sou o covarde que dizem.

Foi tão inapropriado, muito mesmo, mas Emeline não conseguiu se conter. Ela riu. Então, tampou a boca com o punho, como uma criança tentando conter a risada, mas não adiantou; o som ecoou pelo quarto.

— Desculpe — arfou ela. — Desculpe.

Um lado da boca dele se ergueu num meio sorriso. Samuel se inclinou para a frente e a puxou para seu colo, a barra da saia resvalando na água ensanguentada da bacia. Ela não se importou. Sua única preocupação era com aquele homem e seus pesadelos infernais.

— Desculpe — murmurou ela novamente, soltando o pano sujo de sangue para passar a mão no rosto dele. Se pudesse absorver toda sua dor, ela o faria. — Ah, Samuel, desculpe.

Ele afagou-lhe os cabelos.

— Eu sei. Mas por que riu?

O tom terno na voz dele a deixou sem ar.

— É tão ridícula a ideia de você ser covarde.

— Não é — sussurrou Samuel, aproximando o rosto do dela. — Você não me conhece.

— Conheço. Eu... — Sua intenção era dizer que o conhecia melhor do que qualquer outro homem, até Jasper, mas os lábios dele encobriram os seus.

Samuel a beijou com ternura, sua boca gentil, e ela absorveu a tristeza que veio junto ao beijo. Por que aquele homem? Por que não outro de sua posição social, do seu país? Ela segurou o rosto dele com as mãos, aproximando ainda mais as bocas, mas sem ternura ou gentileza. Pois o que queria dele não era algo gentil. Ela lambeu os lábios de Samuel, sentindo o gosto de sal, então invadiu sua boca com a língua. Emeline virou o corpo para que pudesse pressioná-lo no dele sem reservas, como uma mulher lasciva. Ele se rendeu. Seus braços envolveram as costas de Emeline e a puxaram contra seu peito, com força, ao mesmo tempo que suas línguas se entrelaçavam. Ela sentiu as lágrimas secando em seu rosto, sentiu a rigidez do membro dele, apesar das várias camadas de roupa, e sentiu o próprio corpo reagindo com um tremor feminino.

E então sentiu que Samuel a afastava.

Ela se agarrou aos ombros dele para não cair na bacia de água.

— O que...?

— Vá embora.

O rosto dele estava sombrio, carregado de alguma emoção. Será que ela interpretara errado o interesse dele? Mas, não, era só olhar para o colo de Samuel para ver que ele também estava completamente envolvido no beijo. Então por que...?

— Vá embora! — Ele a ergueu, a colocou de pé e empurrou-a sem nenhuma delicadeza em direção à porta. — Vá embora.

Emeline se viu fora do quarto de Samuel. E saiu apressada pelo corredor, com as saias pingando água e sangue e o coração transbordando de dor.

Capítulo Doze

Naquela noite, quando todos dormiam no castelo, Coração de Ferro despertou com as badaladas da meia-noite. Sentindo um medo estranho, ele se levantou da cama onde dormia com a princesa, pegou sua espada e foi atrás do filho. Ao chegar ao quarto do bebê, encontrou os guardas dormindo à entrada. Com todo cuidado, abriu a porta do quarto, e o que viu lá dentro fez congelar o sangue que corria em suas veias. Pois um lobo gigante, com os dentes brilhando na escuridão, estava diante do berço do seu filho...

— Coração de Ferro

Curiosamente, ele tinha dormido bem. Essa foi a primeira coisa que passou pela cabeça de Sam na manhã seguinte. Era como se Lady Emeline tivesse passado o bálsamo não apenas em seus pés, mas também em sua alma. O que era um pensamento muito estranho. Ela riria se ouvisse algo assim; era uma mulher tão irritadiça.

Seu segundo pensamento foi que seus pés latejavam de dor. Ele gemeu e se sentou na imensa cama em que os Hasselthorpe o tinham acomodado. O quarto — assim como a casa inteira — era magnífico. Cortinas de veludo vermelho pendiam do dossel, as paredes eram forradas com lambris de madeira escura, um tapete grosso cobria o chão extenso. A cabana onde ele crescera poderia caber ali dentro. Se aquele fora o que Sam, provavelmente o hóspede menos importante de todos, tinha recebido, imagine os que tinham reservado aos outros?

Ele fez uma careta. O pensamento o deixou incomodado. Ele não pertencia a uma casa de veludo e madeira antiga. Era um homem do Novo Mundo, onde se julgavam as pessoas pelo que haviam conquistado, não pelos feitos de seus antepassados. Mas, mesmo assim, não conseguia desprezar totalmente a Inglaterra. Aquele era o lar de Lady Emeline, e ela combinava tão bem com o lugar como só alguém que tivesse nascido no país e em sua classe social poderia fazer. Isso já deveria ser motivo suficiente para ficar longe dela. Seus mundos, suas experiências, suas vidas, tudo era muito diferente.

Mas não fora por isso que ele a empurrara de seu colo na noite anterior. Não, aquilo fora apenas um movimento instintivo; algo contra os desejos do próprio corpo. Ele estava tão rijo que latejava e não conseguia pensar em nada senão colocar seu membro dentro dela, e então se dera conta de que aquilo não era certo. Ele não queria que Lady Emeline se entregasse por pena. Esse não era o sentimento que desejava dela. De jeito nenhum. É claro, talvez isso o tornasse um tolo, pois seu pênis certamente não estava preocupado com os motivos que a levaram a se sentar em seu colo, derretendo-se como manteiga no pão quente. Ele só sabia que a dama estava disposta e, feito um cão farejador quando sente um cheiro, já estava alerta e pronto para a caça.

Uma coisa de cada vez. Sam estava fedendo como um porco, depois de ter corrido a noite toda a ponto de o suor jorrar pelo seu corpo. Ele mancou até a porta e pediu que trouxessem água quente. Depois, sentou-se e examinou os pés. Lady Emeline tinha feito um belo trabalho. As solas de ambos os pés estavam cobertas de bolhas estouradas, e havia um corte bem feio no pé direito, mas os ferimentos estavam limpos. Iriam sarar direito; ele sabia por experiência.

O banho foi em uma banheira de estanho que mal acomodava seu corpo, mas a água quente e o vapor trouxeram conforto aos seus músculos doloridos. Depois disso, ele se vestiu, fazendo uma careta ao amarrar seu par mais velho de mocassins, e desceu para o desjejum. Podia ser tarde para seus padrões, mas ainda era cedo para a aristocracia inglesa, por isso, quando entrou mancando na sala onde era servido o café da manhã, Sam percebeu que só metade dos lugares estava ocupada.

O salão era comprido e ocupava uma boa extensão dos fundos da casa. Janelões de vidro cobriam a parede externa, permitindo que a luz do sol penetrasse o cômodo. Em vez de uma mesa comprida, havia várias mesinhas arrumadas. Sam acenou com a cabeça para um cavalheiro cujo nome não lembrava e tentou andar sem mancar enquanto seguia em direção ao outro extremo do salão, onde os pratos estavam dispostos sobre um aparador. Rebecca já estava lá, analisando uma travessa de pernil frito.

— Finalmente você apareceu! — murmurou a moça.

Sam olhou de soslaio para a irmã.

— Bom dia para você também.

Ela fez uma careta, então suavizou o semblante quando percebeu que Lady Hopedale olhava fixamente para eles.

— Não faça isso.

— Não faça o quê?

Sam serviu uma fatia de pernil em seu prato. No outro dia, tinha notado que a região produzia um pernil especialmente bom.

— Pare de fingir que não sabe do que estou falando — disse Rebecca, irritada.

Sam a encarou. Na verdade, não fazia mesmo ideia do que ela estava falando.

A irmã bufou, então falou devagar, como se estivesse se dirigindo a uma criancinha:

— Ontem você passou o dia todo fora. Ninguém sabia onde você e Lorde Vale estavam. Vocês desapareceram. — Sam abriu a boca, mas ela chegou mais perto dele e continuou, num sussurro: — Fiquei *preocupada*. Isso é o que acontece quando alguém desaparece de repente e ninguém consegue encontrar essa pessoa, e então todos começam a se perguntar se ela não caiu numa vala ou se está morta em algum lugar. *Sua irmã* começa a ficar preocupada.

Sam piscou. Não estava acostumado a dar satisfação sobre seus atos. Era um homem adulto e estava em sua melhor forma. Por que alguém se preocuparia com ele?

— Não há motivo para se preocupar. Sei me cuidar.

— A questão não é essa! — sibilou Rebecca, alto o suficiente para fazer uma senhora de bochechas caídas olhar para os dois. — Você poderia ser o homem mais forte e bem-armado do mundo, e mesmo assim eu iria me preocupar caso desaparecesse sem motivo.

— Isso não faz sentido algum.

Rebecca jogou um pedaço de arenque em seu prato.

— É *você* que não faz sentido. — E, com isso, se virou e saiu pisando firme com seu peixe.

Sam ainda a encarava, tentando entender o que havia dito de errado, quando Vale se aproximou.

— Sua irmã parece irritada.

Sam deu uma olhada para o outro homem e fez uma careta. Vale estava branco como papel e oscilou de forma quase imperceptível ao dar uma olhada para a travessa de pernil.

— Você parece estar na merda.

— Que gentileza a sua. — O visconde engoliu em seco. Seu rosto agora ganhava um tom esverdeado. — Acho que não vou comer nada por enquanto.

— Boa ideia. — Sam se serviu de um punhado de rins de carneiro amanteigados. — Quem sabe um café?

— Não. — Vale fechou os olhos por um segundo. — Não. Só uma água de cevada.

— Como quiser.

Sam fez sinal para um lacaio e pediu a água de cevada.

O visconde fez uma careta.

— Acho que vou me sentar naquele canto, no silêncio.

Sam sorriu e colocou duas fatias de torrada no prato antes de seguir o outro homem até uma mesinha redonda. Não tinha como não ser solidário. Afinal, os demônios que atormentavam Vale eram os mesmos que o atormentavam, apesar de os sintomas evocados serem diferentes.

— Você viu Emmie hoje? — perguntou o visconde enquanto Sam se sentava à frente dele.

O colono baixou os olhos para o prato e o colocou com todo cuidado sobre a mesa.

— Não.

Deus do céu, como ele detestava a intimidade que o apelido sugeria. Sua vontade era dar um soco na cara de Vale cada vez que o homem o usava.

O visconde deu um sorriso desanimado.

— Acho que fui um cretino com ela na noite passada.

— Foi? — Sam encarou o companheiro de mesa, sentindo o ódio aumentar em seu peito. — Ela esteve com você?

— Não por muito tempo. — Vale apertou os olhos. — Pelo menos, acho que não. Eu estava um pouco bêbado.

Sam começou a cortar o pernil com um movimento controlado, raivoso. Será que Lady Emeline também estivera no quarto de Vale? Será que tirara sua roupa e o colocara na cama? Que cuidara de Vale com tanto carinho quanto cuidara dele? Sam empurrou a faca com tanta força que ela escorregou no prato, arranhando a louça, e o pernil acabou pulando para a mesa.

— Opa! — exclamou o visconde com um sorriso idiota.

Lady Emeline entrou no salão.

Sam a observou com olhos estreitos. Ela usava um vestido recatado branco e cor-de-rosa, e a visão o provocou. O rosa lhe dava a aparência de uma dama tola da sociedade, uma mulher que seria incapaz de tomar uma decisão sozinha, coisa que ele sabia ser o oposto da verdade. Ela era uma mulher forte, a mais forte que já conhecera.

— Lá está a Emmie! — exclamou Vale.

Será que o visconde algum dia tinha enxergado a noiva como uma mulher adulta? Era óbvio que não, pois, do contrário, jamais lhe daria um apelido tão infantilizado quanto Emmie. Sam sentiu a raiva crescendo. Ela era como uma irmã para Vale, nada mais. E, ainda que o amor fraternal pudesse ser verdadeiro e profundo, não se tratava de paixão. Emeline era uma mulher forte, com emoções intensas. Precisava de mais do que o amor de um irmão.

Ela o vira. Sam sabia disso, apesar de a dama fingir o contrário, mantendo o rosto virado enquanto conversava com a anfitriã. Emeline sempre sabia onde ele estava. Sam devia ter interpretado isso como um sinal. Devia ter imaginado, só por causa daquele único fato: não conseguiria se esconder dela, mesmo se quisesse.

— Emmie! — chamou Vale, e fez uma careta ao ouvir o som da própria voz. — Droga, por que ela não está olhando para cá?

Finalmente, a dama se virou na direção dos dois, mas era claro que estava tomando cuidado de não estabelecer contato visual com Sam. Ela fez um último comentário com Lady Hasselthorpe, empertigou os ombros e seguiu em direção à mesa deles.

— Bom dia, Jasper. Sr. Hartley.

Vale se inclinou para pegar a mão da noiva, e a visão fez Sam cerrar o punho embaixo da mesa.

— Você me perdoa, Emmie? Estou muito envergonhado por ter bebido tanto ontem à noite.

Ela abriu um sorriso meigo, e Sam imediatamente ficou desconfiado.

— Claro que perdoo, Jasper. *Você* é sempre tão atencioso.

Sam tinha certeza de que a ênfase que ela colocara no segundo *você* não fora apenas coisa de sua imaginação. Ele pigarreou, tentando chamar atenção, mas ela parecia determinada a não encará-lo.

— Sente-se conosco, por favor.

Como não era possível ignorar o convite sem demonstrar que havia algo errado, Emeline respondeu com um sorriso forçado.

— Acho que não...

— Claro, claro! Sente-se — insistiu Vale. — Vou preparar um prato para você.

Um lampejo de irritação perpassou pelo rosto de Emeline.

— Eu...

Mas era tarde demais. O visconde já havia se levantado e seguia na direção do aparador. Sam sorriu e puxou a cadeira entre a sua e a de Vale.

— Ele a deixou sem opção.

— Humpf!

Emeline se acomodou na cadeira, virando a cara para ele. Curiosamente, aquilo o fez se empertigar todo. Sam se inclinou na direção dela, na esperança de sentir seu perfume.

— Perdoe-me por ter lhe mandado embora na noite passada.

As bochechas de Emeline ruborizaram num tom rosado, e ela estava adorável quando finalmente o encarou.

— Não faço ideia sobre o que está falando.

Ele analisou aqueles olhos escuros.

— Estou me referindo ao momento em que se sentou no meu colo, milady, e enfiou a língua na minha boca.

— Você está louco? — perguntou ela, num tom abafado. — Não pode falar disso aqui.

— Não que eu não tenha gostado de sentir sua doce língua.

— Samuel! — protestou ela, mas seus olhos concentraram-se nos lábios dele.

Céus, como aquela mulher o fazia se sentir vivo! Ele a queria. Que se danem as diferenças entre os dois, que se dane Vale, que se dane o país inteiro. Ela pareceu ansiar por aquilo na noite anterior.

— E adorei sentir seu traseiro sobre o meu membro duro.

Emeline arregalou os olhos.

— Pare com isso! É perigoso demais. Você não pode...

— Pronto — disse Vale, animado, colocando o prato na frente de Emeline e sentando-se com uma taça alta, muito provavelmente cheia de água de cevada. — Como eu não sabia direito o que você ia querer, peguei um pouco de tudo.

— É muita gentiliza sua — agradeceu-lhe Emeline sem jeito, pegando um garfo.

— E muito galante — murmurou Sam. — Acho que eu devia me inspirar mais nele, não acha, Lady Emeline?

Ela torceu os lábios.

— Não há necessidade...

— Há, sim. — Ele tinha perdido totalmente o controle. Foi a visão de Vale, um homem que nem a conhecia direito, cuidando dela. Sam sabia que seu rosto revelava sua tensão, que estava expondo seus sentimentos, mas era impossível se conter. — Meus modos são muito grosseiros, e meu discurso, direto demais. Preciso aprender a domar a mim mesmo se pretendo entrar em congresso com uma dama.

Quando ouviu a palavra *congresso*, Emeline deixou cair o garfo. Vale engasgou com o gole de água que havia acabado de tomar e começou a tossir.

Sam o fitou.

— Não concorda, Lorde Vale?

— Desculpem, mas acabei de lembrar... — O rosto de Emeline estava pálido de raiva enquanto ela tentava pensar numa desculpa. — Não sei. Preciso ir.

Ela se levantou e saiu andando apressada pelo salão.

— Congresso, meu velho, não era bem a palavra que você queria usar — comentou o visconde. — Conversar, talvez, ou...

— Não? Obrigado pela correção — murmurou Sam. — Com licença.

Ele não esperou pela resposta de Vale nem o encarou para ver o que o outro homem achava. Não importava. Emeline tinha fugido, e, a esta altura, ela já devia saber a reação que isso provocaria em um predador.

EMELINE ERGUEU AS saias enquanto acelerava o passo pelo corredor. Que homem detestável, detestável! Como ousava — depois de rejeitá-la na noite anterior, depois de *fisicamente* empurrá-la para longe — agir como se ele fosse o injustiçado? Ela contornou uma curva e quase trombou com o duque de Lister. Mal resmungou um pedido de desculpas antes de seguir em frente. A pior parte era que a atração que sentia por aquele homem terrível continuava inabalável. Que vergonha! Ter se oferecido a ele, ser rejeitada sem qualquer delicadeza e então ser incapaz de aplacar a atração selvagem que seu corpo sentia.

Ela havia ficado tão preocupada quando o vira no salão do café da manhã. Como estavam seus pés? Será que ela cuidara deles corretamente? Como ele conseguia estar caminhando naquela manhã? E então Samuel dera início àquela perseguição com palavras, sem parecer nem um pouco preocupado se alguém ouvia ou com o fato de que já a rejeitara. Fora por causa de Jasper, ela sabia. A reação fora apenas um instinto territorial masculino, como um cão de caça tomando conta de seu jantar. Bem, ela não era um osso velho para ser disputado.

As escadas surgiram à sua frente, mas a visão de Emeline estava embaçada de raiva e frustração. Ela não tinha qualquer sentimento por ele; se *recusava* a ter qualquer sentimento por ele. Samuel não passava de um colono sem modos ou sofisticação. Ela o odiava. Diante desse pensamento, Emeline quase escorregou no vestido e rezou para não desmoronar antes que chegasse ao quarto. Só faltava essa — ser encontrada vagando pelos corredores da mansão Hasselthorpe, completamente desnorteada por causa de um homem. Ela praticamente correu os últimos metros até o quarto, abrindo a porta e entrando antes de batê-la às suas costas.

Ou pelo menos tentar batê-la. O movimento encontrou uma resistência. Emeline olhou para trás e descobriu, para seu desespero, que Samuel estava ali, segurando a porta de madeira com a mão espalmada.

— Não! — Emeline empurrou a porta com todas as suas forças. — Vá embora! Vá embora, seu depravado, cretino, estúpido!

— Silêncio.

Ele franziu as sobrancelhas, sério. Então a segurou pelos ombros e, sem esforço, a afastou da porta antes de fechá-la.

Esse gesto só serviu para enfurecê-la ainda mais.

— Não, pare com isso!

Ela se contorcia, em uma tentativa desesperada de se desvencilhar, batendo nas mãos dele, inclinando a cabeça para mordê-lo.

— Não, não paro — retorquiu ele.

E então a puxou com força contra seu corpo. Suas bocas se encontraram, e, na mesma hora, Emeline o mordeu. Ou pelo menos tentou. Samuel inclinou a cabeça para trás e, surpreendentemente, sorriu, apesar de a expressão não exprimir qualquer divertimento.

— Eu me lembro desse truque.

— Desgraçado! — Ela ergueu a mão para lhe dar um tapa, mas ele a segurou.

Então, Samuel usou seu corpo para pressioná-la contra a parede e a imobilizou ali como se ela fosse uma mariposa desafortunada. Ele se inclinou para a frente e, desviando da boca de Emeline, mordeu seu pescoço, logo abaixo da orelha. E o corpo de Emeline — seu corpo traidor e *idiota* — reagiu, amolecendo por inteiro. Samuel mordiscou e lambeu seu pescoço, e ela arqueou a cabeça para trás, deixando escapar um murmúrio que mais pareceu um rosnado. Ele riu.

— Não ria de mim! — chiou ela como uma harpia.

— Não estou rindo — murmurou ele contra o pescoço. — Eu jamais riria de você.

Samuel deu um puxão no corpete do vestido, rasgando uma parte dele. E então sua língua escorregava sobre os seios dela, presos pelo espartilho.

Emeline arfou, e os lábios dele se tornaram mais delicados, sussurrando contra sua pele.

Homem maldito!

— Não ouse fazer isso só por ciúme.

Samuel ergueu a cabeça. Seu rosto estava ruborizado, e os lábios, vermelhos após beijá-la.

— Isso não tem nada a ver com mais ninguém. Isso é só entre nós dois. — Ele puxou a mão de Emeline para baixo, pressionando-a de forma indecente sobre sua calça.

E Emeline o sentiu, grande e quente, esperando por ela embaixo da roupa. Era triunfante saber que poderia fazer o membro dele enrijecer. Ela queria isso. Ela queria aquele homem. E pressionou a palma da mão contra seu comprimento.

Samuel gemeu e a virou de frente para a parede, arrebentando os laços do espartilho para abri-lo. Ela espalmou as mãos contra a parede, passando as unhas pela pintura; sua bochecha febril se encostou no gesso gelado. Aquilo era loucura, insanidade, mas quem ligava? Ele puxou as mangas do vestido para baixo, rasgando-o um pouco mais, e ela sentiu o ar frio sobre os ombros. Em seguida, a mão grande e quente de Samuel desceu pela coluna dela. Dava para sentir as calosidades másculas contra sua delicada pele feminina. Samuel deu uma mordiscada em sua nuca, e ela fechou os olhos. Fazia tanto tempo. Tempo demais. Ela estava se derretendo toda. Nem era preciso que ele fizesse muito mais, pois já estava pronta. Mas Samuel parecia não ter pressa. Ou talvez estivesse apenas apreciando seu corpo nu e vulnerável. Ele beijava sua coluna agora, e ela sentia o toque dos lábios, cada passada úmida da língua.

Emeline soltou um gemido.

As mãos chegaram aos seus quadris, onde o vestido, a camisola e os saiotes se enroscavam. Samuel devia estar fazendo um grande estrago em suas roupas agora, pois ela ouviu o som prolongado de tecido rasgando. Em seguida, metros de pano se amontoaram aos pés dela, e suas nádegas ficaram expostas. Ele pousou a boca na base da coluna e beijou-a ali antes de descer para beijar — *beijar* de verdade — suas nádegas. Aquilo não era civilizado. Era animalesco e indecente, e ela não deveria gostar. Não deveria.

— Samuel — gemeu ela.

— Silêncio — murmurou ele.

Agora, suas pernas estavam sendo afastadas, e Emeline vagamente refletiu que, de onde ele estava, o que via não era exatamente seu melhor ângulo. Mas todas as inseguranças logo foram esquecidas, pois ele deslizou o polegar entre suas partes íntimas.

— Você está molhada — disse ele com a voz carregada e grave, exalando satisfação masculina.

Emeline desgrudou o rosto da parede e quase tentou se afastar. Como ele ousava dizer aquilo tão levianamente?

Mas então ele ergueu seus quadris e...

Ah, meu Deus! E a lambeu. A bochecha de Emeline voltou a se encostar na parede. Nada mais importava, sua posição infeliz, a natureza selvagem dele. Tudo que ela desejava era que Samuel continuasse fazendo aquilo para sempre. A língua dele passava por seus lábios inferiores, pressionando e lambendo, e ela teve a impressão de que jamais sentira nada igual àquilo em toda a vida. Então, Samuel afastou a boca e soprou a região, resfriando-a e excitando-a ao mesmo tempo. Em seguida, abriu os lábios com os polegares e foi descendo a língua até a parte central do seu ser. Emeline gemia agora, empurrando os quadris contra o rosto dele. Se refletisse muito sobre as ações dos dois, morreria de vergonha. Assim, afastou os pensamentos e apenas se concentrou na sensação, na boca que tocava a parte mais íntima de seu corpo. Na língua buscando até encontrar o clitóris, fazendo-a gemer ainda mais. Ela gemeu outra vez quando Samuel a lambeu delicadamente.

Emeline sentiu então a mão de Sam envolvendo seu quadril e tocando sua penugem macia. Ela arfou, abriu os olhos e olhou para baixo. A cena era extremamente erótica. Aqueles dedos morenos tocando sua pele branca e descendo para os cachos escuros entre as coxas. Um dedo médio deslizou até sua intimidade, e Emeline teve de fechar os olhos quando o dedo substituiu a língua, tocando em seu botão. Ela sentiu a língua de Samuel deslizando para baixo até estar dentro dela, fazendo seu corpo se contorcer violentamente. Emeline tremia e ofegava, fincando as unhas na parede, movendo os quadris enquanto uma onda de prazer se espalhava pelo seu corpo. Espasmos a percorriam enquanto a língua entrava e saía dela sem parar, ao mesmo tempo que o dedo massageava seu botão, incansável. O clímax parecia não ter fim, como um rio de luz brilhante que fluía, fluía, fluía.

Finalmente, Emeline sucumbiu, fraca e trêmula, com os joelhos ameaçando ceder, os braços tremendo enquanto ela tentava se firmar.

Samuel afastou a boca do seu corpo, e Emeline tentou se virar, mas ele a segurou.

— Incline-se para a frente.

Ela estava atordoada, a mente encoberta por uma névoa sexual febril, e só lhe restou obedecer, se dobrando na altura da cintura e se apoiando na parede com os braços estendidos para não cair.

Os dedos voltaram para a intimidade úmida dela, e então veio seu pênis. Ela suspirou. Tão doce, tão lindo. Aquela carne rija e quente abrindo caminho, começando a penetrá-la. Aquela era a melhor parte, a descoberta. Quando ele se tornou um homem despojado de tudo, e ela, a mulher que o recebia. Que o explorava e o envolvia. Que descobria como era aquilo com ele.

Samuel devia estar a ponto de explodir, quase frenético com seu desejo adiado, mas foi devagar. Ela sentiu cada centímetro da carne rija entrando em seu corpo, alargando-a até que sentisse o tecido da calça dele tocando seu traseiro desnudo. Samuel respirou fundo, deu uma estocada e a penetrou por completo. Sonhadora, Emeline pensou que poderia ficar naquela posição para sempre, sentindo aquela rigidez dentro de seu corpo, saboreando a sensação de plenitude, de conexão.

Mas ele recuou, tão devagar quanto tinha entrado, e a musculatura interna dela se contraiu, como se quisesse impedi-lo de sair. De repente, ele se impulsionou de novo, e os braços de Emeline se dobraram com a força do impacto.

— Fique parada — resmungou ele, as palavras quase ininteligíveis.

Ela travou os cotovelos. Então Samuel a segurou pelos quadris, e as estocadas começaram, firmes e rápidas, seu pênis deslizando de forma enlouquecedora e maravilhosa. Emeline ajeitou o ângulo do quadril para recebê-lo por completo.

— Jesus! — gemeu ele.

Os dedos de Samuel subitamente voltaram para a penugem preta, envolvendo-a até encontrar aquela parte íntima que ansiava por ser tocada. Ele pressionou com firmeza na frente, ao mesmo tempo que a penetrava por trás. Emeline sentiu um grito se formando no fundo da garganta. Aquilo era demais, as estocadas, a pressão certeira do dedo, a dor nos braços que a firmavam.

Sam soltou um palavrão de repente e então a puxou contra seu corpo, as costas nuas de Emeline pressionando o colete dele enquanto seu pênis se enterrava nela e começava a jorrar. O ângulo era estranho — e erótico —, com Emeline na ponta dos pés, as pernas abertas, os seios e o ventre expostos, o membro dele dentro dela. Ela o ouviu gemer e ficou maravilhada ao sentir Samuel perder o controle. Ele estimulava seu clitóris com intensidade, espalmando a mão de forma possessiva sobre o monte de Vênus enquanto gozava dentro dela.

E então Emeline finalmente gritou. Ondas quase dolorosas de prazer percorreram seu corpo enquanto ela estremecia sobre o pênis dele. Samuel tapou a boca de Emeline com a mão para tentar abafar o som, e ela o mordeu, apreciando o gosto da pele em sua língua.

Às suas costas, ele respirou fundo.

— Arisca.

Samuel se retirou de dentro dela e a segurou pela cintura, erguendo-a por trás e jogando-a de costas sobre a cama. Emeline só teve tempo de se firmar antes de ele se deitar na cama, ao seu lado, o colchão afundando com o peso.

— Você vai acabar me mordendo outra vez, mas talvez valha a pena — disse ele antes de descer a boca até a de Emeline.

Samuel afastou as pernas dela e a penetrou novamente. E então simplesmente ficou lá, pesado e quente, devorando-a com seu beijo.

Ele nem tinha tirado a roupa, pensou ela, atordoada, enquanto abria a boca para recebê-lo. Ainda estava de paletó, colete, calça e perneiras, devia até estar com os mocassins na cama. Mas então o pensamento lhe escapou, e Emeline se entregou à língua que a cortejava e a seduzia. Sentiu a pressão dos botões frios de metal do colete sobre seus seios nus quando ele se inclinou sobre ela.

Alguém bateu à porta, e Emeline congelou. Samuel ergueu a cabeça.

— Está tudo bem, milady? — chamou Harris, sua criada.

Samuel olhou para ela e arqueou uma sobrancelha.

Emeline pigarreou, ciente de que ele ainda estava dentro dela.

— Está tudo bem. Pode ir.

— Pois não, milady.

Os dois ouviram o barulho dos passos se distanciando.

Ela respirou fundo e o empurrou.

— Saia.

— Por quê? — perguntou Samuel, de maneira preguiçosa. — Gosto daqui.

Mas ela começava a sentir uma sensação sufocante de pânico.

— Minha criada vai voltar.

Ele se afastou para fitá-la.

— Duvido muito. Tenho certeza de que você só contrata os criados mais bem-treinados.

Emeline o empurrou novamente, e, dessa vez, ele cedeu, saindo de dentro dela tão abruptamente quanto havia entrado. Samuel se deitou de lado. Ela saiu da cama antes que tivesse tempo de se arrepender.

— É melhor você ir embora.

Como era estranho ficar parada, nua, na frente do homem com quem havia acabado de fazer amor de forma indecente. Ele deveria ter a decência — a *decência* de um cavalheiro — de ir embora discretamente depois do ato. Mas, pelo jeito, não tinha. Ela sentiu que era observada enquanto se abaixava para pegar as roupas jogadas no chão, procurando algo, qualquer coisa, que cobrisse sua nudez. Ela achou a camisola e a colocou na frente do corpo, mas então descobriu que a peça era mais farrapo do que tecido.

Aquilo era demais.

Indignada, Emeline jogou a camisola esfarrapada no chão e voltou-se para o homem na cama.

— Você precisa ir embora!

Samuel estava deitado de lado, apoiado sobre um cotovelo, observando-a, como ela imaginava que estaria. Seus cabelos permaneciam presos em uma trança apertada, e as roupas estavam amassadas, mas no mesmo lugar. Porém, sua boca relaxara num meio sorriso sensual, e os olhos estavam semicerrados e sonolentos. O homem não teve nem a decência de abotoar a calça. Contra sua vontade, o olhar de Emeline pousou na masculinidade dele, brilhante e grossa, a única parte do corpo exposta. A essa altura, seu pênis já deveria estar mole e menor, tornando-se algo risível, mas não era o caso. Muito pelo contrário, ele estava todo arrogante, meio ereto, como se disposto a começar tudo outra vez.

A visão a enfureceu.

— Por que ainda não foi embora?

Samuel suspirou e se sentou.

— Eu esperava poder ficar deitado ao seu lado um pouco, milady, mas, pelo visto, isso não lhe daria prazer.

Emeline se ruborizou. Sentiu o calor subindo pelo pescoço e pelas bochechas. Ela sabia que estava sendo grosseira e irracional. Sabia que deveria ser gentil e talvez até demonstrar uma indiferença, mas não conseguia.

Simplesmente não conseguia.

— Por favor, vá embora.

Ela então cruzou os braços sobre os seios, tentando se proteger, e virou o rosto.

Samuel se levantou e abotoou a calça sem pressa.

— Estou indo, mas isso não acabou.

Emeline o encarou, horrorizada.

— Claro que acabou! Você conseguiu o que queria. Não há motivos para... para...

Ela se permitiu emudecer, pois não sabia como verbalizar seus pensamentos. Ah, se ao menos ela fosse uma daquelas viúvas sofisticadas! As que tinham amantes discretos e mantinham relacionamentos em que ambas as partes sabiam muito bem quais eram as regras do jogo. Mas ela precisava cuidar de Daniel e de *tante* Cristelle, e, bem, nunca tinha sentido necessidade antes.

Enquanto Emeline refletia sobre sua lamentável falta de experiência, Samuel terminou de se recompor e foi até onde ela estava plantada, parecendo uma dríade velha. Ele se inclinou e roçou os lábios contra os dela com delicadeza e carinho, e o toque quase a fez chorar.

Então ele recuou, com olhos semicerrados e pensativos.

— Sim, consegui o que eu queria, e o que você queria também, mas não estou saciado. Voltarei, e você terá duas opções: me deixar entrar discretamente ou permitir que eu bata nessa porta até derrubá-la e acabar chamando atenção da casa inteira. — O canto da boca de Samuel se curvou, mas aquilo não parecia uma brincadeira. — Posso até desconhecer todas as regras da sua sociedade, mas acho que você não vai querer que isso aconteça.

Emeline ficou boquiaberta durante o discurso arrogante e só encontrou forças para falar depois que ele lhe deu as costas.

— Como você ousa...

Samuel a segurou pelos ombros, fazendo-a interromper sua frase indignada com um gritinho. Ele baixou a cabeça e falou-lhe ao ouvido, intenso:

— Eu ouso porque você me recebeu no seu corpo há menos de quinze minutos. Porque seu corpo molhou meu pênis com seu prazer, e quero repetir isso.

Ele cobriu a boca de Emeline com a sua, mas, desta vez, o beijo não foi suave nem carinhoso. Era um beijo que deixava claro o desejo de um homem. Samuel enfiou a língua na boca de Emeline e inclinou a cabeça para envolver os lábios por completo, e o corpo tolo dela se curvou na direção dele. Era isso que ela queria. Era por isso que ansiava. A inteligência e a razão abandonaram seu cérebro.

Samuel recuou tão subitamente que ela quase caiu. A expressão dele era séria, e o rosto estava ruborizado.

— Deixe-me entrar hoje à noite, Emeline. — E deixou o quarto antes que ela tivesse tempo de responder.

Enquanto ela se largava sobre a pilha de roupas esfarrapadas, fez uma descoberta aterradora: havia perdido todo o controle que poderia ter tido sobre o que existia entre os dois.

— CRADDOCK SE ENFORCOU há um mês — disse Lorde Vale naquela tarde.

Sam afastou Emeline de seus pensamentos — sua pele, seus seios, o fato de que ela não queria vê-lo novamente — e se concentrou no problema do vigésimo oitavo.

— Você acha que Thornton já sabia que Craddock tinha morrido.

Vale deu de ombros.

— Thornton não mencionou quando tinha visto o homem pela última vez.

— É verdade.

— Quem é o próximo da sua lista?

Sam fez uma careta.

— Ninguém.

Chovia lá fora, para desespero da anfitriã. Aparentemente, Lady Hasselthorpe havia planejado um passeio depois do almoço para visitar as ruínas de uma abadia, um famoso ponto turístico da região. Em seu íntimo, Sam ficou aliviado com a chuva. Seria impossível subir qualquer colina hoje, pelo menos, não sem sentir dor, e dar uma desculpa para não ir poderia chamar a atenção de Rebecca. Ele estava começando a notar que a irmã percebia muito mais do que ele poderia imaginar. E explicar para ela por que seus pés estavam enfaixados seria bastante complicado.

Porém, em vez disso, a maioria dos convidados estava reunida em uma grande sala de estar nos fundos casa. Emeline, é claro, não estava entre eles — obviamente o evitava —, mas quase todos se encontravam ali. Alguns se divertiam jogando baralho, outros liam ou conversavam em pequenos grupos.

Como Vale e Sam.

— Você não tem mais ninguém para interrogar? — perguntou o visconde, sem acreditar.

Sam cerrou os dentes.

— Aceito sugestões.

Vale torceu os lábios.

— Hum...

— Presumo que tenha alguma ideia?

— Bem... — De repente, Vale parecia muito interessado nas janelas respingadas de chuva.

— Foi o que eu achei — murmurou Sam.

Os dois ficaram olhando para as janelas como se estivessem hipnotizados pelo tempo ruim. Vale tamborilava os dedos sobre o braço da poltrona de um jeito irritante.

Finalmente, o visconde respirou fundo.

— Se Thornton foi o culpado, ele precisaria de um motivo para trair o vigésimo oitavo.

Sam não tirou os olhos da janela, mas, curiosamente, não estava nada surpreso com o fato de os pensamentos do outro homem seguirem a mesma linha que os seus.

— Você desconfia dele, então?

— Você não?

Sam se lembrou do desconforto que sentira quando reencontrara Thornton em Londres. Ele suspirou.

— Posso até suspeitar, mas não consigo pensar num motivo para que ele traísse todo o regimento. Algum palpite?

— Não faço ideia — respondeu Vale. — Talvez ele tenha enjoado de tomar só sopa de ervilha naquela marcha maldita.

O visconde parecia gostar dele. Havia algo sórdido em se fingir de amigo de um homem depois de ter acabado de fazer amor com a noiva dele. Sam o teria evitado, mas Vale viera ao seu encontro assim que ele entrara na sala.

— Sempre há a questão do dinheiro... — refletiu Vale. — Mas não sei como Thornton poderia ter se beneficiado matando um regimento inteiro, a menos que tenha sido pago pelos franceses.

— Thornton fala francês? — perguntou Sam, distraído.

— Não faço ideia. — Vale voltou a tamborilar os dedos. Parecia estar pensando sobre as habilidades linguísticas de Thornton. — Não que isso importe. Afinal, você disse que o bilhete foi escrito em inglês. E, além do mais, muitos franceses falam inglês.

— Ele estava endividado? — Sam observava Rebecca inclinando a cabeça para escutar o que outra moça dizia. Pelo menos a irmã havia encontrado alguém com quem conversar.

— Deveríamos tentar descobrir. Ou melhor, eu deveria tentar descobrir. Não tenho ajudado muito na investigação. Já está na hora de fazer algo, não acha?

Sam fitou o visconde, que o observava com um olhar sincero e desanimado. Que tipo de homem seria capaz de trair um amigo como aquele?

— Obrigado — agradeceu-lhe Sam, sério.

Então, o rosto de Vale se abriu em um sorriso, demonstrando uma daquelas transformações surpreendentes que o visconde conseguia executar às vezes. Seu rosto bonachão se iluminou, e os olhos azuis praticamente brilharam.

— De nada, meu velho.

Então Sam baixou os olhos, incapaz de encarar os olhos do outro homem. Em nome da honra, nunca mais deveria se encontrar com Lady Emeline. O que deveria torná-lo o homem mais desonrado do mundo.

Pois, naquela noite, pretendia encontrá-la e fazer amor com ela de novo.

Capítulo Treze

O lobo gigante pulou na direção do berço do bebê, com a bocarra aberta. Mas Coração de Ferro foi para cima da fera, com a espada empunhada para proteger seu filho. E que batalha se seguiu! Pois Coração de Ferro devia permanecer em silêncio — não podia gritar por socorro —, e o lobo monstruoso era um verdadeiro teste para sua força e habilidade. Os combatentes brigaram pelo quarto, derrubando e quebrando móveis até que não passassem de meros estilhaços. O berço do bebê acabou virando, e o pequeno começou a chorar. Coração de Ferro desferiu um golpe poderoso e acertou a pata traseira do lobo. A fera uivou de dor e contra-atacou, atirando o homem contra a parede com um baque tão forte que o castelo estremeceu. Coração de Ferro bateu a cabeça na parede de pedra e perdeu os sentidos...

— Coração de Ferro

Emeline passou o dia todo discutindo consigo mesma, apesar de ter tomado o cuidado de permanecer em seu quarto temendo que acabasse esbarrando nele. Os motivos já eram mais do que sabidos. Os dois pertenciam a classes diferentes, mundos diferentes. Ela tinha um filho e uma família com que se preocupar. Ele era intenso demais, um homem nada fácil de lidar. Ela jamais conseguiria controlá-lo. E, mesmo assim...

Mesmo assim...

Talvez fosse porque havia passado o dia todo debatendo e redebatendo consigo mesma, mas nenhum dos argumentos parecia mais fazer sentido. Ela os dispensou, pois nada tinha a mesma intensidade do que seu desejo. Precisava senti-lo dentro de seu corpo mais uma vez. Era chocante quão animalesca ela se sentia agora. Nunca tinha feito aquilo antes — havia se esquecido da razão, deixado que o corpo assumisse o comando. Era assustador entregar-se por inteira ao prazer. Assustador e excitante ao mesmo tempo. A vida toda, Emeline sempre seguira um controle rígido, era *ela* quem sempre havia estado no controle. Alguém precisava fazer isso — todos os homens que deveriam ter cuidado da sua família tinham partido. Primeiro, Reynaud; depois, Danny; e, seis meses depois, o pai, deixando-a sozinha.

Tão sozinha.

Emeline ficou tensa ao ouvir passos do outro lado da porta. Estava pronta para ele, nua e já deitada na cama, e sentiu uma onda de excitação perpassando pelo seu corpo. Então Samuel abriu a porta. Ele a fechou e parou de disfarçar que mancava. Naquele momento, antes de ser vista, ela notou a linhas profundas de preocupação no rosto dele, os ombros caídos. O colono estava cansado, dava para notar, provavelmente ainda não se recuperara da corrida solitária da noite anterior. Mas Emeline não se importava. Ficaria com ele esta noite, e o usaria como ele a usara.

Ela viu o momento exato em que Samuel notou sua presença. Ele parou um movimento, com o paletó tirado pela metade, e Emeline se sentou na cama. Na cama *dele*. A colcha escorregou até sua cintura, revelando os seios nus.

— Eu estava esperando você.

— É mesmo? — Ele terminou de tirar o paletó. Seu tom era casual, mas os olhos estavam fixos nos seios expostos.

Emeline recostou-se um pouco sobre os travesseiros, empinando os seios para o alto. Nem foi preciso olhar para saber que seus mamilos tinham enrijecido em reação ao ar noturno — e a ele.

— Há horas, pelo que parece.

— Desculpe. — Samuel desabotoou o colete, os dedos trabalhando com agilidade, mas sem tirar os olhos dela. — Eu teria vindo antes se soubesse.

— Na verdade, prefiro que não tenha pressa.
Ela fez beicinho, como se a ideia a aborrecesse.
Os dedos dele pararam.
— Vou manter isso em mente.
Samuel jogou o colete para o lado e tirou a camisa num gesto rápido, seguindo então para cima dela com o peito nu. E que peito maravilhoso, largo e musculoso, com os pelos escuros encaracolados sobre os mamilos e traçando uma linha que descia pela barriga. A simples visão já era suficiente para deixá-la molhada. Mas ela não podia perder sua posição de vantagem.

— Sim, deveria. — Seus olhos desceram na direção da calça, das perneiras e dos mocassins, os quais ele ainda vestia. — Pois já está se precipitando.

Samuel estreitou os olhos, e, por um momento, Emeline achou que tinha ido longe demais. Os lábios dele se contraíram, e sua expressão não era das mais satisfeitas. Mas então ele pegou uma cadeira e a colocou de frente para ela, perto da cama. Em seguida, colocou um pé sobre o assento e começou a desamarrar o sapato. Aqueles mocassins eram diferentes do outro par que havia sido destruído; provavelmente ele tinha mais de um. Emeline ficou observando os pequenos músculos daqueles braços e de suas costas enquanto Samuel desamarrava o cadarço. Ele tirou o primeiro, olhou para ela, e passou para o outro.

Emeline engoliu em seco. O homem só estava tirando os sapatos, mas ela sabia que se preparava, se despia, só para ela. O mero pensamento a deixou sem ar, e ela percebeu que seu corpo já estava pronto para ele.

Samuel tirou o outro sapato, revelando o pé enfaixado. Mas, pelo pouco que podia ver, dava para notar que os ferimentos estavam cicatrizando bem. Ele se empertigou e desamarrou um cadarço na lateral do corpo. Foi quando ela percebeu que as perneiras eram presas a uma tira de couro ao redor da cintura. Ele desamarrou o cadarço do outro lado e tirou a peça. Em seguida, pousou a mão sobre os botões da calça, e ela imediatamente se esqueceu das perneiras. Enquanto desabotoava a calça, Samuel a fitava, mantendo os movimentos dos dedos precisos e controlados. Emeline pensou no que aqueles dedos longos estariam fazendo com seu corpo logo, logo e quase gemeu. Mas ela se conteve e não o interrompeu. O farfalhar do movimento de Samuel, enquanto deixava a calça e a roupa de baixo caírem aos seus pés, ecoou pelo quarto.

Ele deu um passo à frente, afastando-se das peças ao chão, totalmente nu, exceto pelo pedaço de couro abaixo do umbigo. Emeline prendeu a respiração e observou enquanto ele desamarrava a peça e a jogava em cima das perneiras. Samuel era comprido e esguio, a pele bronzeada nas partes que ficavam expostas ao sol e naturalmente morena nas que não ficavam. Ela seria capaz de passar anos ali, só olhando para ele. Os pelos das panturrilhas eram escuros; os joelhos, proeminentes; e as coxas, grossas e musculosas. E havia aquele belo ponto secreto masculino, bem onde terminava o quadril e começava a barriga, pouco acima da virilha. Bem ali, um músculo se arqueava até o quadril. Logo acima, uma cicatriz branca e fina se estendia pela barriga, e outra, pequena e alta, se encontrava no lado direito do tórax. Por um momento, os olhos de Emeline se demoraram sobre a cicatriz fina da barriga, e ela se lembrou do que Jasper lhe contara: que Samuel correra por dias com um corte no lado do corpo. Como deve ter sido difícil. Que orgulho ela sentia por ser desejada por um homem tão corajoso.

Seus olhos desceram novamente — deixando o melhor por último — e chegaram à masculinidade de Samuel. Ela se esquecera do quão maravilhoso eram os genitais masculinos. O pênis era grosso e firme e estava quase ereto, cheio de veias saltadas pela excitação. Abaixo, os testículos eram firmes e redondos, e a camada de pelos encaracolados e escuros no baixo-ventre só servia para enfatizar o conjunto. Ela engoliu em seco, tendo dificuldade para respirar.

— Sou bom o suficiente? — indagou ele, baixinho, quebrando o silêncio. Samuel tinha ficado parado, permitindo que ela o examinasse por completo.

Os olhos dos dois se encontraram, e Emeline arfou.

— Acho que sim.

As sobrancelhas dele arquearam. Sua expressão era a de um homem arrogante insultado.

— *Acha?* Se não tiver certeza, milady, permita que eu a convença.

Num segundo, Samuel estava na cama, num ataque repentino que a fez dar um pulo de susto. E se aproximou de quatro, igual um animal, subindo nela, e, quando Emeline achou que fosse ser beijada, ele se aproximou do seu mamilo esquerdo. E o chupou. Ela arqueou, deixando escapar um suspiro. Nenhuma outra parte do seu corpo era tocada, somente aquele mamilo, e ele o chupava com vontade. Seria possível que apenas um pedacinho de carne concentrasse tantas sensações? Emeline ergueu os braços e os entrelaçou ao redor dele, aproveitando o que não pudera fazer antes. Tocá-lo. Sentir o calor da sua pele sob as palmas das mãos, deslizá-las sobre suas costelas, acariciar aquelas costas largas e maravilhosas. Sua vontade era sentir cada centímetro daquele corpo, saboreá-lo e tomá-lo até conhecer o corpo dele tão bem quanto o seu.

Samuel ergueu a cabeça, mas continuou fitando os seios.

— Passei o dia inteiro pensando nisso, nos seus mamilos, expostos para mim, e tudo que eu faria com eles. Mal consegui andar de tão duro que estava. — Ele voltou os olhos para ela, e sua expressão era quase de raiva. — É isso que você faz comigo; me transforma num ser irracional e faminto, que só consegue pensar com o pau.

Emeline se contorceu diante das palavras, tão grosseiras e explícitas. As narinas de Samuel se dilataram diante do movimento, e ela congelou.

— Segure-os para mim. Ofereça seus seios para que eu possa sugá-los até você gozar.

Ah, Senhor! Era preciso *proibi-lo* de falar com ela de modo vulgar. O homem acabaria tomando liberdades se ela permitisse que lhe desse ordens. Mas, ao mesmo tempo, só de ouvir aquelas palavras, Emeline sentiu seu corpo se umedecer. Ela queria se oferecer para ele. Queria permitir que ele sugasse seus mamilos. Então, colocou as mãos sob os seios e os ergueu, ofertando-os como se fosse um sacrifício para um deus metade homem, metade animal.

Samuel soltou um gemido gutural, um som de aprovação, e atacou os seios. Mordiscando e lambendo, puxando com cuidado os mamilos rosados entre os dentes, passando de um seio para o outro, a barba por fazer arranhando a pele delicada. Então escolheu um dos mamilos e chupou, estimulando o outro com os dedos. E os dois pontos de prazer se iluminaram dentro dela até Emeline arquear, impotente, ofegante. Aquilo era demais. Ele a machucaria. Era impossível aguentar mais.

Ela estremeceu, e uma luz ofuscante brilhou por trás de seus olhos fechados conforme uma onda de calor se espalhava por seus membros. Suas mãos caíram, mas ele continuou lambendo, a língua acariciando seu seio com carinho, cada movimento causando uma nova faísca. Emeline sentiu o toque delicado daqueles lábios ao receber um beijo no mamilo.

Ela abriu os olhos e se deparou com os seus olhos escuros, pois ele estava bem ali, o rosto logo acima do seu seio. E com uma expressão intensa, nada gentil.

— Não consigo esperar mais — murmurou ele, e puxou a coberta de cima das pernas dela.

Samuel afastou suas coxas sem cerimônia e se enfiou entre elas, guiando o pênis com uma das mãos. E, quando encontrou a entrada, se impulsionou, abrindo caminho e penetrando-a. Ele se impulsionou novamente, entrando e entrando até se encaixar por completo. As pálpebras dele pesaram, e o colono gemeu, imóvel e duro dentro dela.

Emeline sorriu. Como poderia não sorrir? Ele sentia tanto prazer com o corpo dela, parecia tão incapaz de se conter e não apreciá-la. Ela tocou seu rosto, e Samuel abriu os olhos, surpreendentemente brilhantes.

— Você está rindo de mim — resmungou Samuel.

Ela negou com um aceno de cabeça e abriu a boca para explicar, mas ele se ergueu, apoiando-se sobre os braços, e seus quadris a pressionaram contra o colchão. E então Samuel começou a se mover. Para a frente e para trás, forte e rápido. Emeline fechou os olhos, esquecendo-se do que ia dizer, sem se preocupar se ele estava ofendido ou bravo, pois tudo que importava era que continuasse se movendo. O órgão rijo a penetrava, roçava contra sua carne sensível, implacável no seu propósito — proporcionar prazer aos dois.

— Está bom o suficiente? — grunhiu ele.

Emeline não respondeu, perdida em um mar de prazer.

Samuel deu uma estocada e parou.

— Está *bom* o suficiente, milady?

Ela abriu os olhos e o encarou.

— Sim! — E espalmou as mãos sobre as nádegas musculosas, tentando fazer com que ele voltasse a se mover. — Sim! Sim! Sim! Continue se *mexendo*, droga!

E ele lhe obedeceu, rindo ou gemendo; era impossível dizer qual dos dois, pois ela fechara os olhos de novo. Para dizer a verdade, não se importava com isso. Tudo que queria era que ele não parasse. O vai e vem inabalável, o prazer inabalável. O membro rijo e a força e o desejo dela de que ele nunca, nunca, *nunca* parasse.

Até que ela gozou em ondas e ondas de prazer. Então sentiu a mão dele tocando a lateral do seu rosto. Emeline abriu os olhos a tempo de vê-lo arqueando a cabeça para trás, a pélvis roçando uma contra a outra, e observou enquanto Samuel Hartley estremecia ao gozar dentro do corpo dela.

Ele estava ofegante, mais sem fôlego do que quando corria. Ela havia sugado todas as suas forças, e fora maravilhoso.

Sam desmoronou sobre Emeline, tomando cuidado para não soltar todo o seu peso sobre ela, mas querendo senti-la por inteiro sob seu corpo. Os seios contra seu peito, o ventre dela contra o seu, as pernas enroscadas. No fundo, sabia que aquilo não passava de um desejo primitivo de dominar a mulher — a *sua* mulher —, não uma questão de carinho ou algo do qual deveria se orgulhar. Mas ele afastou o pensamento, cansado demais para raciocinar. Além do mais, a posição era perfeita.

Talvez não para ela.

— Saia de cima de mim — resmungou a dama.

Ele não se lembrava de já ter ouvido a refinada Lady Emeline resmungar antes, e ficou encantado.

— Estou pesado?

— Não. — Ela ficou quieta por um momento, e Sam achou que tivesse caído no sono. Mas então ela continuou: — Mesmo assim, você deveria sair de cima de mim.

— Por quê?

Sam tinha apoiado a cabeça no travesseiro ao lado do dela e estava adorando ficar cara a cara com a dama, observando sua expressão.

Emeline torceu o nariz sem abrir os olhos.

— Porque é a coisa educada a se fazer.

— Ah. Mas estou tão confortável aqui, então não estou muito preocupado em ser educado no momento.

Ela arregalou os olhos e o encarou com uma carranca encantadora. Não que ele fosse comentar a respeito, mas sempre ficava excitado quando a via irritada.

— Meu conforto não importa? — interpelou Emeline num tom arrogante e superior.

— Não — respondeu ele com toda calma. — Nem um pouco.

— Humpf! — Foi a resposta nada eloquente que ela deu, e Sam riu disso também. Adorava quando ela ficava monossilábica.

Emeline fechou os olhos de novo e falou, sonolenta:

— Você é muito convencido.

— É porque — ele se aproximou o suficiente para lhe dar um beijo no rosto e sussurrar ao seu ouvido — meu pau está dentro de você.

— Presunçoso.

— Sim, e você também.

Ela resmungou.

— Vá dormir, seu arrogante.

Sam abriu um sorriso, permitindo-se fazer isso uma vez que Emeline já não via mais nada, e puxou a colcha sobre os dois. E então, ainda entrelaçado a ela, obedeceu à sua ordem e caiu no sono.

EMELINE DESPERTOU DE repente na manhã seguinte. Na mesma hora, se deu conta de que tinha passado a noite no quarto de Samuel. Ele ainda estava ao seu lado. Para dizer a verdade — Emeline tentou se mexer —, ainda estava *dentro* dela. O que dificultava uma saída discreta.

Ela o observou. Ele estava deitado de barriga para baixo, com o rosto voltado em sua direção. Os quadris cobriam os seus, mas a maior parte do tronco dele estava afastada, exceto por um braço, jogado de modo possessivo sobre seus seios. As linhas de expressão nos lados da boca dele tinham se suavizado, e ele parecia mais jovem, com os cabelos castanhos bagunçados iguais aos de um menino. Será que ele era assim antes da guerra?

Samuel abriu os olhos e a encarou, seu olhar ficando mais sombrio e alerta. Ele permaneceu em silêncio, observando o rosto dela. Era muito cedo, e ela acabara de acordar. Devia estar toda desgrenhada, mas não conseguia virar o rosto. Permitiu-se ser inspecionada. O olhar de Samuel parecia mais íntimo do que quando ele a vira nua na noite anterior. O que será que via quando a olhava daquela maneira? Emeline não fazia ideia e, em outro momento, teria se aborrecido com sua própria insegurança, com a exposição. Mas, agora, com a luz suave da manhã invadindo o quarto, ela não permitiu que sua vulnerabilidade estragasse o momento.

Ele segurou-lhe a nuca e foi se aproximando devagar, observando-a enquanto chegava mais perto. Só fechou os olhos no último minuto. E então a beijou. A boca de Samuel era mais terna pela manhã, mais relaxada e preguiçosa. Os lábios se abriram sobre os dela, mas Samuel não usou a língua. Em vez disso, beijou-a de um modo sedutor, com os lábios se movendo lenta, eroticamente. Emeline sentiu a barba por fazer arranhando seu rosto e contrastando com a maciez da boca que a beijava. Ele parecia não ter pressa, apesar de ela conseguir senti-lo, grande e incrivelmente duro, dentro do seu corpo.

Samuel se ergueu, apoiando-se sobre os cotovelos, sem parar de beijá-la, segurando seu rosto entre as palmas das mãos, e a envolveu, másculo e firme, protetor e possessivo. Emeline nunca se sentira tão querida. Nunca se sentira tão desejada. Samuel afastou as pernas dela e encaixou melhor os quadris. Ela sentia os pelos do peito dele roçando seus mamilos. Aquilo tudo era tão íntimo. Emeline não sabia se aguentaria aquilo, aquele jeito de fazer amor tão íntimo. Era um ato que a deixava exposta, aberta para revelar coisas que preferia manter escondidas. Mas ela estava envolvida demais, seduzida pelo seu próprio desejo e pelo homem sobre seu corpo.

A mão de Samuel foi descendo do rosto para o pescoço, acariciando o ombro e a lateral do corpo dela. Então ele parou no quadril, aparentemente distraído com o beijo. Ele a lambera até alcançar sua boca, e agora ela o sugava. Então, a mão continuou, alcançando um joelho, erguendo-o e enroscando a perna em torno do seu quadril enquanto pressionava a pélvis contra a dela.

Emeline arfou dentro da boca de Samuel. Ela estava aberta e vulnerável naquela posição, e, quando ele a pressionava, dava para senti-lo completamente contra seu monte de Vênus. Ela não tinha certeza se gostava daquilo, daquele jeito de fazer amor, preguiçoso e *meticuloso*. Samuel estava desnudando sua alma, fosse aquilo intencional ou não. Emeline desconfiava de que ele nem soubesse o que estava fazendo com ela. Mas, quando resolveu afastá-lo, se viu enfeitiçada outra vez pela pressão dos quadris. Samuel interrompeu o beijo e ergueu a cabeça para observá-la enquanto se remexia devagar sobre sua intimidade exposta. Ela arfou com a sensação e franziu o cenho, olhando para ele. Que indelicadeza ficar encarando-a naquele momento! Será que o homem não sabia que era errado fazer isso? Que aquilo que estavam fazendo não passava de um prazer fugaz da carne, nada mais?

Nada mais...

Quando Samuel se mexeu e a pressionou novamente, com seu membro firme e insistente dentro dela, aquilo não pareceu apenas um ato físico. Era mais. Muito mais. Emeline entrou em pânico. O peso dele, as emoções — de repente, tudo aquilo era demais. Ela tentou virar o rosto, erguendo os braços para empurrá-lo, mas Samuel a deteve com facilidade, rápido, e prendeu seus punhos sobre o travesseiro, em cada lado da sua cabeça.

Emeline soluçou, impotente e com raiva, e, quanto mais brava ficava, mais vazão dava aos seus sentimentos mais íntimos.

— Pare.

Samuel negou com a cabeça lentamente, pressionando-a outra vez, seu corpo rijo fazendo o dela desabrochar como uma flor, vulnerável a todas as sensações que ele a fazia sentir. Os olhos dele se fecharam por um segundo, como se ele também estivesse nervoso com o que fazia. Então, voltou a abri-los e encarou-a.

— Não.

E inclinou a cabeça para lamber o suor da testa dela. Emeline sentiu o toque suave da língua ao mesmo tempo que sentia a pressão do pênis dentro do seu corpo enquanto ele subia e descia, pressionando a pélvis com uma precisão devastadora contra o único ponto que não resistia à investida. Samuel recuou um pouco, mas ela sentiu o atrito do pênis sobre sua carne extremamente sensível. Então, ele a penetrava de novo, esfregando, esfregando, esfregando a pélvis contra o clitóris exposto até ela não conseguir aguentar mais.

Emeline sucumbiu, e todos os segredos, todas as dúvidas, preocupações e esperanças que sempre manteve guardados dentro de si vieram à tona, livres e soltos, expostos ao ar frio da manhã e a ele.

A ele.

E ergueu o olhar a tempo de vê-lo cerrando os dentes e estremecendo, tão exposto quanto ela, enquanto soltava sua semente dentro do corpo de Emeline.

A XÍCARA DE chá tremeu quando Emeline levou-a aos lábios mais tarde naquela manhã. Ela franziu o cenho ao perceber a exteriorização de sua tormenta interior e tratou de firmar os dedos trêmulos. Ao seu redor, ninguém mais no salão onde era servido o café da manhã pareceu notar.

Exceto, talvez, por Melisande, que estava sentada à sua frente, à mesa redonda que compartilhavam, e a encarava com um olhar analítico demais. Tamanha sensibilidade não era algo a ser valorizado em uma amizade. Afinal, isso só causava perguntas desconcertantes e olhares de compaixão excessiva.

Emeline desviou o rosto para longe da sua melhor amiga e tentou pensar em qualquer outra coisa que não fosse a experiência avassaladora daquela manhã. E da noite anterior. E da manhã do dia anterior. Ela olhou para sua xícara de chá, agora perfeitamente estável. Talvez o excesso de sexo estivesse confundindo seu cérebro. Só assim para justificar sua incapacidade de pensar em outra coisa. Certamente não era saudável ficar refletindo e pensando e se tornando cada vez mais *obcecada* por um homem e suas pernas compridas e o peito largo e o *pênis* muito, muito, muito duro. Emeline engasgou com o chá e olhou para Melisande com um ar culpado.

— Traduzi o título da primeira fábula do livro que você me deu. Ela se chama Coração de Ferro — disse a amiga.

— É mesmo?

Por um momento, Emeline se esqueceu de seus problemas. Ela se lembrava daquela fábula. Coração de Ferro. Era a história de um homem corajoso, forte e leal. Um homem como Samuel, percebeu ela subitamente. Que estranho.

À sua frente, Melisande pigarreou.

— Lorde Vale estava perguntando por você ontem à noite.

Emeline quase derrubou o chá. Na mesma hora, pousou a xícara sobre a mesa. Era óbvio que ela não servia para esse tipo de subterfúgio. Seus nervos estavam à flor da pele.

— O que você falou para ele?

Melisande arqueou as sobrancelhas claras.

— Nada. Ele nem teria me notado, de toda forma.

O comentário cínico e autodepreciativo da amiga fez Emeline se esquecer das próprias preocupações.

— Não seja boba. É claro que ele teria notado você.

— Ele nem sabe o meu nome.

— O quê?

Melisande meneou a cabeça, sem qualquer traço de autopiedade em seus olhos castanhos.

— Ele não faz a menor ideia de quem eu sou.

Emeline olhou na direção do noivo, que estava sentado com um grupo de moças. Ele gesticulava de maneira espalhafatosa, aparentemente no meio de uma história, e sua mão direita quase derrubou a touca da moça que estava sentada ao seu lado. Ela pensou em dizer para Melisande que deixasse de ser boba, mas, na realidade, era bem provável que Jasper não fizesse mesmo a menor ideia do nome da amiga. Ele sempre prestara mais atenção nas beldades que circulavam em seu meio. O que era de se esperar, supunha ela. Afinal, os homens eram mesmo fúteis e se preocupavam mais com a aparência de uma mulher do que com seus sentimentos ou seu intelecto. A maioria dos homens, pelo menos. Samuel estava sentado no outro canto, entre a irmã e a Sra. Ives — uma dama de idade avançada e aparência pouco impressionante. Com a cabeça inclinada, ele ouvia algo que a senhora dizia, mas seus olhos encontraram os de Emeline assim que ela o fitou.

Ela desviou o olhar, sentindo o rubor subindo pelo rosto. Maldito homem. Não bastasse ter usado seu corpo nesta manhã até ele doer de um modo terrivelmente prazeroso — agora, ainda queria invadir seus pensamentos.

— ... espero que você tenha se prevenido — dizia Melisande.

— O quê? — perguntou Emeline num tom brusco demais.

A amiga a encarou como se soubesse que a cabeça dela estava em outro lugar.

— Eu disse que espero que você tenha se prevenido na noite passada.

Emeline a fitou.

— Do que você está falando?

— Algo para evitar um bebê...

Emeline engasgou.

— Você está bem? — perguntou sua amiga querida, como se não tivesse acabado de soltar uma bomba.

Emeline acenou enquanto tomava um gole de chá. Por um momento, pensou em negar que tinha passado a noite com Samuel, mas a conversa já parecia estar em outro nível. Em vez disso, passou para uma questão mais urgente.

— Estou bem. Como... como...?

Melisande a encarou com uma expressão grave.

— Não sei como você seria capaz de se aventurar num caso sem tomar as devidas precauções. Existem esponjas para serem colocadas dentro do corpo da mulher...

— Como você sabe dessas coisas? — perguntou Emeline, realmente surpresa. Melisande era solteira e deveria ser virgem.

— Existem livros sobre o assunto.

Ela arregalou os olhos.

— Livros sobre...?

— Sim.

— Deus do céu!

— Preste atenção — advertiu-a Melisande. — Você tomou as devidas precauções?

— Acho que é tarde demais para isso — murmurou Emeline.

Sua mão pousou sobre o ventre coberto de fitas até ela se dar conta do que fazia e tirá-la dali. Como pôde se esquecer de um detalhe tão importante, mesmo no calor da paixão? A possibilidade de um bebê era uma preocupação real, uma com a qual ela não poderia arcar. Jasper era muito sofisticado, mas nenhum homem iria querer que seu herdeiro fosse filho de outro. Se ela estivesse grávida, teria de se casar com Samuel. Só de pensar nisso, seu estômago se revirou. Não haveria onde se esconder, vivendo com um homem como aquele. Ela estaria o tempo todo exposta, com seus sentimentos, seus maiores defeitos, abertos para ele. Samuel a via, a via de verdade, como nenhum outro homem jamais conseguira, e Emeline não gostava disso. Ele acabaria exigindo emoções que ela não queria sentir, sentimentos que não seria capaz de esconder por trás de uma fachada falsa.

O desespero devia estar estampado em seu rosto, pois Melisande se inclinou para a frente e pousou a mão sobre a dela.

— Não entre em pânico. Ainda é cedo demais para saber. Talvez nem haja motivos para se preocupar. A menos que... — Ela franziu a testa. — Esse romance está acontecendo há mais tempo do que imagino?

— Não — gemeu Emeline. — Ah, não. Foi apenas...

Mas não conseguiu concluir o pensamento. O que Melisande devia estar pensando dela? Que a amiga fora para a cama com um homem que acabara de conhecer, numa festa onde seu noivo também estava?

Melisande afagou sua mão.

— Então não há por que se preocupar. Aproveite o restante do nosso tempo aqui e não volte a se deitar com ele sem se prevenir.

— Claro que não. — Emeline soltou um longo suspiro. — Não vou nem olhar para ele novamente. Com certeza não vou... — Ela completou o restante da frase com um aceno de mão e se empertigou. — Vou evitá-lo. Não haverá outra vez.

— Humm. — O múrmuro de Melisande era evasivo, mas seu rosto exibia desconfiança.

E Emeline não podia culpar a amiga. Ela tentara, mas sua voz soara incerta até mesmo para si mesma. Contra sua vontade, voltou a fitar o canto onde Samuel estava. Ele a observava com olhos estreitos. Para qualquer outra pessoa, a fisionomia dele devia parecer despreocupada. Mas, para ela, não. Emeline via o desejo, a sensação de posse e a certeza da própria força. Aquele homem não desistiria dela sem lutar.

Deus do céu, onde foi que tinha se metido?

Capítulo Catorze

Coração de Ferro acordou na manhã seguinte — na véspera de ser liberado do seu voto de silêncio — com o grito de uma mulher. A ama de leite estava parada à porta do quarto destruído, e berrava e berrava. Pois cada móvel havia sido quebrado, as paredes estavam manchadas de sangue, e o pior, muito mas muito pior, o bebê havia desaparecido. Não demorou muito, o quarto estava lotado — guardas, criados, cozinheiros e empregadas. Todos olhavam para Coração de Ferro, todo coberto de sangue, no quarto onde seu filho dormia. Mas a dor no seu coração só veio quando a princesa Consolação abriu caminho entre a multidão e encarou o marido, os olhos cheios de tristeza...

— Coração de Ferro

Ela o evitava. Isso ficou óbvio para Sam naquela manhã enquanto ele e Emeline moviam-se numa dança estranha e dissimulada. Sempre que ele entrava num cômodo, ela virava o rosto, ignorando-o. Quando tentava se aproximar, lenta e casualmente, ela inventava uma desculpa e se retirava antes mesmo que ele conseguisse chegar perto. E esse joguinho se repetiu várias vezes, deixando Sam cada vez mais frustrado. Ele não se importava mais se suas tentativas de se aproximar eram notadas por outros convidados. Seu único objetivo era encurralá-la. E, cada vez que ela conseguia escapar, mais aumentava sua determinação.

Os dois estavam na biblioteca agora, a festa mais uma vez confinada ao interior da casa devido à chuva intermitente. Sam esperava pelo momento certo, sem dar qualquer indício de que se aproximaria dela, só aguardando uma oportunidade. Emeline estava sentada num canto com sua amiga, a Srta. Fleming. A outra mulher parecia sem graça ao lado da beleza morena de Emeline, mas seus olhos eram astutos, e ela acompanhava cada movimento de Sam. Ou Emeline havia contado sobre o envolvimento deles para a amiga, ou a outra tinha adivinhado. Não que importasse. A Srta. Fleming podia ser uma boa vigia, mas Sam não iria permitir que a mulher se colocasse entre ele e sua presa.

Sam fez uma careta diante do pensamento e desviou o olhar. Suas emoções nunca foram tão primitivas, tão grosseiras, para com uma mulher que desejava. Ele sabia que estava perdendo o controle — que talvez já tivesse perdido havia muito tempo — e, mesmo assim, era impossível se conter. Ele a desejava. A rejeição era como um gelo grudado em sua pele por tempo demais. Doloroso. Inaceitável. Emeline tinha permitido que ele fizesse amor com ela; não podia fugir desse jeito agora. E, além de tudo isso, Sam sentia uma angústia que não queria admitir. Emeline o magoara, ferira seu orgulho e algo mais, lá no fundo, na essência de seu ser. Era uma dor agonizante, e ele precisava acabar com aquilo.

Precisava dela.

— Quer jogar baralho? — perguntou Rebecca ao seu lado. Ele nem notara sua aproximação.

— Não — respondeu Sam, distraído.

— Então pelo menos pare de encarar Lady Emeline como se fosse um cachorrinho babando por comida.

— Estou fazendo isso?

— Sim — respondeu ela, irritada. — Falta pouco para começar a babar. Não é legal da sua parte.

Ele virou o rosto e encarou a irmã.

— Está tão obvio assim?

— Talvez não para os outros, mas sou sua irmã. Consigo ver essas coisas.

— Sim, você consegue. — Ele a analisou por um momento. O amarelo do seu vestido parecia fazê-la brilhar. De repente, Sam percebeu que a irmã provavelmente era uma das moças mais belas ali. — Você está gostando da festa? Eu nem lhe perguntei.

— Está... interessante. — Rebecca baixou os olhos, desviando o olhar do irmão. — No começo, tive medo de que ninguém falasse comigo, mas não foi o caso. As outras damas têm sido muito gentis. A maioria.

Ele franziu o cenho.

— Quem não foi gentil com você?

Ela gesticulou com a mão, impaciente.

— Ninguém. Não importa. Não se preocupe.

— Sou seu irmão. Tenho obrigação de me preocupar — disse ele, tentando fazer um gracejo. Mas suas palavras não surtiram o efeito desejado, pois ela não sorriu. Em vez disso, Rebecca o fitou com um ar curioso.

Sam respirou fundo e tentou de novo.

— Notei que você tem passado muito tempo na companhia do Sr. Green.

— Siiim. — Rebecca esticou a palavra, usando um tom cuidadoso.

Ela baixou a cabeça, mas olhou de soslaio para o cavalheiro em questão. O Sr. Green estava entre os jogadores de baralho no canto.

Sam se sentiu um idiota. A irmã tinha acabado de convidá-lo para jogar baralho. Provavelmente queria usá-lo como uma desculpa a fim de se aproximar de Green. Ele sorriu para ela e ofereceu-lhe o braço.

— Vamos jogar cartas?

Mas ela o encarou com olhos contraídos.

— Pensei que não quisesse jogar...

— Acho que mudei de ideia.

Rebecca suspirou como se ele tivesse dito uma grande tolice.

— Samuel, você não quer jogar baralho.

— Não, mas achei que você quisesse — argumentou ele devagar. A sensação que tinha era de que andava às cegas, buscando um caminho. Ou talvez de que tivesse perdido completamente o rumo.

— Eu queria, mas não pelo motivo que você está pensando. Já ouviu a risada do Sr. Green?

— Sim.

— Bem, pois então — concluiu ela, como isso respondesse tudo. Então juntou as mãos, como se estivesse se preparando para algo. — Ouvi dizer que o Sr. Craddock estava morto quando vocês foram falar com ele.

Sam olhou desconfiado.

— Sim.

— Sinto muito. Suponho que a viúva não soubesse de nada.

— Não. Teremos que esperar até retornarmos a Londres para dar seguimento à nossa investigação. — E então encurralaria Thornton. Por cima do ombro de Rebecca, ele viu Emeline virando e deixando a sala. Maldição! — Com licença.

— Suponho que ela esteja fugindo outra vez — disse Rebecca sem nem olhar para trás.

Ele se inclinou e deu um beijo na testa da irmã, bem na linha onde começavam os cabelos escuros.

— Você é muito observadora.

— Também te amo — murmurou ela.

Sam parou e a fitou, surpreso. Sua irmãzinha era uma mulher feita, e ele nem sempre a compreendia, mas a amava. Ele sorriu para aqueles olhos preocupados.

E então saiu pela porta, à caça.

AQUELE ERA O PROBLEMA de se envolver com um colono: ele obviamente não conseguia perceber quando o assunto se dava por encerrado.

Emeline olhou por cima do ombro enquanto entrava em um corredor escuro usado pelos empregados. Não conseguia ver o maldito, mas sentia sua presença às suas costas. Qualquer outro cavalheiro já teria percebido que fora dispensado. Ela tomara o cuidado de não olhar para ele nem se dirigir a ele naquela manhã. Praticamente o ignorara, e, mesmo assim, Samuel não desistia. E o pior era que algo dentro dela sentia-se extasiado com aquela determinação. Como ele devia desejá-la para continuar perseguindo-a daquela maneira! Não havia como não se sentir lisonjeada.

Ao mesmo tempo que permanecia irritada, é claro.

Emeline fez uma curva, completamente perdida agora, e soltou um grito quando a mão imensa de Samuel a segurou na escuridão. Ele puxou-a para trás de uma cortina empoeirada. Havia uma pequena alcova ali, usada como depósito — ela conseguiu distinguir os barris empilhados e encostados na parede. Mas o espaço era apertado, e ela estava comprimida contra o peito dele, o que a fez soltar um gritinho abafado.

— Silêncio — murmurou ele entre seus cabelos, de modo provocante. — Você é tão barulhenta.

— Você quase me mata de susto — reclamou ela. Como empurrá-lo não teve resultado, Emeline desistiu e o encarou na escuridão. — O que pensa que está fazendo?

— Tentando falar com você — murmurou ele. Havia uma tensão em sua voz, e, apesar das várias camadas de tecidos que os separavam, deu para perceber que ele também estava rijo. Ele parecia frustrado, e uma pequena parte feminina dela, não muito gentil, adorou. — Mas não tem sido fácil.

— É porque eu não *queria* falar com você.

Emeline lhe deu outro empurrão no peito, apesar de ter jurado que não faria mais aquilo, mas Samuel não se moveu um centímetro sequer.

— Você é muito irritadinha.

— Não quero mais ver você. Não quero mais falar com você. — A frustração fervia dentro de seu corpo, e ela esmurrou o peito dele. — Solte-me!

— Não.

— Não podemos continuar assim. — Emeline cerrou os dentes, e sua voz saiu mais abafada. — Foi bom enquanto durou, mas acabou.

— Não acho.

— Isso não passou de um casinho no campo. Vamos voltar para a cidade em breve, e tudo voltará a ser como antes. Você precisa ir embora.

— Isso costuma funcionar? — Samuel parecia estar achando graça, nem um pouco abalado pelas palavras ferinas.

— O quê? — perguntou ela, irritada.

— Sair dando ordens a homens. — A voz dele era baixa, mas, na alcova escura, soava alta aos ouvidos de Emeline. — Aposto que sim. Eles provavelmente dão no pé, com o rabo entre as pernas, e vão lamber as feridas que sua língua afiada deixou.

— Você é insuportável!

— E você é mimada, sempre fazendo tudo do seu jeito.

— Não sou. — Ela inclinou a cabeça para trás, tentando ver o rosto dele. — Você não sabe nada sobre mim.

Emeline o sentiu ficar imóvel, e um silêncio súbito tomou conta da alcova.

Quando por fim ele falou, a escuridão deu um tom de seriedade e de intimidade terrível à sua voz.

— Sei que você tem uma língua afiada e uma mente rápida, que nem sempre pensa coisas boas. E sei que tenta esconder tudo isso para tentar parecer igual às outras damas, uma coisinha bonita feita de merengue: açúcar e ar, nada mais.

— Uma dama deve ser amável — sussurrou ela.

Era terrível que ele soubesse tanto a seu respeito. Aquilo era pior do que as intimidades reveladas pelo sexo. A maioria das pessoas acreditava em sua fachada, ou pelo menos ela achava que sim. Damas deviam ser amáveis e não ter a língua afiada nem pensamentos maldosos correndo por sua mente o tempo todo. Ela era forte demais, independente demais, masculina demais. Samuel devia estar enojado.

— Existem regras sobre como uma dama deve ser, então? — perguntou ele com a boca próxima à têmpora dela. — São tantas coisas que se deve fazer corretamente nesse país, não sei como você aguenta.

— Eu...

— Gosto de damas ácidas. — Aquilo era a língua dele no lóbulo de sua orelha? — Gosto da acidez, da surpresa do gosto, como uma maçã colhida quando ainda está bem verde.

— Maçã verde dá dor de barriga — murmurou Emeline contra o peito dele.

Ela estava sentindo um nó na garganta, como se lágrimas ameaçassem cair. Como Samuel ousava fazer aquilo de novo? Derrubar suas barreiras? Destruir seus muros como se fossem feitos de papel?

Ele riu, e a vibração da risada retumbou no pescoço dela.

— Maçãs verdes nunca me deram dor de barriga. E são as melhores para fazer torta. As outras maçãs são doces demais e ficam moles depois de assadas. Mas a maçã verde — ela sentiu a mão de Samuel em suas saias, erguendo-as e segurando-as — fica melhor com açúcar e especiarias. O gosto perfeito na minha língua.

Samuel baixou a boca até a de Emeline, e ela se perdeu de novo. O gosto daquele homem era intoxicante. Ele podia até descrevê-la como tendo um gosto ácido, mas, para ela, Samuel era como café, encorpado, forte, doce e muito másculo. Emeline arfou, abrindo a boca, querendo sorvê-lo. Aquela seria a última vez. Colocaria um ponto-final na loucura depois disso. Mas ela afastou o pensamento e se permitiu sentir, mergulhando num mar de sensações, nos braços que a envolviam, na língua que invadia sua boca, na grandeza do corpo dele.

O som de passos ecoou no corredor. Emeline se afastou e quase soltou um gritinho, mas Samuel tampou sua boca com a mão.

— Ela perdeu a cabeça? — indagou uma voz mal-humorada do outro lado da cortina que os escondia. — Jogar tênis no salão de baile. Jesus!

Emeline baixou os olhos e viu um par de enormes sapatos com fivelas logo abaixo da barra da cortina. Ela se voltou para Samuel, horrorizada. Os lábios dele tremiam enquanto a observava, ainda tampando sua boca. O maldito estava achando graça! Ela apertou os olhos. Se pudesse lhe dar um tapa sem chamar atenção do homem que estava parado a menos de dois passos de distância deles, teria feito isso.

— Não que haja muito mais para eles fazerem, não é? — Um segundo homem falava agora. Sua voz era mais alta e um pouco arrastada, como se o criado tivesse bebido. — Os ricaços precisam se divertir, não é mesmo?

— Sim, mas tênis? — O tom do primeiro criado era de puro desprezo. — E dentro de casa? Por que não jogam baralho ou dados, ou qualquer coisa assim?

— Dados? Não seja idiota, homem. Os ricaços não jogam dados.

— Ora, por que não? Qual o problema com dados, eu lhe pergunto?

Emeline sentia o corpo de Samuel se chacoalhando contra o seu enquanto ele tentava segurar a risada. Não conseguia entender qual era a graça da situação — ela estava praticamente petrificada de tanto medo. Ela o encarou e deu um pisão num dos mocassins com o salto do sapato. Por um momento, achou que ele fosse perder o controle. Em vez de ficar sério, como fora sua intenção, a sensação do salto dela afundando dolorosamente no pé dele só pareceu diverti-lo ainda mais. Os olhos de Samuel brilhavam com uma risada silenciosa. Ela o encarou, muda, e então ele tirou a mão da boca de Emeline e a substituiu pela sua boca, beijando-a de forma profunda, meticulosa e completamente silenciosa.

Do outro lado da cortina veio um suspiro.

— Você tem um pouco daquele tabaco bom?

— Tenho, sim. Aqui.

— Agradecido.

Deus do céu, os dois tinham resolvido fumar cachimbo! Só de pensar naquilo, Emeline sentiu uma pontada de desespero, mas Samuel enfiou a língua dentro de sua boca, e o desespero se misturou ao prazer, aguçando ambas as sensações. As mãos dele estavam nas saias dela, erguendo-as furtivamente. O tecido farfalhou quando passou pelas coxas de Emeline, e ela congelou.

Do outro lado da cortina, um dos homens tossiu. Dava para sentir o aroma do tabaco agora. Os dois deviam estar com os cachimbos acesos. Mas a preocupação foi esquecida assim que Samuel tocou os pelos expostos no alto das suas coxas.

— Por que você acha que escolheram tênis? — perguntou o homem que tinha a voz mais baixa.

Samuel atravessava os pelos, os dedos longos quase chegando perto do local especial. Ela se agarrou aos ombros dele, distraída, confusa e muito excitada.

— Sei lá — respondeu Voz Alta, pensativo. — Melhor do que bocha, não acha? Pelo menos dentro de casa.

Samuel afastou a cabeça para trás e fitou os olhos dela. Ele abriu um sorriso endiabrado quando sua mão encontrou o cume da fenda dela. Foi preciso muito autocontrole para não deixar escapar um gemido enquanto ele deslizava o dedo sobre o clitóris. Com carinho, ele balançou a cabeça enquanto circundava o botão delicado.

— E as janelas?

— Que janelas?

— As janelas do salão.

— Ora, o que tem elas? — Voz Alta parecia irritado.

Samuel mordeu o lábio como se para conter uma risada, mas Emeline estava perdida numa onda de prazer intenso. Se os lacaios abrissem a cortina naquele momento, a encontrariam praticamente nua da cintura para baixo, com a mão grande de Samuel em sua vagina. Ele enfiou um dedo grosso bem em sua entrada, lentamente, com todo cuidado, sem tirar os olhos do rosto dela. Ao mesmo tempo, o polegar pressionava aquele pedacinho de carne especial. Emeline abriu a boca num suspiro mudo, encarando-o.

— As bolas de tênis podem quebrá-las, não podem? — indagou Voz Baixa.

Do que o homem estava falando? Não que importasse, contanto que os criados estivessem distraídos. Bem devagar, Samuel retirou o dedo e então o enfiou rapidamente outra vez, fazendo-a se contorcer. Ela não conseguiria aguentar por muito mais tempo — acabaria entregando os dois. Então, fez a única coisa que poderia fazer: entrelaçou as mãos ao redor do pescoço de Samuel e aproximou seus lábios. Ele começou a mexer o dedo rapidamente, e ela abriu a boca, deixando suas línguas se entrelaçarem. Precisava dele. As sensações, as emoções, tudo era muito intenso. Emeline queria escalar o corpo dele, queria sugar sua língua, queria deixá-lo desnorteado, como ele a deixava. Por que aquele homem, de todos os que conhecia, exercia tanto poder sobre ela? Emeline se transformava em uma poça de desejo em sua presença, e apenas Samuel parecia capaz de preencher o vazio em seu âmago. Ela arfou, pois ele estava mesmo a preenchendo. Um segundo dedo se juntou ao primeiro, e então os dois entraram juntos e, lá dentro, se afastaram, alargando-a. Ela estava molhada, mas nem esse pensamento a deixaria envergonhada agora. Emeline era puro prazer e emoção, jamais queria que aquilo acabasse.

— É melhor voltarmos ao trabalho — disse Voz Baixa. A sola de um sapato arranhou o piso de pedra do corredor enquanto o homem obviamente guardava seu cachimbo. — Ainda não procuramos na adega, não é?

— Não seja burro, homem. — Os passos se distanciavam agora. — O equipamento de tênis não vai estar na adega.

— Já que você é tão inteligente, então diga onde está. — As palavras de Voz Baixa soavam distantes no corredor, e então tudo caiu em silêncio.

Ah, Senhor! Samuel não tinha parado de mover os dedos nem de beijar a boca de Emeline, e, agora, ela começava a sentir os primeiros tremores. Ela se afastou e arfou, mordendo o lábio para não gritar.

Mas ele retirou a mão de dentro dela de repente, segurou-a pela cintura, ergueu-a e a levou para trás, equilibrando suas nádegas de modo precário sobre um barril. Então, estava entre suas pernas, e ela abriu os olhos para vê-lo abrindo a calça, frenético.

— Deus! — Samuel gemeu. Ele se libertou e penetrou-a, enorme e quente, num único movimento. — Deus!

Emeline cravou as unhas sobre o tecido que cobria os ombros dele e se agarrou com todas as forças, entrelaçando as pernas ao redor do seu quadril. Samuel se mexia rapidamente, penetrando-a incansavelmente. Antes, ela não havia chegado ao ápice do clímax, e agora recomeçava numa escala mais alta, mais doce, quase dolorosa. Uma das mãos dele estava espalmada na parede, na altura da cabeça de Emeline, a outra segurava o quadril dela, e o pênis mergulhava entre suas pernas abertas. Ela deu um puxão no paletó, rasgando a parte de cima da manga, e levou a boca à parte do ombro coberta apenas pelo tecido da camisa. Emeline o mordeu e fechou os olhos em êxtase. Estava agarrada em Samuel enquanto ele a penetrava com vontade, até que ela sentiu o desejo de gritar, e ele segurou sua cabeça pela nuca e a beijou, a boca aberta e ofegante enquanto gozava e todo o seu corpo tremia. Emeline sentiu o calor da semente dele jorrando dentro de si. E soube, mesmo enquanto atingia o clímax, ela soube.

Aquela precisaria ser a última vez.

— Posso falar com você? — perguntou Emeline a Jasper naquela tarde.

Ela o encontrara no corredor do andar superior. Os convidados começavam se reunir perto da sala de jantar, ansiosos por um almoço tardio.

— Claro.

O visconde abriu seu sorriso largo e ligeiramente torto, e Emeline teve certeza de que ele não estava prestando a mínima atenção.

— Jasper. — Ela tocou em seu braço.

Ele parou e se virou para fitá-la, com as sobrancelhas espessas contraídas.

— O quê?

— É importante.

Os olhos de Jasper analisaram os dela. Era comum que seu olhar se mostrasse desinteressado ou se escondesse por trás do bobo que ele gostava de fingir ser. Muito raramente a via de verdade, assim como ela quase nunca conseguia enxergar o homem que se escondia por trás daquela máscara. Porém, agora, ele a olhava. De verdade.

— Você está bem?

Emeline respirou fundo, e, para sua surpresa, a verdade escapuliu de seus lábios.

— Não.

Jasper piscou, então ergueu a cabeça e olhou de um lado para o outro do corredor. Os dois estavam nos fundos da casa, mas ainda havia pessoas por perto, lacaios e criadas carregando pratos de comida, convidados reunidos na sala ao lado. Ele a pegou pela mão e a conduziu para outro corredor. Havia uma sequência de portas ali, e Jasper pareceu escolher uma aleatória, pois abriu uma delas e enfiou a cabeça para espiar.

— Aqui está bom. — O visconde a puxou para dentro e fechou a porta. Era um cômodo pequeno que poderia servir de sala de estar ou escritório, mas obviamente não era usado, pois a lareira estava vazia, e a maioria dos móveis estava coberta por lençóis. Ele cruzou os braços. — Conte-me.

Ah, como ela queria! A vontade de simplesmente colocar para fora todos os seus segredos era quase avassaladora. Que alívio seria contar tudo. Jasper lhe daria um tapinha no ombro e diria: "Está tudo bem, tudo bem."

Mas era impossível. Jasper podia ser o mais próximo que Emeline tinha de um irmão, podia ser escandalosamente liberal com relação a casos amorosos e questões carnais, mas, na verdade, ele era um visconde. Esperava-se que desse um herdeiro para sua família tão tradicional e respeitada. E saber que sua noiva andara se encontrando às escondidas com outro homem não o deixaria satisfeito. Ele poderia até fingir que não se incomodava, mas, no fundo, Emeline tinha certeza de que se importaria.

Então, ela estampou um sorriso na cara e mentiu.

— Não aguento mais ficar aqui. De verdade. Sei que eu deveria ter mais paciência e relevar Lady Hasselthorpe e suas conversas chatas e essa festa medonha, mas não consigo. Será que você pode me levar de volta para Londres, Jasper? Por favor?

Durante o discurso de Emeline, o rosto do visconde exibia uma inexpressividade desconcertante. Como era estranho que um homem tão frenético, um homem com tantas caretas cômicas, fosse capaz de se fechar daquela maneira quando queria. Porém, depois que ela terminou e um silêncio desconfortável se seguiu, Jasper subitamente deu um pulo, seu rosto animado outra vez, como se fosse um boneco em que alguém tinha acabado de dar corda.

— Claro, querida Emmie, claro! Vou mandar arrumar minhas coisas agora mesmo. Podemos esperar para partir amanhã cedo ou...?

— Prefiro ir hoje, se não se importar. Agora, por favor.

Emeline quase chorou de alívio quando ele simplesmente assentiu com a cabeça.

Jasper se inclinou para a frente e lhe deu um beijo no rosto.

— Vou avisar a Pynch. — E foi embora.

Emeline permaneceu no cômodo um pouco mais até se recompor. Como era horrível aquela sensação constante de perder o controle das próprias emoções. Ela sempre se considerara uma mulher sensata. Inabalável, aquela a quem os outros sempre recorriam. Quando seu pai morreu, mal conseguira chorar — estava ocupada demais arrumando as coisas de *tante* Cristelle, cuidando da sucessão da propriedade para o próximo conde e instalando sua família dizimada em Londres. As pessoas ficaram admiradas, deslumbradas com seu bom senso e sua praticidade. Mas, agora, parecia uma criança — abalada por qualquer emoção que a acometia.

Ela retornou para o quarto, sempre alerta, como um animal selvagem temendo um caçador. E havia motivos para isso, não é mesmo? Samuel *era* um caçador — um excelente caçador, inclusive. Ele a caçara naquela manhã, a encurralara e conseguira o que queria. Emeline fez uma careta. Não, essa não era uma boa descrição do que tinha acontecido. Samuel podia até tê-la perseguido, mas ela gostara de ser pega. E, quando ele conseguia o que queria, ela conseguia o que queria também. E esse era o problema. Ela era incapaz de resistir àquele homem. Nunca pensara em si mesma como uma escrava do prazer, mas ali estava ela, fugindo de um homem por causa de sua incapacidade de dizer não a ele. Pelo visto, ela passara esses anos todos sendo uma desavergonhada sem saber. Se não fosse isso, o cerne da questão era o homem em si.

Mas Emeline deixou de lado o pensamento ao entrar no quarto. Harris supervisionava a arrumação das coisas com a ajuda de duas criadas da casa. A mulher ergueu os olhos quando a patroa surgiu.

— Estará tudo pronto em meia hora, como a senhora deseja.

— Obrigada, Harris.

Emeline deu uma espiada para fora do quarto, olhando de um lado para o outro do corredor antes de se aventurar novamente. Preferia passar aquela meia hora escondida no quarto, onde era relativamente seguro, mas sua presença só iria atrapalhar a organizada maratona de arrumação de Harris. Além do mais, não poderia ir embora de repente sem ao menos se despedir de Melisande.

O quarto dela ficava próximo, no mesmo corredor, e Emeline seguiu apressada e furtivamente até lá. Era possível que Melisande já estivesse no salão, aguardando com os outros, mas a amiga tinha o hábito de chegar atrasada a reuniões sociais. Emeline desconfiava de que os atrasos faziam parte de uma estratégia para não ter que conversar com ninguém. Melisande era muito tímida, apesar de disfarçar sua timidez sob uma carapaça de indiferença e sarcasmo.

Emeline bateu de leve à porta. Houve uma movimentação do outro lado, e então Melisande abriu uma fresta. Ela arqueou uma sobrancelha ao ver a amiga e abriu a porta num convite silencioso.

Emeline entrou correndo.

— Feche a porta.

Melisande arqueou ainda mais as sobrancelhas.

— Estamos nos escondendo?

— Sim — respondeu Emeline, e foi aquecer as mãos diante da lareira.

As saias de Melisande farfalharam logo atrás.

— Acho que é um dialeto alemão.

— O quê? — Emeline se virou e se deparou com Melisande sentada em uma poltrona. A amiga apontou para o livro aberto sobre seus joelhos.

— O livro da sua babá. Creio que tenha sido escrito em algum dialeto alemão falado numa pequena região, talvez em apenas algumas vilas. Mas posso tentar traduzir, se quiser.

Emeline olhou para o livro. De algum modo, aquilo já não parecia mais tão importante quanto antes.

— Tanto faz.

— Sério? — Melisande virou uma página. — Já descobri o título: *As aventuras de quatro soldados que voltaram da guerra*.

Emeline estava distraída.

— Mas achei que fosse um livro de fábulas.

— E é, por mais curioso que pareça. Os quatros soldados têm nomes estranhos, como aquele que lhe falei, Coração de Ferro, e...

— Isso já não importa mais — disse Emeline, e então se sentiu péssima quando o rosto da amiga, que raramente ficava tão animado quanto estava agora, murchou. — Sinto muito, querida, fui abominável. Continue.

— Não. Acho que você tem algo mais importante do que isso para me contar. — Melisande fechou o livro velho e o colocou de lado. — O que houve?

— Estou indo embora. — Emeline se sentou na poltrona, de frente para a amiga. — Hoje.

Melisande relaxou a postura rígida e se recostou no assento. Seus olhos estavam semicerrados.

— Ele machucou você?

— Samuel? Não!

— Então por que a pressa?

— Eu não consigo... não consigo... — Emeline jogou as mãos para o alto, frustrada. — Não consigo resistir a ele.

— Nem um pouquinho?

— Não!

— Que interessante — murmurou a amiga. — Geralmente, você é tão controlada. Ele deve ser muito...

— Sim, ele é — afirmou Emeline. — Mas o que você sabe sobre essas questões? Deveria ser uma donzela inocente.

— Eu sei — disse Melisande. — Mas estamos falando de você. Por acaso, já pensou no que vai fazer caso esteja ganhando barriga?

O coração de Emeline parou só de pensar na possibilidade.

— Não estou.

— Tem certeza?

— Não.

— E se estiver?

— Então terei que me casar com ele.

As palavras foram ditas com pavor, mas, em seu peito, um sentimento traidor saltitou com uma alegria proibida. Se estivesse grávida, não haveria escolha, haveria? Mesmo com todas as suas dúvidas e seus temores, ela teria de encarar a fera.

— E se não estiver?

Emeline espantou as emoções traidoras. Em hipótese alguma poderia se casar com um colono.

— Então farei o que sempre planejei fazer.

Melisande deixou escapar um suspiro.

— Você pretende contar a Lorde Vale o que aconteceu aqui?

Ela engoliu em seco.

— Não.

A amiga tinha o olhar voltado para o chão agora, e seu semblante era sério e indecifrável.

— É melhor mesmo, se quiser construir uma vida com ele. Os homens não costumam aceitar a verdade.

— Você me considera uma pessoa horrível?

— Não. Claro que não, minha querida. — Melisande ergueu o olhar, e um brilho de surpresa passou rapidamente pela sua expressão. — Por que acha que eu a julgaria?

Emeline fechou os olhos.

— Muitas pessoas me julgariam. Acho que *eu* me julgaria, se tivesse ouvido apenas a história, sem saber quem eram os envolvidos.

— Bem, não sou tão puritana quanto você — confessou a amiga num tom pragmático. — Mas tenho uma pergunta. Como ir embora daqui irá ajudar a resolver o seu problema com o Sr. Hartley?

— A distância vai ajudar, entende? Se eu não estiver na mesma casa ou no mesmo condado que ele, então, bem... não estarei tão suscetível ao... ao... — Emeline acenou com a mão. — Você sabe.

Melisande parecia pensativa — e pouco convencida.

— E quando ele voltar para Londres?

— Tudo terá acabado. Tenho certeza de que o tempo e a distância farão uma grande diferença. — Emeline falou com vigor, como se realmente acreditasse naquelas palavras, mas, por dentro, não tinha tanta certeza.

E, independentemente das palavras, Melisande deve ter sentido sua hesitação. As sobrancelhas da amiga estavam tão arqueadas que quase alcançavam a linha dos cabelos. Mas ela não comentou nada. Apenas se levantou e ofereceu uma de suas raras manifestações de carinho.

Melisande a puxou para perto de seu peito esguio e lhe deu um abraço apertado.

— Boa sorte, então, minha querida. Espero que seu plano funcione.

Emeline recostou a cabeça sobre o ombro da amiga e rezou, com os olhos apertados, para que seu plano desse mesmo certo. Caso contrário, ela não teria para onde correr.

Capítulo Quinze

Assassino!, bradavam os guardas. Assassino!, bradavam os nobres e as damas da corte. Assassino!, bradava o povo da Cidade Brilhante. E tudo que Coração de Ferro podia fazer era esconder o rosto sob as mãos ensanguentadas. A princesa chorou e implorou, primeiro para que o marido mudo quebrasse seu silêncio e explicasse o que tinha acontecido, e depois para que seu pai tivesse misericórdia, mas, no fim, nada adiantou. O rei não teve outra opção senão condenar Coração de Ferro a morrer na fogueira, e a execução deveria acontecer antes do próximo amanhecer...

— Coração de Ferro

— A festa foi maravilhosa, não foi? — perguntou Rebecca, hesitante, quebrando o silêncio de uma hora.

Sam desviou os olhos da paisagem cinzenta lá fora e tentou prestar atenção ao que a irmã dizia. Rebecca estava sentada à sua frente na carruagem alugada e parecia desamparada, o que ele sabia ser sua culpa. Três dias haviam se passado desde a partida repentina de Emeline. Sam só ficara sabendo sobre sua partida quando ela não aparecera para o almoço no dia em que fizeram amor no corredor. Àquela altura, já devia fazer umas duas horas desde que ela se fora.

Ainda assim, não fosse pelos conselhos sensatos de Rebecca, teria ido atrás dela. A irmã implorou a Sam que ficasse, alertando para o escândalo que criaria caso partisse logo depois de Lady Emeline. Ele não estava preocupado com fofocas. Mas, para Rebecca, a situação era outra. Ela estava passando bastante tempo com várias moças de boas famílias inglesas. Um escândalo poderia acabar com quaisquer laços de amizade estabelecidos.

Sam controlara a vontade insana de sair à caça de Emeline, apanhá-la e mantê-la em seus braços até ela cair em si e decidir ficar com ele. Assim, conteve a ansiedade e passou seus dias conversando educadamente com mocinhas tolas e senhoras enfadonhas. Vestiu suas melhores roupas, participou de jogos sem graça e comeu pratos sofisticados. E, à noite, sonhava com aquela língua afiada e aqueles seios quentes e macios. Por três dias, Sam se conteve, até os convidados finalmente começarem a partir e Rebecca julgar que eles também já podiam deixar a mansão Hasselthorpe. Foram três dias infernais, mas a irmã não tivera culpa, e ele se sentia um canalha por ser um companheiro de viagem tão chato.

Sam tentou compensar o tempo de silêncio que ela fora obrigada a suportar.

— Você gostou da festa?

— Sim. — Rebecca sorriu, aliviada. — No fim, várias moças acabaram falando comigo, e as irmãs Hopedale me convidaram para um chá da tarde em Londres.

— Elas deviam ter falado com você desde o começo.

— Mas precisavam me conhecer primeiro, não é? As pessoas também agem assim no nosso país.

— Você está gostando da Inglaterra? — perguntou ele, baixinho.

Ela hesitou, então deu de ombros.

— Acho que sim. — Rebecca fitou as próprias mãos em seu colo, pensativa. — E você? Está gostando da Inglaterra o suficiente para ficar aqui com Lady Emeline?

Sam não estava esperando uma pergunta tão direta, embora não devesse ter ficado surpreso. Rebecca era uma moça bastante observadora. Quando chegaram a Londres, ele planejava ficar tempo suficiente apenas para fechar negócio com o Sr. Wedgwood e investigar o massacre de Spinner's Falls. Agora, o negócio estava fechado, e ele logo falaria com Thornton e esclareceria o que tinha acontecido na guerra. Então, o que faria depois?

— Não sei.

— Por que não?

Ele olhou com impaciência para a irmã.

— Porque, para início de conversa, ela não me deu muita oportunidade para que eu pudesse lhe dizer qualquer coisa.

Rebecca o encarou por um momento, então indagou, hesitante:

— Você a ama?

— Sim.

A resposta saiu sem que tivesse tempo para pensar, mas Sam acabou percebendo que era verdade. De algum modo, sem perceber, ele tinha se apaixonado por sua irritadiça Emeline. A ideia parecia estranha e natural ao mesmo tempo, como se ele soubesse o tempo todo que ela era a mulher de que precisava. Era uma sensação boa, como se ele tivesse esperado a vida toda por aquela peça que estava faltando.

— Você deveria dizer isso a ela, sabe.

Sam olhou irritado para a irmã.

— Obrigado pelos conselhos sentimentais. Contarei a ela assim que a dama em questão permitir que eu a pegue.

Ela riu.

— E o que vai fazer depois disso?

Sam pensou em Lady Emeline e em como ela aproveitava qualquer oportunidade para discutir com ele. Pensou na imensa diferença social que havia entre os dois. Pensou no medo que ela tentava esconder, tendo sucesso com todo mundo, pelo visto, menos com ele. Pensou no quão chocada ela parecera ao se entregar aos seus braços, como se não imaginasse ser capaz de perder o controle de tudo ao seu redor, incluindo do próprio corpo. E pensou na tristeza que às vezes surgia nos olhos dela. Sua vontade era pegar aquela tristeza, abraçá-la e confortá-la até que se transformasse em felicidade. Ele queria sentir as mãos de Emeline sobre seu corpo novamente, como na noite em que ela cuidara de seus pés feridos, acalentando-o, como se passasse um bálsamo em sua alma. Ela o aquecera. Ela o curara.

E ele sabia exatamente o que faria. Sam sorriu para a irmã.

— Vou me casar com ela, é claro.

— Por que o Sr. Hartley ainda não chegou? — perguntou Daniel.

Emeline ergueu os olhos a tempo de ver o filho enfiando um pedaço de papel na lareira do quarto. O papel pegou fogo, e Daniel soltou-o pouco antes que queimasse os dedos também. A folha de papel incandescente saiu flutuando e, por sorte, caiu dentro da lareira em vez de no tapete.

Ela interrompeu a série de instruções de última hora que estivera escrevendo para a festa daquela noite.

— Querido, que tal não colocar fogo no quarto da mamãe? Acho que Harris não ficaria muito contente.

— Ahh.

— E eu preferia que você não queimasse os dedos. Eles são muito úteis, sabe, e você pode precisar deles um dia.

Daniel riu da brincadeira e subiu numa cadeira próxima à escrivaninha da mãe. Emeline fez uma careta ao ver os sapatos arranhando o forro de cetim, mas preferiu não comentar. Era bom tê-lo ao seu lado novamente depois de tanto tempo afastados.

O garoto se debruçou sobre a escrivaninha, apoiando o queixo sobre os braços cruzados.

— Ele vai voltar logo, não vai?

Emeline retornou o olhar para o que escrevia, lutando para manter uma expressão despreocupada. Nem era preciso perguntar a Daniel sobre quem ele estava falando. O menino era obstinado e não iria desistir do assunto do vizinho deles — do amante dela — tão fácil.

— Não sei, querido. Não estou a par dos planos do Sr. Hartley.

Daniel raspou o papel com um dedo, torcendo o nariz ao ver que deixara a marca da unha nele.

— Mas ele vai voltar?

— Imagino que sim. — Emeline respirou fundo. — Acho que a cozinheira estava fazendo torta de pera hoje. Quer ir ver se já está pronta?

Normalmente, a simples menção de uma torta recém-saída do forno teria funcionado para distraí-lo.

Mas não hoje.

— Espero que volte. Eu gosto dele.

E ela sentiu um aperto no coração. Três palavrinhas singelas quase fizeram com que as lágrimas transbordassem de seus olhos. Com cuidado, Emeline apoiou a pena.

— Eu também gosto dele, mas o Sr. Hartley tem a própria vida para cuidar. Não pode estar sempre aqui para lhe fazer companhia, para *nos* fazer companhia.

Daniel ainda olhava para a própria unha, e começou a fazer beicinho. Emeline falou com uma voz mais animada.

— Mas também temos o Lorde Vale. Você gosta dele, não gosta? Posso ver se ele gostaria de nos acompanhar em um passeio pelo Hyde Park. — O beicinho de Daniel só aumentou. — Ou... ou a uma exposição. Talvez possamos ir pescar.

Daniel inclinou a cabeça e lhe lançou um olhar incrédulo.

— Pescar?

Emeline tentou imaginar Jasper segurando uma vara de pesca, parado à beira de um rio. Em sua imaginação, Jasper imediatamente escorregou, agitando as mãos no ar, e caiu no rio.

Ela fez uma careta.

— Talvez pescar não seja a melhor ideia.

Daniel voltou a marcar o papel com suas unhas.

— O Lorde Vale é legal, mas ele não tem um rifle grande.

Isso realmente era uma tragédia.

— Sinto muito, querido — disse Emeline, carinhosa.

Ela baixou os olhos para os papéis esparramados sobre a escrivaninha, para as instruções que escrevia, e sua visão ficou embaçada. Era como se seu coração estivesse se despedaçando. Maldito Samuel por ter entrado na vida deles. Por ter ido atrás dela no evento da Srta. Conrad no primeiro dia, por ter sido tão gentil com seu filho, por fazê-la voltar a ter sentimentos.

Emeline arfou só de pensar naquilo. Ali estava o verdadeiro problema. Ele a fizera ter sentimentos de novo, quebrara a carapaça que protegia suas emoções e a deixara indefesa e vulnerável. Agora, ela estava exposta demais, com a pele vulnerável demais. Quanto tempo aquela sensação duraria? Quanto tempo ainda levaria até conseguir criar outra carapaça? Emeline olhou para Daniel, seu menino lindo. Ele estava crescendo tão rápido. Ontem mesmo era um bebê, e, agora, aqueles sapatos enormes a faziam ficar preocupada com os móveis. Será que ela queria voltar a se proteger das emoções?

Num ato impulsivo, Emeline se inclinou para a frente, sua cabeça quase encostando na dele.

— Vai ficar tudo bem. De verdade. Eu garanto.

Um lado do rosto dele se contraiu em pensamento.

— Mas pode ficar tudo bem com o Sr. Hartley?

— Não, querido. — Emeline se empertigou e virou o rosto para esconder a tristeza em seus olhos. — Acho que não.

— Mas...

Os dois ergueram o olhar quando a porta se abriu e *tante* Cristelle entrou. A senhora analisou a sobrinha com seu olhar sempre aguçado.

Emeline voltou-se para Daniel.

— Preciso conversar com a *tante*. Por que você não vai ver se as tortas já estão prontas? Talvez a cozinheira deixe você experimentar uma.

— Sim, senhora.

Daniel não ficou nada contente em ser dispensado, mas ele sempre foi um menino obediente. Ele desceu da cadeira e se curvou numa quase mesura para a tia antes de sair.

— Ele sentiu muitíssimo a sua falta. — As rugas ao redor da boca de *tante* Cristelle se intensificaram num sinal de desaprovação. — Não acho certo ele ser tão apegado a você.

Emeline já tivera aquela conversa com *tante* antes e normalmente ela teria discutido, mas não conseguiu fazer isso hoje. Ela começou a juntar os papéis em silêncio. Às suas costas, ouviu a batida da bengala de *tante* Cristelle no tapete persa e então sentiu a mão frágil da senhora sobre seu ombro. Ela voltou-se para aqueles olhos sábios.

— Você fará a coisa certa esta noite. Não tema.

A tia lhe deu um tapinha — o que, para ela, era uma grande demonstração de afeto — e se retirou, deixando Emeline com os olhos cheios de lágrimas, mais uma vez.

QUANDO A CARRUAGEM parou na frente da casa de Sam, fazia horas que a escuridão caíra. Além de sua partida tardia, tiveram de esperar pelos cavalos descansados em uma hospedaria no caminho, o que tornara a viagem de volta a Londres ainda mais longa. E então, quando entraram na rua onde moravam, depararam-se com uma quantidade incomum de carruagens estacionadas. Alguém devia estar dando um baile. Enquanto Samuel descia do veículo e se virava para ajudar Rebecca, se deu conta de que as luzes na casa vizinha estavam todas acesas. Era a casa de Emeline.

— Lady Emeline está dando uma festa? — indagou Rebecca, hesitando diante dos degraus. — Não sabia que ela havia planejado uma comemoração. Você sabia?

Sam negou com a cabeça, devagar.

— É óbvio que não fomos convidados.

E sentiu o olhar de soslaio da irmã.

— Talvez isso tenha sido planejado antes de ela nos conhecer. Ou... ou talvez tenha imaginado que não voltaríamos tão cedo.

— Sim, deve ser isso — disse ele, sério.

Aquela mulherzinha cruel estava arrebitando o nariz para ele, mostrando que Sam não tinha lugar na sua vida londrina. Ele sabia que não deveria morder a isca, mas seus punhos já estavam cerrados, as pernas formigavam, prontas para irem até a casa dela e confrontá-la. Sam fez uma careta. Agora era não o momento.

Ele relaxou os punhos e estendeu o braço para a irmã.

— Vamos ver se a cozinheira pode preparar algo para comermos? Rebecca sorriu.

— Sim, vamos.

Sam conduziu a irmã pelos degraus da entrada e para dentro da casa, o tempo todo ciente da construção vizinha e dos convidados vestidos com elegância que chegavam para a festa de Emeline. Ele se sentou com a irmã na sala de jantar, pediu algo simples para comer e até conseguiu manter uma conversa educada enquanto faziam sua refeição. Mas sua cabeça estava em outro lugar, imaginando Emeline em seu vestido mais elegante, a figura erótica com o colo alvo reluzindo à luz de milhares de velas.

Depois de comerem, Rebecca se retirou para o quarto, já bocejando. Sam seguiu para a biblioteca e se serviu de um cálice de conhaque francês. Antes de beber, ergueu a taça contra a luz. O líquido âmbar refletiu, translúcido. Quando era criança, seu pai costumava tomar álcool caseiro, que comprava de uma família que morava a uns dezesseis quilômetros de distância, do outro lado da floresta. Uma vez, ele provara. A bebida era clara como água e queimara ao descer por sua garganta. Será que o pai tivera a chance de experimentar um conhaque francês? Talvez durante uma visita ao tio Thomas, em Boston. Mas teria sido uma experiência exótica, algo especial para ser saboreado e lembrado por dias a fio.

Sam desabou em uma poltrona dourada. Aquele não era seu lugar, sabia disso. Havia um abismo imenso entre a vida que levara quando criança e a que tinha agora. Um homem só seria capaz de mudar tanto de vida uma vez. Ele jamais se adaptaria à sociedade inglesa, e, na verdade, nem queria. Aquela era a vida que Emeline levava. Casas bonitas, conhaque francês legítimo, bailes que acabavam muito depois da meia-noite. O oceano que separava o mundo dela do seu — tanto metafórica quanto fisicamente — era imenso. Sam sabia de tudo isso, já pensara a respeito inúmeras vezes.

E não fazia diferença.

Ele tomou o restante do conhaque e se levantou, decidido. Precisava ver Emeline. Mundos distintos ou não, ela era uma mulher, e ele, um homem. Algumas coisas eram básicas.

Do lado de fora da casa, viu que as luzes vizinhas ainda estavam acesas. Os cocheiros estavam espremidos em suas boleias, alguns lacaios reunidos dividiam uma bebida, passando a garrafa de mão em mão. Ele subiu os degraus da frente da casa de Emeline e foi confrontado por um criado truculento. O homem se moveu como que para bloquear a passagem.

Sam o encarou com firmeza.

— Sou vizinho de Lady Emeline. — O que não significava que ele tinha um convite, é claro, mas o homem deve ter percebido a determinação em seus olhos e concluído que não adiantaria discutir, pois disse:

— Sim, senhor. — E abriu a porta.

Sam cruzou a soleira e imediatamente se deu conta do perigo. Havia poucos criados, mas a imensa escadaria em curva estava cheia de gente. Ele começou a subir os degraus, passando por grupos de pessoas que conversavam alto. O salão de baile de Emeline ficava no segundo andar, e, à medida que ele se aproximava, mais alto o barulho se tornava, mais rarefeito e quente ficava o ar. O suor começou a escorrer por seu pescoço. Desde o baile dos Westerton, onde sucumbira vergonhosamente aos seus demônios, ele não pisava em um lugar tão cheio. *Não aqui*, suplicou Sam.

Quando finalmente se deparou com a entrada do salão, sua respiração já estava acelerada e curta, como se tivesse acabado de correr por quilômetros. Por um instante, ele pensou em dar meia-volta. Emeline havia mandado acender milhares de velas de cera de abelha no salão de baile, em lustres espelhados pendurados no teto. O local estava claro, brilhando como se fosse uma terra encantada. Festões de seda vermelha foram pendurados nas paredes e no teto, com flores alaranjadas e vermelhas formando nós. O salão estava lindo, elegante, mas ele pouco se importava. Sua mulher estava ali, em algum lugar, e seu único propósito era encontrá-la e mantê-la perto de si.

Sam puxou lentamente o ar pela boca e mergulhou na massa humana de suor, que se espremia no salão. Ouvia ao longe os violinos tocando, mas o som era abafado pelas risadas e pelas conversas. Um cavalheiro em veludo roxo se virou e se chocou contra o peito dele. *Sangue e gritos, olhos arregalados em um rosto lívido sob um crânio escalpelado e ensanguentado.* Sam fechou os olhos, empurrando o homem do caminho. Havia uma abertura na multidão adiante, onde era possível ver os dançarinos passando com uma elegância graciosa. Ele chegou à beira da pista de dança e parou, ofegante. Uma senhora num vestido de seda amarelo o encarou e sussurrou algo por trás do leque para a amiga ao lado. Que se danassem todos aqueles aristocratas ingleses bem alimentados e emperiquitados. Por acaso algum deles já havia visto o sangue de um soldado companheiro jorrando? *A surpresa no rosto de um soldado jovem enquanto metade de sua cabeça era decepada.*

Os dançarinos pararam, respirando normalmente, como se tivessem passado os últimos cinco minutos sentados. Pareciam entediados e desanimados, como se mal precisassem se esforçar para ficar de pé. A multidão se apertou contra ele, e Sam teve de fechar os olhos e se concentrar para não dar um empurrão na pessoa mais próxima. Ele respirou fundo e tentou pensar nos olhos de Emeline. Em sua imaginação, estavam contraídos de irritação, o que quase lhe arrancou um sorriso.

Ele abriu os olhos, e Lorde Vale avançou para o centro da pista de dança, agora praticamente vazia.

— Amigos! Amigos, posso ter a atenção de todos?

O grito de Vale, apesar de alto, foi engolido pela massa de corpos. Mesmo assim, a conversa começou a diminuir.

— Amigos, tenho algo a dizer!

Um grupo de jovens cavalheiros parou na frente de Sam, tampando sua visão. Eles mal pareciam ter idade para fazer a barba.

— Amigos! — gritou Vale novamente, e Sam teve um vislumbre de vermelho.

Seu coração disparou. Ele ergueu a mão para empurrar um ombro almofadado, e o jovem à sua frente se virou para encará-lo. Sam respirou fundo e sentiu o fedor de suor. Suor de homem, acre e pungente, o cheiro do medo. *O prisioneiro MacDonald agachado embaixo de uma carroça enquanto a batalha fervilhava ao redor. MacDonald encontrando o olhar de Sam do seu esconderijo. MacDonald sorrindo e piscando.*

— Tenho um anúncio a fazer que muito me alegra.

Sam avançou, ignorando o fedor, ignorando seus demônios, ignorando a percepção de que tinha chegado tarde demais.

— Lady Emeline Gordon aceitou se casar comigo.

Todos aplaudiram enquanto Sam passava entre os homens, os mortos e os vivos, que se colocavam entre ele e Emeline. Quando chegou à pista de dança, a viu sorrindo educadamente ao lado de Vale. O visconde ergueu os braços num gesto triunfante. Emeline virou a cabeça, e seu sorriso se desfez ao ver Sam.

Ele seguiu na direção dos dois sem pensar em nada além de assassinato.

Foi então que Vale o notou. Ele estreitou os olhos e fez um gesto com a cabeça para alguém às costas de Sam. Logo depois, Sam sentiu seus braços serem agarrados por trás. E então se viu sendo arrastado à força para fora da pista de dança por dois lacaios truculentos, enquanto um terceiro ia à frente, abrindo caminho. Tudo aconteceu tão rápido que ele nem teve tempo de chamar Emeline. Na lateral do salão, Sam finalmente caiu em si e se contorceu violentamente, pegando um dos lacaios de surpresa. Conseguiu livrar um braço e mirou na direção do homem, mas, antes que conseguisse desferir o soco, foi empurrado por trás. O primeiro lacaio, que ainda segurava seus braços, o soltou, e Sam quase caiu no meio do corredor. Ele conseguiu recuperar o equilíbrio e se virar, e o punho de Vale acertou seu queixo.

Sam cambaleou para trás e caiu sentado. O visconde avançou com os punhos fechados.

— Esse foi pela Emmie, seu filho da puta. — E voltou-se para os criados que estavam parados às suas costas. — Levem esse lixo daqui e joguem-no...

Mas Vale nem teve tempo de terminar a frase. Rápido, Sam se ergueu, meio agachado, e partiu para cima dele, acertando-o na altura dos joelhos. O visconde caiu com um baque, com Sam por cima. Várias mulheres gritaram, e a multidão se afastou da briga. Sam começou a subir por cima dele, mas Vale girou, e os dois saíram rolando na direção da escada. Uma senhora desceu os degraus correndo e aos gritos, empurrando as outras mulheres que estavam à sua frente. Suas saias balançavam pelo caminho subitamente livre.

Sam se segurou no corrimão, pouco antes dos primeiros degraus, para evitar que caíssem escada abaixo. Ele se balançou, batendo os ombros no primeiro degrau, até que Vale lhe deu um chute na barriga desprotegida, forçando-o a se soltar para se proteger. Ele deslizou de cabeça, mas conseguiu agarrar o braço de Vale, trazendo-o junto. Os dois rolaram escada abaixo, descontrolados, num emaranhado raivoso. Cada degrau batia dolorosamente contra as costas de Sam à medida que desciam. E ele já não se importava mais se sobreviveria àquela briga. Só queria levar o inimigo junto. Na metade do caminho, os dois se chocaram contra um balaústre, interrompendo a queda. Sam passou um braço ao redor da viga de madeira e chutou Vale com força, acertando de jeito o lado do seu corpo.

O visconde se curvou com o golpe.

— Merda!

Ele se virou e pressionou o antebraço com força sobre a traqueia de Sam, que sufocou com o peso. Vale segurou a cabeça de Sam e aproximou-a da dele, então falou baixinho, com as feições contorcidas pelo ódio:

— Seu colono de merda. Como ousou colocar suas mãos imundas...

Sam soltou o balaústre e bateu com as mãos sobre as têmporas de Vale, que oscilou para trás, soltando seu pescoço e permitindo que arfasse dolorosamente em busca de ar. Mas os dois voltaram a rolar pela escada. Vale o atacou, acertando o rosto, a barriga e as coxas. Por mais estranho que fosse, Sam percebeu os golpes, mas não sentiu qualquer dor. Todo seu ser estava tomado de ódio e tristeza. Ele socou o outro homem, batendo em qualquer lugar que conseguisse. Sentiu as juntas dos dedos esfolando quando acertou o maxilar de Vale e percebeu o impacto úmido quando o nariz do visconde quebrou. Ele bateu com as costas no chão. Vale estava por cima agora, em óbvia vantagem, mas Sam pouco se importava. Ele tinha perdido tudo, e aquele homem era o culpado. Vale podia até ter o direito de estar com raiva, mas Sam estava tomado pela ira do desespero, puro e simples. Nada seria páreo para aquilo.

Sam se levantou, mesmo sob os golpes de Vale. Sentia o impacto de cada um em seu rosto, mas seguiu em frente. Só havia a necessidade de matar. Ele acertou o visconde e derrubou o homem, que era maior do que ele, e então foi sua vez de bater, acertando os punhos no rosto de Vale. A sensação era gloriosa. Sam sentia os ossos sendo esmagados, via o sangue espirrando, e não se importava. Não se importava.

Não se importava.

Até captar um movimento pelo canto dos olhos. Ele fez menção de bater na pessoa que apareceu para interferir e congelou, com o punho cerrado e ensanguentado a poucos centímetros do rosto de Emeline.

Ela estremeceu.

— Pare.

Sam a encarou. Encarou aquela mulher com quem fizera amor, aquela mulher a quem dera sua alma.

Aquela mulher que amava.

Os olhos dela estavam cheios de lágrimas.

— Pare. — Emeline ergueu sua mão pequena e alva e fechou-a ao redor do punho ferido e ensanguentado de Sam. — Pare.

Abaixo dele, Vale bufou.

O olhar dela passou para o noivo, e as lágrimas transbordaram.

— Por favor, Samuel. Pare.

Ele sentiu, vagamente, a dor começar a brotar em seu corpo e em seu coração. Sam baixou a mão e se levantou.

— Vá para o inferno.

Ele desceu os degraus cambaleando e saiu para a noite fria.

Capítulo Dezesseis

Naquela noite, Coração de Ferro ficou deitado na masmorra úmida e fria, preso por correntes, e soube que havia perdido tudo. Seu bebê desaparecera, sua esposa estava desesperada, o reino ficara indefeso, e, antes de o sol raiar, ele seria morto. Bastaria uma palavra de seus lábios para exonerá-lo. Mas essa mesma palavra o mandaria de volta para a vida de varredor de ruas e mataria a princesa Consolação. Ele não se importava consigo mesmo, mas não poderia ser o causador da morte da princesa. Pois uma coisa estranha e maravilhosa havia acontecido ao longo daqueles seis anos de casamento.

Ele se apaixonara pela esposa...

— Coração de Ferro

Quando Rebecca desceu a escada na manhã seguinte, pegou duas criadas em flagrante. As duas estavam bem próximas, com as cabeças baixas, cochichando sem parar. Ao ouvirem o barulho dos passos da jovem, as mulheres se afastaram e a encararam.

Rebecca ergueu o queixo.

— Bom dia.

— Senhorita. — A mais velha foi a primeira a se recuperar, abaixando-se numa mesura antes de sair apressada com a amiga.

Rebecca suspirou. Era natural que os criados estivessem agitados por causa dos acontecimentos da noite anterior. Samuel tinha acordado a casa inteira ao entrar cambaleando pela porta com sangue escorrendo pelo rosto. Ele proibira Rebecca de chamar um médico, mas, pela primeira vez, ela desobedecera às ordens do irmão mais velho. O sangue e a apatia dele a deixaram morta de medo. Ela não chegou a ver Lorde Vale, mas, pelo que ouviu do médico e dos criados, o visconde estava numa condição ainda pior.

Rebecca queria desesperadamente poder ir sorrateiramente até a casa ao lado e conversar com Lady Emeline. Queria que pudessem lamentar juntas. A dama parecia sempre saber o que fazer em qualquer situação, e era do tipo de mulher capaz de dar um jeito em tudo. Isto é, contanto que o problema pudesse ser resolvido. Mas Rebecca achava bem possível que nunca mais falasse com Lady Emeline. Duvidava que existisse uma regra de etiqueta para uma situação como aquela. *Como abordar uma dama cujo noivo seu irmão havia surrado.* Seria muito constrangedor.

Ela entrou na sala de jantar com as sobrancelhas cerradas. Samuel mal tinha falado na noite anterior, e os criados lhe informaram que ele ainda não havia saído do quarto naquele dia. Rebecca tinha a sala de jantar só para si e suas preocupações. Na verdade, desde que pisara na Inglaterra, ela nunca se sentira tão só. Como queria ter alguém com quem pudesse desabafar. Mas Samuel não queria conversar, e todos os demais ocupantes da casa eram criados.

Rebecca fez menção de puxar uma cadeira, mas uma mão masculina fez as honras. Ela ergueu o olhar — então levantou mais um pouco a cabeça — e se deparou com o rosto de O'Hare, o lacaio.

— Ah, não vi você.

— Sim, senhorita — disse ele com a mesma formalidade de sempre, como se a conversa que tiveram poucas semanas antes jamais houvesse acontecido.

Havia outro lacaio na sala, é claro, e o mordomo devia estar em algum canto. Rebecca se sentou, sentindo-se um pouco desanimada. Ela encarou a toalha de mesa à sua frente e tentou conter as lágrimas repentinas. Ora, que bobagem! Chorar como um bebê só porque um criado não a via como uma amiga. Mesmo que tudo que quisesse naquele momento fosse um amigo.

Ela observou enquanto a mão grande e avermelhada de O'Hare servia seu chá.

— Eu estava me perguntando se... — Ela hesitou, refletindo sobre o que ia dizer.

— Pois não, senhorita? — A voz dele soava tão agradável, com aquele sotaque tranquilizador.

Ela ergueu o olhar e se deparou com um par de olhos verdes.

— O doce preferido do meu irmão é geleia de maçã silvestre, e faz muito tempo que ele não come. Você acha que seria possível comprar um pote?

O'Hare piscou com aqueles olhos verdes encarando-a. Seus cílios eram lindos, longos, parecidos com os de uma moça.

— Não sei se vende geleia de maçã silvestre no mercado, senhorita, mas posso procurar...

— Não, não você. — Ela abriu um sorriso meigo para o outro lacaio, um sujeito de pernas arqueadas que escutava atentamente a conversa deles, de olhos arregalados. — Eu gostaria que *você* fosse.

— Pois não, senhorita — respondeu o segundo lacaio.

O homem parecia um pouco confuso, mas era bem treinado. Ele se curvou numa mesura e saiu à procura da geleia de maçã silvestre.

E deixou Rebecca sozinha com O'Hare.

Ela tomou um gole do chá, que estava quente demais — costumava esperar esfriar um pouco —, e pousou a xícara sobre a mesa.

— Não o vejo desde que voltamos de viagem.

— É verdade, senhorita.

Rebecca girou a xícara ligeiramente.

— Acabei de me dar conta de que nem sei o seu nome.

— É O'Hare, senhorita.

— Não esse. — Ela torceu o nariz, fitando a xícara. — Seu outro nome. O nome de batismo.

— Gil, senhorita. Gil O'Hare. Ao seu dispor.

— Obrigada, Gil O'Hare.

Ela cruzou as mãos sobre o colo. Ele estava bem às suas costas, como cabia a um lacaio, pronto para atender a todas as suas necessidades. O problema era que o que Rebecca precisava não estava na mesa nem no aparador.

— Você... você viu meu irmão ontem à noite?

— Sim, senhorita.

Ela deu uma olhada para a cesta de pãezinhos no centro da mesa. Realmente, não sentia fome nenhuma.

— Imagino que todo mundo esteja comentando sobre isso na cozinha.

Gil pigarreou, mas não comentou nada. Ela entendeu seu silêncio como um sim.

A moça deixou escapar um suspiro tristonho.

— Foi bem espetacular o modo como ele entrou cambaleando e desabou no vestíbulo. Acho que nunca vi tanto sangue na vida. Tenho quase certeza de que a camisa dele ficou destruída — comentou ela.

Às suas costas, Rebecca ouviu um farfalhar, e então um braço, coberto por uma manga verde, entrou em seu campo de visão. Gil alcançou a cesta de pãezinhos.

— Aceita um pãozinho? Estão frescos. A cozinheira fez hoje cedo.

Rebecca observou enquanto ele pegava um e o colocava em seu prato.

— Obrigada.

— De nada, senhorita.

— Sinto muita falta de alguém para conversar — disse ela num ímpeto, encarando o pãozinho solitário no prato. — Para meu irmão ter brigado com Lorde Vale daquela maneira... É tudo muito confuso.

Gil foi até o aparador e voltou com ovos pochés.

— A senhorita fez amizades naquela festa do campo, não fez?

Rebecca se virou para fitá-lo enquanto ele servia os ovos em seu prato. Mas Gil não retribuiu seu olhar.

— Como você sabe disso?

Ele deu de ombros. Suas bochechas estavam vermelhas.

— Comentários na cozinha. Coma um pouco. — E ofereceu um garfo para ela.

— Imagino que estivessem falando das irmãs Hopedale. — Rebecca comeu um pouco dos ovos, distraída. — Mas elas nunca mais vão querer falar comigo depois do que aconteceu ontem à noite.

— Tem certeza?

Rebecca cutucou a porção de ovos e comeu mais um pouco.

— Duvido que qualquer pessoa da alta sociedade vá querer nos receber.

— Eles seriam muito sortudos em recebê-la em uma de suas festas elegantes — disse Gil às suas costas.

Rebecca se virou para encará-lo.

As sobrancelhas dele estavam franzidas, mas, enquanto ela o observava, suas feições se suavizaram.

— Se não se importa de eu comentar, senhorita — continuou ele.

— De forma alguma. — Ela sorriu. — É muita gentileza sua.

— Obrigado, senhorita.

Rebecca voltou a se virar para a mesa e tomou um gole do chá, que estava mais frio agora.

— A verdade é que, mesmo que elas queiram me ver, não sei se poderia falar sobre isso com as Srtas. Hopedale. Quando conversamos, normalmente é sobre o tempo e modelos de chapéu, o que não entendo muito, mas parece ser um assunto que as agrada. E vez ou outra discutimos se é melhor musse de limão ou pudim de chocolate. Seria bem estranho passar dos pudins para a tentativa do meu irmão de assassinar um aristocrata.

— Sim, senhorita. — Mais uma vez, ele se afastou para ir até o aparador. — O arenque está ótimo, e o presunto também.

— Mas talvez seja sobre isso que as damas de Londres gostem de falar. — Ela pegou o garfo e espetou o pãozinho em seu prato. — Não sei. Sou das colônias, e as coisas lá são muito diferentes.

— É mesmo, senhorita? — Gil hesitou, então pegou a travessa de arenque e voltou para perto dela.

— Ah, sim. Nas colônias, essa coisa de berço não tem a mesma importância.

— É mesmo? — indagou ele enquanto servia uma porção de arenque.

— Humm. — Rebecca experimentou o peixe. — Não quero dizer que as pessoas não julguem os outros. Acho que isso acontece em todos os lugares. Porém, é mais uma questão do que o homem conquistou na vida e se tem dinheiro. E, sabe, qualquer um pode ganhar dinheiro se trabalhar duro. O arenque está mesmo muito bom.

— Vou dizer para a cozinheira que a senhorita gostou — comentou Gil atrás dela. — Mas qualquer homem, senhorita?

— O quê?

O arenque estava mesmo gostoso. Talvez ela só estivesse precisando de um café da manhã reforçado.

— Qualquer homem pode ter sucesso na América?

Rebecca parou e olhou para trás. A expressão de Gil era tensa, como se a resposta fosse muito importante para ele.

— Creio que sim. Afinal de contas, meu irmão cresceu em uma cabana com apenas um cômodo. Você sabia disso?

Ele fez que não com a cabeça.

— É verdade. E agora ele é um homem muito respeitado em Boston. Todas as damas o convidam para suas festas, e vários cavalheiros o consultam sobre assuntos de negócios. É claro — ela se virou para espetar outro pedacinho do peixe —, ele começou com o negócio de importação do tio Thomas, mas a empresa era muito pequena quando Samuel a herdou. Agora, acho que é a maior de Boston, graças ao esforço dele e seu tino comercial. E conheço vários cavalheiros em Boston de origem humilde que são muito bem-sucedidos.

— Entendi.

— Não estou muito acostumada com pessoas como os aristocratas daqui. Eles são tão ligados ao passado e às expectativas... Por exemplo, não entendo por que Lady Emeline resolveu se casar com Lorde Vale.

— Porque são lordes e damas, senhorita. Faz sentido que se casem entre si.

— Sim, mas e se tivessem se apaixonado por alguém que *não é* um lorde ou uma dama? — Rebecca fez uma careta enquanto fitava o arenque. — Quero dizer, amor não é algo se pode controlar, é? Essa é a beleza dele. Você pode se apaixonar por alguém totalmente inesperado. Como Romeu e Julieta, por exemplo.

— Quem, senhorita?

— Você sabe. Shakespeare.

— Acho que nunca ouvi falar dessas pessoas.

Ela se virou para espiá-lo.

— Ah, que pena. É uma peça muito bonita, menos no final. Romeu se apaixona por Julieta, que é filha do seu inimigo, ou melhor, do inimigo da sua *família*.

— Não foi muito esperto da parte dele — comentou Gil de modo racional.

— Bem, a questão é essa, não é? Ele não podia escolher por quem iria se apaixonar, fosse ou não *esperto* da parte dele.

— Hum — murmurou o lacaio. Ele não parecia muito convencido sobre a poderosa natureza do amor. — E o que acontece depois?

— Ah, vários duelos e um casamento secreto, e depois eles morrem.

Gil arqueou as sobrancelhas.

— Eles morrem?

— Eu disse que o final não era muito bonito — respondeu Rebecca na defensiva. — Mas é muito romântica.

— Acho que viver é melhor do que morrer por amor.

— Bem, talvez você esteja certo. O amor não parece ter feito muito bem para o meu irmão.

— Então foi por isso que ele atacou Lorde Vale?

— Acho que sim. Ele ama Lady Emeline. — Ela lhe lançou um olhar culpado. — Mas não conte para ninguém.

— Não contarei, senhorita.

Rebecca sorriu, e Gil retribuiu o sorriso, seus lindos olhos verdes enrugando nos cantinhos. Ela então se deu conta de como ele a fazia se sentir bem. Ela estava sempre preocupada com o que dizer e com o que pensariam dela. Mas, com Gil, podia conversar despreocupadamente.

Rebecca se virou novamente para terminar a refeição, sentindo-se segura por saber que Gil estava bem ali atrás.

EMELINE ESTAVA NA salinha de estar de sua casa, bebendo chá, ouvindo *tante* Cristelle e desejando poder estar em qualquer outro lugar.

— Você teve sorte — proclamou a tia. — Muita sorte. Não sei como aquele homem conseguiu esconder tão bem seus instintos assassinos.

Aquele homem era Samuel. *Tante* Cristelle chegara à conclusão, por meio de um raciocínio que só era lógico para ela, de que a terrível briga na escadaria na noite anterior fora resultado da perda de controle da verdadeira natureza violenta do colono.

— Homens malucos são muito espertos, creio eu. E ele usava uns sapatos muito esquisitos — comentou *tante* Cristelle, e tomou um gole de chá.

— Não creio que os sapatos dele influenciaram em alguma coisa, *tante* — murmurou Emeline.

— Ora, mas é claro que influenciaram! — A tia a encarou, ultrajada. — Os sapatos das pessoas revelam muito sobre elas. Os bêbados usam sapatos velhos e encardidos. Damas de reputação duvidosa usam calçados enfeitados demais. E um assassino usaria algo estranho, como aqueles mocassins de índios selvagens.

Emeline escondeu os pés sob a barra da saia. As sapatilhas que calçava naquele dia eram, infelizmente, bordadas de dourado.

Ela tratou de mudar de assunto.

— Não sei como vamos sobreviver às fofocas. Metade da sociedade londrina estava amontoada no corredor ontem, com uma vista privilegiada do Sr. Hartley jogando Jasper escada abaixo.

— Sim, e aquilo foi muito estranho.

Emeline arqueou as sobrancelhas.

— O fato de que todos ficaram olhando?

— Não, não! — A senhora agitou a mão, impaciente. — Que Lorde Vale tenha permitido que fosse jogado daquela maneira.

— Não creio...

— O Sr. Hartley não é tão alto quanto Lorde Vale, e, mesmo assim, conseguiu dominá-lo. Imagino de onde tenha tirado tanta força.

— Talvez tenha sido a força de um homem enlouquecido — murmurou Emeline, abatida. Ela não queria se lembrar da briga, da cena dos dois homens que amava tentando se matar, do olhar no rosto de Samuel no último... Mas era muito difícil fazer *tante* Cristelle mudar de assunto. — O casamento será um fracasso, já imagino. Teremos sorte se aparecerem mais de dois convidados.

Tante Cristelle imediatamente discordou.

— Nem toda fofoca e agitação é ruim. Temos a tendência a achar que é sempre ruim, mas não é bem assim. O falatório vai atrair muita gente ao casamento. Acho que vamos ter um bom público.

Emeline estremeceu e olhou para a xícara em seu colo. A ideia de um monte de gente indo ao casamento só por curiosidade, para ver se Samuel interromperia a cerimônia, era extremamente desagradável. E pior, Emeline sabia que Samuel havia desistido dela. Aquele olhar desiludido, de *desprezo*, que ele tinha nos olhos na noite anterior doera tanto quanto uma bofetada. Ele nunca mais iria querer vê-la, ela sabia. O que era bom, é claro. Era melhor que tudo acabasse de uma vez.

Se ao menos ela conseguisse se animar um pouco com seu futuro. Seu caminho fora traçado antes mesmo de seu nascimento. Ela era uma aristocrata, filha e irmã de condes, uma mulher de família e de boa posição social. Era esperado que fizesse um bom casamento, que tivesse filhos, que obedecesse às regras da sociedade. O que não parecia tão difícil, e ela nunca havia questionado nada disso até então. Emeline fora uma boa esposa e era uma boa mãe. Afinal, não havia conseguido manter unida o que restara da sua família, apesar de tudo? Não tinha encontrado um segundo marido tão bom quanto o primeiro? E, se não houvesse fidelidade no casamento, se o amor fosse fraternal, em vez de ardente, isso já fazia parte do esperado. Apenas um tolo daria as costas para seu destino a esta altura da vida.

Apenas um tolo.

Emeline mordeu o lábio e olhou para o chá que esfriava enquanto *tante* Cristelle continuava com sua ladainha. Apesar de todas as broncas que dava em si mesma, ela não conseguia deixar de lamentar a perda de um homem que não fazia parte de seu mundo. Samuel olhara para ela, a vira de verdade. Fora a primeira e provavelmente a última pessoa em sua vida a fazer isso. E o mais estranho de tudo era que, não se deixara intimidar. Ele vira seu temperamento difícil, sua força de espírito que ia contra os padrões femininos, e mesmo assim a aceitara. Não era de se admirar que sofresse por ele. Uma aceitação tão completa era intoxicante.

Ainda assim, ela era uma tola.

As pessoas observavam Sam conforme ele caminhava pelas ruas de Londres naquela tarde. Espiavam-no discretamente, de canto de olho, então desviavam rápido, ainda mais quando ele demonstrava ter percebido. Sam se vira no espelho de manhã e sabia muito bem por que todos o encaravam: um olho roxo, o lábio cortado e inchado, e hematomas arroxeados nas bochechas e no queixo. Mas, ainda que entendesse o motivo, detestava aquilo. Ele nunca passava despercebido na multidão — afinal, usava mocassins —, mas, hoje, as pessoas olhavam para o colono como se ele fosse um lunático.

Esse era o primeiro problema. O segundo era que queria que Vale estivesse ali também. O que era ridículo, ele sabia, mas era a verdade. Tinha se habituado ao jeito divertido e sarcástico com que o visconde encarava o mundo e, apesar de detestar o homem, também sentia sua falta. Além do mais, seria bom ter alguém para cobrir sua retaguarda.

Sam olhou por cima do ombro para verificar se não estava sendo seguido e entrou em uma viela estreita. Teve de parar um pouco e se apoiar em uma parede imunda, pressionando o lado do corpo, onde sentia algumas pontadas de dor. Devia ter fissurado algumas costelas. Rebecca ficaria furiosa se descobrisse que ele não estava na cama. Sua irmãzinha se mostrara supreendentemente teimosa na noite anterior ao insistir que ele fosse examinado por um médico. No fim, Sam acabara cedendo. Que diferença fazia? Seu mundo já havia desmoronado mesmo.

Ele esticou o pescoço para perscrutar a rua principal antes de continuar, ignorando a dor incessante nas costelas. Só precisava resolver uma última pendência. Depois disso, poderiam ir embora daquela ilha maldita e voltar para casa.

Aquela parte de Londres era calma e relativamente limpa, e os odores que invadiam suas narinas nem incomodavam tanto. Sam entrou na Starling Lane. Os prédios que ladeavam a rua eram de tijolos mais novos, provavelmente construídos depois do grande incêndio. Havia pequenas lojas no nível da rua, com vitrines minúsculas expondo mercadorias, e, acima delas, apartamentos que pareciam pertencer aos lojistas.

Sam abriu a porta de uma pequena alfaiataria. A loja era escura, com teto baixo e cheiro de poeira. Não havia mais ninguém no local. Sam se virou e trancou a porta da frente.

— Um momento, por favor, senhor! — gritou uma voz masculina dos fundos.

A loja era minúscula — provavelmente para aproveitar melhor o espaço nos fundos, onde o trabalho era feito. Havia várias peças de tecido empilhadas nas prateleiras e apenas um colete exposto em um manequim. O colete parecia bem-feito e o corte era bom, mas o material não era dos melhores. Isso levou Sam a concluir que o alfaiate provavelmente vendia seus produtos para comerciantes, médicos e advogados, e não para cavalheiros mais abastados.

Havia uma porta aberta atrás do balcão, que Sam contornou para espiar pela fresta. Como imaginara, a área dos fundos da loja era bem mais espaçosa. Uma mesa extensa ocupava a maior parte do cômodo, e sobre ela havia pedaços soltos de tecido, lápis de marcação, carretéis de linha e moldes de papel. Dois rapazes estavam sentados com as pernas cruzadas sobre a mesa, costurando, enquanto um homem mais velho e careca estava debruçado sobre uma peça de tecido, cortando-a com mãos habilidosas usando uma tesoura.

O homem ergueu os olhos, mas não parou de cortar.

— Só um momento, senhor.

— Posso falar enquanto o senhor trabalha — disse Sam.

O homem parecia confuso.

— O que quer dizer, senhor? — Sua mão deslizava sobre o tecido como se tivesse vida própria.

— Gostaria de lhe fazer algumas perguntas. Sobre um ex-vizinho seu.

O alfaiate hesitou por um segundo, observando-o.

Os hematomas não estavam ajudando muito, Sam sabia disso.

— Havia uma sapataria ao lado da sua loja.

— Sim, senhor.

O homem virou o tecido e continuou cortando.

— O senhor conhecia o dono, Dick Thornton?

— Talvez.

O alfaiate se debruçou sobre o trabalho como se quisesse esconder o rosto do olhar de Sam.

— Acredito que a loja tenha pertencido ao pai de Thornton antes.

— Sim, senhor. O velho George Thornton. — Ele apoiou a tesoura, puxou o tecido cortado de cima da mesa e substituiu-o por outro pano. — Um homem muito bom. Tinha aberto a loja havia pouco mais de um ano, mas então morreu. Mesmo assim, todos sentiram muito sua falta aqui na rua.

Sam congelou.

— O velho Thornton tinha acabado de abrir a loja? Ele não estava aqui antes?

— Não, senhor. Veio de outro lugar.

— Da Dogleg Lane. — Um dos homens que costurava se intrometeu na conversa, de repente.

O mestre-alfaiate lhe lançou um olhar penetrante, e o homem baixou a cabeça e retomou o trabalho.

Sam apoiou o quadril na mesa e cruzou os braços.

— Dick já tinha voltado da guerra nas colônias quando o pai morreu?

O alfaiate balançou a cabeça uma vez.

— Não, senhor. Dick só voltou um ano e pouco depois. Foi a esposa dele, a nora de George, que tocou a loja até o marido voltar. Ela era uma boa moça, apesar de não ser muito esperta, se entende o que quero dizer, senhor. A loja não estava indo muito bem quando Dick voltou, mas ele logo deu a volta por cima. Mas só ficou uns dois anos aqui antes de montar uma loja maior em outro lugar.

— O senhor conheceu Dick antes de ele ir para a guerra? Já o vira antes?

— Não, senhor. — O alfaiate franziu o cenho enquanto fazia um corte oval perfeito no tecido. — Mas não perdi muita coisa por não ter conhecido Dick Thornton antes.

— O senhor não gostava do sujeito — murmurou Sam.

— Quase ninguém daqui gostava dele — resmungou o ajudante que estava sentado.

O mestre-alfaiate deu de ombros.

— Ele se fazia de simpático, estava sempre sorrindo, mas nunca confiei no homem. E a esposa tinha medo dele.

— É mesmo? — Sam fitava seus mocassins enquanto falava. Se sua teoria estivesse certa, a Sra. Thornton deveria sentir muito mais do que medo. — Ela passou a ter algum comportamento estranho?

— Não, mas não a vimos muito depois que Dick voltou.

Sam rapidamente ergueu o olhar.

— Como assim?

— Ela morreu, não foi? — O alfaiate o encarou de um jeito insinuante antes de voltar a concentrar-se no trabalho. — Caiu da escada e quebrou o pescoço. Pelo menos foi isso que o marido disse.

Os dois ajudantes que estavam sentados balançaram a cabeça, demonstrando sua opinião sobre aquilo tudo.

Sam sentiu um triunfo quase selvagem. Então aquela era a chave da questão, ele sabia. Dick Thornton não era quem dizia ser. *O prisioneiro MacDonald agachado embaixo de uma carroça enquanto a batalha fervilhava ao redor. MacDonald encontrando o olhar de Sam do seu esconderijo. MacDonald sorrindo e piscando.* Fora disso que Sam se lembrara na noite anterior, enquanto abria caminho entre os convidados da festa de Emeline. O modo como MacDonald costumava sorrir e piscar — o mesmo modo que Thornton sorria e piscava agora. De alguma forma, MacDonald, o prisioneiro, conseguira ocupar o lugar do outro homem.

Ocupara seu lugar e agora vivia sua vida.

Dez minutos depois, Sam destrancou a porta da pequena alfaiataria e saiu. A situação estava praticamente resolvida. Agora, só faltava confrontar Dick Thornton — ou o homem que dizia ser Dick Thornton — e ir para casa. Finalmente sua saga em busca por respostas, que durara um ano inteiro, chegaria ao fim. Os mortos de Spinner's Falls finalmente poderiam descansar em paz.

Mas ainda havia uma coisa, pensou ele enquanto voltava para casa. Sam sabia que ele próprio nunca ficaria em paz. Seu corpo poderia voltar para Boston, mas seu coração permaneceria para sempre na Inglaterra.

Sam já havia chegado aos estábulos nos fundos da propriedade que alugara. Ele hesitou, e então passou pelo portão de sua casa e seguiu para o que dava no quintal de Emeline. Estava trancado, é claro, mas ele subiu o muro, movendo-se um pouco mais devagar do que o normal por causa das costelas. O quintal estava deserto. A trilha central era ladeada por flores de áster, e as árvores ornamentais começavam a mudar de cor. De onde estava, conseguia ver os fundos da casa e as janelas do andar de cima. Uma das janelas era a do quarto de Emeline. Naquele exato momento, ela poderia estar olhando para fora.

Sam tinha consciência de que era uma tolice fazer aquilo — invadir o quintal de uma mulher que o rejeitara. Estava com vergonha e ao mesmo tempo com raiva de si mesmo por estar com vergonha. Logo teria de ir para casa e se arrumar para jantar com Rebecca, mas se demorou um pouco mais, olhando para a casa dela, seu coração doendo a cada batida silenciosa em seu peito. *E se... e se... e se...*

Ele fechou os olhos e tomou uma decisão. Não poderia deixar as coisas como estavam. Precisava falar com ela. Mas aquele não era o momento. Para falar o que queria, seria melhor esperar até a noite. Então, Sam deu uma última olhada na direção daquela janela, virou-se e saiu do quintal. Iria esperar pela hora certa. Seria paciente.

Até o cair da noite.

Capítulo Dezessete

Pouco depois da meia-noite, Coração de Ferro foi levado de sua cela na masmorra. Os guardas o conduziram pelas escadas do castelo e depois pelas ruas até chegarem à praça que ficava no centro da Cidade Brilhante. Havia uma multidão de pessoas nas ruas, segurando tochas para iluminar o caminho, e seus rostos refletiam a luz das chamas de forma assustadora. O povo da Cidade Brilhante estava calado, com exceção de uma pessoa. Pois o feiticeiro dançara durante todo o trajeto até a praça, comemorando a pena de morte de Coração de Ferro, apesar de estar com uma pequena dificuldade para andar. E, amarrada ao pulso do feiticeiro malvado, balançando enquanto ele saltitava, havia uma pomba branca, presa por uma corrente dourada...

— Coração de Ferro

Já era tarde, e ela estava cansada, mas, mesmo assim, sentiu a presença dele muito antes de vê-lo. O coração de Emeline disparou com uma alegria selvagem, totalmente fora de controle. Ele estava ali. Samuel estava ali. Ela deu as costas para a penteadeira onde escovava os cabelos e se preparava para dormir.

Samuel estava parado junto à porta que ligava o cômodo ao pequeno quarto de vestir. Seu rosto estava machucado, o olho esquerdo, inchado e roxo, e uma das mãos pressionava o lado do corpo como se sentisse dor no local. Ela o encarou, sem acreditar que ele estava de fato ali, prendendo a respiração para que a imagem não se dissipasse.

— Seus cabelos são lindos — disse ele num sussurro.

Essa era a última coisa que Emeline esperava ouvir. E fez com que se sentisse constrangida e estranhamente tímida. Era a primeira vez que ele a via de cabelos soltos. Nunca tinham se encontrado num ambiente tão normal e íntimo.

— Obrigada.

Ela colocou a escova sobre a penteadeira, mas suas mãos estavam tão trêmulas que quase a deixou cair no chão.

Samuel olhou para a escova.

— Vim me despedir.

— Já está indo embora?

Por algum motivo, ela também não esperava por isso. Emeline achava que seria a primeira a partir, logo depois do casamento com Jasper. O que era uma bobagem, é claro. Em algum momento, Samuel teria de retornar às colônias. Ela sempre soube disso.

Ele assentiu lentamente.

— Assim que concluir algumas questões, Rebecca e eu pegaremos um navio de volta.

— Ah. — Havia milhares de coisas que ela queria perguntar, milhares de coisas a dizer, mas, por algum motivo, não conseguia verbalizar seus pensamentos. Em vez disso, se via presa naquela conversa estranha e formal. Ela pigarreou. — Questões de trabalho? Ou a questão de encontrar o traidor do seu regimento?

— Ambos.

Samuel entrou no cômodo e começou a passear pelo quarto. Então parou para pegar um prato de porcelana de cima de uma mesinha e virou-o para olhar embaixo.

Emeline engoliu em seco.

— Mas pode ser que leve semanas, meses talvez, para descobrir quem...

Mas Samuel já negava com a cabeça.

— Thornton é o traidor. — E colocou o prato de volta no lugar.

— Como você sabe?

Ele deu de ombros, sem demonstrar muito interesse no assunto.

— Na realidade, ele não é Thornton. Acho que é outro soldado, MacDonald, que estava preso quando fomos atacados. E o homem deu um jeito de ocupar o lugar de Thornton.

Emeline franziu o cenho, repuxando o robe de seda com nervosismo. Ela usava apenas a camisola e o robe e estava descalça. Sentia-se vulnerável com ele andando pelos seus aposentos particulares. Vulnerável, mas não com medo. Havia algo de inevitável na cena, como se ela já soubesse que Samuel um dia entraria em seu quarto. Tudo que queria era poder mantê-lo ali um pouco mais. Ela baixou os olhos para as mãos trêmulas e fez outra pergunta, adiando o inevitável.

— Mas os amigos ou a família de Thornton não teriam denunciado MacDonald?

— A maioria dos amigos de Thornton morreu em Spinner's Falls. Talvez todos. Quanto à família — Samuel tocou o pesado dossel de brocado que descia ao redor da cama —, todos já tinham morrido também, exceto a esposa, e ela se foi logo depois que Thornton, ou MacDonald, voltou da guerra. Desconfio de que ele a tenha matado.

Emeline arfou diante do comentário casual.

— Por que está fazendo isso, Samuel?

Ele ergueu o olhar ao perceber o tom de voz dela.

— O quê?

— Por que toda essa determinação para descobrir o traidor? — Emeline se inclinou para a frente, com a intenção de derrubar suas defesas assim como ele derrubara as dela. Não lhes restava muito tempo. — Por que gastar tanto esforço e dinheiro para encontrar um homem? Por que, depois de todos esses anos?

— Porque eu posso, e os outros, não.

— Como assim? — sussurrou ela.

Samuel soltou a cortina e voltou-se para ela. Sem artifícios, sem escudo para esconder a tristeza em seu rosto.

— Eles estão mortos. Estão todos mortos.

— Jasper...

Ele riu.

— Até mesmo os que sobreviveram estão mortos. Não consegue perceber isso? Vale pode fazer piadas e beber e se fazer de bobo, mas você irá se casar com um cadáver, nunca duvide disso.

Emeline se levantou para encarar o desespero dele à altura.

— Duvido muito. Jasper pode ter seus demônios, mas ele está *vivo*. Você o salvou, Samuel.

O colono balançou a cabeça.

— Eu não estava lá.

— Você correu em busca de ajuda...

— Eu fugi — disse ele com a voz embargada, e ela fechou a boca, pois nunca o ouvira declarar aquilo em voz alta. — No auge da batalha, quando percebi que íamos perder, quando percebi que os índios iriam nos derrotar e escalpelar os homens que ainda estavam vivos, achei que não fazia mais sentido lutar e me escondi. E, quando pegaram Vale, Munroe, seu irmão e os outros, eu fugi.

Emeline se aproximou e segurou a gola do paletó dele com as mãos, sentindo a lã sob seus dedos. Ela ficou na ponta dos pés e aproximou o rosto o mais próximo possível do dele.

— Você se escondeu porque sabia que morrer seria inútil. Depois, saiu correndo para salvar a vida dos homens que foram capturados.

— Será? — A pergunta não passava de um sussurro. — Será? Foi isso que falei para mim mesmo na época, que estava fugindo pelos outros, mas talvez eu tenha mentido. Talvez eu tenha ido embora apenas para me salvar.

— Não. — Ela balançou a cabeça, desesperada. — Eu conheço você, Samuel. Conheço *você*. Sei que fugiu para salvá-los, e por nenhum outro motivo, e o admiro por isso.

— Admira mesmo? — Finalmente, os olhos dele pareceram se focar nos dela. — Mas seu irmão morreu antes de eu conseguir chegar com a patrulha de resgate. Falhei com ele. Falhei com você.

— Não. — A voz dela saiu embargada. — Nunca pense assim.

Então Emeline puxou o rosto dele para perto do seu.

Ela o beijou, tentando concentrar todos seus pensamentos e suas esperanças conflitantes naquele gesto simples. As bocas coladas, os lábios se movendo juntos. Um beijo era algo tão básico, algo tão fácil de dar, mas Emeline queria que aquele significasse algo maior. Queria que Samuel soubesse que ela nunca o vira como um covarde.

Queria que ele soubesse que ela o amava.

Sim, *amor*. Não importava com quem se casasse, não importava que nunca mais o visse novamente, ela sempre amaria aquele homem. Amá-lo estava fora do seu controle. Ainda que Samuel não fosse o homem com quem deveria se casar, ainda que não fosse o homem certo para passar o resto de sua vida, Emeline não conseguia deixar de amá-lo.

Então, o beijou com delicadeza, movendo os lábios com todo cuidado. Passeou pela boca de Samuel, murmurando palavras de afeto incoerentes, e, por fim, lambeu-a até sentir seu gosto. Precisava daquele momento para ter o que se lembrar depois. Precisava se lembrar do gosto dele, dos lábios, da sensação de beijá-lo. Ela teria de guardar a lembrança para sempre em seu coração, pois seria a única coisa que teria dele.

Samuel se moveu subitamente, segurando-a pelos braços, e Emeline não sabia se ele tentava se afastar ou chegar mais perto. Então veio o pânico. Ele não poderia ir embora antes que ela conseguisse mostrar que o amava.

— Por favor — murmurou ela contra os lábios dele.

Mas a pressão em seus braços se intensificou.

Emeline se afastou e fitou os olhos de Samuel.

— Por favor. Deixe-me fazer isso.

Ele contraiu as sobrancelhas acima dos lindos olhos castanhos, escuros como café, como se estivesse confuso. Emeline pressionou as mãos espalmadas contra o peito dele. Jamais teria conseguido movê-lo contra sua vontade, mas ele permitiu que ela o empurrasse. Samuel deu um passo para trás, e, quando ela o pressionou novamente, ele recuou um pouco mais, até suas pernas encontrarem a lateral da cama.

Ele deu uma olhada para a cama às suas costas e depois voltou a olhar para ela.

— Emeline...

— Shhh. — Ela colocou os dedos sobre os lábios dele. — Por favor.

Samuel observou os olhos dela por um momento e então deve ter entendido o pedido incoerente, pois, logo em seguida, assentiu com a cabeça.

Emeline respondeu com um sorriso trêmulo. Naquela noite, esqueceria o futuro e tudo mais. Esqueceria suas ansiedades, seus temores, todos os fardos que carregava, todas as pessoas que dependiam dela. Esqueceria tudo por algumas poucas e preciosas horas. Devagar, ela tirou o paletó dele, tomando cuidado para não esbarrar nos ferimentos, dobrou a peça e a colocou sobre uma mesa. Então, começou a desabotoar o colete marrom. Ela estava ciente de sua respiração curta e rápida pelo nervosismo, e da dele, profunda e estável. Samuel apenas observava enquanto era despido, sem fazer nada para ajudar ou atrapalhar, as mãos pendendo ao lado do corpo.

Emeline ergueu o olhar e, quando seus olhos se encontraram, sentiu uma onda de calor subindo por seu rosto. Como era íntimo o ato de despir um homem.

Samuel sorriu levemente ao balançar os ombros para tirar o colete. Emeline respirou fundo e passou para a camisa. As mãos dele pousaram sobre os quadris dela, e, apesar das camadas de tecido, era possível sentir o calor que emanava daqueles dedos. As mãos dela tremeram, lutando com um botão. Samuel se inclinou para beijá-la no alto da cabeça e envolvê-la com seu corpo, e Emeline sentiu seu cheiro: lã e linho, couro e salsinha. Ela afastou as bordas da camisa e olhou para o peito desnudo. A pele dele era tão linda... Emeline deslizou as pontas dos dedos sobre a clavícula e pressionou a palma contra o peito. Dava para sentir os pelos ali e, abaixo, a batida suave do coração. Ele estava ali com ela, tão real. Como ela iria viver quando ele fosse embora? Quando estivesse do outro lado daquele oceano tão, tão grande?

Emeline deixou o pensamento de lado enquanto o empurrava para a cama. Ele se sentou e a observou, os olhos semicerrados, esperando pelo próximo movimento.

Ela se ajoelhou e começou a desamarrar os cadarços dos mocassins. Samuel tentou levantá-la.

Mas Emeline o encarou.

— Por favor.

Ele deixou as mãos caírem ao lado do corpo.

Os cadarços eram feitos de um tipo de couro, e ela se inclinou, tentando descobrir como soltá-los. Estava ciente, no entanto, das pernas à sua frente e da sua posição, como se estivesse em súplica. A pose era humilde e ao mesmo tempo erótica.

O primeiro sapato saiu, e ela passou para o outro. Enquanto Emeline trabalhava, ele acariciava seus cabelos, em silêncio, sem comentar nada, e ela se perguntou o que estaria passando por sua cabeça. No dia anterior, Samuel parecia tão irritado. Mas, quando ela ergueu o olhar, tudo que viu nos olhos dele foi desejo.

Samuel se inclinou e a beijou, invadindo sua boca com a língua, segurando sua cabeça com as mãos. Ela se perdeu. Esqueceu seu propósito, esqueceu o que queria. Emeline oscilou e apoiou-se sobre as coxas dele enquanto Samuel empurrava sua cabeça para trás, saboreando sua boca. Deus, como ela queria aquele homem. Ele a puxou para a frente, e Emeline foi envolvida, ainda de joelhos entre as coxas firmes e fortes. E na frente... Ela esfregou as mãos pelas perneiras até encontrar o final inevitável, onde o couro acabava e o tecido que cobria a região pélvica começava. Ela arfou, respirando fundo durante o beijo, pois ele já estava rijo, e seu membro pressionava o tecido da calça. Seus dedos passearam ao longo da rigidez, sentindo-o por baixo do tecido.

Ele deteve suas mãos.

Emeline se afastou do beijo e ergueu o olhar.

— Deixe.

O rosto de Samuel estava sombrio, ruborizado pela paixão, e ele não parecia estar com vontade de ceder em nada.

— Por favor — insistiu ela num sussurro.

Ele abriu as mãos, colocando-as com as palmas viradas para cima sobre as coxas, num gesto de aquiescência. Emeline o pressionou levemente e então suas mãos seguiram até o cós da calça para tentar abri-la. Ela afastou o tecido e começou a tatear em meio à roupa de baixo até encontrá-lo, ruborizado e orgulhoso. Os pelos ao redor do pênis eram quase pretos, uma visão escandalosamente íntima. Aquilo tudo deveria ser só seu, ela sabia, de um jeito quase primitivo. Aquele homem, aquela visão, aquele pênis, tudo era seu.

Emeline observou-o por um momento e então ergueu o olhar.

— Tire tudo.

Seu tom deve ter soado um tanto autoritário, pois ele abriu um meio sorriso, mas ela não se importava com isso agora. Tudo que queria era Samuel completamente nu. Queria guardar na memória aquela visão. Ele tirou as perneiras e o restante da roupa, e Emeline se levantou para empurrá-lo novamente sobre a cama, tirando o robe antes de se acomodar ao seu lado, apenas de camisola. Ele se deitou de barriga para cima e imediatamente tentou alcançá-la, mas ela desceu até seu pênis, ficando fora de seu alcance.

— Emeline...

— Shhh.

Emeline estava na altura de sua masculinidade, e a criatura era fascinante. Com um dedo, acariciou a extensão, esbarrando nas veias. Sabia que algumas mulheres consideravam os genitais masculinos feios e grosseiros, mas ela não era uma dessas. Se Danny tivesse vivido mais, se ela fosse uma esposa mais experiente naquela época, teria explorado mais o corpo do marido — mas os dois não tiveram tempo. Agora, estava determinada a não perder a oportunidade com Samuel.

Ela o analisou, encantada com o modo como o prepúcio recuava para acomodar a ereção, fascinada com a ligeira curvatura para o alto. Emeline desviou os olhos e percebeu que Samuel a observava com a mesma atenção, e um pensamento lhe ocorreu, algo que, se o momento fosse diferente, ela jamais teria coragem de verbalizar. Mas os dois não tinham tempo para vencer a timidez e as rígidas regras de etiqueta da sociedade. Só lhes restava aquela noite, e ela não iria desperdiçar o pouco que tinham.

Então, perguntou:

— O que você faz quando está sozinho?

Samuel arqueou as sobrancelhas, e, por um momento, Emeline ficou desapontada, achando que ele fosse fingir não ter entendido sua pergunta vulgar. Mas, sem tirar os olhos dela, ele baixou a mão direita e a fechou ao redor do membro. Ela então desviou o olhar para observar. Samuel segurou o pênis com muito mais firmeza do que ela ousaria e começou a mover a mão para cima e para baixo. Quando subia, a glande quase desaparecia entre o punho fechado.

— Não dói?

Ela ouviu uma risadinha abafada, mas não conseguiu tirar os olhos da cena.

— Longe disso.

E então Emeline fez algo que ia além do impensável. Ela se inclinou para a frente e lambeu ao redor da glande.

Samuel parou o movimento, e ela o ouviu respirar fundo antes de sussurrar:

— Faça outra vez.

Ela se apoiou sobre as mãos para ficar por cima, lambendo e beijando a glande ao mesmo tempo que ele continuava movendo a mão para cima e para baixo. Não era um ato sofisticado: sua língua às vezes esbarrava na mão dele enquanto lambia o pênis, os seios pendiam livres de modo deselegante dentro da camisola, mas Emeline não se importava. Estava adorando o gosto dele, salgado e apimentado, adorava os gemidos abafados que Samuel deixava escapar, e sentia que estava ficando cada vez mais molhada só de estimulá-lo. Por que um ato assim era tão erótico, ela não sabia — mas era. A mão dele começou se mover mais rápido, e ela tentou colocar a glande toda na boca. Os quadris dele se ergueram num gesto involuntário.

— Emeline — arfou Samuel, e o tom de sua voz, à medida que chegava ao clímax, repercutiu numa onda de triunfo sexual que tomou conta dela por inteiro. — Emeline...

Ela ergueu o olhar enquanto o chupava com vontade, pressionando a língua na parte inferior do pênis. Os olhos dele se estreitaram, a cabeça arqueou para trás, com os dentes cerrados, e ela sentiu um sabor agridoce na boca.

— *Emeline.*

Ela fechou os olhos, sentindo as lágrimas se formarem atrás de suas pálpebras, e chupou de novo, novamente saboreando um jato salgado. Por fim, os quadris dele baixaram, afastando a masculinidade da boca de Emeline. Ela limpou os lábios no lençol enquanto as lágrimas tolas, tolas, insistiam em cair de seus olhos, e uma pingou na perna dele. Ajudá-lo a fazer aquilo lhe dava vontade de chorar, apesar de não entender por quê.

Emeline sentiu quando Samuel levantou a cabeça, sem precisar erguer o olhar.

— O que...?

— Shhh — repetiu ela, engasgando num soluço.

Não havia como explicar tudo que estava sentindo. Como poderia dizer que já sofria por perdê-lo? Que gostaria de ser uma pessoa diferente, mais adaptável? Não havia como, então não o fez. Em vez disso, ela escalou pelo corpo de Samuel até se acomodar nele, montada sobre a região pélvica.

Ele a segurou pelo quadril, confortando-a e acalmando-a.

— Está tudo bem?

— Claro — sussurrou Emeline, apesar das lágrimas incontroláveis dizerem o contrário.

Ela fechou os olhos para não ver a preocupação e o amor no olhar de Samuel, e então tirou a camisola. Estava toda nua agora, assim como ele. Não usava nem um grampo de cabelo. Os dois estavam do jeito que vieram ao mundo, homem e mulher, sem as roupas e as amarras que designavam classe social, riqueza e posses. Eram como Adão e Eva — os primeiros seres humanos, ignorantes dos acontecimentos que um dia separariam seus descendentes.

Emeline abriu os olhos e se inclinou para a frente para apoiar uma mão espalmada no meio do peito dele.

— Você é meu agora.

— Assim como você é minha — falou Samuel.

Aquilo era quase um voto.

E ele não exigiu mais. Uma parte de Emeline morreu então, ao mesmo tempo que se sentia extasiada pelo momento. Samuel havia desistido de incluí-la em seu futuro, ela sabia. Sempre fora inevitável o fato de que não poderiam ficar juntos, mas para ele ter aceitado isso...

Ela afastou o pensamento e se curvou sobre ele, sorrindo enquanto beijava o lugar exato onde estivera sua mão. A pele estava molhada porque as lágrimas tinham caído ali também. E os beijos seguiram pelo peito, beijinhos úmidos, até ela alcançar um mamilo. Naquele ponto, Emeline abriu a boca e lambeu ao redor da pequena protuberância, sentindo o gosto de homem, sentindo o gosto de Samuel.

Ele suspirou embaixo dela e ergueu a mão para acariciar seus cabelos. Emeline sentia o pênis, ainda meio ereto, sob seu ventre. Ela remexeu um pouco, rebolando contra ele, e passou para o outro mamilo, lambendo-o com a ponta da língua. Lágrimas brotavam em seus olhos novamente, mas, dessa vez, não deu atenção a elas. Afinal, aquilo não passava de uma manifestação física de seu tormento interno — algo totalmente fora de seu controle. As lágrimas pingaram sobre o peito de Samuel, e o sal delas se misturou ao sal da pele dele, de modo que ela já não sabia diferenciá-las enquanto o lambia.

Emeline se ergueu e olhou para baixo. O pênis estava grosso, não totalmente ereto, e pendia sobre o abdome. Queria sentir aquela parte contra o seu corpo. Emeline deslizou para a frente até a cabeça do pênis dele tocar a entrada dela, que estava molhada, aberta e sensível. A sensação era tão boa, tão perfeita, que ela deixou escapar um gemido. Só uma leve pressão, só um leve movimento dos quadris. O calor floresceu em seu cerne. Ela mordeu o lábio e desceu um pouco mais.

Seus olhos estavam fechados, então ela se assustou um pouco ao sentir um par de mãos em seus seios. Emeline arfou e deslizou contra ele. Samuel apertou os mamilos dela com as pontas dos dedos. Deus do céu! Ele crescia sob seu corpo, abrindo caminho entre os lábios inferiores. Emeline soltou o peso sobre as mãos de Samuel, pressionando-se contra ele, dominada pela sensação, tentando ignorar as lágrimas que ainda rolavam por seu rosto. O pênis escorregou para o lado. Ela resmungou, frustrada, e o segurou, pressionando-se contra ele enquanto esfregava o clitóris no pênis. Tão perto, tão perto...

— Coloque-me dentro de você. — Ela ouviu Samuel dizer.

Emeline fez que não com a cabeça, desejando senti-lo ali para sempre. Desejando que o momento durasse por toda a eternidade, como se fosse um sonho. Desejando nunca mais acordar. Ela começou a se mover mais rápido sobre ele, frenética, remexendo os quadris, chorando, com as bochechas molhadas.

Quase lá, quase lá...

Samuel apertou os mamilos dela, mas ainda não foi o suficiente. Ainda não conseguia chegar lá. Emeline ofegava agora, chorando abertamente, e de repente soube que, para atingir o clímax, precisaria senti-lo dentro dela. Mais que depressa, ela ergueu os quadris, o encaixou na entrada e desceu. E então...

Ele estava dentro dela, por inteiro, provocando uma sensação maravilhosa enquanto a expandia. Emeline parou, saboreando o momento, querendo que durasse para sempre, que ele a preenchesse pela eternidade. Ela se debruçou sobre Samuel, e sentiu aquela boca quente se fechando sobre um dos seios, sugando-o com força. Sua musculatura se contraiu ao redor do membro rijo, e ela gozou numa série de ondas quentes, deliciosas, demoradas. E suspirou alto, agradecida pelo êxtase maravilhoso. Então continuou se esfregando contra a masculinidade firme, com a cabeça pendendo para baixo em rendição, os cabelos caindo sobre o peito dele.

Samuel murmurou alguma coisa e soltou o mamilo, segurando-a pelo quadril. Com estocadas rápidas e vigorosas, ele gemia, seu pênis duro, quente e enorme dentro dela. Os movimentos e o desespero óbvio dele prolongaram o prazer de Emeline, e, quando sentiu o líquido quente fluindo dentro de seu corpo, ela ficou em êxtase. Deixou-se desmoronar sobre o peito arfante de Samuel, com as mãos dele entrelaçadas aos seus cabelos, o hálito quente soprando contra sua têmpora molhada de suor, e ouviu um sussurrou ao seu ouvido.

— Eu amo você.

O FOGO NA LAREIRA de Emeline se apagara havia muito, provavelmente em algum momento no meio da noite, enquanto ele ainda a tinha em seus braços. Sam pensou em reacendê-lo, pois o quarto estava gelado de madrugada. Mas ela estava deitava sob uma pilha de cobertas grossas, e ele não ficaria ali por muito tempo. Além do mais, não tinha certeza se o fogo seria capaz de aquecê-lo.

Sam estava sentado em uma poltrona perto da lareira apagada, totalmente vestido. Nada o impedia de ir embora. Logo, os criados estariam de pé, e ele sabia que ela ficaria envergonhada e zangada caso o encontrassem em seu quarto. Mesmo assim, ele permanecia ali.

Podia vê-la de onde estava, na poltrona. Tentava registrar na memória o modo como ela segurava a beirada da coberta embaixo do queixo com dois dedos. Ela estava deitada de lado, virada para ele, a boca relaxada, os lábios entreabertos. Com os olhos astutos fechados, Emeline parecia bem mais jovem, quase dócil.

Sam quase sorriu diante do pensamento. Ela não gostaria nada de ser observada daquela maneira. Os dois nunca tiveram tempo de falar sobre o assunto, mas ele desconfiava de que o fator idade fosse um ponto sensível para ela. Seria divertido discutir sobre isso, fazê-la reconhecer que uma mulher de 30 anos era muito bonita — mais bonita ainda, na opinião dele, que uma de 20. Então, quando ela continuasse discutindo — coisa que com certeza faria, pois era teimosa —, ele a beijaria até que cedesse, e depois, quem sabe, os dois fariam amor outra vez. Mas já era tarde demais para isso. Não haveria mais discussões, beijos ou sexo. Não havia mais tempo para revolver pequenas divergências.

O momento deles havia chegado ao fim.

Emeline soltou um suspiro e ajeitou a coberta sobre a boca. Sam observou o pequeno movimento como se estivesse faminto, sorvendo-o, guardando-o na memória. Logo. Logo, ele se levantaria e sairia pela porta, deixando o quarto e seguindo pela casa silenciosa. Sairia então para a madrugada escura. Voltaria para a casa que não era sua de verdade. Dali a dois dias, embarcaria num navio e passaria mais de um mês olhando para as ondas enquanto navegava de volta para o seu lar. E quando chegasse ao seu destino? Ora, ele retomaria sua vida como se nunca tivesse conhecido uma mulher chamada Emeline.

Exceto que, apesar de sua vida poder parecer a mesma para quem olhasse de fora, por dentro, seria totalmente diferente. Ele jamais a esqueceria, sua dama carinhosa, mesmo que vivesse por outras seis décadas. Tinha certeza disso agora, sentado ao lado da lareira fria. Ela permaneceria com ele pelo resto de sua vida. Enquanto andasse pelas ruas de Boston, enquanto tocasse seus negócios ou conversasse com conhecidos, Emeline seria um fantasma ao seu lado. Sentaria-se ao seu lado durante as refeições, deitaria em sua cama na hora de dormir. E ele sabia que, quando seu tempo na Terra chegasse ao fim, a única pessoa em quem pensaria antes de cair no vazio profundo seria ela.

O aroma de bálsamo de limão o perseguiria para sempre.

Então Sam ficou um pouco mais, observando enquanto Emeline dormia, pois ainda tinha uma vida inteira pela frente, e precisava guardar consigo aqueles poucos segundos ao lado dela.

Eles teriam de durar uma eternidade.

Capítulo Dezoito

Os guardas amarraram Coração de Ferro a uma imensa estaca e então empilharam gravetos espinhosos ao redor de seus pés e de suas pernas. Ele olhou ao redor e viu sua querida esposa ao lado do pai, o rei, chorando. Coração de Ferro fechou os olhos diante daquela visão, e os guardas atearam fogo aos gravetos, que rapidamente queimaram, e as chamas subiram pela escuridão do céu. Faíscas voavam alto, como se quisessem se juntar às estrelas, enquanto o feiticeiro malvado gritava em êxtase. Mas algo estranho aconteceu. Apesar de as roupas de Coração de Ferro terem pegado fogo e logo serem reduzidas a cinzas, seu corpo não queimou. Em vez disso, enquanto ele se contorcia nas chamas, seu coração de ferro podia ser visto batendo dentro do peito nu e forte. Um coração de ferro esbranquiçado pelo calor...

— Coração de Ferro

Samuel já havia ido embora quando ela acordou na manhã seguinte. Uma criada fazia barulho próximo à lareira, tentando acender o fogo. As toras provavelmente tinham sido mal empilhadas e se apagaram durante a noite.

Emeline fechou os olhos por um momento, sem coragem de encarar o dia. Ou talvez sem coragem de encarar a vida sem Samuel. E enquanto permanecia assim, sentiu um líquido escorrendo de seu corpo. Na hora, pensou que fosse a semente dele, mas, ao verificar, descobriu que se tratava de uma mancha que era ainda mais familiar para ela. Sua visita mensal havia chegado. E aquela foi a pior parte: em vez de se sentir aliviada por ter certeza de que não havia nada que pudesse impedir seu casamento com Jasper, ela ficou desapontada. Que tolice! Que tolice absurda *desejar* estar esperando um filho de Samuel. Não ter outra opção senão se casar com ele.

Emeline perdeu o fôlego então. Sua mente — sua *sanidade* — podia até saber que um casamento com Samuel seria desastroso, mas seu coração não estava convencido.

— Deseja alguma coisa, milady? — A criada olhava para Emeline com a mão erguida sobre o fogo que não acendia.

Emeline deve ter deixado escapar algum som, feito algo que revelara sua tristeza, para a moça ter notado. Ela se sentou.

— Não, nada. Obrigada.

A criada assentiu e voltou a se virar para a lareira.

— Sinto muito por estar demorando tanto hoje, senhora. Não consigo entender por que o fogo está custando tanto a acender.

Emeline deu uma olhada por cima da cama, encontrou seu robe e se enrolou nele enquanto a criada estava de costas.

— Deve ser o ar frio. Deixe-me tentar.

Mas, apesar de Emeline ter jogado diversas palhas acesas sobre as toras, o fogo não pegava.

— Bem, deixe isso para lá! — exclamou ela, aborrecida. — Prepare um banho quente na minha antessala. A lareira está acesa lá, não está?

— Sim, milady — respondeu a criada.

— Então vou me arrumar lá.

Uma hora depois, a água do banho de Emeline já havia esfriado. Desanimada, ela remexeu a água na altura dos joelhos. Gostando ou não, já havia passado da hora de sair da banheira e encarar o restante de sua vida e as escolhas que fizera.

— Toalha — disse ela, e se levantou quando a criada estendeu uma toalha enorme.

Era bem provável que não houvesse toalhas tão grandes nas colônias. Que sorte a sua ter rejeitado Samuel e não precisar se sujeitar a roupas de banho inferiores. Emeline permaneceu taciturna enquanto as criadas a vestiam, sem ficar animada nem mesmo quando viu o novo vestido de seda vermelho. O vestido fora encomendado havia semanas, quando ajudara a preparar o vestuário de Rebecca. Agora, tanto fazia se iria usar seda ou juta.

E sua paciência se esgotou de vez quando Harris dava os retoques finais no seu cabelo.

— Está ótimo assim. Não estou esperando visitas. Acho que só vou dar uma volta pelo jardim.

Harris deu uma olhada na direção da janela.

— Parece que vai chover, milady, se me permite dizer.

— É mesmo? — indagou Emeline, desesperada.

Parecia ser a gota d'água que a natureza também resolvesse ficar contra ela. Emeline se aproximou da janela e olhou para fora. Sua antessala tinha vista para a rua, e, enquanto olhava, viu Samuel descer os degraus da frente da casa vizinha e seguir até o cavalo que o esperava. Ela prendeu a respiração sem perceber. A inesperada visão despertou uma pontada de dor bem no meio do seu corpo, como se tivesse acabado de levar uma facada. Sua mão estremeceu contra a vidraça fria. Ele deveria ter olhado para cima. Ele deveria ter visto que ela o observava da janela. Mas, em vez disso, simplesmente montou no cavalo e foi embora.

Emeline deixou a mão pender da janela.

Às suas costas, Harris ainda falava como se nada tivesse acontecido.

— Então vou guardar os vestidos novos, milady, a menos que precise de mim para alguma outra coisa.

— Não, isso é tudo. — Emeline desviou o olhar da janela. — Não, espere.

— Pois não, milady?

— Pegue a minha capa, por favor. Vou fazer uma visita à Srta. Hartley.

Aquela poderia ser a única oportunidade que teria para se despedir de Rebecca. Não parecia certo deixá-la partir para as colônias americanas sem se despedirem.

Emeline jogou a capa sobre os ombros, abotoando-a ao pescoço enquanto descia a escadaria correndo. Ela não fazia a menor ideia de quando Samuel voltaria, mas parecia imperativo que não o encontrasse de novo. Lá fora, o céu estava carregado e escuro pela chuva iminente. Se Rebecca estivesse em casa, a visita teria de ser breve para que ela não corresse o risco de ficar presa quando a tempestade desabasse. Emeline respirou fundo e bateu à porta da casa de Samuel.

O rosto do mordomo parecia ligeiramente chocado quando o homem abriu a porta. Era cedo demais para uma visita, mas ela era filha de um conde, afinal. Ele fez uma mesura quando ela entrou e então a conduziu até uma salinha para esperar por Rebecca. Emeline só teve tempo de dar uma olhada pela janela antes de a moça entrar.

— Milady! — A jovem parecia surpresa com a visita.

Emeline estendeu as mãos.

— Eu não poderia deixá-la ir embora sem me despedir.

Rebecca irrompeu em lágrimas.

Ó céus. Emeline nunca sabia como lidar com as lágrimas alheias. No fundo, sempre pensara que as mulheres que choravam em público só queriam chamar atenção. Ela quase não chorava, e nunca na frente dos outros — isto é, percebeu ela, até a noite anterior, com Samuel.

Movida pelo pensamento desconfortável, Emeline avançou.

— Calma, calma — murmurou ela enquanto batia sem jeito no ombro de Rebecca.

— Desculpe, milady — disse a moça entre soluços.

— Está tudo bem — respondeu Emeline, desajeitada, oferecendo-lhe um lenço. O que mais poderia fazer? Afinal, desconfiava que ela própria fosse a causa da tristeza de Rebecca. — Vamos pedir um chá?

A moça assentiu, e Emeline a conduziu até uma cadeira enquanto fazia o pedido para a criada.

— Eu só queria que as coisas fossem diferentes — confessou Rebecca. A garota tinha se sentado e torcia o lenço nas mãos.

— Eu também. — Emeline sentou-se num canapé e ajeitou as saias com cuidado excessivo. Talvez, se não olhasse para a moça, conseguiria suportar aquele momento. — A data da partida já está marcada?

— Amanhã.

Ela ergueu o olhar.

— Já?

A moça deu de ombros.

— Samuel conseguiu fazer reservas para uma cabine em um navio ontem. Ele disse que partiremos amanhã. Nossos pertences serão embalados depois e enviados para nós em outro navio.

Emeline fez uma careta. Ao que parecia, Samuel queria deixar a Inglaterra — e ela — o mais rápido possível.

— Isso tudo é por que a senhora não o ama? — perguntou Rebecca num rompante.

A pergunta foi tão súbita, tão surpreendente, que Emeline respondeu sem pensar.

— Não. — Ela ficou sem ar ao perceber que quase confessara e negou com um aceno de cabeça. — Há vários fatores envolvidos.

— Será que poderia me contar?

Emeline se levantou e se aproximou da lareira.

— Classes e posições sociais, obviamente.

— Mas há mais do que isso, não?

Emeline não conseguia mais olhar para a jovem, então ficou encarando as chamas.

— Vocês vêm de um país diferente, tão distante. Não creio que Samuel iria querer morar na Inglaterra.

Rebecca permaneceu calada, mas seu silêncio era quase como se estivesse exigindo uma explicação.

— Preciso pensar na minha família. — Emeline respirou fundo. — Só restam Daniel e *tante* Cristelle, mas eles dependem de mim.

— E a senhora acha que Daniel e sua tia não iriam querer se mudar para a América?

Colocada dessa maneira, sua desculpa obviamente não fazia sentido. Sim, *tante* Cristelle iria reclamar da viagem de navio, mas, por outro lado, ela não precisaria deixar a Inglaterra se não quisesse. E era bem capaz de Daniel adorar a simples ideia de conhecer a América.

Emeline entrelaçou os dedos nas pregas na cintura.

— Não sei... — E então ergueu o olhar e encarou Rebecca. — Todos eles me abandonaram, sabe? Reynaud, meu marido, meu pai. Não sei se consigo fazer isso novamente... confiar minha segurança à outra pessoa.

Rebecca franziu o cenho.

— Não entendo. Samuel jamais permitiria que alguém a ferisse.

Emeline riu, apesar de ter sido uma risada rouca.

— Sim, cresci acreditando nisso. Apesar de o assunto nunca ter sido discutido, estava subentendido que os homens da minha família cuidariam de mim e me manteriam segura. Que eu jamais precisaria me preocupar com a minha situação. Eles cuidariam de tudo, e eu seria uma companheira amável e ficaria responsável pelo nosso lar. Mas não foi bem assim, foi? Primeiro, perdemos Reynaud durante a guerra nas colônias. Depois, Danny morreu quando ainda éramos bem jovens... E então papai... — Ela ficou sem ar, pois nunca dissera para ninguém o que estava prestes a dizer. — Então papai morreu, e me senti abandonada, entende? Como Reynaud tinha morrido, o título, as propriedades, tudo que nos pertencia passou para o nome de um primo.

— Você ficou sem dinheiro?

— Não. — Emeline fez um movimento brusco, e alguns pontos da costura de seu vestido se soltaram. — É óbvio que tenho dinheiro suficiente. Vivo bem com o que meu marido deixou. Só atuo como acompanhante para ter o que gastar com bobagens. Mas não tenho mais ninguém com quem contar. Todos me abandonaram. Agora, eu tomo as decisões da minha vida e da vida de *tante* Cristelle e do meu filho. Sou eu que cuido dos investimentos e decido quando Daniel deve ir para Eton. Tenho que ficar de olho nos capatazes para ter certeza de que não estão roubando o meu dinheiro. Não tenho mais ninguém em quem confiar, ninguém além de mim mesma. — Emeline balançou a cabeça, sabendo que tentava explicar algo impossível de ser entendido. — Não posso relaxar, entende? Não posso simplesmente... *viver*.

Como era estranho confessar aquilo tudo para Rebecca agora, quando não tivera coragem de falar nada disso para Samuel.

A moça franziu as sobrancelhas.

— Acho que entendo. A senhora precisa carregar seus fardos. Não há ninguém em quem confie para fazer isso em seu lugar.

— Sim. Sim, é isso mesmo! — exclamou Emeline, aliviada.

— Mas... — Rebecca ergueu o olhar, confusa. — A senhora pretende se casar com Lorde Vale em breve.

— Não vai fazer diferença. Amo Jasper como se fosse um irmão, mas o fato de me casar com ele não vai mudar como vivo nem como ajo. Se ele me abandonar ou morrer assim como os outros, continuarei igual.

Rebecca a encarou em silêncio. Podiam ouvir um murmurinho de vozes no corredor, do lado de fora da sala.

— A senhora tem medo de que Samuel morra — murmurou a moça. — A senhora o ama e tem medo de se comprometer com ele.

Emeline piscou. Medo parecia uma coisa tão infantil, um motivo tão *covarde* para rejeitar Samuel. Aquilo não podia estar certo. Ela tentou explicar.

— Não, eu...

A porta da sala de estar se abriu. Emeline se virou, franzindo a testa devido à interrupção. Uma criada entrou, trazendo uma bandeja com chá. Logo atrás da mulher, veio o Sr. Thornton.

Meu Deus, o que aquele homem estava fazendo ali?

O sujeito avançou sala adentro com um sorriso estampado no rosto. Ele sorria em todas as ocasiões em que se encontraram, mas, agora, sua fisionomia parecia retorcida, estranha. Era como se estivesse tentando esconder os terríveis pensamentos que passavam por sua cabeça por trás de uma fachada de felicidade. Como ela nunca notara isso antes? Será que o homem estava perdendo o controle, ou suas novas descobertas faziam com que o visse com outros olhos?

— Espero que não se importem por eu ter entrado sem ser anunciado — desculpou-se o Sr. Thornton. — Vim falar com o Sr. Hartley.

— Sinto informar que meu irmão não se encontra no momento— respondeu Rebecca. — Na verdade, acredito que ele tenha ido à procura do senhor em sua loja na Starling Lane, Sr. Thornton. Não, desculpe. — A moça balançou a cabeça, irritada. — Ele foi ontem na Starling Lane. Hoje, ele está na Dover Street.

Emeline fitou a jovem, cujo rosto parecia sincero, com apenas um resquício da irritação por ter sido interrompida. Ou ela era uma ótima atriz, ou Samuel não havia relatado suas suspeitas sobre o Sr. Thornton para a irmã.

Mas o visitante enrijeceu.

— A senhorita disse Starling Lane? Que interessante. Por que será que o Sr. Hartley foi até lá ontem? Eu tive uma loja lá, há seis anos, logo depois que voltei da guerra.

— É mesmo? — Rebecca franziu a testa. — Talvez Samuel tenha pensado que o senhor possui duas lojas.

— Pode ser. De qualquer maneira, sinto não tê-lo encontrado.

O Sr. Thornton lançou um olhar desejoso para o chá que a criada servia.

— Nós também — respondeu Emeline, séria. — Se o senhor se apressar, talvez consiga encontrá-lo no seu estabelecimento.

— Mas também podemos nos desencontrar no caminho — disse o Sr. Thornton tranquilamente. — Não seria uma pena?

— O senhor pode ficar e tomar chá conosco enquanto espera pelo meu irmão — convidou Rebecca.

— Ótimo, ótimo. — Ele se curvou numa mesura e se sentou. — A senhorita é a bondade em pessoa, Srta. Hartley.

— Ah, o senhor está exagerando — disse Rebecca enquanto servia a bebida. — Tudo que fiz foi lhe oferecer chá.

— Sim, mas muitos não teriam sido tão gentis — ele olhou de soslaio para Emeline — com um homem da classe trabalhadora. Afinal, no fundo, não passo de um humilde sapateiro.

— Mas o senhor é dono do próprio estabelecimento — observou Rebecca.

— Ah, sim, sim. Possuo uma loja grande. Mas foi tudo construído com o suor do meu trabalho. O negócio do meu pai era bem pequeno.

— É mesmo? — indagou Rebecca num tom educado. — Eu não sabia disso.

O Sr. Thornton meneou a cabeça de um jeito tristonho, como se estivesse se lembrando da lojinha do pai.

— Assumi a loja logo depois que voltei da guerra nas colônias. Há seis anos. Seis anos de muito trabalho e preocupações para chegar aonde cheguei. Ora, eu seria capaz de matar qualquer homem que tentasse tirar meus negócios de mim.

Rebecca encarou o Sr. Thornton com um ar curioso. Afinal, as palavras foram um tanto enfáticas para o tom da conversa. Emeline prendeu a respiração, observando o homem, e, enquanto o encarava, ele fez uma coisa muito estranha. Inclinou a cabeça na direção dela, abriu um sorriso largo e deu uma piscadela.

E Emeline sentiu um calafrio de medo que era completamente desproporcional à simplicidade do gesto.

ÁNDANDO PELAS RUAS de Londres, Sam voltava para casa tomado por uma frustração furiosa. Thornton não estava em casa nem na loja. Depois das novas descobertas que havia feito naquele dia, temia que o homem pudesse tentar fugir. Isso, junto a um instinto animalesco, intensificava ainda mais a necessidade de encontrar Thornton o mais rápido possível. Seus vários anos de caçada lhe diziam que sua presa estava prestes a escapulir. Se ele não conseguisse encontrá-lo naquele dia, teria de desistir da cabine que reservara para si e para Rebecca no *Gafanhoto*, que partiria no dia seguinte.

E ficar mais tempo em Londres significava mais dias próximo a Emeline. Sam não tinha certeza se aguentaria permanecer tão perto dela sem perder completamente a cabeça.

Um garoto de rua quase entrou correndo na frente do cavalo. O animal desviou, agitado, e Sam voltou a atenção para as rédeas. O menino estava longe a essa altura, é claro. Apesar da pouca idade, já devia ter sido quase atropelado algumas centenas de vezes, pois as ruas de Londres mais pareciam rios caudalosos do que vias de passagem. Vendedores ambulantes ofereciam suas mercadorias nas esquinas e até no meio da rua. Carruagens passavam pesadas como elefantes, inevitavelmente bloqueando o caminho devido ao tamanho. Criados carregando liteiras abriam caminho em meio à multidão. E as pessoas — homens, mulheres, crianças, de bebês de colo a velhinhos com bengalas, ricos, pobres, de qualquer classe — lotavam as ruas, ocupadas com seus afazeres, todos com pressa para chegar a algum lugar. Era de se surpreender que o ar não acabasse, inalado por milhares de pulmões.

Sam sentiu os pulmões sufocando só de pensar nisso, a ilusão de todo o ar sendo sugado da atmosfera, afetando seu cérebro. Mas isso era bobagem. Ele se concentrou no cavalo e no caminho à frente, tentando esquecer o restante da humanidade ao redor. Ele conseguia respirar. Havia ar suficiente, apesar de feder a esgoto, podridão e fumaça. Não havia nada de errado com seus pulmões.

E seguiu repetindo esses pensamentos até avistar sua casa. Rebecca ainda devia estar fazendo as malas, mas talvez ele conseguisse convencê-la a interromper o serviço para comer alguma coisa. Sam apeou do cavalo no mesmo instante em que uma das carruagens pesadas parava em frente à casa ao lado — a casa de Emeline. O brasão na porta lustrosa era o de Vale. Sam acelerou o passo para entrar na própria casa. Não fazia sentido se encontrar com o visconde novamente. Os dois já tinham dito tudo que tinham para dizer um para o outro.

Lá dentro, ele entregou o chapéu e o casaco ao mordomo e perguntou pela irmã.

— A Srta. Hartley acabou de sair, senhor — respondeu o homem.

— É mesmo? — Sam franziu o cenho. Será que Rebecca havia resolvido fazer alguma compra de última hora? — Há quanto tempo?

— Cerca de meia hora.

— Sozinha? Ela foi andando ou pegou a carruagem?

— Ela foi de carruagem, senhor, com Lady Emeline e o Sr. Thornton.

O mordomo se virou para pendurar o chapéu e o casaco, sem fazer a menor ideia do efeito que suas palavras causaram em Samuel, que ficou paralisado, sentindo um frio na barriga só de pensar que a irmã e o amor de sua vida haviam, por algum motivo, entrado voluntariamente em uma carruagem com um estuprador e assassino. Mas era óbvio que as duas não fariam isso de livre e espontânea vontade. Ele não tinha contado para Rebecca sobre as suspeitas que pairavam sobre Thornton, mas para Emeline, sim. Por que ela iria com Thornton se...

— O que você fez com ela?

Ao ouvir a voz, Sam girou para encarar o homem segundos antes de ser empurrado bruscamente contra a parede. Um quadro caiu no chão, e Vale aproximou o seu rosto cheio de hematomas do dele.

— Emmie veio aqui mais de uma hora atrás. Onde ela está? — continuou o visconde.

Sam conteve a vontade de dar um soco na cara do outro homem. Já havia feito isso, e não adiantara de nada. Além do mais, Vale também estava preocupado com Emeline.

— Emeline e Rebecca saíram com Thornton.

Vale soltou uma risada irônica.

— Que bobagem. Por que Emmie iria a algum lugar com aquele pilantra? Você deve tê-la escondido em algum lugar. — O visconde se afastou de Sam e parou no meio do vestíbulo. — Emmie! Emmie! Apareça!

Que ótimo. Seu único aliado não passava de um idiota. Sam se virou e seguiu rumo à porta. Não tinha tempo para tentar convencer Vale sobre o que estava acontecendo.

Mas outra voz o deteve.

— É verdade, milorde.

Ele deu meia-volta e encontrou o visconde encarando O'Hare, o lacaio, com um ar perplexo.

— Quem diabos é você?

O'Hare se curvou numa mesura breve, quase insolente.

— A Srta. Hartley e Lady Emeline entraram na carruagem do Sr. Thornton. — Ele olhou de Vale para Sam. — Não gostei do modo como ele ficou próximo da Srta. Hartley, senhor. Fiquei com a impressão de que havia algo errado.

Sam nem perdeu tempo perguntando para O'Hare por que não tinha tentado deter Thornton. Naquele país, um criado poderia ser demitido sem referência — ou coisa pior — por um ato desses.

— Você faz alguma ideia para onde eles foram?

— Sim, senhor. Ouvi o Sr. Thornton mandando o cocheiro seguir para o embarcadouro Princesa, em Wapping.

Vale parecia surpreso.

— Wapping? Por que Thornton levaria as duas para um embarcadouro?

— Embarcadouros significam barcos.

Vale ergueu as sobrancelhas.

— Você acha que ele pretende raptá-las?

— Só Deus sabe — respondeu Sam. — Mas não temos tempo para ficar discutindo. Ande, vamos pegar sua carruagem.

— Espere aí. — Vale o segurou pelo braço. — Por que a pressa? Como sei que você não está escondendo Emmie aqui? Ou...

Sam torceu o braço para baixo, desvencilhando-se do outro homem.

— Porque Thornton é o traidor, e ele deve ter ficado sabendo que eu descobri.

As sobrancelhas grossas de Vale se juntaram.

— Mas...

— Já falei que não temos tempo — vociferou Sam. — O'Hare, você está disposto a nos ajudar?

O rapaz nem hesitou.

— Sim, senhor!

— Então vamos.

Sam cruzou a porta e desceu os degraus correndo, sem esperar pelo consentimento de Vale. Ele pegaria a carruagem que estava esperando pelo visconde mesmo se o homem quisesse ficar ali o dia inteiro discutindo todas as possibilidades.

Mas, ao chegar à carruagem, notou que Vale estava ao seu lado.

— Para o embarcadouro Princesa, em Wapping — ordenou o visconde para seu cocheiro. — O mais rápido possível.

Os três homens entraram na carruagem.

— Agora, conte-me tudo — disse Vale enquanto se sentava de frente para Sam e O'Hare.

Sam estava com os olhos voltados para a janela. A carruagem de Thornton partira havia um bom tempo, e ainda assim ele procurava inutilmente por algum sinal dela.

— MacDonald ocupou o lugar de Thornton durante ou logo depois de Spinner's Falls.

— Você tem provas?

— De que um soldado que conhecemos seis anos antes cruzou o oceano passando-se por outro soldado que morreu? Não, não tenho. E ele deve ter destruído todas as provas que havia.

O'Hare se remexeu ao lado de Sam. O jovem não tinha dito nada desde que entraram na carruagem, apesar de parecer preocupado. O veículo diminuiu a velocidade para fazer uma curva. Eles ouviram gritos vindos da rua adiante.

Sam se segurou para não bater no teto da carruagem. Então voltou-se para O'Hare.

— Havia dois soldados ruivos, compreende? Um deles era Thornton; o outro, MacDonald. Ninguém prestava atenção nos dois até MacDonald ser preso para ser levado a julgamento.

— O que foi que ele fez? — perguntou o lacaio.

Sam olhou para Vale.

O outro torceu os lábios e assentiu.

— Estuprou e matou uma mulher.

O'Hare ficou pálido.

— Até entendo que MacDonald possa ter trocado de identidade durante toda a confusão depois de Spinner's Falls... mas e quando ele voltou para a Inglaterra? Thornton devia ter família.

— Uma esposa. — Sam balançou a cabeça. — Que morreu logo depois que ele voltou.

— Ah. — Vale assentiu com a cabeça, pensativo.

— Mas o que ele quer com as damas agora? — interrompeu-o O'Hare.

— Não sei — murmurou Sam.

Será que Thornton estava louco? Se ele estivesse certo, o homem já havia matado duas mulheres. O que seria capaz de fazer com as mulheres de um homem que considerava seu inimigo?

— Extorsão — sugeriu Vale. — Talvez ele use Rebecca e Emeline como reféns para impedir você de contar a verdade, Hartley.

Sam fechou os olhos ao pensar naquilo, tentando calar as vozes internas que o impeliam a correr em vez de refletir sobre a situação.

— Thornton é mais esperto do que isso.

Vale deu de ombros.

— Até mesmo os homens mais espertos podem entrar em pânico. Um homem como Thornton mataria se entrasse em pânico.

— Ainda estamos muito longe? — perguntou Sam.

Jasper também olhava pela janela agora.

— De Wapping? Fica depois da Torre de Londres.

Sam respirou fundo. Eles ainda estavam no lado oeste da cidade. A Torre ficava a um quilometro e meio dali, ou mais, e a carruagem não ia muito rápido.

— Acabo de me lembrar de uma coisa — murmurou Jasper.

Sam o encarou.

O rosto do outro homem estava totalmente sem cor.

— Quando encontramos Thornton no quintal, depois que fomos tomar chá na sua casa, ele me contou sobre um carregamento enorme que estava preparando para enviar ao Exército britânico.

— Para onde?

Jasper engoliu em seco, e então respondeu:

— Para a Índia.

Sam congelou. Se Thornton colocasse Emeline e Rebecca dentro de um navio com destino à Índia...

A carruagem diminuiu a velocidade e então parou completamente. Sam olhou pela janela. Havia uma carroça de cerveja parada no meio da rua, e uma de suas rodas havia soltado do eixo. Ele nem esperou pela inevitável gritaria começar. Abriu a porta da carruagem.

— Aonde está indo? — perguntou Vale.

— Vou mais rápido a pé — respondeu Sam. — Sigam de carruagem. Talvez cheguem primeiro.

Então desceu e saiu correndo.

Capítulo Dezenove

Quando viu o coração do Coração de Ferro esbranquiçado pelo calor, a princesa Consolação soltou um grito desesperado. A agonia dele era terrível demais para que ela pudesse suportar. A mulher avançou correndo e jogou um balde de água nele, com a intenção de atenuar sua dor. Porém, apesar de as chamas terem se apagado, todos sabem muito bem o que acontece quando o metal esfria de repente.

O coração de Coração de Ferro trincou com um estalo alto...

— Coração de Ferro

A arma pressionava com força as costelas de Rebecca e não se movia um milímetro sequer, nem mesmo quando a carruagem dava solavancos e balançava ao dobrar esquinas. Emeline mordeu o lábio, sentada entre dois brutamontes, capangas do Sr. Thornton. Ela e Rebecca nunca tinham nem visto os homens até entrarem na carruagem. Não que isso fizesse alguma diferença. O Sr. Thornton havia apontado sua arma nojenta para Rebecca e mandado as duas saírem da casa e entrarem na carruagem, e Emeline achara melhor obedecer. Afinal, o risco de ver Rebecca morrer diante de seus olhos parecia grande demais.

Agora, depois de percorrer grande parte do trajeto na companhia do Sr. Thornton e seus capangas fedorentos, ela não tinha tanta certeza de que tomara a decisão mais acertada. O homem ainda podia resolver matá-las assim que chegassem ao cais. Nos últimos minutos, ela vinha analisando a possibilidade de pular da carruagem, mas, infelizmente, seria necessário passar pelos capangas primeiro, e ainda havia a questão da arma apontada para Rebecca. Emeline não tinha a menor dúvida de que o Sr. Thornton seria capaz de puxar o gatilho só por capricho. O homem era completamente maluco. Como conseguira esconder sua aflição até aquele momento era um mistério, pois, agora, ele estava uma pilha de nervos. O Sr. Thornton sorria e piscava a cada minuto, e sua fisionomia se contorcia cada vez mais.

— Estamos quase chegando, senhoras — disse ele, dando mais uma daquelas piscadelas assustadoras. — Já estiveram no lado leste da cidade? Não? Bem, muita gente nunca esteve. Que grande aventura teremos!

O homem à direita de Emeline soltou um grunhido e se remexeu no assento, o movimento deixando escapar um odor horrível de seu casaco vermelho. A carruagem seguia para o extremo leste de Londres por uma rua ladeada por armazéns. Acima deles, o céu se tornava cada vez mais escuro.

Emeline cruzou as mãos sobre o colo e tentou manter a voz controlada.

— Nós duas poderíamos ficar aqui, Sr. Thornton. Não há necessidade de nos levar para mais longe.

— Ah, mas gosto tanto da companhia de vocês — falou o homenzinho terrível.

Emeline respirou lentamente, então falou baixinho:

— Nossa presença só fará com que Jasper e Samuel continuem atrás do senhor. Solte-nos, e assim poderá escapar.

— É muita gentileza sua se preocupar com o meu bem-estar, milady — respondeu ele. — Mas acho que seu noivo e Samuel Hartley continuarão me perseguindo ainda que eu as solte. O Sr. Hartley, em particular, parece um tanto obcecado. Estou de olho nele — e apontou para o homem de casaco vermelho ao lado dela — desde que soube que andava fazendo perguntas para os sobreviventes do nosso regimento. Portanto, como não faz diferença, continuarei na agradável companhia das senhoras.

Emeline e Rebecca se entreolharam. A moça mais jovem não tinha dito uma palavra sequer desde que as duas foram forçadas a entrar na carruagem, mas Emeline via nos olhos dela o mesmo desespero que ameaçava desestabilizar seu próprio estado emocional. Não fazia nenhum sentido o Sr. Thornton raptar as duas, e aquilo causava um aperto quase sufocante em seu peito.

Do lado de fora, a chuva começara a cair tão subitamente quanto uma cortina caindo ao final de uma peça. Ela precisava pensar, mas talvez não tivesse muito tempo para isso.

Ao que parecia, o Sr. Thornton pretendia matá-las.

O CÉU ESCURECEU, e a chuva torrencial desabou. Sam se encolheu quando as primeiras gotas o acertaram como uma bofetada na cara, mas continuou correndo. Na verdade, a chuva facilitava um pouco sua locomoção. Várias pessoas buscavam abrigo, fugindo das ruas o mais rápido possível. Infelizmente, ainda restavam alguns veículos. A carroça de cerveja, por exemplo, ainda devia estar bloqueando o caminho da carruagem de Vale. Sam pulou por cima de uma fileira de paralelepípedos quebrados, que, com a água da chuva, formara um pequeno riacho urbano, e se concentrou na corrida. Não havia nada que pudesse fazer a respeito do que ficara para trás ou do que estava por vir. Agora, só lhe restava correr.

A carruagem devia estar em algum ponto da Fleet Street quando parara, mas Sam cortara caminho para sair da rua congestionada. Ele seguia paralelamente ao rio Tâmisa, que corria à sua direita, longe do alcance de sua visão.

Ele sentiu os músculos das pernas retesando enquanto tentava acelerar mais. Não corria assim — desesperado e esperançoso — desde Spinner's Falls. Na época, apesar de todo o seu esforço, chegara tarde demais. Reynaud já havia morrido.

Ele desviou de uma moça com um bebê no colo e acabou trombando com um homem grandalhão vestindo um avental de couro. O sujeito xingou-o e tentou acertá-lo, mas Sam já estava longe. Seus pés doíam, e ele sentia pontadas agudas subindo pelas canelas. Talvez as feridas nas solas dos pés estivessem reabrindo.

E, então, o cheiro o atingiu.

Se vinha do homem de avental de couro, de alguém que passara ou era apenas fruto de sua imaginação agitada, ele não sabia, mas sentia cheiro de suor. Suor de homem. Ah, Deus, não agora. Sam manteve os olhos abertos e continuou correndo, apesar da vontade de cobrir o rosto e se jogar no chão. Os mortos de Spinner's Falls pareciam persegui-lo. Corpos invisíveis exalando suor e sangue. Mãos fantasmagóricas que puxavam suas mangas, implorando que esperasse por eles. Ele sentira a presença desses fantasmas na floresta, depois que fugira da batalha. Eles o seguiram até o forte Edward. E, em algumas ocasiões, conseguira até mesmo vê-los, os olhos de um garoto tomado pelo medo, um soldado velho escalpelado. Sam nunca teve certeza se sonhara — correndo semiacordado — ou se os mortos de Spinner's Falls haviam se entranhado em seu corpo. Talvez os carregasse consigo para onde quer que fosse e só percebesse sua presença quando se sentia angustiado. Talvez sempre os carregaria, igual aos homens que carregam estilhaços sob a pele, uma dor silenciosa, uma lembrança invisível da situação de perigo à qual sobrevivera.

Sam passou por cima de uma poça, e as gotas respingaram nas perneiras. Não que isso tivesse alguma importância — suas roupas já estavam encharcadas havia muito tempo. Ele se aproximava do cais agora, sentindo o cheiro decadente do rio. Armazéns altos ladeavam a rua por onde passava. Estava mais difícil respirar, e uma dor forte queimava o lado do seu corpo. Ele tinha perdido a noção do tempo, não sabia há quanto tempo estava correndo nem a distância que percorrera. E se elas já estivessem no navio? E se Thornton já houvesse matado as duas?

De repente, uma imagem terrível invadiu sua mente: Emeline caída, nua e ensanguentada, o rosto pálido e imóvel. Não! Sam fechou os olhos para tentar afastar isso da mente e tropeçou, caindo de quatro sobre os paralelepípedos.

— Cuidado! — vociferou uma voz masculina.

Sam abriu os olhos e encontrou os cascos de um cavalo a centímetros de seu rosto. Ele se afastou, desajeitado, ainda de joelhos, enquanto o condutor da carroça xingava todos os seus ancestrais. Mesmo com os joelhos doendo, principalmente o direito, que deve ter sofrido mais com o impacto, Sam levantou.

Ignorando o carroceiro, ignorando a dificuldade para respirar, ignorando a dor, ele voltou a correr.

Emeline.

A CARRUAGEM FEZ uma curva aberta, e Emeline avistou o cais pela janela. A chuva ainda caía com intensidade, cobrindo os navios grandes parados no meio do Tâmisa como um véu. Embarcações menores transitavam entre eles, transportando mercadorias e pessoas entre as embarcações e a terra firme. Normalmente, o cais estaria cheio de trabalhadores, prostitutas e gangues de ladrões que ganhavam a vida furtando os navios de carga. Mas, por causa da chuva, o local estava praticamente vazio.

A carruagem trepidou ao parar.

O Sr. Thornton pressionou ainda mais a pistola no lado do corpo de Rebecca.

— Está na hora de descer, Srta. Hartley.

A moça não se moveu. Apenas virou o rosto para encarar o sequestrador, exibindo uma coragem de partir o coração.

— O que pretende fazer conosco?

O Sr. Thornton inclinou a cabeça para o lado, abriu seu sorriso asqueroso e piscou.

— Nada terrível, eu lhe asseguro. Só pretendo lhes mostrar o mundo. Vamos?

Curiosamente, a gentileza indiferente dele confirmou os piores temores de Emeline. Ela olhou para fora da carruagem, para as águas do Tâmisa acinzentadas pela chuva. Se entrassem em um navio com Thornton, a probabilidade de sobreviverem à viagem era mínima. Mas, por ora, não lhes restava opção. O homem fez um sinal com a cabeça para seus capangas.

— Ande — resmungou o homem de casaco vermelho à direita de Emeline.

O sujeito apertou seus dedos grossos ao redor do braço dela, sem dúvida deixando marcas ensebadas. Dos dois capangas, ele era o mais baixo, a estatura um pouco menor que a do outro, e usava um tricórnio surrado. O Sr. Thornton não devia lhe pagar muito bem, pois suas botas estavam cheias de furos e um dedão encardido escapava de um dos buracos.

Emeline abriu um sorriso forçado para Rebecca, tentando encorajá-la, antes de erguer a barra da saia. Ela saiu da carruagem e seguiu para a chuva, com a mão do sujeito ainda em seu braço. O segundo capanga veio logo atrás. Este era alto, musculoso, tinha braços muito longos e poucos fios grisalhos na cabeça calva. Calado, ele curvou os ombros enquanto esperava o Sr. Thornton descer com Rebecca.

— Agora, vamos nos apressar — disse Thornton, sorrindo. Ele sorria *para tudo.* — Deve ter um barco esperando para nos levar até o *Tigre do Mar*. Imagino que as damas queiram sair logo da chuva. Se nós...

Mas ele nem teve tempo de terminar a frase. Rebecca escapou de repente, desviando agachada para o lado e indo parar atrás do capanga mais alto e calvo. Por uma fração de segundo, o Sr. Thornton ficou sem saber para onde apontar a arma, e hesitou. Mas então abriu aquele sorriso horrível e apontou o cano na direção do ventre de Emeline.

Ela congelou. Foi como se o tempo tivesse parado por um momento enquanto o observava. Então, o Sr. Thornton piscou e firmou o braço, e Emeline teve certeza de que ia morrer.

Mas não foi o que aconteceu.

Samuel apareceu do nada e se jogou em cima do braço de Thornton que segurava a arma, atrapalhando sua mira. A arma disparou, acertando um paralelepípedo e lançando fragmentos de pedra para o alto. O capanga alto e calvo foi para cima of Samuel, pegando-o por trás, e os três homens saíram rolando num emaranhado de pernas e braços. Rebecca gritou e puxou o casaco do careca. O capanga de casaco vermelho soltou o braço de Emeline, mas, antes que tivesse tempo de se mover, ela lhe deu um pisão com o salto no dedão do pé que escapava pelo buraco da bota. O homem uivou e voltou-se para ela. Emeline viu uma porção de estrelinhas brancas quando uma mão pesada acertou em cheio sua cabeça. Em seguida, ela estava no chão, caída em uma poça gelada.

— Você está bem? — perguntou Rebecca, ofegante, próxima a ela.

— Samuel — sussurrou Emeline.

Ele estava embaixo dos três homens agora, praticamente oculto pelas pernas que o chutavam e os braços que o atingiam. Os três iam espancá-lo até a morte diante de seus olhos se ela não fizesse nada.

Não havia pedaços de madeira ou pedras com as quais pudesse atingi-los. Tudo que Emeline tinha era ela mesma, então foi isso que usou. Ela se levantou cambaleante e correu na direção daquele homenzinho nojento e de seus capangas. Agarrou um punhado de cabelos, e, quando o puxou, o capanga que estava sendo atacado a empurrou com o ombro. Emeline cambaleou, quase caiu, mas conseguiu se firmar. Ela se jogou novamente, chutando, gritando, arranhando os corpos que atacavam Samuel. Do canto do olho, viu Rebecca socando as costas de um dos homens, seus punhos pequenos e inofensivos. A chuva se misturava às lágrimas salgadas e quentes que escorriam por seu rosto, ofuscando sua visão, mas ela não ia desistir. Se matassem Samuel, teriam de matá-la também.

Ela chutou o traseiro do Sr. Thornton, que virou para encará-la com um olhar tão chocado que chegava a ser cômico. Samuel se aproveitou da distração do outro homem e acertou um soco na cara dele. A cabeça do Sr. Thornton foi para trás, e ele tombou sobre os paralelepípedos, com um braço esticado para tentar impedir a queda. O homem tentou se levantar, mas Emeline pisou na mão espalmada no chão, sentindo-se satisfeita quando algo estalou sob o salto do seu sapato.

Thornton gritou.

Às costas de Emeline, um tiro explodiu.

— Deus do céu, Emmie, nunca imaginei que você fosse tão violenta comentou uma voz masculina.

Emeline ergueu o olhar e viu Jasper descendo de uma carruagem, seguido por um lacaio. O criado carregava uma arma em cada mão, e a da direita soltava fumaça.

O medo e o desespero superaram sua educação.

— Não seja idiota, Jasper. Venha logo ajudar Samuel!

Jasper pareceu perplexo, o que não foi nenhuma surpresa.

— Tem razão, Emmie. Vocês dois, soltem o Sr. Hartley imediatamente.

Os capangas, que já estavam em cima de Samuel novamente, se entreolharam, desamparados, e se levantaram, afastando-se dele. O colono, porém, permaneceu deitado, a chuva caindo sobre seu rosto pálido.

Emeline correu para perto dele, tomada pelo medo.

— Samuel. — Ela o vira acertando um soco no Sr. Thornton, mas, agora, ele não se movia. — Samuel!

Ela se ajoelhou no chão sujo e molhado e, com cuidado, tocou a face dele com as pontas dos dedos.

Samuel abriu os olhos.

— Emeline.

— Sim. — Parecia loucura, mas ela não conseguiu deixar de sorrir para ele na chuva, enquanto lágrimas quentes desciam por seu rosto.

— Sim. — Só Deus sabia o que ela estava dizendo, mas Samuel parecia entender.

Ele virou a cabeça e beijou a palma de sua mão com os lábios feridos, e o coração de Emeline se encheu de alegria.

Então, o colono desviou a atenção dela e olhou para algo às costas dela.

— Eles pegaram Thornton?

Samuel começou se sentar, e ela passou o ombro por baixo do braço dele para ajudá-lo.

— Sim, Jasper já está resolvendo tudo.

Na verdade, o lacaio estava amarrando as mãos dos dois capangas à carruagem enquanto Rebecca segurava as armas. Jasper segurava Thornton.

— O que vamos fazer com ele? — perguntou o visconde, que parecia segurar um pedaço de carne podre.

— Jogue-o no rio — rosnou o lacaio por cima do ombro, e Rebecca sorriu para ele.

— Não é má ideia — disse Samuel baixinho, e Emeline nunca ouvira sua voz soar tão fria.

O Sr. Thornton riu.

— Por qual motivo?

Jasper o chacoalhou como um cachorro faria com um rato.

— Por tentar fazer mal a Srta. Hartley e a Lady Emeline, seu salafrário.

— Mas não fiz nada com elas, fiz? — retrucou Thornton. — Elas não estão feridas.

— Você apontou uma arma para as duas...

— Bobagem! Você acha que algum juiz vai dar importância a isso?

O Sr. Thornton sorria satisfeito, como se nada tivesse acontecido. Parecia não fazer a menor ideia da enrascada em que havia se metido.

Emeline estremeceu nos braços de Samuel. A confiança insana de Thornton de que seria capaz de derrotar Jasper — um *visconde* — foi a prova final de que o homem havia enlouquecido de vez.

— Você matou uma mulher na América — acusou-o Samuel. — Será enforcado por isso.

Thornton inclinou a cabeça, imperturbável.

— Não sei do que está falando.

Jasper bufou, impaciente.

— Basta. Sabemos que você é MacDonald, sabemos que matou aquela mulher, sabemos que nos entregou para os franceses e para seus aliados índios em Spinner's Falls.

— E como vão provar tudo isso?

— Talvez nem precisemos provar — respondeu Samuel, baixinho. — Talvez seja melhor jogá-lo no Tâmisa e acabar logo com essa história. Duvido que alguém sentirá sua falta.

— Samuel — sussurrou Rebecca.

Ele olhou para a irmã, e, apesar de sua expressão permanecer inalterada, a voz soou um pouco mais branda.

— Mas creio que não será difícil condená-lo num julgamento. Restam alguns sobreviventes que certamente se lembram tanto de MacDonald quanto de Thornton, e, se isso não funcionar, também podemos perguntar para o seu sogro.

Emeline ofegou.

Samuel assentiu com a cabeça.

— Sim, essa foi uma das descobertas que fiz hoje. A última vez que Dick Thornton viu o sogro foi quando se casou com a filha dele. Ele mora na Cornualha e não vai muito bem de saúde, mas anda desconfiado desde que a filha supostamente caiu da escada. Ele já pediu a vários advogados que investigassem a morte dela, e hoje conheci um que finalmente aceitou o caso. Não tenho dúvidas de que, se mandarmos uma carruagem, ele virá a Londres para testemunhar que este não é o homem que se casou com sua filha.

O Sr. Thornton começou a piscar e a sorrir, descontrolado.

— Tente! O velhote está nas últimas. Não conseguirá sobreviver a uma viagem até Londres.

— Isso é problema nosso — disse Jasper, sacudindo Thornton novamente. — Você deveria ficar mais preocupado com a forca. — O visconde voltou-se para Samuel. — Será que pode me emprestar seu lacaio para levarmos esses sujeitos até Newgate?

Samuel fez que sim com a cabeça.

— Pode levá-lo. Eu acompanharei as damas de volta para casa na sua carruagem.

Ele se virou com Emeline para seguir até a carruagem, mas um grito de Thornton o deteve.

— Hartley! — berrou o homenzinho asqueroso. — Eu posso até ser preso pela morte da mulher na América, mas não por Spinner's Falls. Não fui eu quem traiu o regimento. Não sou o traidor.

Samuel deu uma olhada para o homem sem parecer interessado. Sua reação de desdém pareceu incitar Thornton.

— Você é um covarde, Hartley. Você fugiu de Spinner's Falls. Todos sabem disso. Você é um covarde.

Vale ficou vermelho, e Emeline ouviu Rebecca arfar, horrorizada. Mas, surpreendentemente, Samuel sorriu.

— Não — disse ele com toda calma. — Não sou.

Capítulo Vinte

A princesa Consolação embalou o marido moribundo em seus braços, as lágrimas salgadas banhando o rosto dele. E, enquanto chorava, o dia amanheceu e os raios dourados do sol invadiram o lugar. Coração de Ferro abriu os olhos e, olhando para o rosto da esposa, proferiu suas primeiras palavras em sete longos anos de silêncio...

— Coração de Ferro

— Ele precisa de um médico — disse Rebecca enquanto ajudava Emeline a acomodar Samuel na carruagem.

Emeline não deu voz ao pensamento, mas concordava com Rebecca. A pele morena de Samuel estava muito pálida, e um corte abaixo do seu olho sangrava, manchando sua face de sangue.

— Nada de médicos — balbuciou Samuel, o que não lhe deu muita credibilidade.

Emeline e Rebecca se entreolharam por cima da cabeça dele e perceberam que pensavam a mesma coisa. Ele precisava *mesmo* de um médico.

O ritmo lento da carruagem pelas ruas de Londres transformou a jornada de volta num pesadelo. Quando chegaram a casa, fazia meia hora que Samuel permanecia calado, e seus olhos estavam fechados.

— Será que ele desmaiou? — sussurrou Emeline, ansiosa, para Rebecca.

— Acho que está só dormindo — respondeu a jovem.

Foram necessários dois lacaios fortes para levar Samuel até sua cama. Depois disso, Emeline mandou chamar um médico.

Uma hora depois, Rebecca entrou na biblioteca para informar o diagnóstico do médico.

— Ele disse que é apenas exaustão — anunciou ela ao encontrar Emeline quase dormindo perto da lareira.

— Graças a Deus. — Emeline recostou a cabeça no encosto da poltrona.

— Você também parece exausta.

Emeline começou a balançar a cabeça. Não queria deixar Samuel. Mas então sentiu uma tontura e interrompeu o movimento.

A moça deve ter percebido.

— Vá para casa descansar. Samuel está dormindo.

Emeline bufou.

— Você é uma menina encantadora, mas muito mandona.

A jovem sorriu.

— Aprendi com a melhor mestra.

Rebecca estendeu a mão para ajudá-la a se levantar, mas então elas ouviram uma agitação no vestíbulo.

Emeline olhou na direção da porta da biblioteca a tempo de ver Jasper entrar, nervoso.

— Emmie! Você está bem? — perguntou ele. — Fui até a sua casa, mas você não estava lá.

Ela franziu o cenho. Sempre se surpreendia ao ver quão pouco Jasper a conhecia.

— Shhh! Estou bem, mas você vai acordar Samuel com essa gritaria.

O visconde olhou para o teto como se pudesse ver através do forro e da madeira.

— Ele também teve um dia e tanto, não foi?

— Jasper... — começou Emeline, pronta para repreendê-lo, mas Rebecca a interrompeu.

— Podem me dar licença? Preciso... preciso... — Ela franziu as sobrancelhas. Era óbvio que estava tentando arrumar uma desculpa. — Preciso ver se O'Hare está bem.

Emeline a encarou.

— Quem é O'Hare?

— Meu lacaio — respondeu Rebecca, e saiu da sala.

Emeline ainda fitava a porta com o cenho franzido quando Jasper interrompeu seus pensamentos.

— Emmie.

Ela se virou, curiosa com o tom grave em sua voz, e olhou de verdade para Jasper. Nunca vira aquela expressão no rosto do visconde antes — uma espécie de resignação cansada.

— Nós não vamos nos casar, vamos?

Ela negou com a cabeça.

— Não, querido. Não vamos.

Ele desabou sobre uma poltrona.

— Foi o que imaginei. Você jamais suportaria conviver com meus defeitos. Provavelmente não existe ninguém que seja capaz disso.

— Isso não é verdade. — Jasper a encarou de um jeito engraçado, antiquado. — Talvez não seja fácil encontrar, mas tenho certeza de que existe uma dama maravilhosa para você em algum lugar.

Um dos cantos da boca dele se curvou.

— Já tenho 33 anos, Emmie. Se houvesse uma mulher que pudesse me amar e, mais importante, que fosse capaz de me *aguentar*, você não acha que eu já a teria encontrado?

— Talvez você tivesse mais sucesso se parasse de procurar por ela em bordéis e em casas de aposta e tentasse lugares mais respeitáveis. — As palavras foram duras, mas o tom foi atenuado pelo bocejo que ela deixou escapar.

Jasper se levantou num pulo.

— Permita que eu a acompanhe até sua casa para que possa descansar um pouco e esteja bem-disposta para continuar jogando pedras em mim amanhã.

Infelizmente, Emeline não tinha forças nem para protestar, então permitiu que o visconde a puxasse da poltrona e a acompanhasse até a porta de sua casa. Lá, ele lhe deu um beijo no rosto, exatamente como costumava fazer desde que Emeline tinha 4 anos de idade, e se virou para ir embora.

— Jasper — chamou ela, baixinho.

Ele parou e olhou para trás com seus belos olhos azul-turquesa. Seu corpo era alto e esbelto sob a luz do luar, seu rosto de feições cômicas, cheio de tristeza agora.

Emeline sentiu um aperto no coração. Jasper era o melhor amigo de Reynaud. Ela o conhecia desde sempre.

— Eu amo você.

— Eu sei, Emmie, eu sei. Essa é a pior parte. — Seu rosto estava sério.

Ela não soube ao certo como responder.

Ele acenou com uma das mãos e então foi engolido pela escuridão da noite.

Emeline subiu os degraus de sua casa, desejando saber o que fazer com relação a Jasper. Ela mal tinha entrado quando deu de cara com *tante* Cristelle e Melisande.

— O que você está fazendo aqui? — perguntou Emeline num tom cansado e surpreso ao ver a amiga.

— Vim devolver seu livro de fábulas — respondeu ela de modo prosaico. — Mas, quando cheguei, o mordomo do Sr. Hartley estava informando à sua tia que havia algum problema. Resolvi ficar para fazer companhia a ela até termos notícias. Mas ninguém nos contou o que estava acontecendo.

Então Emeline teve de contar mais uma vez toda a aventura enquanto tomava chá e comia pãezinhos, com *tante* Cristelle fazendo várias interrupções. No fim, ela se sentia ainda mais cansada do que antes.

Algo que Melisande, com toda a sua perspicácia, deve ter percebido.

— Acho que você deve ir para a cama assim que terminar esse chá.

Emeline deu uma olhada para a xícara de chá frio e assentiu com a cabeça.

E percebeu, mesmo sem erguer o olhar, que Melisande e a tia trocavam olhares preocupados.

— Vou já, já — disse ela, só para não perder o controle da situação.

A amiga suspirou e apontou para a mesa ao lado de Emeline.

— Deixei seu livro ali.

Ela olhou para onde Melisande indicara e viu o livrinho empoeirado. Ele ainda guardava lembranças de Reynaud, porém, agora, não parecia mais tão importante.

— Por que o trouxe de volta?

— Achei que não quisesse mais que eu o traduzisse.

Emeline apoiou a xícara de chá.

— Acho que o livro era uma ligação entre mim e Reynaud. Algo que não me deixaria esquecê-lo. Mas, agora, não parece tão importante ter uma lembrança tangível dele. — Ela encarou a velha amiga. — Não é como se eu fosse esquecê-lo.

Melisande permaneceu calada, fitando-a com olhos tristonhos.

Emeline pegou o livro, alisou a capa desgastada e ergueu os olhos.

— Você poderia guardá-lo para mim?

— O quê?

Ela sorriu e estendeu o livro para sua melhor amiga.

— Traduza-o. Talvez você encontre algo nele que não consegui encontrar.

Melisande franziu as sobrancelhas, mas pegou o livro e o colocou sobre o colo.

— Se você achar melhor assim.

— Eu acho. — Emeline bocejou de um jeito nada educado. — Céus. E agora vou para a cama.

Melisande a acompanhou até o vestíbulo e lhe desejou boa-noite antes de se virar na direção da porta. Emeline começou a subir a escadaria e então lhe ocorreu algo, um pensamento que talvez só tenha tido por um delírio provocado pela exaustão.

— Melisande.

A amiga deu uma olhada para ela enquanto ajeitava o xale, perto da porta.

— Sim?

— Você acha que poderia ficar de olho em Jasper por mim?

Melisande, a mulher sempre firme e imperturbável, ficou boquiaberta de tão surpresa.

— O quê?

— Sei que pode parecer um pedido estranho, e estou um pouco desnorteada pelo cansaço, mas me preocupo com Jasper. — Ela sorriu para a amiga. — Pode tomar conta dele por mim?

A essa altura, Melisande já havia se recuperado.

— Claro, querida.

— Que bom.

Emeline assentiu com a cabeça e continuou subindo, sentindo ter tirado um peso da consciência.

Às suas costas, ela ouviu Melisande se despedir, e sabia que deveria ter murmurado algo em resposta, mas só conseguia pensar em uma coisa.

Dormir.

— Você acha que o Sr. Thornton é mesmo o traidor? — perguntou Rebecca mais tarde naquela noite.

Ela estava sonolenta, quase dormindo na frente da lareira. Samuel havia se levantado para jantar, e, depois disso, os dois se sentaram para conversar. Ela já deveria estar dormindo — sentia-se exausta depois das aventuras do dia, mas ainda tinha a sensação de que estava faltando alguma coisa.

À sua frente, Samuel ergueu uma taça de conhaque e olhou para o fogo através do copo.

— Acho que sim.

Sua fisionomia estava abatida, havia novos ferimentos em cima dos antigos, que mal tinham começado a cicatrizar, mas o irmão ainda parecia bonito aos olhos dela.

Rebecca piscou, cansada.

— Mas você não tem certeza absoluta.

Ele fez que não com a cabeça e tomou a bebida toda num só gole.

— Thornton é um mentiroso compulsivo. É impossível dizer se realmente teve algo a ver com o massacre ou não. Talvez nem ele mesmo saiba. Muitas vezes, as pessoas que mentem acabam acreditando nas próprias mentiras. Duvido que um dia teremos certeza.

— Mas — Rebecca conteve um bocejo — você atravessou o mundo para descobrir a verdade, para colocar um ponto-final no mistério do massacre. Não o incomoda o fato de que Thornton talvez não seja o traidor?

— Não. Não mais.

— Não entendo.

Ele abriu um leve sorriso.

— Cheguei à conclusão de que nunca conseguirei apagar completamente Spinner's Falls da minha mente. Isso seria impossível para mim.

— Mas que coisa horrível! Como...

Ele ergueu uma das mãos para aquietar os protestos da irmã.

— Mas o que aprendi foi que consigo viver com a lembrança. Que essa memória faz parte de mim.

Ela o encarou, preocupada.

— Isso parece terrível, Samuel. Passar a vida toda remoendo esse assunto.

— Não é tão ruim assim — disse ele num tom brando. — Já passei seis anos lutando contra as minhas lembranças. Acho que ficarei melhor agora que sei que as memórias fazem parte do que sou.

Rebecca suspirou.

— Continuo não entendendo, mas, se você está em paz, fico feliz.

— Eu estou.

Os dois permaneceram sentados em silêncio por alguns minutos. Rebecca começou a cochilar. Uma tora estalou no fogo, e ela lembrou que tinha mais uma coisa para discutir com o irmão antes de dormir.

— Ela ama você, sabe.

Samuel continuou quieto, então Rebecca abriu os olhos para verificar se o irmão havia dormido. Ele encarava o fogo, as mãos sobre o colo.

— Eu disse que ela ama você.

— Eu ouvi.

— E? — Ela bufou, um pouco irritada. — Você não vai fazer nada a respeito? Nosso navio parte amanhã.

— Eu sei. — Samuel finalmente se levantou e se espreguiçou, fazendo uma careta quando um músculo repuxou no lado de seu corpo. — Você está quase dormindo nessa poltrona, e vou acabar tendo que carregá-la até a cama como se fosse uma garotinha. — Ele estendeu-lhe a mão.

Rebecca aceitou a oferta.

— Não sou uma garotinha.

— Sei disso — disse ele carinhosamente, puxando-a para ficar em pé à sua frente. — Você cresceu e se transformou numa dama adorável e interessante.

— Humpf. — Ela torceu o nariz.

Samuel hesitou, então segurou a outra mão da irmã e acariciou a parte de trás dos dedos com os polegares.

— Prometo trazê-la de volta para a Inglaterra em breve, se quiser, para que possa rever o Sr. Green ou qualquer outro cavalheiro em que esteja interessada. Não tenho intenção alguma de acabar com as suas esperanças.

— Não tenho nenhuma esperança, para falar a verdade.

Sam franziu a testa.

— Se está preocupada com nossa classe social, acho que...

— Não, não é isso.

Ela baixou o olhar até as mãos enormes que seguravam as suas. As mãos de Sam continuavam bronzeadas, apesar de eles estarem na Inglaterra havia algumas semanas.

— O que é então?

— Gosto do Sr. Green — disse ela com cautela —, e se você quiser que eu continue passando tempo com ele...

Samuel deu um puxão nas mãos dela até Rebecca encará-lo.

— O que *eu* tenho a ver com quem você passa seu tempo?

— Mas pensei... — Ah, que vergonha! — Eu pensei que você gostaria que eu passasse tempo com ele ou com um homem igual. Achei que ficaria feliz com o fato de ele pertencer à sociedade inglesa, apesar da risada boba. É tão difícil saber o que você quer.

— Eu quero que você seja feliz — declarou Samuel, como se aquela fosse a coisa mais óbvia do mundo. — Posso ser contra caso você queira se envolver com um caçador de ratos ou com um velhote de 80 anos, mas, tirando isso, não me importo muito com quem você vai se casar.

Rebecca mordeu o lábio. Os homens eram tão burros!

— Mas quero sua aprovação.

Ele se aproximou.

— Você já tem minha aprovação. Agora, precisa começar a pensar em quem *você* aprova.

— Isso dificulta as coisas. — Rebecca soltou um suspiro, mas sorriu ao fazer esse comentário.

Samuel encaixou a mão dela em seu antebraço.

— Que bom. Então você não tomará nenhuma decisão precipitada.

Os dois começaram a subir a escada.

— Humm. — Rebecca conteve um bocejo. — Então, preciso lhe pedir um favor.

— O quê?

— Pode oferecer um emprego para O'Hare?

Ele a fitou, confuso.

— Quero dizer, na América.

Rebecca prendeu a respiração.

— Acho que posso fazer isso — respondeu o irmão, pensativo. — Mas não posso garantir que ele vá aceitar.

— Ah, ele vai — afirmou ela, com muita certeza. — Obrigada, Samuel.

— De nada. — Os dois pararam à porta do quarto de Rebecca. — Boa noite.

— Boa noite. — Ela ficou observando enquanto o irmão seguia para o próprio quarto. — Você vai falar com Lady Emeline, não vai? — gritou, ansiosa.

Mas ele não pareceu ter escutado.

O SOL BRILHAVA lá fora quando Emeline acordou na manhã seguinte. Ela ficou admirando a luz, sonhadora, antes de se dar conta do significado daquilo.

— Ah, Deus do céu!

Ela se levantou da cama num pulo e tocou a sineta enlouquecidamente, chamando uma criada. Então, com receio de que demorassem demais para atender seu chamado, abriu a porta e berrou no corredor como se fosse uma peixeira.

Em seguida, voltou para o quarto, pegou uma bolsa de viagem e começou a enfiar coisas aleatórias lá dentro.

— Emeline! — *Tante* Cristelle estava parada à porta, com os cabelos ainda trançados, e parecia horrorizada. — O que deu em você?

— Samuel. — Emeline encarou a bolsa aberta, com roupas caindo pelas bordas, e percebeu que não daria tempo de fazer mala alguma. — O navio dele parte agora de manhã. Talvez já tenha ido. Preciso impedi-lo.

— Por quê?

— Preciso dizer a ele que eu o amo. — Ela largou a bolsa e correu na direção do guarda-roupa para pegar seu vestido mais simples. Nesse momento, Harris entrou no quarto. — Rápido! Venha me ajudar a me vestir!

Tante Cristelle afundou na cama.

— Para que tanta pressa, não sei. Se aquele homem ainda não percebeu que você tem um *tendre* por ele, então só pode ser um imbecil.

Emeline tentava ajeitar as pregas do tecido de algodão.

— Sim, mas eu disse que não queria me casar com ele.

— E daí?

— Eu *quero* me casar com ele!

— *Tiens!* Então você fez uma grande besteira ao ficar noiva de Lorde Vale.

— Eu sei disso! — Deus do céu, ela estava perdendo tempo discutindo o óbvio com *tante* Cristelle enquanto o navio de Samuel devia estar navegando pelo Tâmisa naquele exato momento. — Ah, onde estão meus sapatos?

— Aqui, milady — disse Harris, imperturbável. — Mas a senhora ainda não calçou as meias.

— Não importa!

Tante Cristelle ergueu as mãos para o alto, implorando a Deus em francês para socorrer sua sobrinha enlouquecida. Emeline calçou os sapatos e correu em direção à porta, quase atropelando Daniel.

— Aonde você está indo, *maman*? — perguntou o filho com um ar inocente. Os olhinhos baixaram para seus tornozelos desnudos. — Ora, a senhora sabe que está sem meias?

— Sim, querido. — Emeline deu um beijo distraído na testa de Daniel. — Nós vamos para a América, e ninguém usa meia lá.

Emeline deixou o filho, que dava gritos de alegria enquanto *tante* Cristelle e Harris tentavam acalmá-lo, e desceu a escadaria correndo, chamando por Crabs.

O homem sempre imperturbável apareceu correndo no vestíbulo, com uma expressão assustada no rosto.

— Pois não, milady?

— Mande trazer a carruagem. Rápido!

— Mas...

— E a minha capa. Vou precisar de uma capa. — Ela olhou agitada ao redor do vestíbulo, à procura de um relógio. — Que horas são?

— Pouco depois das nove, milady.

— Ah, não!

Emeline cobriu o rosto com as mãos. O navio já devia ter partido. Samuel estaria em alto-mar. O que ela iria fazer? Não havia como alcançá-lo, não havia como...

— Emeline. — A voz era profunda e segura e bastante familiar.

Por um momento, ela nem ousou ter esperanças. Então deixou as mãos penderem ao lado do corpo.

Ele estava parado na entrada da sala de estar, com seus olhos castanho-escuros sorrindo só para ela.

— Samuel.

Ela correu ao encontro dele, e Samuel a envolveu em seus braços. Mesmo assim, ela segurou firme em seu paletó, só por garantia.

— Achei que você tivesse ido embora. Achei que fosse tarde demais.

— Calma — disse ele, e a beijou, roçando os lábios macios sobre sua boca, bochechas e pálpebras. — Calma. Estou aqui. — Então, puxou-a para a sala de estar.

— Achei que tivesse perdido você — sussurrou Emeline.

Samuel a beijou com determinação, como se tentasse provar que estava ali de verdade. Seus lábios entreabriram os dela, fazendo com que Emeline inclinasse a cabeça para trás. Ela segurou os ombros dele, saboreando a liberdade de beijá-lo.

— Eu amo você — ofegou ela.

— Eu sei. — Os lábios dele passeavam sobre sua testa. — Eu só ia sair da sua sala quando você admitisse isso.

— É mesmo? — indagou ela, distraída.

— Humm.

— Que inteligente da sua parte.

— Nem tanto. — Samuel afastou o rosto, e ela percebeu que seu olhar se tornara grave e sério. — Era uma questão de sobrevivência. Meu mundo fica gelado sem você, Emeline. Você é a luz que me mantém aquecido por dentro. Se eu a deixar, acho que meu corpo inteiro congelará.

Ela puxou a cabeça dele para perto da sua.

— Então é melhor não me deixar.

Mas ele resistiu ao apelo.

— Quer se casar comigo?

Emeline sentiu um nó na garganta, e teve de engolir em seco antes de responder, rouca:

— Ah, sim. Quero.

Mas o olhar dele ainda estava cheio de seriedade.

— Você virá comigo para a América? Posso viver aqui na Inglaterra, mas seria melhor para os meus negócios se morássemos na América.

— E o Daniel?

— Eu gostaria que ele fosse junto também.

Ela assentiu com a cabeça e fechou os olhos, porque aquilo tudo parecia demais.

— Desculpe. Eu nunca choro.

— Claro que não.

Ela sorriu ao ouvir sua resposta.

— Não é comum manter um menino ao lado da mãe, mas eu adoraria poder levá-lo comigo.

Samuel tocou o canto da boca de Emeline com o polegar.

— Ótimo. Então Daniel virá conosco. A sua tia também é bem--vinda...

— Ficarei aqui — interrompeu *tante* Cristelle atrás dos dois.

Emeline se virou.

A senhora estava parada na entrada da sala.

— Você vai precisar de alguém para administrar as propriedades, o dinheiro e essas coisas todas, não é?

— Bem, sim, mas...

— Então está decidido. E, claro, você terá que cruzar o oceano vez ou outra para que eu possa ver meu sobrinho-neto.

Tante Cristelle assentiu, satisfeita por ter resolvido tudo, e se retirou, fechando a porta.

Emeline voltou-se para Samuel e o encontrou observando-a.

— Você vai ficar bem? — perguntou ele. — Não terá problema em deixar tudo isso para trás? Em conhecer novas pessoas? Em viver em um país novo, não tão sofisticado quanto este?

— Não importa onde eu vá morar, contanto que seja com você. — Emeline sorriu lentamente. — Se bem que pretendo lançar um novo padrão de sofisticação e comportamento em Boston. Afinal, o povo de lá nunca esteve em um dos *meus* bailes.

Samuel abriu um sorriso para ela, um sorriso feliz e descontraído que, junto aos ferimentos, lhe davam uma aparência de pirata.

— Eles mal sabem o que os espera, não é mesmo?

Emeline fingiu ficar irritada, fechando a cara, mas então puxou a cabeça de Samuel para beijá-lo. Com doçura e felicidade. E, enquanto o beijava, ela murmurou mais uma vez contra seus lábios:

— Eu amo você.

Epílogo

— Eu amo você.

Quando as palavras deixaram os lábios de Coração de Ferro, um grito escapou do feiticeiro malvado.

— Não! Não! Não! Não pode ser! — O rosto do homenzinho terrível ficou tão vermelho que ele começou a soltar fumaça pelo nariz. — Esperei por sete longos anos para roubar seu coração de ferro e ficar com sua força! Se tivesse quebrado seu voto de silêncio, eu teria conseguido, e você e sua esposa teriam ido para o inferno. Não é justo!

E o feiticeiro malvado começou a rodopiar, furioso pelo encanto ter sido quebrado. Ele girava cada vez mais rápido até que seu corpo começou a soltar faíscas, até que uma fumaça preta começou a vazar das orelhas enormes, até que o chão começou a rachar sob seus pés e, então, BUM! De repente, ele foi engolido pela terra! Mas a pomba branca que estava presa ao seu pulso saiu voando quando ele desapareceu, a corrente dourada quebrada, e quando o pássaro pousou no chão transformou-se no mesmo instante num bebê que chorava — o filho de Coração de Ferro.

E então uma onda de alegria se espalhou pela Cidade Brilhante! As pessoas davam gritos de alegria e dançavam pelas ruas, felizes pela volta do príncipe.

Mas o que aconteceu com Coração de Ferro e seu coração partido? A princesa Consolação baixou os olhos para o marido, que ainda segurava nos braços, temendo que já tivesse morrido, mas, para a surpresa dela, ele estava inteiro e sorria. Assim, ela fez a única coisa que uma princesa poderia fazer numa situação como aquela: beijou-o.

E, apesar de muitos na Cidade Brilhante acreditarem que o coração de Coração de Ferro foi curado quando o encanto do feiticeiro malvado se extinguiu, eu tenho minhas dúvidas. Para mim, o amor da princesa Consolação o trouxe de volta.

Pois o que mais poderia curar um coração partido senão o amor verdadeiro?

Leia a seguir um trecho de "O sabor do pecado", livro dois da série A lenda dos quatro soldados

Prólogo

Era uma vez, em uma terra distante e sem nome, um soldado que voltava para casa depois de muito tempo lutando em uma guerra que durara gerações. Na verdade, a guerra se estendera por tantos anos que, com o tempo, os combatentes acabaram esquecendo sua motivação. Um dia, os soldados olharam para seus oponentes e perceberam que não sabiam por que queriam matá-los. Os oficiais ainda levaram um tempo para chegar à mesma conclusão, mas, no fim, eles também se convenceram disso. Só então todos os soldados, de ambos os lados, baixaram suas armas, e a paz foi declarada.

Era por isso que, agora, nosso soldado marchava para casa por uma estrada deserta. Mas não tinha destino algum, pois a guerra durara tantos anos que não havia mais uma casa para onde pudesse retornar. Apesar disso, enquanto caminhava, carregando nas costas uma mochila com comida, o sol brilhando ao alto da estrada sem curvas e sem obstáculos que havia escolhido, o soldado se sentia feliz com o pouco que tinha.

Seu nome era Jack, o Risonho...

— Jack, o Risonho

Capítulo Um

Jack seguia pela estrada, assoviando alegremente, pois ele era um homem que não tinha uma só preocupação nesse mundo...

— Jack, o Risonho

Londres, Inglaterra
Maio de 1765

Entre as piores coisas que podem acontecer com um homem, são poucas as que superam ser rejeitado por sua futura esposa no dia do casamento — foi o que refletiu Jasper Renshaw, o visconde de Vale. Mas ser rejeitado no dia do casamento enquanto está de ressaca após uma noite de bebedeira... bem, isso deveria ser classificado como algum tipo de recorde de quanto alguém pode sofrer por azar.

— Sinto muiiiito! — lamentou a Srta. Mary Templeton, a futura esposa em questão, com a voz tão aguda que seria capaz de deixar de pé todos os fios de cabelos de um homem. — Nunca tive a intenção de enganá-lo!

— É o que eu espero! — exclamou Jasper.

O que Jasper mais queria era apoiar a cabeça latejante em suas mãos, mas aquele parecia ser um momento muito dramático na vida da Srta. Templeton, e ele achou que o ato poderia não demonstrar a devida seriedade que a situação pedia. Pelo menos estava sentado. Havia uma cadeira de madeira na sacristia, da qual ele se apossou sem a menor cerimônia assim que adentraram no local.

Mas a Srta. Templeton nem pareceu se importar.

— Ah, meu Deus! — choramingou. Jasper imaginava que ela estivesse se dirigindo a ele, mas, considerando o local onde se encontravam, também poderia estar apelando para uma Força maior. — Não consegui me conter, não consegui mesmo. As mulheres são criaturas muito fracas! Somos ingênuas demais, apaixonadas demais para resistir aos arroubos da paixão!

Os arroubos da paixão?

— A senhorita está certíssima — murmurou Jasper.

Quem dera tivesse tido tempo de tomar uma taça de vinho naquela manhã — ou talvez duas. Isso o teria ajudado a colocar a cabeça no lugar e entender o que sua noiva estava tentando dizer, além do óbvio, é claro — que ela não pretendia mais se tornar a quarta viscondessa Vale. No entanto, naquela manhã, o pobre tolo saiu da cama cambaleando, imaginando que não houvesse nada pior do que um casamento entediante, seguido por um *brunch* prolongado. Em vez disso, quando chegou à igreja, encontrou o Sr. e a Sra. Templeton à porta. O pai da noiva parecia bravo, e a mãe, num nervosismo muito suspeito. Para piorar, sua noiva encantadora estava com o rosto molhado de lágrimas recém-derramadas, e, em algum lugar lá no fundo de sua alma sombria e atormentada, ele soube que não haveria bolo de casamento naquele dia.

Ele conteve um suspiro e olhou para sua ex-futura esposa. Mary Templeton era muito bonita. Cabelos escuros e brilhantes, olhos azuis reluzentes, pele alva e jovem e seios redondinhos. Ansiara tanto por aqueles seios redondos, pensou pesaroso enquanto ela andava de um lado para o outro à sua frente.

— Ah, Julius! — exclamou a Srta. Templeton, abrindo seus lindos braços roliços. Era uma pena que a sacristia fosse tão pequena, a encenação dela merecia um espaço bem maior. — Se ao menos eu não o amasse tanto!

Jasper piscou e se inclinou para a frente. Ele devia ter perdido alguma informação, pois não era capaz de se lembrar desse tal de Julius.

— Julius...?

Ela se virou e arregalou os olhinhos azul-turquesa. Eles realmente eram magníficos.

— Julius Fernwood. O pároco da cidade próxima à propriedade de campo do papai.

Ele estava sendo trocado por um pároco?

— Ah, se o senhor visse os olhos castanhos gentis dele, os cabelos tão louros, e seus modos solenes, sei que iria entender o que estou sentindo.

Jasper arqueou uma sobrancelha. Aquilo com certeza seria pouco provável.

— Eu o amo, milorde! Eu o amo do fundo da minha alma.

De repente, com um movimento exagerado, ela caiu de joelhos, olhando para cima com seu lindo rosto molhado de lágrimas, as delicadas mãos alvas unidas à frente de seus seios arredondados.

— Por favor! Por favor, eu lhe imploro, liberte-me deste compromisso cruel! Devolva minhas asas para que eu possa voar para o meu verdadeiro amor, o amor que será sempre dono do meu coração mesmo que eu seja forçada a me casar com você, forçada a me entregar em seus braços, forçada a satisfazer a seus instintos animais, *forçada* a...

— Está bem, está bem. — Jasper resolveu interrompê-la antes que ela tivesse tempo de terminar de descrevê-lo como um animal selvagem capaz de fazer barbaridades. — Já entendi que não sou páreo para o loirinho e sua vida de pároco. Eu a liberto da promessa de matrimônio. Por favor, vá ao encontro do seu verdadeiro amor. Felicidades para vocês.

— Ah, obrigada, milorde! — Ela tomou as mãos dele e encheu-as de beijos molhados. — Serei para sempre grata, estarei em dívida eterna com o senhor. Se um dia...

— Já entendi. Se um dia eu precisar de um pároco louro ou da esposa de um pároco etc. etc. Não vou me esquecer disso. — Sentindo-se subitamente inspirado, Jasper enfiou a mão no bolso e tirou um punhado de meia coroas, que tinha trazido para jogar ao povo que estaria do lado de fora da igreja, depois do casamento. — Tome. Para as suas núpcias. Desejo-lhe toda a felicidade com... é... o Sr. Fernwood.

Ele colocou as moedas nas mãos dela.

— Nossa! — A Srta. Templeton arregalou ainda mais os olhos. — Nossa, obrigada!

Depositando um último beijo molhado na mão dele, ela deixou o local. Talvez tivesse se dado conta de que as moedas equivaliam a várias libras e que o presente tinha sido um ato impulsivo da parte dele, portanto, se ficasse por mais tempo, ele poderia repensar a generosidade.

Jasper suspirou, sacou um grande lenço de linho e secou as mãos. A sacristia era pequena, e suas paredes haviam sido construídas com a mesma pedra cinza antiga da igreja onde ele planejara se casar. Havia várias prateleiras de madeira escura ao longo de uma das paredes, cheias de quinquilharias da igreja: castiçais velhos, papéis, Bíblias e pratos de estanho. Acima delas, podia ver o céu azul e uma única nuvem fofa movendo-se lentamente por uma pequena janela com detalhes em formato de diamante. Uma salinha solitária na qual alguém seria abandonado mais uma vez. Ele guardou o lenço de volta no bolso do colete e notou que estava faltando um botão. Não podia se esquecer de avisar Pynch. Jasper apoiou o cotovelo sobre a mesa ao lado da cadeira e apoiou a cabeça, de olhos fechados.

Pynch, seu criado pessoal, sabia fazer uma mistura ótima e revigorante para curar a dor de cabeça após uma noite de excessos. Logo ele poderia ir para casa a fim de tomá-la, e talvez voltar para a cama. Maldição, como sua cabeça doía! E ele não podia ir embora. Ouvia vozes se erguendo do lado de fora da sacristia, ecoando pelo teto abobadado da antiga igreja de pedra. Pelo barulho, podia supor que os pais da Srta. Templeton não estavam muito felizes com os planos românticos dela. Um cantinho da boca de Jasper se ergueu. Talvez o pai não estivesse tão encantado com o loirinho quanto ela. De qualquer maneira, ele preferia enfrentar um ataque dos franceses a encarar a família e os convidados do lado de fora.

Ele suspirou e estendeu as pernas compridas. Seis meses de trabalho perdido. Seis meses fora o tempo que gastara tentando conquistar a Srta. Templeton. Um mês para encontrar uma candidata adequada — uma que fosse de boa família, que não fosse muito jovem, nem muito velha, e bonita o bastante para levar para a cama. Três meses cortejando-a, flertando em bailes e chás, levando-a para passeios de carruagem, enviando doces, flores e outros presentinhos. Por fim, o pedido oficial, para o qual recebeu uma resposta satisfatória, e, então, o beijo casto na bochecha de uma moça inocente. Depois disso, só restou cuidar dos proclamas e das várias compras e dos preparativos nupciais.

O que tinha dado errado, então? Ela parecera estar totalmente de acordo com os planos. Antes daquela manhã, nunca insinuara qualquer dúvida a respeito do casamento. Na verdade, qualquer pessoa poderia ter afirmado que ela parecia bem satisfeita quando ganhara pérolas e brincos de ouro de presente. De onde surgiu então esta súbita vontade de se casar com o pároco loirinho?

Esse problema que Jasper tinha de perder noivas nunca teria acontecido com seu irmão mais velho, Richard, caso tivesse vivido tempo o suficiente para procurar por sua própria viscondessa. Talvez o problema fosse com ele, concluiu Jasper, com certa tristeza. Havia algo nele que afastava o sexo oposto, como se fosse uma maldição — pelo menos em se tratando de casamento. Era impossível não notar que essa era a segunda vez em menos de um ano que ele era deixado na mão. É claro que a primeira tinha sido com Emeline, que, sejamos justos, estava mais para uma irmã do que para o amor de sua vida. Mesmo assim, um cavalheiro poderia muito bem...

O rangido da porta da sacristia interrompeu os pensamentos de Jasper, fazendo-o abrir os olhos.

Uma mulher alta e esguia hesitava à porta. Era uma amiga de Emeline — aquela cujo nome Jasper nunca conseguia se lembrar.

— Desculpe-me, eu o acordei? — perguntou ela.

— Não, só estava descansando.

Ela assentiu com a cabeça e deu uma olhada para trás antes de fechar a porta às suas costas, colocando-se numa situação um tanto inapropriada com ele.

Jasper ergueu as sobrancelhas. Nunca imaginara que ela fosse do tipo dramática. No entanto, o visconde não era lá muito bom em entender as mulheres.

Ela permaneceu numa postura ereta, os ombros erguidos, o queixo ligeiramente levantado. Era uma mulher comum, cujos traços um homem teria dificuldade de se lembrar — pensando bem, talvez fosse por isso que ele nunca conseguia se lembrar do nome dela. Tinha os cabelos claros, mas era difícil determinar se eram louros ou castanhos, e estavam presos em um coque na nuca. Os olhos eram de um castanho indescritível. O vestido era marrom-acinzentado, com um decote quadrado simples que revelava um par de seios pequenos. Jasper notou que a mulher tinha uma pele boa, de um tom branco-azulado translúcido que costumava ser comparado ao mármore. Se olhasse mais de perto, sem dúvida conseguiria traçar as veias que corriam por baixo da pele pálida e delicada.

Em vez disso, ele ergueu os olhos para encarar seu rosto. Ela permanecera ali, imóvel, enquanto era examinada, mas um leve rubor coloria as maçãs de seu rosto.

Jasper pensou que pudesse estar sendo grosseiro ao notar seu desconforto, ainda que discreto. Devido a esse motivo, suas palavras soaram um tanto ríspidas.

— Posso ajudá-la em alguma coisa, senhorita?

Ao que ela respondeu com outra pergunta:

— É verdade que Mary não vai se casar com o senhor?

Jasper soltou um suspiro.

— Pelo jeito ela preferiu agarrar um pároco. Parece que um simples visconde não tem mais serventia alguma.

A mulher não sorriu.

— O senhor não a ama.

Ele colocou as mãos espalmadas sobre a mesa.

— Infelizmente é verdade, por mais que isso me faça parecer um canalha.

— Neste caso, tenho uma proposta a lhe fazer.

— É mesmo?

Ela juntou as mãos à frente do corpo e se empertigou ainda mais, mesmo que isso parecesse impossível.

— Gostaria de saber se estaria disposto a se casar comigo então.

MELISANDE FLEMING ficou de frente para Lorde Vale e o encarou com firmeza e sem nenhum sinal de nervosismo juvenil. Afinal, ela não era mais uma mocinha. Estava com 28 anos e havia muito tempo já passara da idade de se casar. Na verdade, já perdera a esperança de ser feliz. Mas pelo visto a esperança era algo difícil, quase impossível de ser perdida.

O que havia acabado de propor era ridículo. Lorde Vale era um homem rico. Um nobre. Um homem no auge da vida. Ou seja, um homem que poderia escolher a moça que quisesse, talvez uma mulher mais jovem e mais bonita do que ela. Ainda que *tivesse* acabado de ser trocado no altar por um pároco sem um tostão.

Por isso, Melisande se preparou para receber como resposta uma gargalhada, palavras de deboche ou — o pior de tudo — de piedade.

Mas, em vez disso, Lorde Vale apenas olhou para ela. Talvez não tivesse escutado. Seus lindos olhos azuis estavam avermelhados, e, pelo modo como apoiava a cabeça quando ela entrou, Melisande desconfiava de que ele passara da conta em sua despedida de solteiro na noite anterior.

Lorde Vale estava largado na cadeira, as longas pernas musculosas esticadas à frente do corpo, ocupando muito mais espaço do que deveria. Ele a encarou com aqueles olhos azul-esverdeados impressionantes cintilando. Eles brilhavam — apesar de avermelhados —, mas era a única coisa bonita nele. Seu rosto era longo e marcado com linhas de expressão profundas ao redor dos olhos e da boca. Tinha um nariz muito comprido e bem grande também. As pálpebras eram caídas nos cantos como se ele estivesse sempre com sono. E o cabelo... na verdade, o cabelo até que era bonito, cacheado e volumoso, e num tom castanho avermelhado muito lindo. Em qualquer outro homem, essa característica poderia parecer infantil ou talvez até um pouco afeminada.

Por pouco, Melisande não tinha comparecido ao casamento. Mary era uma prima distante, com quem falara apenas uma ou duas vezes na vida. Mas Gertrude, a cunhada de Melisande, se sentiu mal pela manhã e insistiu que ela estivesse lá para representar a família. Assim, lá estava Melisande depois de tomar o passo mais importante de sua vida.

Como o destino era estranho.

Finalmente, Lorde Vale despertou. Esfregou o rosto com sua mão grande e ossuda e então olhou para ela entre os longos dedos entreabertos.

— Sou um idiota, queira me desculpar, mas não consigo me lembrar do seu nome de jeito nenhum.

Não era nenhuma surpresa. Melisande sempre fora o tipo de pessoa que sumia na multidão. Nunca estava no centro dela, nunca chamava atenção.

Lorde Vale, no entanto, era o completo oposto.

Melisande respirou fundo, apertando os dedos para conter o tremor de nervosismo. Só tinha essa chance, e não podia desperdiçá-la.

— Sou Melisande Fleming. Meu pai se chamava Ernest Fleming, dos Fleming de Northumberland. — Vinha de uma família tradicional e respeitada, nem era preciso se estender muito sobre o assunto. Caso ele nunca tivesse ouvido falar, uma explicação sobre quão conhecidos eles eram não seria de muita serventia. — Meu pai já faleceu, mas tenho dois irmãos, Ernest e Harold. Minha mãe era uma emigrante prussiana e também já faleceu. Talvez se lembre de que sou amiga de Lady Emeline, que...

— Sim, sim. — Ele tirou a mão do rosto e fez um sinal, dispensando as apresentações. — Sei *quem* a senhorita é, eu só não sabia...

— Meu nome.

Jasper inclinou a cabeça.

— Exato. Como eu disse, sou um idiota.

Ela engoliu em seco.

— E qual seria a sua resposta?

— É que — ele balançou a cabeça e acenou vagamente com os dedos longos — bebi muito na noite passada e ainda estou um pouco atordoado com a desistência da Srta. Templeton, por isso meu raciocínio está um pouco lento, mas não entendo por que iria querer se casar comigo.

— O senhor é um visconde, milorde. Falsa modéstia não lhe cai bem.

Ele abriu a boca grande em um leve sorriso.

— Para uma mulher que está à procura de um marido, a sua língua é um tanto afiada, não é mesmo?

Melisande sentiu o calor lhe subindo pela nuca e pelas bochechas e teve de conter a vontade de abrir a porta e sair correndo.

— Por que, entre todos os viscondes do mundo, se casar comigo? — indagou ele, baixinho.

— O senhor é um homem honrado. Emeline me contou. — Melisande avançou devagar, escolhendo as palavras com cautela. — Pelo rápido noivado que teve com Mary, imaginei que estivesse ansioso para se casar, estou certa?

O visconde inclinou a cabeça.

— Certamente é o que parece.

Ela assentiu.

— E eu gostaria de ter minha própria casa em vez de continuar vivendo da generosidade dos meus irmãos. — O que, em parte, era verdade.

— Você não tem dinheiro para ser independente?

— Tenho um bom dote e dinheiro suficiente para ser independente. Mas uma mulher solteira não pode viver sozinha.

— Isso é verdade.

Lorde Vale a analisou, parecendo bastante satisfeito por ela estar à sua frente como se fosse um peticionário diante de um rei. Segundos depois, ele meneou a cabeça e se levantou, forçando-a a olhar para cima. Melisande era uma mulher alta, e ele, um homem ainda mais alto do que ela.

— Peço perdão pelo que vou dizer, mas preciso ser direto para evitar futuros mal-entendidos. Eu quero um casamento de verdade. Um casamento que, com a graça de Deus, produzirá filhos concebidos em um leito matrimonial. — Ele abriu um sorriso encantador, seus olhos azul-turquesa cintilando ligeiramente. — É isso que procura também?

Melisande o encarou, mas não ousou ter esperanças.

— Sim.

Ele fez uma pequena mesura com a cabeça.

— Neste caso, Srta. Fleming, tenho a honra de aceitar seu pedido de casamento.

Ela sentiu um aperto no peito e, ao mesmo tempo, foi como se uma criatura selvagem estivesse abrindo as asas dentro dela, tentando sair para poder voar livre pela sala, de tanta alegria.

Melisande estendeu a mão.

— Obrigada, milorde.

Lorde Vale sorriu, desconfiado, ao ver a mão estendida e então a aceitou. Mas, em vez de trocar um aperto de mão para selar o acordo, ele inclinou a cabeça, e Melisande sentiu o leve roçar dos lábios dele sobre os nós de seus dedos. Ela reprimiu o tremor de emoção que aquele simples toque provocou.

Ele se endireitou.

— Só espero que ainda me agradeça depois do nosso casamento, Srta. Fleming.

Melisande abriu a boca para responder, mas ele já havia se virado para ir embora.

— Sinto dizer que estou com uma tremenda dor de cabeça. Farei uma visita ao seu irmão dentro de três dias, tudo bem? Acho melhor manter a fachada do noivo abandonado por alguns dias, pelo menos, não acha? Menos do que isso pode ser desastroso para a imagem da Srta. Templeton.

Com um sorriso irônico, ele fechou a porta depois de sair.

Melisande relaxou os ombros empertigados, liberando a tensão. Ficou olhando para a porta por um momento e então deu uma olhada ao redor. O cômodo era simples, pequeno e meio bagunçado. Não era o cenário onde imaginaria seu mundo virando de cabeça para baixo. E, mesmo assim, aquele *era* o lugar onde sua vida tomara um rumo totalmente novo e inesperado — a não ser que os últimos quinze minutos tivessem sido apenas um sonho.

Ela examinou as costas de sua mão. O beijo dele não havia deixado marca alguma. Conhecia Jasper Renshaw, o Lorde Vale, havia anos, mas, ao longo de todo esse tempo, ele nunca a tocara. Ela pressionou as costas da mão contra a boca e fechou os olhos, imaginando como seria quando seus lábios se encontrassem. Todo seu corpo tremeu só de pensar nisso.

Então, só lhe restou endireitar as costas novamente, alisar a saia já totalmente lisa e passar os dedos pelos cabelos para se certificar de que estava tudo em ordem. Assim que terminou, Melisande começou a andar, mas, no primeiro passo, pisou em algo. Havia um botão prateado caído no chão de pedra, que estivera escondido embaixo da barra de sua saia até ela se mover. Melisande pegou o botão e girou-o lentamente nas mãos. Era um botão de prata com uma letra "V" em relevo. Ela admirou o artefato por um momento antes de escondê-lo em sua manga.

Em seguida, deixou a sacristia.

— Pynch, você já conheceu algum homem que tenha perdido uma noiva e ganhado outra no mesmo dia? — perguntou Jasper, distraído, na tarde daquele mesmo dia.

Estava relaxando em sua imensa banheira de estanho feita sob medida. Seu valete, Pynch, se encontrava em um canto do quarto, arrumando as roupas na cômoda, e respondeu sem se virar.

— Não, milorde.

— Neste caso, creio que sou o primeiro da história a conseguir tal façanha. Londres deveria mandar fazer uma estátua em minha homenagem. As criancinhas olhariam admiradas para minha estátua enquanto suas babás diriam para elas não seguirem meus passos volúveis.

— Certamente, milorde — respondeu Pynch num tom monótono.

O tom de voz de Pynch era perfeito para um criado pessoal, suave, sempre estável, e imperturbável, o que era bom, já que todo o restante dele não combinava muito com o estereótipo de um. Pynch era um homem grande. Muito grande. Tinha os ombros largos como os de um boi, as mãos grandes como um prato de jantar, o pescoço tão grosso quanto a coxa de Jasper, e a cabeça enorme e careca. Pynch parecia mais com um granadeiro, aquele soldado grande, usado para abrir caminho na linha de campo do inimigo.

O que, na verdade, era exatamente o que Pynch tinha sido no Exército de Sua Majestade. Isso foi antes da pequena divergência que teve com seu sargento, resultando em um dia de castigo na dispensa. A primeira vez que Jasper vira Pynch fora justamente lá, resignado, tendo legumes estragados atirados na cara. A cena impressionou tanto que, assim que Pynch foi liberado, Jasper o convidou para ser seu ordenança. Pynch aceitou a oferta na mesma hora. Dois anos depois, quando Jasper vendeu sua patente, ele também comprou a de Pynch, que acabou voltando para a Inglaterra a fim de trabalhar como seu valete. Uma boa reviravolta, pensou Jasper enquanto colocava um pé para fora da banheira e sacudia uma gota d'água do dedão do pé.

— Você enviou aquela carta para a Srta. Fleming? — Jasper escrevera uma carta em que informava educadamente que visitaria o irmão dela dentro de três dias, caso não tivesse mudado de ideia.

— Sim, milorde.

— Ótimo. Ótimo. Acho que esse noivado vai vingar. Estou com um bom pressentimento.

— Um pressentimento, milorde?

— Sim — afirmou Jasper, apanhando uma escova de cabo comprido para esfregar o dedão do pé. — Como o que tive há duas semanas quando apostei meio guinéu naquele alazão de pescoço comprido.

Pynch pigarreou.

— Creio que o alazão chegou mancando.

— Foi? — Jasper fez um gesto de desdém com a mão. — Não importa. De qualquer maneira, não é certo comparar uma mulher a cavalos. O que estou tentando dizer é que estamos noivos há três horas, e a Srta. Fleming ainda não desmanchou o noivado. Tenho certeza de que você está impressionado.

— É um bom sinal, milorde, mas, se me permitir dizer, a Srta. Templeton esperou até o dia do casamento para romper o noivado.

— Humm, mas, nesse caso, foi a Srta. Fleming em pessoa quem sugeriu a ideia do casamento.

— É mesmo, milorde?

Jasper parou de esfregar o pé esquerdo.

— Não que eu queira que mais alguém saiba desse detalhe.

Pynch enrijeceu.

— É claro que não, milorde.

Jasper franziu o cenho. Droga, havia insultado Pynch.

— Nunca se deve ferir os sentimentos de uma mulher, mesmo que ela tenha se atirado aos seus pés.

— Atirado, milorde?

— No sentido figurado. — Jasper gesticulou com a escova de cabo comprido, fazendo respingar água em uma cadeira próxima. — Tive a impressão de que ela acha que estou desesperado para me casar e por isso resolveu arriscar.

Pynch arqueou uma sobrancelha.

— E o senhor não corrigiu a dama?

— Pynch, Pynch, já não lhe disse que nunca se deve contradizer uma mulher? Não é cavalheiresco e é perda de tempo, pois elas só acreditam no que querem acreditar, de qualquer forma. — Jasper esfregou o nariz com a escova de banho. — Além do mais, um dia eu terei que me casar. Casar e procriar exatamente como meus nobres antepassados fizeram. Não adianta tentar fugir dessa obrigação. Preciso de um filho ou dois, que sejam pelo menos um pouco inteligentes, para levar adiante o antigo nome Vale. Deste modo, isso irá me poupar meses de procura e de cortejo.

— Ah. Então, para o senhor, qualquer mulher serve, milorde?

— Sim — respondeu Jasper, mas se arrependeu da resposta na mesma hora. — Não. Que droga, Pynch. Você e esse seu raciocínio lógico. Na verdade, ela tem algo diferente. Não sei como descrever. Ela não é exatamente o tipo de mulher que eu escolheria, mas, quando a vi lá, parada, tão corajosa e, ao mesmo tempo, carrancuda, como se eu tivesse cuspido na frente dela... Bem, acho que fiquei encantado. A menos que tenha sido por causa da ressaca depois de todo aquele uísque da noite passada.

— É claro, milorde — murmurou Pynch.

— De qualquer maneira, o que eu estava tentando dizer é que espero que esse noivado termine em casamento. Do contrário, logo ficarei com fama de dedo podre.

— É verdade, milorde.

Jasper franziu a testa, olhando para o teto.

Pynch, você não deve concordar comigo quando digo que tenho dedo podre.

— Não, milorde.

— Obrigado.

— De nada, milorde.

— Só me resta rezar para que a Srta. Fleming não encontre nenhum pároco semanas antes do casamento. Principalmente se ele for louro.

— Tem razão, milorde.

— Sabe de uma coisa? — perguntou Jasper, pensativo. — Acho que nunca conheci um pároco de quem eu gostasse.

— É mesmo, milorde?

— Sempre tive a impressão de que eles não têm queixo. — Jasper acariciou com um dedo o próprio queixo, que era longo demais. — Talvez seja algum tipo de pré-requisito do clero inglês. Você acha que pode ser isso?

— É possível, sim. Mas não provável, milorde.

— Humm.

Do outro lado do aposento, Pynch transferia uma pilha de lençóis que estava em cima da cômoda para a última prateleira do guarda-roupa.

— O senhor ficará em casa hoje, milorde?

— Não, quem me dera. Tenho outros negócios a tratar.

— Seus negócios envolvem aquele homem que está preso em Newgate?

Jasper desviou o olhar do teto para seu valete. A expressão normalmente indecifrável dele agora também incluía olhos semicerrados. E isso significava que Pynch estava preocupado.

— Sim. Thornton será julgado em breve, e é certo que será condenado e enforcado. Depois que ele morrer, quaisquer informações que tiver irão com ele.

Pynch cruzou o cômodo carregando uma tolha de banho imensa.

— Isto é, se ele tiver alguma informação para revelar.

Jasper saiu da banheira e pegou a toalha.

— Sim, *se* ele tiver.

Pynch ficou observando enquanto Jasper se enxugava, com os olhos ainda semicerrados.

— Desculpe, milorde, não gosto de falar quando não devo...

— Mas mesmo assim vai falar — murmurou Jasper.

O criado continuou como se não tivesse escutado nada.

— Mas estou preocupado. O senhor parece obcecado por aquele homem. Ele é um mentiroso compulsivo. O que o faz pensar que dirá a verdade agora?

— Nada. — Jasper jogou a toalha de lado, aproximou-se de uma cadeira na qual estavam suas roupas e começou se vestir. — Ele é um mentiroso, um estuprador, um assassino e Deus sabe mais o quê. Apenas um tolo acreditaria na palavra dele. Mas não posso permitir que ele vá para a forca sem ao menos *tentar* arrancar-lhe a verdade.

— Tenho medo de que ele esteja apenas brincando com o senhor, só para se divertir.

— Sem dúvida você está certo, Pynch, como sempre. — Jasper nem olhou para ele enquanto vestia a camisa. Havia conhecido Pynch após o massacre do vigésimo oitavo regimento em Spinner's Falls. O valete não participou da batalha, por isso não compartilhava da mesma ânsia de descobrir quem traíra o regimento. — Mas, infelizmente, a razão não vem ao caso. Preciso ir.

Pynch suspirou e levou os sapatos até Jasper.

— Tudo bem, milorde.

Jasper se sentou para calçar os sapatos de fivela.

— Anime-se, Pynch. O homem estará morto em duas semanas.

— Que assim seja, milorde — murmurou Pynch enquanto recolhia os apetrechos do banho.

Jasper terminou de se arrumar em silêncio e então foi até a penteadeira para escovar e prender os cabelos para trás.

Pynch estendeu-lhe o paletó.

— Espero que não tenha se esquecido, milorde, de que o Sr. Dorning solicitou novamente sua presença nas terras Vale, em Oxfordshire.

— Droga. — Dorning era o administrador da propriedade rural de Jasper e já havia escrito diversos apelos solicitando sua ajuda para resolver uma disputa local. Ele já deixara o pobre homem esperando para se casar, e agora... — Dorning terá que esperar mais alguns dias. Não posso partir sem antes falar com o irmão da Srta. Fleming e com a Srta. Fleming também. Lembre-me novamente, por favor, quando eu voltar.

Jasper vestiu o paletó, pegou o chapéu e saiu antes que Pynch tivesse tempo de impedi-lo. Desceu a escada fazendo muito barulho, acenou para seu mordomo e partiu de sua casa em Londres. Lá fora, um dos funcionários dos estábulos o aguardava com Belle, sua imensa égua baia. Jasper agradeceu ao rapaz e montou na égua, puxando o freio para acalmá-la quando ela andou para o lado. As ruas estavam muito movimentadas, forçando-o a conduzir a égua num galope lento. Jasper seguiu rumo ao oeste da cidade, em direção à Catedral de St. Paul, que se agigantava acima das construções mais baixas ao seu redor.

A agitação de Londres era muito diferente das florestas selvagens onde tudo começara. Ele se lembrava nitidamente das árvores altas e das cachoeiras, do som das águas caudalosas misturado aos gritos dos homens que morriam. Cerca de sete anos antes, ele fora um capitão do Exército de Sua Majestade e lutara contra a França nas colônias. O vigésimo oitavo regimento marchava de volta, após a vitória em Quebec, uma fila de soldados passando por uma trilha estreita, quando foram atacados pelos índios. Eles mal tiveram tempo de formar uma posição defensiva. Praticamente todo o regimento fora massacrado em menos de meia hora, e o coronel deles, morto. Jasper e mais oito homens foram capturados e levados para um acampamento dos índios wyandot e...

Até hoje ele tinha dificuldades de relembrar aqueles momentos. Vez ou outra, as sombras daquele período se infiltravam furtivamente em seus pensamentos, como um vislumbre fugaz de canto de olho. Nesses momentos, ele se lembrava de tudo novamente, do passado morto e enterrado, mas nunca esquecido. Então, seis meses atrás, quando estava em um baile, ele foi até uma varanda e se deparou com Samuel Hartley.

Hartley fora um cabo no Exército. Um dos poucos que sobrevivera ao massacre do vigésimo oitavo. Ele contara a Jasper que algum traidor dentro do regimento havia entregado a posição deles aos franceses e aos índios aliados a eles. Quando Jasper se juntara a Hartley na caçada ao traidor, eles descobriram um assassino que havia assumido a identidade de um dos soldados mortos em Spinner's Falls, Dick Thornton. Thornton — Jasper não conseguia chamá-lo de outro nome, apesar de saber de quem realmente se tratava — se encontrava agora em Newgate, preso e acusado de assassinato. Mas, na noite que eles o capturaram, Thornton afirmou que não era o traidor.

Jasper deu uma leve pressionada nos flancos de Belle para que eles desviassem de um carrinho de mão cheio de frutas maduras.

— Quer comprar uma ameixa doce, senhor? — gritou a bela garota de olhos escuros, parada ao lado do carrinho. Ela mexeu o quadril para o lado, de um jeito sensual, enquanto lhe mostrava a fruta.

Jasper sorriu.

— Aposto que não é tão doce quanto as suas maçãs.

A risada da vendedora de frutas acompanhou-o enquanto seguia pela rua abarrotada. Jasper voltou a focar em sua missão. Como bem apontara Pynch, Thornton era um homem acostumado a mentir. Hartley nunca expressara nenhuma dúvida quanto à culpa de Thornton. Jasper bufou. Mas agora Hartley andava ocupado com sua nova esposa, Lady Emeline Gordon — a primeira noiva de Jasper.

Jasper ergueu os olhos e se deu conta de que estava na Skinner Street, que levava diretamente à Newgate Street. O imponente portal da prisão se erguia em forma de arco acima da rua. A prisão fora reconstruída depois do grande incêndio e muito bem decorada com estátuas representando sentimentos nobres, como a paz e o perdão. Mas o fedor ali era insuportável — e só piorava à medida que se aproximava da prisão. O ar parecia pesado, carregado de odores de excrementos humanos, doença, podridão e desespero.

Uma das colunas do arco terminava acima da guarita do carcereiro. Jasper apeou do cavalo no pátio central. Um guarda que estava recostado ao lado da porta se endireitou.

— Já está de volta, milorde?

— Feito uma praga, McGinnis.

McGinnis era um veterano do Exército de Sua Majestade e tinha perdido um olho em algum país distante. Ele usava um trapo enrolado na cabeça para esconder o buraco, mas este agora havia escorregado, deixando à mostra a cicatriz vermelha.

O homem assentiu e gritou dentro da guarita:

— Ei, Bill! Lorde Vale está de volta. — Voltou-se para Jasper. — Bill estará aqui em dois minutinhos, milorde.

Jasper assentiu e deu ao guarda uma meia coroa, para garantir que a égua estaria à sua espera quando ele voltasse. Logo na sua primeira visita àquele lugar infeliz, ele descobriu que boas gorjetas tornavam tudo mais fácil.

Bill, um homem baixinho com uma cabeleira grisalha, apareceu logo em seguida, trazendo na mão direita o símbolo do cargo que exercia na prisão: um molho de chaves de ferro. O homenzinho fez um sinal com o ombro para Jasper e cruzou o pátio da prisão rumo à entrada principal, onde havia uma imensa passagem decorada com algemas enormes e a citação bíblica VENIO SICUT FUR — *Venho como um ladrão*. Bill gesticulou com o ombro para um dos guardas que estava próximo ao portal e seguiu na frente.

O odor era pior ali, e o ar estava abafado, sem brisa. Bill seguiu à frente de Jasper por um longo corredor que levou a outra área ao ar livre. Eles cruzaram um pátio extenso onde alguns prisioneiros zanzavam de um lado para o outro e grupos se encolhiam nos cantos como se fossem amontoados de entulho arrastados pela água à costa de algum lugar deprimente. Eles passaram por outro prédio menor, e então Bill o conduziu pela escada que levava ao Porão dos Condenados. Ficava no subsolo, como se fosse uma amostra do inferno onde os prisioneiros em breve passariam toda a eternidade. A escada era úmida, a pedra, lisa e desgastada devido aos vários pés desesperados que tinham descido por ali.

O corredor subterrâneo era escuro — os prisioneiros pagavam pelas próprias velas a um preço inflacionado. Um homem cantava baixinho uma melodia suave, subindo o tom em algumas partes. Alguém tossiu e outros reclamaram baixinho, mas, apesar disso, o lugar era silencioso. Bill parou diante de uma cela na qual havia quatro pessoas. Um homem estava deitado em um catre no canto, parecendo adormecido. Dois homens jogavam baralho sob a luz bruxuleante de uma única vela.

O quarto prisioneiro estava recostado à parede, perto das barras, e se endireitou assim que os viu.

— Bela tarde, não é mesmo, Dick? — perguntou Jasper enquanto se aproximava.

Dick Thornton inclinou a cabeça para o lado.

— Não tenho como dizer, não é mesmo?

Jasper estalou a língua.

— Desculpe, meu velho. Esqueci que você não consegue ver o sol daqui.

— O que você quer?

Jasper fitou o homem atrás das grades. Thornton era um tipo comum de meia-idade com feições agradáveis mas fáceis de esquecer. A única coisa que o fazia se destacar era seu cabelo vermelho como fogo. Thornton sabia muito bem o que ele queria — Jasper já fizera a mesma pergunta incontáveis vezes.

— O que eu quero? Ora, nada. Só estou passando o tempo, visitando as belas instalações de Newgate.

Thornton sorriu e piscou, um hábito estranho que parecia um tique nervoso que ele não conseguia controlar.

— Você deve me considerar um idiota.

— Nem um pouco. — Jasper olhou para as roupas esfarrapadas do homem, enfiou a mão no bolso e tirou uma meia coroa. — Acho que você é um estuprador, mentiroso e assassino, mas idiota? Nem um pouco. Você está enganado a meu respeito, Dick.

Thornton umedeceu os lábios enquanto observava Jasper brincando com a moeda entre os dedos.

— Então o que veio fazer aqui?

— Ah! — Jasper inclinou a cabeça para o lado e olhou distraído para o teto de pedra manchado. — Só estava lembrando o dia que o capturamos, Sam Hartley e eu, no embarcadouro Princesa. Chovia muito naquele dia. Você se lembra?

— Claro que eu me lembro.

— Então talvez se recorde de que você alegou não ser o traidor.

Um brilho ardiloso reluziu nos olhos de Thornton.

— Não se trata de uma alegação. Eu não sou o traidor.

— É mesmo? — Jasper desviou os olhos do teto para encarar Thornton.

— Bom, isso é o que você diz. Mas eu acho que está mentindo.

— Eu morrerei por meus pecados se estiver mentindo.

— Você vai morrer de qualquer jeito, e em menos de um mês. De acordo com a lei, os condenados devem ser enforcados dois dias após a sentença e, infelizmente, eles são bem inflexíveis quanto a isso, Dick.

— Isso se eu for condenado no julgamento.

— Ah, mas você será — afirmou Jasper, tranquilo. — Pode apostar.

Thornton ficou carrancudo.

— Então por que eu lhe diria alguma coisa?

Jasper deu de ombros.

— Você ainda tem algumas semanas de vida. Por que não passar o tempo que lhe resta de barriga cheia e de roupas limpas?

— Eu lhe dou qualquer informação em troca de um paletó limpo — murmurou um dos homens que jogava baralho.

Jasper o ignorou.

— E então, Dick?

O ruivo o encarou, o rosto inexpressivo. Em seguida piscou e de repente enfiou a cara entre as barras.

— Você quer saber quem nos entregou para os franceses e seus amigos que gostavam de escalpelar? Quer saber quem manchou a terra com sangue, perto daquelas cachoeiras malditas? Procure pelos homens que foram capturados com você, então encontrará o traidor.

Jasper inclinou a cabeça para trás, como se uma cobra tivesse acabado de dar um bote.

— Bobagem.

Thornton o encarou por mais algum tempo e então começou a rir alto, gargalhando como se estivesse latindo.

— Cale a boca! — berrou uma voz grossa de outra cela.

Thornton continuou a soltar aquela gargalhada esquisita, os olhos arregalados e fixos em Jasper de um jeito malicioso. Jasper o encarava com uma expressão fria. Fossem mentiras ou meias verdades, não conseguiria arrancar mais nenhuma informação de Dick Thornton. Nem hoje nem nunca. Ele encarou Thornton e deixou a moeda cair no chão de propósito. Ela rolou até a metade do corredor — bem fora do alcance da cela. Thornton parou de rir, mas Jasper já havia se virado para dar as costas àquele calabouço infernal.

Este livro foi composto na tipografia Minion Pro
em corpo 11/16, e impresso em
papel off-white no Sistema Cameron da
Divisão Gráfica da Distribuidora Record.